Uma curva na estrada

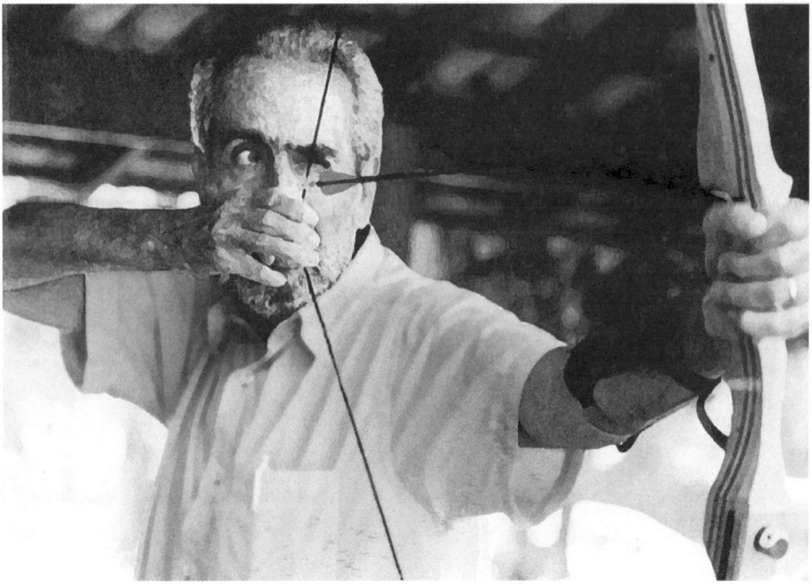

O ARQUEIRO

GERALDO JORDÃO PEREIRA (1938-2008) começou sua carreira aos 17 anos, quando foi trabalhar com seu pai, o célebre editor José Olympio, publicando obras marcantes como *O menino do dedo verde*, de Maurice Druon, e *Minha vida*, de Charles Chaplin.

Em 1976, fundou a Editora Salamandra com o propósito de formar uma nova geração de leitores e acabou criando um dos catálogos infantis mais premiados do Brasil. Em 1992, fugindo de sua linha editorial, lançou *Muitas vidas, muitos mestres*, de Brian Weiss, livro que deu origem à Editora Sextante.

Fã de histórias de suspense, Geraldo descobriu *O Código Da Vinci* antes mesmo de ele ser lançado nos Estados Unidos. A aposta em ficção, que não era o foco da Sextante, foi certeira: o título se transformou em um dos maiores fenômenos editoriais de todos os tempos.

Mas não foi só aos livros que se dedicou. Com seu desejo de ajudar o próximo, Geraldo desenvolveu diversos projetos sociais que se tornaram sua grande paixão.

Com a missão de publicar histórias empolgantes, tornar os livros cada vez mais acessíveis e despertar o amor pela leitura, a Editora Arqueiro é uma homenagem a esta figura extraordinária, capaz de enxergar mais além, mirar nas coisas verdadeiramente importantes e não perder o idealismo e a esperança diante dos desafios e contratempos da vida.

Nicholas Sparks

Uma curva na estrada

ARQUEIRO

Título original: *A Bend in the Road*

tradução: Fernanda Abreu
preparo de originais: Sheila Til
revisão: Ana Grillo, Carolina Rodrigues e Luis Américo Costa
diagramação: Valéria Teixeira
capa: Raul Fernandes
imagens de capa: Getty Images
impressão e acabamento: RR Donnelley

CIP-BRASIL. CATALOGAÇÃO NA PUBLICAÇÃO
SINDICATO NACIONAL DOS EDITORES DE LIVROS, RJ

S726c Sparks, Nicholas
Uma curva na estrada / Nicholas Sparks [tradução de Fernanda Abreu]; São Paulo: Arqueiro, 2014.
256 p.; 14 x 21 cm; ed. popular

Tradução de: A bend in the road
ISBN 978-85-8041-257-4

1. Ficção americana. I. Abreu, Fernanda. II. Título.

14-09088 CDD: 813
CDU: 821.111(73)-3

Editora Arqueiro Ltda.
Rua Funchal, 538 – conjuntos 52 e 54 – Vila Olímpia
04551-060 – São Paulo – SP
Tel.: (11) 3868-4492 – Fax: (11) 3862-5818
E-mail: atendimento@editoraarqueiro.com.br
www.editoraarqueiro.com.br

Prólogo

Onde de fato começa uma história? Na vida, são raros os inícios bem marcados, aqueles instantes dos quais um dia podemos dizer: "Foi ali que tudo começou." Mas às vezes o destino cruza nosso caminho e inicia uma sequência de acontecimentos que levam a um desfecho imprevisível.

Falta pouco para as duas da manhã e estou totalmente desperto. Passei quase uma hora me virando de um lado para o outro na cama, até que desisti. Agora estou sentado diante da escrivaninha, caneta na mão, refletindo sobre meu próprio encontro com o destino. Não é algo incomum para mim. Ultimamente, parece que é tudo em que consigo pensar.

A não ser pelo som do relógio na estante, a casa está em total silêncio. Minha esposa está no andar de cima, dormindo, e, enquanto encaro a pauta do bloco amarelo à minha frente, percebo que não sei por onde começar. Não que minha história me deixe inseguro, só não tenho certeza do que me faz escrevê-la. De que adianta desencavar o passado? Afinal, os acontecimentos que estou prestes a relatar ocorreram treze anos atrás – e acho até que posso dizer que na verdade começaram dois longos anos antes disso. Sentado aqui, porém, sei que preciso tentar contar minha história, mesmo que seja só para finalmente colocar um ponto final nela.

Alguns objetos me ajudam a recordar aquele período: um diário que escrevo desde menino, uma pasta com recortes de jornal amarelados, minha própria investigação e, é claro, os documentos oficiais. Há também o fato de eu ter revisto os acontecimentos centenas de vezes na minha mente. Eles estão gravados na minha memória. Mas, se minha história se baseasse apenas nessas coisas, ela seria incompleta. Há mais pessoas envolvidas e, embora eu tenha testemunhado alguns dos acontecimentos, não estive presente em todos eles. Sei que é impossível recriar cada sensação e cada pensamento da vida de outra pessoa. Aconteça o que acontecer, porém, é isso que vou tentar fazer.

Esta é acima de tudo uma história de amor e, como tantas histórias de amor, a de Miles Ryan e Sarah Andrews começa com uma tragédia. Ao mesmo tempo, é também uma história de perdão. Ao terminar de lê-la, espero que você entenda os desafios que Miles e Sarah tiveram de enfrentar. Espero que compreenda as decisões que eles tomaram, tanto as boas quanto as ruins, assim como espero que um dia entenda as minhas.

Mas deixe-me esclarecer uma coisa: esta não é apenas a história de Sarah An-

drews e Miles Ryan. Se pudermos traçar uma linha de partida para ela, certamente teria a ver com Missy Ryan, a esposa de um subxerife de uma pequena cidade do Sul dos Estados Unidos, que fora sua namorada na escola.

Assim como o marido, Miles, Missy Ryan foi criada em New Bern. Todos que a conheceram afirmam que ela era uma moça boa e encantadora, e ela foi o único amor de Miles desde a juventude. Missy tinha cabelos castanho-escuros e olhos mais escuros ainda. Segundo me disseram, seu jeito de falar deixava os homens de pernas bambas. Tinha o riso fácil, escutava com atenção e muitas vezes tocava o braço do interlocutor, como se o convidasse a fazer parte de seu mundo. Além disso, como a maioria das mulheres do Sul, tinha uma força de vontade maior do que se notaria à primeira vista. Quem administrava a casa era ela e, de modo geral, suas amigas eram casadas com amigos de Miles. A vida dos dois girava em torno da família.

Missy tinha sido líder de torcida. No primeiro ano do ensino médio, já era considerada uma das mais bonitas do colégio, o que não a impedia de ser simpática com todos. Embora soubesse quem era Miles Ryan, ele era um ano mais velho e os dois não tinham aulas juntos. Mas isso não teve importância. Foram apresentados por amigos, começaram a almoçar juntos, a conversar depois das partidas de futebol americano, até que por fim tiveram um encontro numa festa. Os dois logo se tornaram inseparáveis. Poucos meses depois, quando Miles a convidou para o baile de formatura, eles já estavam apaixonados.

Há quem duvide que um amor de verdade possa chegar tão cedo. Mas foi o que aconteceu com Miles e Missy e, sob certos aspectos, o amor deles foi mais forte do que aquele vivido por pessoas mais velhas, porque foi livre dos pesares da vida adulta. Ficaram juntos até Miles terminar o último ano e ir para a Universidade Estadual da Carolina do Norte, em Raleigh, e permaneceram fiéis a distância, enquanto Missy concluía o ensino médio. No ano seguinte, ela foi encontrá-lo na universidade e, três anos depois, quando ele a pediu em casamento durante um jantar, ela chorou, disse sim e passou a hora seguinte ao telefone dando a boa-nova aos parentes enquanto Miles comia. Ele ficou morando em Raleigh até Missy se formar. Quando se casaram, em New Bern, a igreja ficou lotada.

Missy arrumou um emprego no setor de empréstimos do banco Wachovia e Miles começou o treinamento de subxerife. Ela estava no segundo mês de gravidez quando ele se tornou funcionário do condado de Craven e começou a patrulhar as ruas da cidade. Compraram sua primeira casa e, quando Jonah nasceu, em janeiro de 1981, bastou Missy olhar para aquele pacotinho de gente para entender que a maternidade era a melhor coisa da vida. Embora Jonah só houvesse dormido uma noite inteira depois dos seis meses e em alguns momentos a mãe tivesse sentido vontade de gritar com ele do mesmo jeito que ele gritava com ela, Missy amava o filho mais do que imaginara ser possível.

Ela era uma mãe maravilhosa. Deixou o emprego para ficar com Jonah em tempo integral. Lia histórias, brincava com ele, levava-o para brincar com outras crianças. Podia passar horas apenas olhando para Jonah. Quando o menino estava com 5 anos, Missy percebeu que queria outro filho e o casal começou a tentar. Os sete anos que ficaram casados foram os melhores da vida de ambos.

Mas em agosto de 1986, aos 29 anos, Missy Ryan morreu.

Sua morte diminuiu a luz nos olhos de Jonah e assombrou Miles por dois anos. Também preparou o caminho para o que viria depois.

Portanto, como eu já disse antes, esta é a história de Missy, do mesmo jeito que é a história de Miles e de Sarah. E é também a minha história.

Também faço parte do que aconteceu.

1

Na manhã do dia 29 de agosto de 1988, pouco mais de dois anos depois da morte da mulher, Miles Ryan estava em pé na varanda dos fundos de sua casa, fumando e vendo o sol aos poucos pintar de laranja o céu antes cinza. O rio Trent corria à sua frente, com as águas salobras parcialmente ocultas pelos arbustos da margem.

A fumaça do cigarro de Miles subia em espirais, e ele podia sentir o ar mais denso por causa da umidade. Pouco depois, os pássaros iniciaram sua cantoria matinal. Um barquinho passou, o pescador acenou e Miles retribuiu o gesto com um leve meneio de cabeça. Foi tudo o que conseguiu fazer.

Precisava de um café. Um cafezinho e estaria pronto para encarar o dia: arrumar Jonah para a escola, garantir que a lei fosse cumprida, entregar ordens de despejo e lidar com qualquer imprevisto – como, por exemplo, conversar com a professora de Jonah no final da tarde. E isso era só o começo. À noite ficava ainda mais atarefado, se é que isso era possível. O simples fato de manter a casa exigia um esforço enorme: pagar contas, fazer compras, limpar, fazer reparos. Miles sentia que precisava aproveitar os raros momentos livres imediatamente, senão perderia a oportunidade. Rápido, arrume alguma coisa para ler. Ande logo, você só tem poucos minutos para relaxar. Feche os olhos, daqui a pouco não vai mais dar tempo. Isso deixaria qualquer um exausto, mas o que ele podia fazer?

Precisava mesmo do café, a nicotina não estava mais surtindo efeito. Cogitou jogar os cigarros fora, mas, pensando bem, não fazia diferença. Não se via como um fumante de verdade. Fumava alguns cigarros por dia, sim, mas isso não era realmente tabagismo. Não consumia um maço inteiro por dia nem era fumante desde sempre; começara depois da morte de Missy. Podia parar quando quisesse, mas para quê? Seus pulmões estavam ótimos – na semana anterior mesmo, tivera de correr atrás de um ladrão e não fora difícil pegá-lo. Um *fumante* não teria conseguido fazer isso.

Pensando melhor, não tinha sido tão fácil quanto era quando ele tinha 22 anos. Mas isso já fazia uma década. Mesmo que ainda não estivesse na hora de começar a pesquisar casas de repouso, ele estava envelhecendo. Dava para sentir: antigamente, na universidade, ele e os amigos começavam as noitadas às onze e só voltavam para casa no dia seguinte de manhã. Nos últimos anos, com exceção das noites em que estava de plantão, onze horas era *tarde*; mesmo tendo dificuldade para dormir, ele ia para a cama. Não conseguia pensar em nenhum motivo bom o suficiente para fazê-lo querer ficar acordado àquela hora. Estar exausto já era algo que fazia parte de sua rotina. Mesmo nas noites em que Jonah não tinha pesadelos – isso acontecia de vez em quando desde a morte de Missy –, acordava se sentindo... cansado. Sem foco. Com os movimentos lentos de quem se move debaixo d'água. Na maior parte do tempo, atribuía esse fato à vida corrida que levava, mas às vezes se perguntava se não haveria algo de errado com ele. Tinha lido certa vez que um dos sintomas da depressão profunda era "uma letargia sem causa direta aparente". No seu caso, é claro que havia uma causa...

Miles precisava mesmo era de um pouco de tranquilidade. Passar alguns dias em um chalezinho perto da praia em Key West, pescando ou simplesmente descansando, balançando-se suavemente em uma rede e bebendo uma cerveja gelada, sem ter que tomar qualquer decisão mais importante do que calçar sandálias ou caminhar descalço pela praia na companhia de uma mulher.

Isso também era parte do problema: a solidão. Estava cansado de ficar sozinho, de acordar em uma cama vazia, embora essa sensação o surpreendesse. Só começara a se sentir assim recentemente. No primeiro ano depois da morte de Missy, não conseguia sequer se imaginar amando outra mulher um dia. Nunca. Era como se a necessidade de uma companhia feminina nem sequer existisse, como se o desejo, o sexo e o amor não passassem de possibilidades teóricas sem qualquer relação com o mundo real. Mesmo depois de ter deixado sua tristeza se tornar lágrimas noite após noite, sua vida simplesmente lhe parecia *errada* – como se estivesse temporariamente fora dos trilhos e logo fosse voltar aos eixos, de modo que não haveria motivos para se preocupar com nada.

Afinal de contas, a maioria das coisas não havia mudado. As contas continuavam chegando, Jonah tinha que comer, era preciso cortar a grama. Miles ainda tinha um emprego. Certa vez, depois de várias cervejas, Charlie, seu chefe e melhor amigo, lhe perguntara como era perder a mulher e Miles lhe respondera que na verdade não parecia que Missy estava morta. Era mais como se estivesse passando um fim de semana fora com alguma amiga e ele fosse cuidar de Jonah durante sua ausência.

O tempo passou e o entorpecimento com o qual ele havia se acostumado também acabou passando. E a realidade tomou o lugar dele. Por mais que tentasse tocar a vida, Miles não parava de se pegar pensando em Missy. Tudo parecia lembrá-la. Principalmente Jonah, que, conforme crescia, ia ficando cada vez mais parecido com a mãe. Às vezes, quando Jonah já estava na cama, Miles ficava em pé na porta do quarto e podia ver a esposa nos traços de seu rosto. Tinha de se virar antes que o menino notasse suas lágrimas. Mas aquela imagem permanecia por horas em sua mente; ele adorava o jeito como Missy ficava enquanto dormia: os longos cabelos castanhos espalhados pelo travesseiro, um braço dobrado acima da cabeça, lábios ligeiramente entreabertos, o peito a subir e descer suavemente ao ritmo da respiração. E o cheiro dela – o cheiro era algo que Miles nunca poderia esquecer. Sentado no banco da igreja na primeira manhã de Natal depois da morte da esposa, Miles sentira um leve rastro do perfume de Missy. Bem depois de encerrada a celebração, ele ainda se agarrava à dor daquele perfume como um náufrago a uma boia.

Agarrava-se a outras coisas também. No início de seu casamento, Missy e ele costumavam almoçar no Fred & Clara's, um pequeno restaurante situado na mesma rua do banco em que ela trabalhava. Era um lugar reservado, tranquilo, e de certa forma seu aconchego os fazia sentir que nada jamais iria mudar entre os dois. Não tinham ido muito lá desde o nascimento de Jonah, mas Miles começou a frequentar o restaurante de novo depois da morte dela, como se esperasse encontrar algum resquício daqueles sentimentos ainda preso aos lambris das paredes. Em casa, administrava a própria vida do mesmo jeito que a mulher fazia. Como Missy ia ao supermercado na quinta-feira à noite, era quando ele ia também. Como ela plantava tomates junto à lateral da casa, Miles também o fazia. Comprava até os produtos de limpeza que a mulher costumava usar. Em tudo o que fazia, Missy estava sempre presente.

Em algum momento da primavera anterior, porém, isso havia começado a mudar. A mudança chegou sem aviso, mas Miles logo a notou. Enquanto estava indo de carro para o centro, pegou-se observando um jovem casal que caminhava de mãos dadas pela calçada. E então, por um instante apenas, Miles se viu no lugar daquele homem e imaginou que aquela mulher estivesse com ele. Ou, se não ela, *alguém*... alguém que não só o amasse, mas a Jonah também. Alguém que conseguisse fazê-lo rir, com quem pudesse compartilhar uma garrafa de vinho durante um jantar despreocupado, alguém para abraçar, tocar e sussurrar baixinho no ouvido com as luzes apagadas. Alguém como Missy, pensou, e a imagem da esposa imediatamente trouxe sentimentos de culpa e traição fortes o suficiente para expulsar o casal de sua cabeça para sempre.

Ou assim ele acreditou.

Mais tarde na mesma noite, logo depois de ir para a cama, pegou-se pensando no casal outra vez. E, embora a sensação de culpa e traição continuasse presente, não foi tão intensa quanto mais cedo. E naquele instante Miles entendeu que tinha dado o primeiro passo, ainda que pequeno, na direção de finalmente aceitar sua perda.

Começou a justificar essa nova realidade dizendo a si mesmo que agora era viúvo, que esses sentimentos eram normais e que ninguém discordaria dele quanto a isso. Ninguém esperava que ele fosse passar o resto da vida sozinho. Nos últimos meses, amigos tinham até se oferecido para lhe apresentar alguém. Além disso, sabia que Missy iria preferir que ele se casasse novamente. Ela mesma dissera isso em mais de uma ocasião – como a maioria dos casais, eles tinham feito a brincadeira do "e se". Embora nenhum dos dois imaginasse que algo ruim pudesse lhes acontecer, ambos concordavam que não seria certo Jonah crescer só com o pai ou a mãe e que também não seria bom criar um filho sozinho. Ainda assim, parecia um pouco cedo demais para isso.

Conforme o verão foi passando, os pensamentos sobre encontrar outra pessoa se tornaram mais fortes e mais frequentes. Missy continuava em seu coração, continuaria lá para sempre, mas Miles começou a pensar mais seriamente em encontrar alguém para compartilhar sua vida. Esses pensamentos pareciam ganhar força tarde da noite, enquanto ele ninava Jonah na cadeira de balanço da varanda – a única coisa que parecia funcionar para os pesadelos –, e seguiam sempre o mesmo padrão. O *provavelmente conseguiria encontrar alguém* se transformava em *muito provavelmente encontraria*, que por fim virava *provavelmente deveria encontrar*. Mas, quando o raciocínio atingia esse ponto, voltava para *provavelmente isso não acontecerá*, por mais que ele quisesse pensar diferente.

O motivo disso estava em seu quarto.

Na estante, dentro de um envelope pardo volumoso, estava a pasta sobre a morte de Missy, o dossiê que Miles havia preparado para si mesmo nos meses subsequentes ao funeral da mulher. Guardava-o consigo para não esquecer o que havia acontecido e para lembrá-lo do trabalho que ainda tinha a fazer.

Guardava-o para lembrá-lo do próprio fracasso.

Miles apagou o cigarro no parapeito da varanda e voltou para dentro de casa. Serviu-se o café de que tanto precisava e seguiu rumo ao quarto do filho. Empurrou a porta para espiar lá dentro: Jonah continuava dormindo. Ótimo, ainda tinha um tempinho. Foi para o banheiro.

Abriu o registro, fazendo o chuveiro chiar por alguns instantes antes de a água sair. Tomou banho, fez a barba e escovou os dentes. Enquanto penteava os cabelos, reparou mais uma vez que pareciam mais ralos. Vestiu seu uniforme às pressas, depois pegou o coldre no compartimento trancado acima da porta do quarto e o prendeu à cintura. Já no corredor, ouviu Jonah se mexer em seu quarto. Assim que abriu a porta do quarto do menino, ele ergueu os olhos inchados de sono para o pai. Fazia poucos minutos que havia acordado. Ainda estava sentado na cama, com os cabelos revoltos.

Miles sorriu.

– Bom dia, campeão.

Jonah ergueu a cabeça quase em câmera lenta.

– Oi, pai.

– Pronto para o café da manhã?

O menino esticou os braços e se espreguiçou com um leve gemido.

– Pode ser panqueca?

– Que tal *waffles* hoje? A gente está meio atrasado.

Jonah se curvou e pegou a calça comprida que o pai tinha separado na noite anterior.

– Todo dia você diz isso.

Miles deu de ombros.

– Todo dia você está atrasado.

– Então me acorde mais cedo.

– Tenho uma ideia melhor: por que você não vai dormir na hora que eu mando?

– Porque nessa hora eu não estou cansado. Só fico cansado de manhã.

– Bem-vindo ao clube.

– O quê?

– Nada – respondeu Miles. – Não se esqueça de pentear o cabelo depois de se vestir – lembrou ao filho, apontando para o banheiro.

– Pode deixar.

As manhãs quase sempre seguiam aquele roteiro. Miles pôs na máquina a massa para preparar *waffles* e se serviu uma segunda xícara de café. Quando Jonah terminou de se vestir e apareceu na cozinha, seu *waffle* o aguardava no prato, com um copo de leite ao lado. Miles já havia passado manteiga nele, mas Jonah gostava de despejar calda por cima de tudo. Os dois começaram a comer e durante um minuto ninguém disse nada. O menino ainda parecia desligado. Miles precisava conversar com o filho, mas queria que ele pelo menos aparentasse estar entendendo.

Após alguns minutos desse silêncio cúmplice, Miles finalmente pigarreou para chamar a atenção do filho.

– Como anda a escola? – perguntou.

Jonah deu de ombros.

– Tudo bem.

Esse diálogo também fazia parte da rotina. Miles sempre perguntava como andava a escola; Jonah sempre respondia que estava tudo bem. Mais cedo naquela manhã, porém, quando estava preparando a mochila do filho, Miles encontrara um recado da professora pedindo que ele comparecesse à escola. Algo nas palavras escolhidas o deixara com a sensação de que aquilo era mais sério do que uma reunião normal entre pais e mestres.

– Tudo bem nas aulas?

Jonah deu de ombros.

– A-hã.

– Está gostando da professora?

Jonah assentiu entre duas mordidas.

– A-hã – repetiu.

Miles aguardou para ver se o filho tinha algo mais a acrescentar, mas não. Então chegou um pouco mais perto.

– Então por que você não me disse nada sobre o recado que ela mandou?

– Que recado? – perguntou o menino, de forma inocente.

– O que estava na sua mochila, o que a sua professora queria que eu lesse.

Jonah tornou a dar de ombros.

– Devo ter esquecido.

– Como é que você esquece uma coisa dessas?

– Sei lá.

– E sabe por que ela quer conversar comigo?

– Não...

Jonah hesitou e Miles percebeu na hora que o filho não estava dizendo a verdade.

– Filho, você está com algum problema na escola?

Isso fez Jonah piscar e erguer os olhos. O pai só o chamava de "filho" quando ele fazia alguma besteira.

– Não, pai. Eu nunca faço bagunça. Juro.

– Então o que houve?

– Sei lá.

– Pense um pouco.

Jonah se remexeu na cadeira, sabendo que havia chegado ao limite da paciência do pai.

– Bom, acho que eu posso estar tendo um probleminha com alguns deveres.

– Pensei que você tivesse dito que estava tudo bem na escola.

– Mas *está* tudo bem na escola. A professora é muito legal... Eu gosto da escola. – Ele fez uma pausa. – Mas é que às vezes eu não entendo tudo da aula.

– É para isso que você vai à escola, para aprender.

– Eu sei – respondeu o menino –, mas ela não é que nem a professora do ano passado. Os deveres que ela passa são *difíceis*. Às vezes eu não consigo fazer.

Jonah pareceu ao mesmo tempo assustado e envergonhado. Miles estendeu a mão e tocou o ombro do filho.

– Por que você não me disse que estava com dificuldade?

Jonah levou um tempão para responder.

– Porque eu não queria que você ficasse bravo – disse por fim.

Depois que Jonah terminou de se arrumar, Miles o ajudou a pôr a mochila nas costas e o levou até a porta de casa. O menino não tinha dito muita coisa desde o café. Miles se abaixou e deu um beijo no rosto do filho.

– Não se preocupe com hoje à tarde. Vai dar tudo certo, OK?

– OK – balbuciou Jonah.

– E não esqueça que vou buscar você. Não pegue o ônibus.

– OK – repetiu o menino.

– Eu te amo, campeão.

– Também te amo, pai.

Miles ficou observando enquanto o filho andava até o ponto do ônibus escolar no final do quarteirão. Sabia que Missy não teria se surpreendido com os acontecimentos daquela manhã. Ao contrário dele, Missy já saberia que o filho estava com dificuldades na escola. Missy cuidava da vida escolar dele.

Missy cuidava de tudo.

2

Na noite anterior à reunião com Miles Ryan, Sarah Andrews fazia sua caminhada pelo centro histórico de New Bern tentando manter um ritmo constante. Embora gostasse dos benefícios que o exercício lhe trazia – fazia cinco anos que era uma praticante assídua –, vinha sendo difícil mantê-lo desde que ela se mudara para lá. Toda vez que saía, descobria alguma coisa nova que a interessava, algo que parava para ver.

Fundada em 1710, New Bern ficava às margens dos rios Neuse e Trent, no leste da Carolina do Norte. Como era a segunda cidade mais antiga do estado, já tinha sido capital e abrigava o palácio Tryon, residência do governador nos tempos coloniais. Destruído por um incêndio em 1798, o palácio fora restaurado em 1954 e tinha hoje um dos jardins mais deslumbrantes do Sul do país. Na primavera, as tulipas e azaleias espalhadas pela propriedade floresciam e, no outono, os crisântemos desabrochavam. Sarah tinha feito uma visita guiada assim que se mudara e, apesar de não ser outono nem primavera, terminara o passeio desejando morar perto o suficiente dali para poder passar por seus portões todos os dias.

Mudara-se para a Middle Street, a poucos quarteirões do palácio, bem no centro da cidade. Seu apartamento ficava a um lance de escadas e três portas de distância da farmácia na qual, em 1898, Caleb Bradham tinha vendido o primeiro gole da bebida que mais tarde o mundo inteiro conheceria como Pepsi-Cola. A igreja episcopal, inaugurada em 1718, ficava na esquina: uma imponente construção de tijolos protegida por imensas magnólias. Sarah passava tanto pela farmácia como pelo palácio quando saía de casa para caminhar na Front Street, onde muitas mansões bicentenárias se mantinham graciosamente de pé.

O que ela mais admirava, porém, era o fato de, uma a uma, a maioria das casas ter sido restaurada ao longo dos últimos cinquenta anos. Ao contrário de Williamsburg, na Virgínia, onde as restaurações ocorreram em grande parte graças a uma doação da Fundação Rockefeller, New Bern conseguira seduzir os próprios moradores, e estes haviam retribuído mantendo a cidade do jeito que ela era. A sensação de pertencer a uma comunidade atraíra os pais de Sarah para lá quatro anos antes; já ela não sabia nada sobre New Bern antes de se mudar para lá, em junho.

Enquanto caminhava, pensava em como aquele lugar era diferente de Baltimore, em Maryland, onde ela nascera e fora criada e onde morara até poucos meses antes. Embora Baltimore também tivesse uma rica história, era acima de tudo uma cidade grande. New Bern, por sua vez, era uma cidadezinha do Sul relativamente isolada e quase sem interesse em acompanhar o ritmo cada vez mais frenético da vida em outros lugares. Ali os conhecidos acenavam ao vê-la passar e respondiam longa e demoradamente a suas perguntas, muitas vezes fazendo referências a pessoas ou acontecimentos dos quais Sarah jamais ouvira falar – o que fazia sentido, num lugar onde tudo e todos pareciam de alguma forma ligados. Isso geralmente era agradável, mas às vezes a deixava maluca.

Sua família havia se mudado para ali quando seu pai fora trabalhar como administrador do Centro Médico Craven. Depois que Sarah se divorciou, eles começaram a insistir para que a filha também fosse morar lá. Conhecendo a mãe, ela havia adiado a mudança por um ano. Não que Sarah não a amasse, mas ela às vezes podia ser, digamos, cansativa. Ainda assim, Sarah acabara aceitando a sugestão dos pais e, para sua felicidade, ainda não havia se arrependido. Aquilo era exatamente o que ela precisava. No entanto, por mais encantadora que a cidade fosse, Sarah não se via morando ali para sempre.

Praticamente no momento em que chegara, ela havia compreendido que New Bern não era uma cidade para solteiros. Não havia muitos lugares para se conhecer gente nova e as pessoas da sua idade que ela havia encontrado já eram casadas e tinham família. Como em muitas cidades do Sul, a vida ali ainda era definida por certas convenções sociais. Como a maioria das pessoas era casada, uma mulher solteira tinha dificuldade para encontrar seu lugar ao sol, ou mesmo para começar a tentar encontrá-lo. Principalmente uma mulher divorciada e recém-chegada à cidade.

Mas New Bern certamente era o lugar ideal para se criar filhos. Às vezes, durante as caminhadas, Sarah gostava de fantasiar que sua vida era diferente. Quando menina, sempre imaginara que um dia iria se casar, ter filhos, uma casa em um bairro residencial, no qual as famílias se reunissem no quintal na sexta-feira à noite – o tipo de vida que tivera na infância. Mas não era isso que tinha acontecido. Uma coisa ela havia aprendido: a vida raramente segue nossos planos.

Durante algum tempo, no entanto, ela acreditara que tudo fosse possível, principalmente depois de conhecer Michael. Sarah estava terminando sua formação em pedagogia e ele acabara de concluir um MBA em Georgetown. A família dele, uma das mais importantes de Baltimore, era conhecida por sua soberba e pela fortuna que ganhara no setor bancário – o tipo de gente que faz parte do conselho administrativo de várias empresas e cria regulamentos em clubes para excluir as pessoas que considera inferiores. Michael, porém, parecia ir contra os valores da família e era considerado o melhor partido da cidade. Todos paravam para olhá-lo quando ele chegava e, embora ele tivesse consciência disso, sua qualidade mais cativante era ser capaz de fingir que o que os outros pensavam dele não tinha a menor importância.

Fingir, naturalmente, era a palavra-chave.

Como todas as suas amigas, Sarah sabia quem ele era quando o viu aparecer em uma festa e ficou surpresa quando ele foi cumprimentá-la mais tarde na mesma noite. Os dois se deram bem na mesma hora. Aquele bate-papo rápido levou a um café e a outra conversa, mais longa, no dia seguinte e, depois disso, a um jantar. Em pouco tempo, os dois começaram a namorar firme e ela se apaixonou. Um ano depois, Michael a pediu em casamento.

A mãe de Sarah ficou animadíssima com a notícia, mas o pai não disse muita coisa a não ser que torcia pela felicidade da filha. Talvez ele desconfiasse de alguma coisa, ou talvez apenas já tivesse vivido o suficiente para saber que contos de fadas raramente viram realidade. Seja como for, não lhe disse nada na época e Sarah nem sequer se preocupou em questionar a atitude do pai, exceto quando Michael lhe pediu que assinassem um pacto pré-nupcial. Ele alegou que a família havia insistido naquilo e se esforçou bastante para pôr a culpa nos pais, mas parte de Sarah desconfiou que, mesmo que estes não estivessem por trás da decisão, o próprio Michael teria querido o acordo. Mesmo assim, assinou os documentos. Naquela mesma noite, os pais de Michael deram uma festa de arromba para anunciar formalmente o noivado e o casamento.

Sete meses depois, Sarah e Michael estavam casados. Passaram a lua de mel na Grécia e na Turquia. Ao voltar para Baltimore, se mudaram para uma casa a menos de dois quarteirões de onde os pais de Michael moravam. Embora não precisasse trabalhar, Sarah começou a lecionar para o segundo ano do ensino fundamental em uma escola do centro da cidade. Surpreendentemente, Michael deu total apoio à sua decisão, mas seu relacionamento era assim na época. Nos dois primeiros anos de casamento, tudo parecia perfeito: nos fins de semana, ela e Michael passavam horas na cama, conversando e fazendo amor, e ele compartilhava com a esposa seus sonhos de um dia entrar para a política. Tinham um amplo círculo de amigos, composto principalmente por pessoas que Michael conhecia desde a infância, e sempre havia uma festa para ir ou uma viagem de fim de semana para fazer. Passavam o que lhes restava de tempo livre em Washington, indo a museus, teatros e conhecendo pontos turísticos. Foi num passeio desses, quando estavam dentro do monumento em homenagem a Abraham Lincoln, que Michael disse a Sarah que estava pronto para começar uma família. Ela o abraçou assim que ouviu suas palavras, sabendo que nada que ele pudesse ter dito a teria deixado mais feliz.

Quem pode explicar o que aconteceu depois daquele dia tão feliz? Vários meses se passaram sem que Sarah engravidasse. O médico lhe disse para não se preocupar, que às vezes demorava um pouco depois que se parava de tomar a pílula, mas sugeriu que voltassem a procurá-lo no final do ano, caso ainda estivessem tendo problemas.

O fim do ano chegou e eles ainda estavam com problemas, então marcaram alguns exames. Assim que os resultados saíram, eles foram conversar com o médico. Quando se sentaram em frente a ele, Sarah imediatamente soube que havia algo errado.

Foi naquele dia que ela descobriu que não ovulava.

Uma semana mais tarde, Sarah e Michael tiveram sua primeira briga séria. Michael demorou para chegar do trabalho e Sarah passou horas andando de um lado para outro à sua espera, perguntando-se por que ele não tinha ligado e imaginando que alguma coisa horrível tivesse acontecido. Quando ele finalmente chegou, estava bêbado e ela, histérica. "Você não é minha dona", foi toda a explicação que deu, e daquele ponto o bate-boca se inflamou depressa. No calor da briga, ambos disseram coisas horríveis. Horas depois, Sarah estava arrependida e Michael pedia desculpas. Depois disso, porém, ele começou a parecer mais distante, mais reservado. Quando a esposa o pressionava, ele negava que seus sentimentos por ela tivessem mudado. "Vai ficar tudo bem", dizia, "nós vamos superar isso."

Pelo contrário: a relação dos dois foi ficando cada vez pior. A cada mês que passava, as brigas ficavam mais frequentes e a distância entre eles, maior. Certa noite, quando ela tornou a sugerir que eles poderiam adotar uma criança, Michael simplesmente descartou a sugestão: "Meus pais não vão aceitar."

Naquela noite, parte de Sarah teve certeza de que seu casamento enveredara por um caminho sem volta. Não foram as palavras dele que a fizeram entender isso, tampouco o fato de ele parecer estar tomando o partido dos pais. Foi a expressão no rosto dele – uma expressão que a fez perceber que Michael de repente parecia considerar aquilo um problema dela, não do casal.

Menos de uma semana depois, Sarah encontrou Michael sentado à mesa de jantar com um copo de bourbon ao seu lado. Pela expressão nos olhos do marido, ela percebeu que não era a primeira dose que ele tomava. Ele queria se divorciar, falou; tinha certeza de que ela entendia. Quando ele terminou de falar, Sarah se descobriu incapaz de formular qualquer resposta, mas também não queria responder nada.

Seu casamento havia acabado. Durara menos de três anos. Sarah estava com 27.

Os doze meses seguintes passaram num borrão. Todo mundo queria saber o que havia acontecido, mas, exceto pela família, Sarah não contou a ninguém. "Não deu certo", era tudo o que dizia sempre que alguém perguntava.

Como não sabia mais o que fazer, Sarah continuou a lecionar. Também fazia terapia duas horas por semana com uma médica maravilhosa chamada Sylvia. Quando esta recomendou um grupo de apoio, Sarah foi a algumas reuniões. Ficava lá basicamente ouvindo as histórias dos outros e acreditava estar melhorando. Às vezes, porém, sentada sozinha no pequeno apartamento em que morava, sua realidade se abatia sobre ela e Sarah recomeçava a chorar e não conseguia parar por muitas horas. Durante uma das piores fases, chegou a pensar em se matar. Nunca revelou isso a ninguém – nem à terapeuta, nem a sua família. Foi nessa época que percebeu que precisava sair de Baltimore, que precisava recomeçar sua vida em outro lugar. Um lugar onde as lembranças não fossem tão dolorosas, um lugar onde nunca houvesse morado.

Agora, percorrendo as ruas de New Bern, Sarah fazia o possível para tocar sua vida adiante. Às vezes ainda era uma luta, mas não tão difícil quanto já tinha sido. Os pais a apoiavam à sua maneira – o pai não comentava o assunto, a mãe recortava artigos de jornal sobre os últimos avanços da medicina. Seu irmão, Brian, contudo, tinha sido uma verdadeira boia salva-vidas antes de partir para cursar o primeiro ano na Universidade da Carolina do Norte.

Como a maior parte dos adolescentes, ele às vezes parecia distante e retraído, mas também sabia ouvi-la demonstrando atenção e se mostrava disponível sempre que Sarah precisava conversar. Agora que ele estava longe, Sarah sentia sua falta. Os dois sempre tinham sido muito próximos: como Sarah era mais velha, havia ajudado a trocar as fraldas do irmão e a lhe dar comida sempre que a mãe deixava. Quando ele entrou para a escola, Sarah o ajudava com os deveres de casa. Estudando com ele, ela havia descoberto que queria ser professora.

Era uma decisão da qual jamais se arrependera. Amava lecionar, amava trabalhar com crianças. Sempre que entrava em sala e via trinta carinhas ansiosas erguidas na sua direção, tinha certeza de que escolhera a carreira certa. No início, como a maioria dos jovens professores, era idealista e imaginava que conseguiria estimular qualquer criança, desde que insistisse o bastante. Para sua tristeza, descobrira que não era assim. Por mais que se esforçasse, por algum motivo certas crianças permaneciam alheias a qualquer coisa que ela fizesse. Essa era a pior parte do trabalho, a única que às vezes lhe tirava o sono, mas nunca a impedia de tentar outra vez.

Sarah enxugou o suor da testa, feliz pelo calor finalmente estar diminuindo. O sol já ia mais baixo no horizonte, alongando as sombras ao redor. Quando ela passou pelo corpo de bombeiros, dois brigadistas sentados em cadeiras de jardim menearam a cabeça. Ela sorriu. O final da tarde não devia ser horário para incêndios por ali. Pelo menos, fazia quatro meses que ela passava ali por volta da mesma hora e via aqueles bombeiros sentados exatamente no mesmo lugar. New Bern.

Percebeu que sua vida tinha ficado incrivelmente simples desde que se mudara para lá. Embora às vezes sentisse falta da energia da cidade grande, precisava admitir que diminuir o ritmo tinha lá suas vantagens. Durante o verão, passara longas horas explorando os antiquários do centro ou simplesmente admirando os veleiros atracados atrás do Sheraton. Mesmo agora, que as aulas já haviam começado, nunca precisava correr para fazer nada. Trabalhava, caminhava e, tirando as visitas aos pais, passava a maior parte das noites sozinha, ouvindo música clássica e revendo os planos de aula. E, para ela, estava ótimo.

Ainda precisava repensar algumas coisas em seu planejamento para as aulas. Desde que começara o ano letivo, tinha descoberto que muitos alunos não estavam tão adiantados quanto deveriam nas matérias principais e precisara diminuir um pouco o ritmo e fazer revisões. Não ficara espantada com isso: cada escola avançava em um ritmo diferente. Imaginava, porém, que no final do ano a maioria da turma acabaria atingindo o nível esperado. Mas um aluno em especial a estava deixando preocupada.

Jonah Ryan.

Ele era um menino bonzinho: tímido, quieto, o tipo de criança fácil de passar despercebida. No primeiro dia de aula, ficara sentado nos fundos da sala e respondera educadamente às suas perguntas, mas, depois de trabalhar em Baltimore, ela havia aprendido a prestar atenção em alunos assim. Às vezes seu comportamento não significava nada em especial; outras vezes, indicava que a criança estava tentando se esconder. Depois de pedir à turma para entregar o primeiro dever de casa, ela fizera uma anotação mental para verificar com cuidado o de Jonah. Não foi necessário.

O dever – um parágrafo curto sobre alguma coisa que os alunos tivessem feito no verão anterior – era uma forma de Sarah avaliar rapidamente a capacidade de redação das crianças. A maioria das redações trazia o esperado: algumas palavras com erros de ortografia, pensamentos incompletos e caligrafia desleixada, mas o trabalho de Jonah havia se destacado pelo simples fato de o menino não ter feito o que a professora pedira. Ele havia escrito seu nome no canto superior do papel, mas, em vez de redigir um parágrafo, desenhara a si mesmo pescando em um barquinho. Quando ela lhe perguntara por que não tinha feito o que pedira, Jonah havia explicado que a Sra. Hayes sempre o deixava desenhar porque "eu não sei escrever muito bem".

O alarme na mente de Sarah disparou na mesma hora. Ela sorriu e se abaixou para ficar mais próxima dele. "Pode me mostrar como você escreve?", pediu. Depois de um longo intervalo, Jonah assentiu com relutância.

Enquanto os demais alunos iniciavam outra atividade, Sarah ficou sentada ao lado de Jonah vendo que ele dava o melhor de si. Mas logo percebeu que era inútil: o menino não sabia escrever. Mais tarde nesse dia, descobriu que ele praticamente também não sabia ler. Tampouco se saía bem em matemática. Caso nunca o tivesse visto e precisasse avaliar em que série ele estava, Sarah teria dito que era no início do jardim de infância.

A primeira coisa que lhe passou pela cabeça foi que o menino tinha uma deficiência de aprendizado, talvez dislexia. Depois de passar uma semana com ele, porém, não achou mais que fosse o caso. Ele não misturava letras nem palavras, e entendia tudo o que ela lhe dizia. Quando Sarah lhe mostrava alguma coisa, sua tendência era fazê-la corretamente dali em diante. O problema, imaginou ela, vinha do simples fato de os outros professores nunca terem exigido que o menino fizesse os trabalhos.

Quando levantou a questão com um ou dois colegas, ficou sabendo sobre a mãe de Jonah. Embora tivesse se solidarizado com a situação, sabia que não era bom para ninguém – muito menos para o menino – simplesmente deixá-lo ficar para trás, como tinham feito seus antigos professores. Ao mesmo tempo, Sarah tinha outros alunos e não poderia dar a Jonah toda a atenção de que ele precisava. No final das contas, resolveu chamar o pai do garoto para conversar, na esperança de que juntos pudessem achar uma solução.

Já tinha ouvido falar em Miles Ryan.

Não muito, mas sabia que, de modo geral, as pessoas gostavam dele e o respeitavam. Acima de tudo, ele parecia se importar com o filho. Isso já era um bom ponto de partida. Ainda que tivesse pouco tempo de profissão, Sarah já conhecera pais que não se preocupavam com os filhos, que os consideravam mais um fardo do que uma bênção, e conhecera também pais que defendiam os filhos a ponto de acreditar que eles fossem incapazes de cometer qualquer erro. Ambos eram impossíveis de se lidar. Mas, pelo que ouvira dizer, Miles Ryan não era assim.

Na esquina seguinte, Sarah finalmente diminuiu o passo, depois esperou que dois carros passassem. Atravessou a rua, acenou para o balconista da farmácia e pegou a correspondência antes de subir a escada até seu apartamento. Depois de destrancar a porta, passou os olhos rapidamente pelos envelopes e os deixou sobre o aparador junto à entrada.

Na cozinha, serviu-se um copo de água gelada e o levou até o quarto. Estava se despindo, jogando as roupas no cesto e sonhando com uma ducha fria quando viu a luzinha da secretária eletrônica piscar. Apertou o PLAY e ouviu a voz da mãe lhe dizendo que seria um prazer receber uma visita sua mais tarde, se ela não tivesse outro compromisso. Como de hábito, a voz da mãe soava levemente ansiosa.

Sobre a mesa de cabeceira, ao lado da secretária, Sarah tinha posto uma fotografia da família: Maureen e Larry no meio, ladeados por ela e Brian. A secretária emitiu um clique e começou a reproduzir um segundo recado, também de sua mãe. "Ah, achei que você já tivesse chegado...", começou ela. "Espero que esteja tudo bem..."

Será que deveria ir visitá-los ou não? Estaria mesmo disposta?

Por que não? Não tenho mais nada para fazer mesmo.

Miles Ryan estava descendo a Madame Moore's Lane, uma estrada estreita e sinuosa que margeava o rio Trent e o córrego Brices desde o centro de New Bern até Pollocksville, um pequeno povoado 20 quilômetros ao sul. O nome da estrada era uma referência à antiga proprietária de um dos mais famosos bordéis da Carolina do Norte.

Apesar da beleza e do relativo isolamento, a estrada era perigosa. Caminhões pesados carregados com toras de madeira passavam ruidosamente por ali dia e noite e os motoristas tinham tendência a avaliar mal as curvas. Como sua casa ficava em um dos bairros à margem da estrada, Miles vinha tentando baixar o limite de velocidade ali havia anos.

Ninguém nunca lhe dera ouvidos, exceto Missy.

Aquela estrada sempre o fazia pensar nela.

Miles tirou outro cigarro do maço, acendeu-o e baixou o vidro. Quando a brisa morna soprou para dentro do carro, imagens da vida simples que os dois levavam surgiram em sua mente. Como sempre, no entanto, elas o levaram a seu último dia juntos.

Por ironia, apesar de ser domingo, Miles havia passado a maior parte do dia fora, pescando com Charlie Curtis. Saíra cedo e, embora tanto ele quanto Charlie tivessem voltado para casa com peixes, isso não bastara para apaziguar Missy. Com o rosto todo sujo de terra, ela pôs as mãos no quadril e o encarou com um olhar zangado assim que ele pisou em casa. Não falou nada, mas nem precisava. Seu olhar já dizia tudo.

O irmão e a cunhada de Missy iriam chegar de Atlanta no dia seguinte e ela passara o dia arrumando a casa e tentando aprontá-la para os hóspedes. Jonah estava de cama, gripado – o que não facilitava em nada as coisas, uma vez que ela precisava cuidar dele também. Mas não era por isso que Missy estava brava, o motivo da zanga era o próprio Miles.

Embora tivesse dito que não se importaria se Miles fosse pescar, ela *lhe pedira* que desse um jeito no quintal no sábado para não ter que se preocupar com isso também. Só que no sábado ele tivera que trabalhar e, em vez de ligar para Charlie e desmarcar a pescaria, decidira ir pescar no domingo mesmo assim.

Charlie passara o dia inteiro fazendo gracinhas – "Vai ter que dormir no sofá hoje à noite" – e Miles sabia que ele provavelmente tinha razão. Mas dar um jeito no quintal era dar um jeito no quintal e pescaria era pescaria – e, para ser sincero, Miles sabia que nem o irmão de Missy nem a esposa dele iriam ligar a mínima se houvesse algumas ervas daninhas crescendo no jardim.

Além disso, ele poderia dar conta de tudo quando voltasse e era o que pretendia fazer. Não tinha a intenção de passar o dia inteiro fora. No entanto, como em muitas das suas pescarias, uma coisa tinha levado a outra e ele perdera a noção da hora. Apesar disso, tinha preparado o que diria à esposa: "Não se preocupe, vou arrumar tudo, nem que leve o resto da noite e precise de uma lanterna." Poderia ter funcionado, bastaria que ele tivesse avisado à mulher antes de sair. Só que ele havia esquecido e, ao chegar em casa, Missy já tinha feito a maior parte do trabalho. A grama estava aparada; o caminho de pedestres, livre de plantas, e ela havia plantado amores-perfeitos em volta da caixa de correio. Devia ter levado horas. Dizer que estava brava era pouco. Nem mesmo "uma fera" seria suficiente. Era a diferença entre um fósforo aceso e um incêndio na floresta, Miles sabia. Já tinha visto aquela expressão algumas vezes ao longo de seu casamento, mas só umas poucas. Engoliu em seco. Lá vamos nós.

– Oi, amor – falou, envergonhado. – Desculpe por ter chegado tão tarde. A gente perdeu a noção da hora.

Quando ele estava prestes a iniciar o discurso que ensaiara, Missy lhe virou as costas e falou por cima do ombro:

– Vou sair para dar uma corrida. *Disso* você pode dar conta, não pode? – falou, apontando para a grama cortada que precisava ser varrida do caminho de pedestres e da entrada de carros.

Miles teve o bom senso de não responder.

Depois de ela entrar para trocar de roupa, Miles pegou o cooler na mala do carro e o levou até a cozinha. Ainda estava colocando os peixes na geladeira quando Missy saiu do quarto.

– Estava só guardando o peixe... – começou ele, e Missy contraiu o maxilar.

– E aquilo que eu pedi para você fazer?

– Eu vou fazer... Só vou terminar isto aqui, para não estragar.

Missy revirou os olhos.

– Esqueça. Eu faço quando voltar.

A voz de mártir. Miles não suportava aquilo.

– Eu faço – disse ele. – Eu disse que ia fazer, não disse?

– Do mesmo jeito que disse que daria um jeito no gramado antes de sair para pescar?

Ele deveria simplesmente ter ficado quieto. Sim, ele havia passado o dia pescando em vez de ajudar em casa; sim, tinha deixado Missy na mão. No entanto, dentro do contexto geral, aquilo não era *tão* importante assim, era? Afinal de contas, eram só o irmão e a cunhada dela. Não era o presidente que estava indo visitá-los. Não havia motivo nenhum para perder a razão por causa daquilo.

Sim, ele deveria mesmo ter ficado na dele. A julgar pelo jeito como Missy o olhou depois de ele falar, teria sido melhor. Quando ela bateu a porta ao sair de casa, Miles chegou a ouvir as vidraças balançarem.

Algum tempo depois de ela sair, porém, percebeu que tinha errado e se arrependeu. Fora um idiota e ela estava certa por ter chamado sua atenção.

Só que ele nunca teria a oportunidade de pedir desculpas.

– Continua fumando, é?

Charlie Curtis, xerife do condado, olhou para o amigo enquanto Miles se sentava.

– Eu não fumo – respondeu depressa.

Charlie ergueu as duas mãos.

– Eu sei, eu sei... Você já me disse. Se quer ficar se enganando, por mim tudo bem. Mas mesmo assim eu vou pegar os cinzeiros quando você aparecer lá em casa.

Miles riu. Charlie era uma das poucas pessoas da cidade que ainda o tratavam do mesmo jeito de sempre. A amizade deles era antiga. Fora Charlie quem sugerira a Miles virar subxerife e havia se tornado seu mentor assim que Miles terminara a formação. Era mais velho – iria completar 65 anos em março do ano seguinte –, tinha os cabelos entremeados de fios grisalhos e engordara quase dez quilos nos últimos anos, praticamente todos na barriga. Não era o tipo de xerife que intimidava as pessoas à primeira vista, mas era observador, zeloso e sempre conseguia as respostas que buscava. Nas últimas três eleições, ninguém nem sequer se dera o trabalho de concorrer com ele.

– Mas só vou lá se você parar com essas acusações ridículas – rebateu Miles.

Os dois estavam sentados a uma mesa de canto reservada. A garçonete, atarefada com o movimento do horário de almoço, largou uma jarra de chá e dois copos com gelo em frente aos dois e foi atender o próximo cliente. Miles serviu o chá e empurrou um copo na direção do amigo.

– Brenda vai ficar triste – comentou Charlie. – Você sabe que ela tem crise de abstinência quando você passa muito tempo sem levar o Jonah lá em casa – falou, e tomou um gole da bebida. – Então, animado para conversar com Sarah hoje?

Miles ergueu os olhos.

– Com quem?

– A professora do Jonah.

– Foi sua mulher quem comentou?

Charlie deu um sorrisinho maroto. Brenda trabalhava no gabinete do diretor da escola e parecia estar sempre a par de tudo o que acontecia por lá.

– Claro.

– Qual é mesmo o nome dela?

– Brenda – respondeu Charlie, seriíssimo.

Miles o encarou e Charlie fez ar de desentendido.

– Ah... da professora, você quer dizer? Sarah. Sarah Andrews.

Miles tomou um gole de chá.

– Ela é boa professora? – perguntou.

– Acho que sim. Brenda disse que ela é ótima e que as crianças a adoram, mas Brenda acha todo mundo ótimo – falou, então se inclinou para a frente como quem fosse contar um segredo. – E ela comentou que Sarah é bem bonita. De parar o trânsito, se é que você me entende.

– E o que isso tem a ver com o assunto?

– E também falou que ela é solteira.

– E daí?

– Nada.

Charlie abriu um pacotinho de açúcar e o despejou dentro do chá já adoçado. Deu de ombros.

– Estou só contando o que a Brenda falou.

– Ah, que bom – retrucou Miles. – Muito agradecido. Não sei como eu teria conseguido passar o dia sem o último relatório da Brenda.

– Ah, Miles, relaxe. Você sabe que ela vive procurando alguém para você.

– Diga a ela que estou bem assim.

– Eu sei que você está, caramba. Mas a Brenda se preocupa. Aliás, ela também sabe que você fuma.

– Eu vim aqui só para você encher o meu saco ou tinha algum outro motivo para querer me ver?

– Na verdade, tinha sim. Mas precisava prepará-lo direito para você não surtar.

– Que papo é esse?

Na mesma hora em que ele fez a pergunta, a garçonete pôs em cima da mesa dois pratos de churrasco com salada de repolho e bolinhos de milho, o pedido habitual dos dois, e Charlie aproveitou para organizar seus pensamentos. Pôs mais vinagrete em cima da carne e temperou a salada com um pouco de pimenta. Depois de decidir que não havia jeito fácil de dizer aquilo, simplesmente falou:

– Harvey Wellman decidiu retirar a queixa contra Otis Timson.

Harvey Wellman era o promotor público do condado de Craven. Havia falado com Charlie naquela mesma manhã e se oferecido para conversar com Miles, mas Charlie considerara melhor ele mesmo se encarregar do assunto.

Miles ergueu os olhos para o amigo.

– Como é que é?

– O caso não se sustentava. Parece que Beck Swanson de repente teve uma amnésia em relação ao que aconteceu.

– Mas eu estava lá...

– Você chegou depois. Não *viu* o que aconteceu.

– Mas vi o sangue. Vi a cadeira e a mesa quebradas no meio do bar. Vi as pessoas que tinham se juntado.

– Eu sei, eu sei. Mas o que Harvey podia fazer? Beck jurou de pés juntos que tinha caído, que Otis não tocou nele. Disse que estava meio confuso naquela noite, mas que agora se lembra de tudo.

Miles de repente perdeu o apetite e empurrou o prato para o lado.

– Se eu fosse lá de novo, tenho certeza de que poderia encontrar alguém que viu o que aconteceu.

Charlie fez que não com a cabeça.

– Sei que isso incomoda você, mas de que iria adiantar? Você sabe quantos irmãos do Otis estavam lá naquela noite. Eles também diriam que nada aconteceu... E, vai saber, talvez os verdadeiros responsáveis tenham sido eles. Sem o depoimento de Beck, o que Harvey poderia ter feito? Além do mais, você sabe como Otis é. Ele vai fazer alguma outra coisa, é só questão de tempo.

– É isso que me preocupa.

Miles e Otis Timson tinham uma longa história. A desavença havia começado oito anos antes, quando Miles se tornara subxerife. Ele prendera o pai de Otis,

Clyde Timson, por agressão, depois que jogara a esposa pela porta de tela do trailer em que moravam. Clyde havia cumprido pena – embora não tão longa quanto deveria ter sido – e, ao longo dos anos, cinco de seus seis filhos também haviam passado algum tempo na prisão por crimes que iam de tráfico de drogas a roubo de carros, passando por agressão.

Para Miles, Otis era o mais perigoso de todos pelo simples fato de ser o mais inteligente.

Desconfiava de que Otis não fosse apenas adepto de pequenos delitos, como o restante da família. Para começar, sua aparência física não condizia com isso. Ao contrário dos irmãos, ele evitava as tatuagens e mantinha os cabelos cortados bem rentes. Havia ocasiões em que chegava a arrumar emprego fazendo serviços braçais. Não tinha cara de marginal, mas as aparências enganam. Seu nome estava vinculado a vários crimes e os moradores da cidade muitas vezes especulavam que ele administrava a entrada de drogas no condado, embora Miles não tivesse como provar isso. Para sua grande frustração, nenhuma das batidas policiais jamais dera em nada.

Otis tinha uma rixa pessoal.

Miles só entendeu isso de fato depois que Jonah nasceu. Tinha prendido três dos irmãos de Otis após uma briga durante uma reunião de família. Uma semana depois, Missy estava na sala ninando o filho, então com quatro meses, quando alguém jogou um tijolo através da janela. Os dois quase foram atingidos e um caco de vidro feriu a bochecha do bebê. Embora não pudesse provar, Miles sabia que Otis era o responsável por aquilo e apareceu na casa dos Timson – um conjunto de trailers decrépitos dispostos em semicírculo nos arredores da cidade – com três outros subxerifes de armas em punho. Os Timson não apresentaram resistência e, sem dizer nada, estenderam as mãos para serem algemados e levados à delegacia.

No final das contas, por falta de provas, ninguém foi indiciado. Miles ficou uma fera. Depois que os Timson foram liberados, confrontou Harvey Wellman em frente à sala do promotor. Os dois bateram boca e quase saíram no braço, até que carregaram Miles de lá.

Nos anos subsequentes, houvera outros episódios: tiros disparados na proximidade da sua casa, um incêndio misterioso na garagem, coisas que mais faziam pensar em brincadeiras de adolescente. No entanto, nesses casos também, sem testemunhas não havia nada que Miles pudesse fazer. Desde a morte de Missy, tudo andava relativamente tranquilo.

Até a última prisão.

Charlie parou de olhar para o próprio prato e encarou o amigo com uma expressão séria.

– Escute, você e eu sabemos que ele tem culpa no cartório, mas nem pense em cuidar disso sozinho. Não vai querer que as coisas saiam do controle como da outra vez. Você agora tem que pensar no Jonah, e nem sempre está por perto para proteger o menino.

Miles olhou pela janela enquanto o amigo continuava a falar:

– Olhe aqui... Ele vai fazer alguma outra besteira e, se o caso se sustentar, eu vou ser o primeiro a indiciar o cara. Você sabe disso. Mas não vá sair por aí atrás de confusão. Esse cara é perigoso. Fique longe dele.

Miles não reagiu.

– Deixe isso quieto, entendeu?

Charlie agora não estava falando apenas como amigo, mas também como chefe.

– Por que está me dizendo isso?

– Acabei de explicar o porquê.

Miles avaliou o amigo com atenção.

– Mas tem mais coisa, não tem?

Charlie encarou Miles nos olhos por um longo tempo.

– Otis disse que você foi meio truculento na hora da prisão. Ele prestou queixa...

Miles deu um soco na mesa e o barulho ecoou pelo restaurante. Os clientes ao lado se sobressaltaram e se viraram para olhar, mas ele nem reparou.

– É mentira!

Charlie ergueu as mãos para fazê-lo parar.

– Eu sei, caramba, e disse isso para Harvey. Ele não vai fazer nada em relação à queixa. Mas você e ele não são exatamente os melhores amigos do mundo e ele sabe como você fica quando se exalta. Mesmo que não vá registrar a queixa, ele não acha impossível que Otis esteja dizendo a verdade e me mandou avisar você de que mantivesse distância.

– Então o que eu faço se vir Otis cometendo um crime? Olho para o outro lado?

– Não, caramba! Deixe de ser bobo. Caio na sua pele se você fizer isso. Só fique longe por um tempo, até a poeira baixar, a menos que não tenha alternativa. Estou dizendo isso para o seu próprio bem, entendeu?

Foi preciso algum tempo antes que Miles finalmente respondesse.

– Tudo bem – suspirou.

Mas ele tinha certeza de que a história entre ele e Otis ainda não havia terminado.

3

Três horas depois do almoço com Charlie, Miles estacionou o carro em uma vaga em frente à Escola de Ensino Fundamental Grayton. Era o horário de saída dos alunos e três ônibus escolares aguardavam com o motor ligado enquanto as crianças começavam a chegar em pequenos grupos de quatro ou seis. Miles viu Jonah ao mesmo tempo que o filho o avistou. O menino acenou alegremente e correu em direção ao carro. Miles sabia que dali a uns poucos anos, quando virasse adolescente, Jonah não faria mais isso. O filho se atirou em seus braços e Miles o apertou com força, saboreando aquela proximidade enquanto ainda podia.

– Oi, campeão. Como foi a aula?

Jonah se afastou.

– Tudo bem. E o trabalho?

– Melhor agora que já terminei.

– Prendeu alguém hoje?

Miles fez que não com a cabeça.

– Hoje não. Quem sabe amanhã. Escute, quer tomar um sorvete depois que eu terminar aqui?

Jonah assentiu, animado, e Miles o pôs no chão.

– Combinado, então. Vamos tomar sorvete – disse, abaixando-se para poder olhar nos olhos do filho. – Acha que vai ficar bem lá no parquinho enquanto eu converso com a sua professora? Ou quer esperar lá dentro?

– Eu não sou mais pequeno, pai. E o Mark também teve que ficar até mais tarde. A mãe dele foi ao médico.

Miles ergueu os olhos e viu o melhor amigo de Jonah aguardando impaciente junto a uma cesta de basquete. Ajeitou a camiseta do filho para dentro da calça.

– Bem, fiquem juntos, OK? E não saiam de perto da escola, nenhum dos dois.

– Tudo bem.

– Então, tá... mas tomem cuidado.

Jonah entregou a mochila ao pai e saiu correndo. Miles a jogou no banco da frente do carro e começou a percorrer o estacionamento, serpenteando entre os veículos. Algumas crianças chamaram seu nome e mães também o cumprimentaram. Miles parou para conversar com algumas delas enquanto esperava a confusão da saída diminuir. Quando os ônibus partiram e a maioria dos carros também se foi, os professores voltaram para dentro da escola. Miles deu uma última olhada na direção de Jonah e entrou no prédio.

Logo foi atingido por uma lufada de ar quente. O prédio tinha quase 40 anos de idade e, embora o sistema de ar condicionado tivesse sido trocado mais de uma vez ao longo dos anos, não dava conta do recado no auge do verão. Miles começou imediatamente a transpirar e puxou a frente da camisa, balançando-a para se refrescar enquanto caminhava. Sabia que a sala de Jonah ficava no final do corredor. Quando chegou lá, porém, ela estava vazia.

Por alguns instantes, pensou que estivesse no lugar errado, mas os nomes das crianças numa lista na parede confirmaram que era a sala certa. Verificou o relógio e, percebendo que estava alguns minutos adiantado, pôs-se a andar pela sala. Observou uma lição escrita no quadro, as carteiras dispostas em fileiras ordenadas, uma mesa retangular abarrotada de cartolina e cola. Na parede dos fundos estavam pregadas algumas redações curtas e Miles estava procurando a do filho quando ouviu uma voz atrás de si.

– Desculpe o atraso. Tive que deixar umas coisas na minha sala.

Foi então que Miles viu Sarah Andrews pela primeira vez.

Considerando tudo o que aconteceria a partir dali, Miles sempre se surpreenderia com algo em relação àquele momento: ele não sentiu os pelos da nuca se eriçarem, não ficou imaginando seu futuro juntos, não teve qualquer sensação notável. No entanto, iria sempre se lembrar da própria surpresa ao constatar que Charlie tinha razão: ela era *mesmo* bonita. Não do tipo glamorosa e inatingível, mas com certeza devia fazer os homens olharem para trás quando passava. Tinha os cabelos louros cortados retos logo acima dos ombros, um corte ao mesmo tempo elegante e prático. Usava saia comprida e blusa amarela e, embora seu rosto estivesse corado por causa do calor, os olhos azuis pareciam irradiar frescor, como se ela houvesse acabado de passar o dia relaxando na praia.

– Não tem problema – respondeu ele por fim. – Cheguei meio cedo, mesmo – falou, estendendo-lhe a mão. – Miles Ryan.

Enquanto ele falava, os olhos de Sarah relancearam rapidamente para baixo em direção ao coldre. Não era a primeira vez que Miles percebia essa reação em alguém. No entanto, antes que ele pudesse fazer qualquer comentário, ela o encarou e sorriu, apertando sua mão como se a arma não tivesse importância.

– Sarah Andrews. Que bom que o senhor pôde vir. Depois que mandei o recado, lembrei que não tinha falado que poderíamos remarcar se hoje não fosse conveniente.

– Não tem problema. Meu chefe conseguiu dar um jeito.

Ela assentiu, ainda o encarando.

– Charlie Curtis, não é? Conheço a mulher dele, Brenda. Ela tem me ajudado a entender como as coisas funcionam por aqui.

– Cuidado. Se você deixar, ela aluga você o dia inteiro.

Sarah riu.

– Já reparei. Mas ela tem sido maravilhosa, maravilhosa mesmo. É sempre meio intimidador chegar a um lugar novo, mas ela se desdobrou para me dar a sensação de que aqui é o meu lugar.

– Ela é um amor.

Por alguns instantes, os dois ficaram mudos, parados um diante do outro, e Miles sentiu na mesma hora que, agora que a conversa fiada tinha se esgotado, Sarah não estava mais tão à vontade. Ela deu a volta na mesa com um ar de quem estava pronta para abordar o assunto que interessava. Começou a remexer papéis e a vasculhar as pilhas à procura do que precisava. Do lado de fora, o sol despontou de trás de uma nuvem e começou a entrar enviesado pelas janelas, bem em cima deles. A temperatura pareceu subir no mesmo instante e Miles deu outro puxão na camisa. Sarah ergueu os olhos para ele de relance.

– Faz muito calor aqui... Vivo querendo trazer um ventilador, mas ainda não tive tempo de comprar.

– Não se incomode comigo.

Ele sentiu o suor começar a escorrer pelo peito e pelas costas.

– Bom, temos duas opções: ou o senhor puxa uma cadeira para conversarmos aqui mesmo e talvez desmaiarmos de calor ou podemos ir lá para fora, onde está um pouco mais fresco. Tem umas mesas de piquenique na sombra.

– Não seria problema?

– Se o senhor não se importar.

– Não me importo nem um pouco. Além disso, Jonah está no parquinho e assim posso ficar de olho nele.

Ela assentiu.

– Ótimo. Deixe só eu ver se peguei tudo...

Um minuto depois, eles saíram da sala, desceram o corredor e empurraram a porta para sair da escola.

– Faz tempo que chegou à cidade? – perguntou Miles por fim.

– Cheguei em junho.

– E está gostando?

Ela olhou para ele.

– É bem tranquila, bem agradável.

– Onde morava antes?

– Baltimore. Cresci lá, mas... precisava mudar de ares.

Miles assentiu.

– Sei como é. Às vezes também tenho vontade de ir embora.

Pela mudança imediata da expressão no rosto dela, Miles percebeu na hora que a professora já ouvira falar sobre Missy. Mas Sarah não comentou nada.

Sentaram-se a uma mesa de piquenique. De perto, com o sol iluminando-a por entre as árvores, Miles percebeu que a pele de Sarah parecia lisa, quase luminosa. Certamente não tivera acne na adolescência.

– Então... Srta. Andrews? – hesitou ele.

– Tudo bem se usarmos "você"? Pode me chamar de Sarah.

– OK, então. Sarah...

Ele se calou e depois de alguns instantes Sarah terminou a frase em seu lugar:

– Está querendo saber por que eu precisava falar com você?

– É, estou.

Sarah relanceou os olhos para a pasta à sua frente, em seguida tornou a erguê-los.

– Bom, queria começar dizendo quanto aprecio ter Jonah como aluno. Ele é um menino maravilhoso... É sempre o primeiro a se oferecer para ajudar quando preciso e também se dá muito bem com os colegas. Além disso, é educado e muito articulado para a idade dele.

Miles a avaliou com atenção.

– Por que será que estou com a impressão de que você vai me dar uma notícia ruim?

– Será que eu sou tão óbvia assim?

– Bom... um pouco – reconheceu Miles.

Sarah deu uma risadinha encabulada.

– Desculpe, mas queria que soubesse que nem tudo é ruim. Diga uma coisa... Jonah comentou com você sobre o que está acontecendo?

– Só hoje, no café da manhã. Quando perguntei por que você queria falar comigo, ele disse que está tendo dificuldade com alguns deveres.

– Entendi.

Ela ficou calada por alguns instantes, como se tentasse organizar os pensamentos.

– Assim estou ficando meio nervoso – disse Miles por fim. – Não acha que ele está com nenhum problema sério, acha?

– Bom... – Ela hesitou. – Detesto dizer isso, mas acho que sim. Jonah não está tendo dificuldade com alguns deveres. Ele está tendo dificuldade com *todos* os deveres.

Miles franziu o cenho.

– Todos?

– Jonah está atrasado em leitura, redação, ortografia e matemática... praticamente tudo. Para ser sincera, acho que ele não estava preparado para entrar no segundo ano.

Miles apenas a encarou, sem saber o que dizer. Sarah prosseguiu:

– Sei que é difícil ouvir isso. Acredite em mim, eu também não iria gostar de receber essa notícia se fosse o meu filho. Foi por isso que quis ter certeza antes de conversar com você. Olhe aqui...

Sarah abriu a pasta e entregou um maço de papéis a Miles. Eram os deveres de Jonah. Miles folheou as páginas – dois testes de matemática sem uma única resposta certa, dois exercícios em que era necessário escrever um parágrafo (Jonah conseguira rabiscar umas poucas palavras ilegíveis) e três testes curtos de leitura nos quais ele tampouco se saíra bem. Depois de um longo intervalo, ela deslizou a pasta na direção de Miles.

– Pode ficar com ela. Já usei tudo de que precisava.

– Não sei se quero ficar com isso – disse ele, ainda em choque.

Sarah se inclinou ligeiramente para a frente.

– Algum dos professores que ele teve antes chegou a lhe dizer que ele estava com dificuldade?

– Não, nunca.

– Nada?

Miles desviou os olhos. Do outro lado do pátio, Jonah descia pelo escorrega, com Mark logo atrás. Uniu as mãos.

– A mãe de Jonah morreu pouco antes de ele entrar para o jardim. Eu soube que ele às vezes se escondia debaixo da carteira e chorava e ficamos todos preocupados com isso. Mas a professora não disse nada sobre os deveres. Segundo os boletins, ele estava indo bem. No ano passado foi a mesma coisa.

– Você chegou a ver os deveres que ele levava para casa?

– Ele nunca levava nada. Só alguns trabalhinhos que fazia.

Agora isso parecia não fazer sentido, até mesmo para ele. Por que não percebera nada? *Ocupado demais com o próprio umbigo, hein?*, respondeu uma voz dentro dele.

Miles suspirou, zangado consigo mesmo, zangado com a escola. Sarah pareceu ler seus pensamentos.

– Sei que está tentando entender como isso pode ter acontecido e tem todo o direito de ficar chateado. Os professores de Jonah tinham a responsabilidade de fazer o menino aprender, mas não a cumpriram. Tenho certeza de que não foi por mal... Tudo deve ter começado porque ninguém queria exigir muito dele.

Miles refletiu sobre isso durante um longo intervalo.

– Que *ótimo* – resmungou.

– Olhe, eu não o chamei aqui só para dar más notícias – disse Sarah. – Se fizesse só isso, estaria negligenciando a *minha* responsabilidade. Queria conversar sobre a melhor maneira de ajudar Jonah. Não quero que ele perca este ano e, com um pouco de esforço extra, acho que não vai precisar. Ainda dá para recuperar o atraso.

Foi preciso algum tempo para Miles absorver a informação. Quando ele ergueu os olhos, Sarah balançou a cabeça e disse:

– Jonah é muito inteligente. Quando aprende alguma coisa, não esquece mais. Só precisa de um pouco mais de reforço do que posso dar conta em sala de aula.

– Ou seja...?

– Ele precisa de ajuda depois da escola.

– Um professor particular?

Sarah alisou a saia comprida.

– Contratar um professor particular é uma ideia, mas pode sair caro, principalmente considerando que Jonah precisa de ajuda com o básico. Não estamos falando de geometria, por exemplo, mas de somas de um dígito, tipo três mais dois. Em relação à leitura, ele só precisa de um pouco de treino. A escrita também: é só praticar. A menos que você tenha dinheiro sobrando, o melhor provavelmente seria você mesmo ajudar.

– Eu?

– Não é tão difícil assim. Tente ler com ele, fazer com que ele leia para você, ajudar com os deveres de casa, essas coisas. Não acho que vá ter qualquer dificuldade com nenhum dos deveres que eu passar.

– Isso porque você não viu meus boletins quando eu era pequeno.

Sarah sorriu antes de prosseguir.

– Ter um horário fixo também ajuda. As crianças aprendem melhor quando o estudo faz parte de uma rotina. Além disso, a rotina costuma garantir que o processo seja constante e é disso que Jonah mais precisa.

Miles se ajeitou no banco.

– Não é tão fácil quanto pode parecer. Meu horário varia muito. Às vezes eu volto para casa às quatro, outras vezes só chego quando Jonah já foi para a cama.

– E quem fica com ele depois da escola?

– A Sra. Johnson, nossa vizinha. Ela é ótima, mas não sei se estaria disposta a fazer os deveres com ele todos os dias. Ela tem mais de 80 anos.

– E outra pessoa? Um avô ou avó, alguém assim?

Miles fez que não com a cabeça.

– Os pais de Missy se mudaram para a Flórida depois que ela morreu. Minha mãe morreu quando eu estava terminando o ensino médio e meu pai foi embora assim que entrei para a faculdade. Em geral nem sei onde ele está. Jonah e eu passamos os últimos dois anos praticamente sozinhos. Não me entenda mal, ele é um ótimo menino. Às vezes eu sinto que tenho sorte por tê-lo só para mim, mas em outros momentos não consigo evitar pensar que teria sido mais fácil se os pais de Missy tivessem ficado aqui ou se o meu pai estivesse mais disponível.

– Para momentos como esse?

– Exatamente – respondeu ele.

Sarah tornou a rir. Miles gostou do som de sua risada. Havia algo de inocente nela, era um tipo de risada que ele associava a crianças, a quem ainda não havia percebido que o mundo era mais do que diversão e brincadeira.

– Pelo menos você está levando o assunto a sério – disse Sarah. – Nem sei dizer quantas vezes tive esta mesma conversa com pais que ou não acreditaram em mim ou então me culparam.

– Isso acontece muito?

– Mais do que você imagina. Antes de eu escrever o bilhete, cheguei até a conversar com Brenda sobre o melhor jeito de contar a você.

– E o que foi que ela disse?

– Para eu ficar tranquila, que você não reagiria mal. Que, acima de tudo, ficaria preocupado com Jonah e que estaria aberto ao que eu sugerisse. Ela disse até que eu não precisava ficar com medo, ainda que você ande armado.

Miles pareceu perplexo:

– Não, ela não disse isso!

– Disse, sim. Você tinha de estar lá para ouvir o tom de voz dela...

– Vou ter que conversar com ela.

– Não, não faça isso. É evidente que ela gosta de você. Isso ela também me disse.

– Brenda gosta de todo mundo.

Nessa hora, Miles ouviu Jonah gritar o nome de Mark pedindo para o amigo correr atrás dele. Apesar do calor, os dois meninos atravessaram o parquinho a toda, dando a volta em uns postes antes de partir em outra direção.

– Não dá para acreditar na energia que eles têm – comentou Sarah, maravilhada. – Esses dois fizeram a mesma coisa mais cedo na hora do almoço.

– Acredite em mim, eu sei. Não consigo nem me lembrar da última vez que fiz algo assim.

– Ah, sério, você não é tão velho assim. Tem o quê... 40, 45?

Miles pareceu perplexo outra vez e Sarah deu uma piscadela.

– Estou só brincando.

Ele enxugou a testa, fingindo alívio, e de repente se surpreendeu ao notar quanto estava gostando daquela conversa. Por algum motivo, Sarah quase parecia estar flertando com ele e isso o agradou mais do que achava que deveria.

– Obrigado... eu acho.

– De nada – respondeu ela, tentando e não conseguindo disfarçar um sorriso de ironia. – Mas então... Onde estávamos, mesmo?

– Você estava me dizendo que o tempo já deixou suas marcas no meu rosto.

– Antes disso... Ah, sim, estávamos conversando sobre seus horários e você me disse que seria impossível implementar uma rotina.

– Eu não disse impossível. Falei que não vai ser fácil.

– Em que dias você tem as tardes livres?

– Geralmente às quartas e sextas.

Enquanto Miles pensava, Sarah pareceu encontrar uma solução.

– Escute, em geral não faço isso, mas vou lhe propor um acordo – disse ela devagar. – Se você concordar, claro.

Miles arqueou as sobrancelhas.

– Que tipo de acordo?

– Eu estudo com Jonah depois da aula nos outros três dias da semana se você prometer fazer o mesmo nos dois dias que tem livres.

Ele não conseguiu disfarçar sua surpresa.

– Você faria isso?

– Não por qualquer aluno. Mas, como eu disse, Jonah é um amor de menino e passou por um período difícil nos últimos dois anos. Eu ficaria feliz em ajudar.

– Sério?

– Não faça essa cara de espanto. A maioria dos professores se dedica bastante ao trabalho. Além do mais, eu costumo ficar na escola até as quatro, de qualquer forma, de modo que nem vai dar tanto trabalho assim.

Quando Miles não respondeu de imediato, Sarah se calou.

– Só vou oferecer uma vez. É pegar ou largar – disse ela por fim.

Miles parecia quase constrangido.

– Obrigado – falou, sério. – Não sabe quanto sou grato a você.

– O prazer é todo meu. Mas, para fazer tudo direito, tem uma coisa de que vou precisar. Considere isso meu pagamento.

– O que é?

– Um ventilador... e dos bons – falou, meneando depois a cabeça em direção ao prédio. – Está um forno lá dentro.

– Fechado.

Vinte minutos mais tarde, depois que Miles se despediu, Sarah voltou à sala de aula. Enquanto juntava suas coisas, pegou-se pensando em Jonah e na melhor maneira de fazê-lo acompanhar a turma. Tinha sido uma boa solução ela ter se oferecido para orientá-lo, disse a si mesma. Assim poderia ver mais de perto a evolução dele e orientar Miles quanto aos estudos com o filho. Era um trabalho extra, sim, mas seria a melhor coisa para o menino, ainda que aquilo não estivesse em seus planos – e não estava; a ideia surgira praticamente no momento em que Sarah fizera a proposta.

Ainda estava tentando entender por que a tinha feito.

Mesmo sem querer, também estava pensando em Miles. Ele com certeza não era o que ela havia imaginado. Quando Brenda lhe dissera que ele trabalhava com o xerife, Sarah na mesma hora visualizara um homem acima do peso, com a calça sob a barriga, óculos de sol espelhados e a boca cheia de fumo de mascar. Imaginara-o adentrando sua sala de aula a passos largos, com os polegares enfiados nos passadores do cinto e falando com um sotaque carregado. *Sobre que assunto mesmo a senhora queria falar comigo, dona?* Mas Miles não era nada disso.

Além do mais, era atraente. Não no mesmo estilo de Michael – moreno e cheio de glamour, sempre impecável e perfeito –, mas sedutor de um jeito natural, mais rústico. Seu rosto tinha certa aspereza, como se ele tivesse passado muitas horas sob o sol quando criança. No entanto, ao contrário do que ela mesma dissera, não parecia ter 40 anos, o que a surpreendera.

Mas não deveria ter surpreendido. Afinal de contas, Jonah tinha só 7 anos e ela sabia que Missy Ryan morrera jovem. Supunha que seu erro de avaliação tivesse a ver com o simples fato de a mulher dele ter morrido. Não conseguia imaginar isso acontecendo com alguém da sua idade. Não era certo, parecia ir contra as leis da natureza.

Ainda estava refletindo sobre a questão quando deu uma última olhada na sala para se certificar de ter pegado tudo de que precisava. Tirou a bolsa da gaveta de baixo da mesa, colocou-a no ombro, pôs o restante do material debaixo do braço e apagou a luz antes de sair.

No caminho até o carro, sentiu uma pontada de decepção ao constatar que Miles já tinha ido embora. Repreendendo-se por esse pensamento, lembrou a si mesma que um viúvo como ele dificilmente teria pensamentos desse tipo em relação à professora do filho pequeno.

Sarah Andrews não fazia ideia de como estava equivocada.

4

À luz fraca da minha escrivaninha, os recortes de jornal parecem muito antigos. Amarelados e cheios de dobras, ganham uma aparência estranhamente pesada, como se carregassem em si o peso da minha vida de então.

Há algumas verdades simples na vida e uma delas é a seguinte: sempre que alguém morre jovem e sob circunstâncias trágicas, as pessoas se interessam, sobretudo em uma cidade pequena, onde todos parecem se conhecer.

Quando Missy Ryan morreu, a notícia ganhou as manchetes. Na manhã seguinte à sua morte, quando os jornais foram entregues nas casas, arquejos se fizeram ouvir por toda a New Bern. Havia uma grande matéria e três fotos: uma da cena do acidente e duas outras mostrando Missy como a linda mulher que tinha sido. Nos dias subsequentes, à medida que novas informações foram liberadas, houve duas outras matérias longas.

No início, todos imaginavam que o caso seria solucionado. Mais ou menos um mês depois do ocorrido, outra matéria de primeira página afirmou que o Conselho Municipal estava oferecendo uma recompensa por qualquer informação sobre o caso. Com isso, a confiança das pessoas começou a diminuir. E junto com a confiança se foi o interesse delas. Os moradores da cidade deixaram de falar no assunto com tanta frequência e o nome de Missy passou a ser citado cada vez menos. Tempos depois, outra matéria, dessa vez na página três, repetia o que fora afirmado nas primeiras e pedia novamente que qualquer pessoa que tivesse alguma informação se apresentasse às autoridades. Depois disso, nada mais saiu na imprensa.

Todas as matérias seguiam o mesmo padrão, apresentando os fatos de forma simples e direta: em uma noite quente do verão de 1986, Missy Ryan – que se casara com o namorado de escola, hoje um agente da lei, e mãe de um menino – saiu para correr quando anoitecia. Duas pessoas a tinham visto passar pela Madame Moore's Lane poucos minutos depois de ela sair de casa; ambas haviam sido posteriormente interrogadas pela polícia rodoviária. Então as matérias falavam sobre os trágicos acontecimentos da noite. O que nenhuma delas mencionava, contudo, era como Miles tinha passado as últimas horas antes de saber o que havia acontecido.

Tenho certeza de que Miles se lembraria delas para sempre, pois foram as últimas horas de normalidade que teria na vida. Limpou a grama cortada da entrada de carros e do caminho de pedestres, como Missy lhe pedira, e entrou em casa. Arrumou a cozinha, passou algum tempo com Jonah, depois pôs o filho para dormir. O mais provável é que tenha ficado olhando para o relógio de tantos em tantos minutos quando notou que já passara da hora de Missy chegar. No início, talvez tenha dito a si mesmo que a mulher poderia ter parado para visitar algum colega de trabalho, coisa que às vezes fazia, e provavelmente se repreendeu por imaginar o pior.

Os minutos se transformaram em uma hora, depois em duas, e Missy não apareceu. A essa altura, Miles já estava preocupado o suficiente para ligar para Charlie. Pediu-lhe para verificar o circuito de corrida habitual da mulher, já que Jonah estava dormindo e ele não queria deixar o filho sozinho, a menos que fosse absolutamente necessário. Charlie fez o que o amigo pedira.

Uma hora depois – período em que Miles ligou para diversas pessoas em busca de notícias e teve a impressão de que todos desconversavam –, Charlie apareceu na porta de sua casa. Levava consigo a mulher, Brenda, para fazer companhia a Jonah. Mesmo atrás do marido, Miles podia ver que seus olhos estavam vermelhos.

– É melhor você vir comigo – disse Charlie com cautela. – Houve um acidente.

Pela expressão no rosto do amigo, tenho certeza de que Miles entendeu exatamente o que Charlie estava tentando lhe dizer. O resto da noite foi um borrão.

O que nem Miles nem Charlie sabiam nessa noite – e que o inquérito mais tarde iria revelar – era que o atropelamento que matara Missy não tivera nenhuma testemunha. Tampouco alguém iria aparecer para confessar o crime. Ao longo do mês seguinte, a polícia rodoviária interrogou todo mundo nas redondezas; procuraram qualquer coisa que pudesse levar a alguma pista, vasculharam arbustos, avaliaram as evidências encontradas no local do atropelamento, visitaram bares e restaurantes próximos para saber se algum cliente aparentemente embriagado saíra por volta daquela hora. No final das contas, o dossiê do caso ficou grosso e pesado, reunindo tudo o que fora descoberto – que não era nada além do que Miles já sabia na hora em que abriu a porta de casa e se deparou com Charlie em pé na sua varanda –, mas não levara a nada.

Miles Ryan tinha ficado viúvo aos 30 anos.

5

Dentro do carro, as lembranças do dia em que Missy morrera voltaram à mente de Miles em fragmentos, como acontecera antes, a caminho do almoço com Charlie. Dessa vez, no entanto, as cenas incessantes da pescaria, do bate-boca com a mulher e de tudo o que se seguira foram substituídas por pensamentos sobre Jonah e Sarah Andrews.

Permaneceu tanto tempo calado no carro, absorto em seus pensamentos, que Jonah acabou ficando inquieto. Enquanto aguardava que o pai dissesse alguma coisa, o menino ficou imaginando os possíveis castigos que Miles lhe daria, cada um pior do que o outro. Começou a abrir e fechar o zíper da mochila e continuou assim até que Miles estendeu a mão e a pousou sobre a do filho, impedindo-o de continuar. Mesmo assim, Miles continuou mudo. Quando Jonah finalmente tomou coragem, encarou o pai com os olhos arregalados e já cheios de lágrimas e disse:

– Pai, eu fiz alguma besteira?

– Não, filho.

– Você ficou um tempão conversando com a professora.

– Tínhamos muito o que conversar.

Jonah engoliu em seco.

– Vocês conversaram sobre a escola?

Miles assentiu e Jonah tornou a olhar para a mochila, sentindo-se enjoado e desejando poder ocupar as próprias mãos outra vez.

– Besteira *das grandes* – balbuciou o menino.

Alguns minutos mais tarde, sentado em um banco em frente à sorveteria, Jonah terminava uma casquinha enquanto o pai tinha um braço em volta do ombro do menino. Fazia dez minutos que os dois estavam conversando e, pelo menos até onde Jonah podia constatar, a conversa não fora nem de longe tão ruim quanto ele havia imaginado. Seu pai não tinha gritado, não tinha feito ameaças e, o melhor de tudo: não o pusera de castigo. Em vez disso, simplesmente havia perguntado a Jonah sobre seus antigos professores e os trabalhos que eles tinham – e não tinham – pedido que o menino fizesse. Jonah explicou com sinceridade que, depois de ficar para trás em relação à turma, sentira-se constrangido demais para pedir ajuda. Conversaram sobre as matérias em que o menino estava tendo dificuldade – como Sarah tinha dito, eram praticamente todas – e Jonah prometeu dar o melhor de si dali em diante. Miles também disse que iria ajudá-lo e que, se tudo corresse bem, Jonah recuperaria o atraso bem depressa. No fim das contas, Jonah avaliou que tinha tido sorte.

O que não percebeu foi que o pai ainda não havia terminado.

– Mas, como você está muito atrasado – continuou Miles, calmo –, vai ter que ficar depois da aula alguns dias por semana para a professora poder ajudar você.

O menino levou alguns instantes para registrar aquelas palavras e então ergueu os olhos para o pai.

– Depois da aula?

Miles assentiu.

– Ela disse que assim você vai recuperar o atraso mais depressa.

– Mas você não disse que ia me ajudar?

– E vou, mas não posso ajudar todos os dias. Preciso trabalhar, então a sua professora disse que iria ajudar também.

– Mas depois da aula? – tornou a indagar Jonah com um tom de súplica na voz.

– Três vezes por semana.

– Mas, pai... – reclamou, atirando o resto da casquinha no lixo. – Eu não quero ficar depois da aula.

– Não perguntei se queria. Além do mais, podia ter me dito antes que estava com dificuldade. Se tivesse me contado, talvez a gente pudesse ter evitado essa situação.

Jonah franziu o cenho.

– Mas, pai...

– Escute, eu sei que tem um milhão de coisas que você preferiria fazer, mas vai fazer isso durante um tempo. Você não tem alternativa e, pense bem, podia ser pior.

– Pior como? – indagou o menino, cantando a última sílaba como sempre fazia quando preferia não acreditar no que o pai estava lhe dizendo.

– Bom, ela podia querer estudar com você no fim de semana também. Nesse caso, você não poderia mais jogar futebol.

Jonah se inclinou para a frente e apoiou o queixo nas mãos.

– Está bem – disse por fim, com ar contrariado. – Eu topo.

Miles sorriu e pensou: você não tem escolha.

– Que bom, campeão.

Mais tarde naquela noite, Miles estava curvado junto à cama do filho, ajeitando suas cobertas. Jonah já estava com os olhos pesados e Miles passou a mão em seus cabelos antes de lhe dar um beijo no rosto.

– Está tarde. É hora de dormir.

Deitado na cama, o menino parecia muito pequenino e satisfeito. Miles se certificou de que a luz noturna do quarto estava acesa, em seguida estendeu a mão para apagar o abajur da cabeceira. Jonah se forçou a abrir os olhos, embora não fosse difícil adivinhar que eles não iriam permanecer assim por muito tempo.

– Pai?

– Hum?

– Obrigado por não ter ficado bravo comigo hoje.

Miles sorriu.

– De nada.

– E, pai?

– Hum?

Jonah ergueu a mão para enxugar o nariz. Ao lado do travesseiro havia um ursinho de pelúcia que Missy lhe dera de presente em seu aniversário de 3 anos. Ele ainda dormia com o bicho todas as noites.

– Que bom que a professora quer me ajudar.

– Você acha? – indagou Miles, surpreso.

– Ela é legal.

Miles apagou o abajur.

– Também achei. Agora durma, filho.

– Está bem. E, pai?

– Hum?

– Eu te amo.

Miles sentiu a garganta se contrair.

– Também te amo, Jonah.

Horas depois, pouco antes das quatro da madrugada, Jonah teve outro pesadelo.

Os gritos do menino fizeram Miles pular da cama na mesma hora. Saiu cambaleando do quarto praticamente às cegas, quase tropeçou em um brinquedo e ainda estava tentando focar a visão quando pegou no colo o filho adormecido. Começou a sussurrar em seu ouvido enquanto o levava até a varanda dos fundos. Tinha aprendido que aquilo era a única coisa capaz de acalmá-lo. Em instantes, os soluços se transformaram em choro e Miles agradeceu a Deus não apenas pelo fato de seu terreno ser grande mas também por a vizinha mais próxima, a Sra. Johnson, ouvir muito mal.

Em meio à névoa da noite úmida, Miles ficou ninando o filho sem parar de sussurrar em seu ouvido. A lua brilhava nas águas vagarosas do rio, transformando-as em uma passarela de luz. Com os pesados carvalhos e os troncos claros dos ciprestes reinando ao longo das duas margens, a vista era tranquila e tinha uma beleza atemporal. Os longos véus de barba-de-velho que pendiam das árvores só faziam aumentar a sensação de que aquele pedaço do mundo permanecera intocado nos últimos mil anos.

Já eram quase cinco da manhã quando a respiração de Jonah voltou a um ritmo profundo e regular, mas Miles não conseguiria mais dormir. Pôs o filho na cama, foi até a cozinha e fez um café. Sentado à mesa, esfregou o rosto para ativar a circulação do sangue e em seguida olhou pela janela. O céu começava a pratear o horizonte e a aurora irrompia entre as árvores.

Miles se pegou pensando em Sarah Andrews outra vez.

Sentia-se atraído por ela, quanto a isso não restava dúvida. Parecia fazer uma eternidade desde que uma mulher lhe causara uma reação tão forte. Sentira atração por Missy, claro, mas isso já fazia 15 anos. Fora em outra vida. Não que tivesse deixado de sentir atração por ela nos últimos anos de seu casamento, longe disso, mas essa sensação mudara com o tempo. A paixão que sentira ao conhecer Missy – o desejo adolescente desesperado de saber tudo o que pudesse a seu respeito – fora substituída ao longo dos anos por algo mais profundo, mais maduro. Com Missy não havia surpresas. Sabia como era seu rosto ao levantar de manhã e tinha visto a exaustão nele após o parto de Jonah. Conhecia Missy – seus sentimentos e temores, as coisas de que ela gostava e as de que não gostava. Mas aquela atração por Sarah lhe parecia... *nova* e o fazia se sentir novo também, como se tudo fosse possível. Não havia se dado conta de quanto essa sensação lhe fizera falta.

Mas o que faria a partir dali? Dessa parte ainda não tinha certeza. Para começar, não podia prever como as coisas se desenrolariam em relação a Sarah. Não sabia nada sobre ela. No fim das contas, talvez os dois não fossem nada compatíveis. Milhares de coisas podiam condenar um relacionamento.

Mesmo assim, sentira-se atraído.

Balançou a cabeça para afastar aqueles pensamentos. Não havia motivo para ficar ruminando aquilo; simplesmente o fato de sentir atração por alguém o fizera lembrar que ele gostaria de reconstruir sua vida. Queria encontrar alguém; não gostaria de passar o resto da vida sozinho. Sabia que algumas pessoas conseguiam fazer isso. Conhecia gente na cidade que enviuvara e nunca mais tornara a se casar, mas ele não fora feito para isso. Jamais sentira que estivesse perdendo alguma coisa por ser casado. Não olhava para os amigos solteiros e desejava ter a mesma vida que eles – encontros, azaração, paixões que iam e vinham como as estações do ano. Simplesmente não era do seu temperamento. Adorava ser marido, adorava ser pai e adorava a estabilidade que isso tudo proporcionava. Queria ter essa vida de novo.

Mas provavelmente não vou ter...

Miles suspirou e tornou a olhar pela janela. Agora havia mais luz na parte baixa do céu, mas lá em cima ainda estava tudo escuro. Levantou-se da mesa e foi ver como estava Jonah – ainda dormindo –, em seguida abriu a porta do próprio quarto. Nas sombras, pôde distinguir as fotos que havia mandado emoldurar, dispostas em cima da cômoda e sobre a mesa de cabeceira. Embora não pudesse ver claramente os traços, não precisava disso para saber de quem eram: Missy sentada na varanda dos fundos com um buquê de flores-do-campo na mão; Missy e Jonah com o rosto bem junto da lente, sorriso largo; Missy e Miles andando em direção ao altar...

Entrou no quarto e sentou-se na cama. Ao lado da fotografia estava o envelope de papel pardo com as informações que ele havia juntado em seu tempo livre. Como acidentes de trânsito não eram da alçada do xerife e sua equipe – e tampouco teriam lhe permitido investigar o caso de Missy se fossem –, ele havia acompanhado de perto o trabalho da polícia rodoviária, interrogando as mesmas pessoas, fazendo as mesmas perguntas e examinando as mesmas informações. Como todos sabiam pelo que estava passando, ninguém se recusara a colaborar, mas no final das contas ele não conseguira descobrir nada além do que os investigadores levantaram. Desde então o dossiê ficava ali, em cima da mesa de cabeceira, como se desafiasse Miles a descobrir quem estava dirigindo o carro naquela noite.

Só que isso já não parecia provável, por mais que Miles quisesse punir a pessoa que havia arruinado sua vida. E era exatamente isso que ele queria fazer: queria que o sujeito pagasse caro por seus atos. Sentia que era esse o seu dever, tanto como marido quanto como alguém que tinha jurado defender a lei. Olho por olho – não era isso que a Bíblia dizia?

Então, como em quase todas as manhãs, Miles olhou para o envelope sem se dar o trabalho de abri-lo e se pegou imaginando a pessoa responsável pelo acidente e repassando a mesma sequência de acontecimentos de todas as vezes. Começando sempre com a mesma pergunta:

Se fora só um acidente, por que fugir?

O único motivo em que conseguia pensar era que a pessoa estivesse bêbada, talvez voltasse de uma festa ou tivesse o hábito de beber além da conta no fim de semana. Um homem, provavelmente na casa dos 30 ou 40 anos. Embora nenhuma evidência sustentasse essa hipótese, era sempre isso que ele imaginava. Miles podia até ver o motorista com os reflexos lentos fazendo o carro sambar de um lado para outro na estrada, indo acima da velocidade e dando trancos no volante. Talvez ele houvesse estendido a mão para pegar mais uma cerveja justo na hora em que viu Missy, já tarde demais. Ou talvez houvesse apenas escutado o baque e sentido o carro estremecer com o impacto. Nem assim o motorista entrara em pânico. Não havia marcas de freadas bruscas no asfalto, muito embora o motorista houvesse parado o carro para ver o que acontecera. As evidências mostravam isso – algo que jamais fora publicado em qualquer artigo de jornal.

Pouco importava.

Ninguém mais tinha visto nada. Não havia outros carros na estrada, nenhuma luz de varanda se acendeu, ninguém estava no quintal desligando os irrigadores automáticos ou na rua passeando com o cachorro. Mesmo embriagado, o motorista sabia que Missy estava morta e que ele teria de enfrentar uma acusação de homicídio culposo, no mínimo, talvez até de homicídio doloso caso já tivesse antecedentes. Seria indiciado criminalmente. Seria preso. Uma vida atrás das grades. Esses e outros pensamentos ainda mais assustadores deviam ter lhe passado pela cabeça, levando-o a ir embora antes que alguém o visse. E ele assim fizera, sem nem sequer se dar o trabalho de pensar no rastro de tristeza que deixava atrás de si.

Ou isso ou alguém tinha atropelado Missy de propósito.

Algum sociopata que matava pelo simples prazer de matar. Já ouvira falar de gente assim.

Ou que matava para se vingar de Miles Ryan?

Ele trabalhava com o xerife, tinha feito inimigos. Prendera pessoas, testemunhara contra elas. Havia ajudado a mandar dezenas de criminosos para a prisão.

Teria sido uma dessas pessoas?

A lista era sem fim, um prato cheio para a paranoia.

Ele deu um suspiro e por fim abriu o envelope, sentindo-se atraído pelas páginas como por um ímã.

Havia um detalhe em relação ao acidente que Miles descobrira quando esteve no local e que não parecia se encaixar no resto. Ao longo dos anos, Miles desenhara meia dúzia de pontos de interrogação ao seu redor.

Por mais estranho que parecesse, o motorista do carro havia colocado uma manta sobre o corpo de Missy.

Esse detalhe nunca havia chegado aos jornais.

Durante algum tempo, houvera esperança de que a manta pudesse fornecer pistas quanto à identidade do motorista, mas não dera em nada. Era uma manta comum, encontrada em kits de primeiros socorros vendidos em quase todas as lojas de peças automotivas ou lojas de departamentos do país. Impossível de rastrear.

Mas... *por quê?*

Era essa a pergunta que ainda o atormentava.

Por que cobrir o corpo e depois fugir? Não fazia sentido. Quando comentara a respeito com Charlie, este lhe dissera uma coisa que o assombrava até hoje: "É como se o motorista estivesse tentando se desculpar."

Se desculpar ou nos despistar?

Miles não sabia em que acreditar.

Mas não iria desistir de encontrar aquele motorista. E então, só então, podia se imaginar seguindo em frente.

6

Na sexta-feira à noite, três dias depois da reunião com Miles Ryan, Sarah Andrews estava sozinha na sala de casa tomando a segunda taça de vinho e sentindo-se tão por baixo quanto seria humanamente possível. Mesmo sabendo que o vinho não ajudaria, tinha certeza de que mesmo assim iria se servir uma terceira dose assim que aquela terminasse. Nunca fora de beber muito, mas tivera um dia difícil.

Naquele momento, tudo o que ela queria era fugir.

Estranhamente, o dia não havia começado tão mal. Estava se sentindo bastante bem ao acordar e mesmo durante o café. Depois disso, porém, as coisas haviam degringolado depressa. O boiler do apartamento parara de funcionar e ela tivera de tomar um banho frio antes de sair para a escola. Ao chegar lá, três dos quatro alunos da primeira fila da turma estavam resfriados e passaram o dia tossindo e espirrando na sua direção, isso quando não estavam fazendo bagunça. O restante da turma pareceu seguir a deixa e ela não conseguiu fazer nem metade do que havia planejado. Depois das aulas, ficara na escola para adiantar seu trabalho e, quando finalmente estava pronta para ir embora, descobrira que um dos pneus de seu carro estava vazio. Tivera de ligar para a seguradora e acabara tendo que esperar quase uma hora até o socorro aparecer. Quando conseguiu ir para casa, as ruas ao redor tinham sido fechadas por causa do Festival das Flores que aconteceria no fim de semana, e ela precisou estacionar a três quarteirões de distância. Então, para coroar isso tudo, menos de dez minutos depois de entrar em casa, uma conhecida sua de Baltimore tinha ligado para avisar que Michael iria se casar de novo em dezembro.

Fora nessa hora que ela havia aberto o vinho.

Agora, finalmente sentindo os efeitos do álcool, Sarah se pegou desejando que o reboque tivesse demorado mais um pouco, de modo que ela não estivesse em casa para atender o telefone. A mulher que telefonara não era sua amiga íntima – elas haviam conversado algumas vezes, mas só porque ela era amiga da família de Michael – e Sarah não fazia ideia do que a levara a avisá-la sobre o casamento. Além disso, ainda que a mulher houvesse dado a notícia usando a dose certa de empatia e incredulidade, Sarah suspeitou que ela fosse ligar imediatamente depois para Michael, para lhe contar a reação da ex-mulher. Graças a Deus, conseguira manter a compostura.

Mas isso fora duas taças de vinho antes. Agora já não estava sendo tão fácil. Não queria receber notícias de Michael. Os dois estavam divorciados, separados pela lei e por livre e espontânea vontade. Ao contrário de alguns casais na mesma situação, não haviam se falado nem sequer uma vez desde o último encontro no escritório do advogado, quase um ano antes. A essa altura, ela se considerava uma sortuda por se livrar dele e havia simplesmente assinado os documentos sem fazer qualquer comentário. A dor e a raiva tinham sido substituídas por uma espécie de apatia, um entorpecimento causado pela descoberta de que nunca conhecera Michael de verdade. Depois disso, ele não lhe telefonara nem escrevera, e ela tampouco. Sarah perdera o contato com a família e os amigos de Michael e ele, por sua vez, não demonstrava qualquer interesse pelos dela. Sob muitos aspectos, os dois nem pareciam ter sido casados. Pelo menos era isso que Sarah dizia a si mesma.

E agora ele iria se casar outra vez.

Aquilo não deveria incomodá-la. Ela não deveria ligar a mínima para o que ele fizesse ou deixasse de fazer.

Mas ligava e isso também a incomodava. Na verdade, estava quase mais chateada com o fato de se importar tanto com o casamento iminente de Michael do que com o casamento em si. Sempre soubera que Michael tornaria a se casar, ele mesmo tinha lhe dito isso.

Era a primeira vez que ela odiava alguém de verdade.

Mas o verdadeiro ódio, do tipo que faz o sangue ferver, só pode existir quando há outros sentimentos por trás dele. Sarah não teria odiado tanto Michael caso não o tivesse amado antes. Talvez por ingenuidade, imaginara que os dois ficariam juntos para sempre. Afinal de contas, haviam trocado votos e jurado amor eterno, uma promessa que os casais de sua família vinham cumprindo havia décadas. Seus pais estavam casados fazia quase 35 anos; tanto os avós maternos quanto os paternos se aproximavam agora das bodas de diamante. Sarah sabia que não seria fácil, mas, mesmo depois de os problemas surgirem, continuara acreditando que ela e Michael ficariam juntos. Quando ele resolveu defender a opinião da família em vez de manter a promessa que tinha feito a ela, foi o momento em que Sarah se sentiu mais insignificante em toda a sua vida.

Mas ela não estaria triste agora se realmente o tivesse esquecido...

Sarah terminou o vinho e levantou do sofá recusando-se a acreditar nisso.

Ela o havia esquecido, sim. Não o aceitaria de volta nem que ele retornasse de joelhos implorando seu perdão. Não havia nada que ele pudesse dizer ou fazer para conquistar seu amor novamente. Michael podia se casar com quem bem entendesse, não faria a menor diferença para ela.

Na cozinha, serviu-se a terceira taça de vinho.

Michael iria se casar de novo.

Mesmo sem querer, Sarah sentiu as lágrimas chegarem. Não queria mais chorar, mas os sonhos antigos demoram a morrer. Quando pousou a taça sobre a bancada para tentar se controlar, colocou-a perto demais da cuba e ela caiu lá dentro, estilhaçando-se na hora. Estendeu a mão para recolher os cacos e acabou cortando um dedo, que começou a sangrar.

O dia já estava horrível e agora mais essa.

Sarah soltou o ar com força e pressionou as costas da mão sobre os olhos para conter o choro.

– Tem certeza de que está tudo bem?

As palavras sumiam e voltavam, abafadas pelo burburinho da multidão ao redor de Sarah, como se ela estivesse tentando escutar alguma coisa ao longe.

– Pela terceira vez, mãe, eu estou bem. Sério.

Maureen ergueu a mão para afastar uma mecha de cabelo do rosto da filha.

– É que você está meio pálida... está com cara de quem vai se gripar.

– Estou meio cansada, só isso. Fiquei acordada até tarde trabalhando.

Embora não gostasse de mentir para a mãe, Sarah não estava com a menor vontade de lhe contar sobre a garrafa de vinho da noite anterior. Sua mãe não entendia por que as pessoas bebiam, sobretudo as mulheres. Se Sarah dissesse que ainda por cima estava sozinha, sua mãe só faria morder o lábio de preocupação antes de iniciar uma série de perguntas às quais ela não estava com disposição alguma para responder.

Era sábado, fazia um dia lindo e o centro da cidade estava apinhado de gente. O Festival das Flores ia a todo vapor e Maureen queria passar o dia passeando pelos estandes e antiquários da Middle Street. Como Larry preferira assistir ao jogo de futebol americano entre os times da Universidade da Carolina do Norte e da Universidade Estadual de Michigan, Sarah tinha se oferecido para fazer companhia à mãe. Imaginara que seria divertido, e provavelmente teria sido, não fosse pela dor de cabeça que nenhuma aspirina conseguia aliviar. Enquanto as duas conversavam, Sarah observava uma moldura de quadro antiga restaurada com esmero, embora não com tanto esmero que justificasse o preço.

– Em uma sexta-feira? – estranhou Maureen.

– Já estava adiando isso há um tempo...

Sua mãe chegou mais perto, fingindo admirar a moldura.

– Você passou a noite toda em casa?

– A-hã. Por quê?

– Porque liguei para você algumas vezes e ninguém atendeu.

– Eu desconectei o telefone.

– Ah. Pensei que pudesse ter saído com alguém.

– Com quem?

Maureen deu de ombros.

– Não sei... alguém.

Sarah olhou para a mãe por cima dos óculos escuros.

– Mãe, não vamos começar esse assunto de novo...

– Não estou começando assunto nenhum – retrucou Maureen, na defensiva. Então, baixando a voz como se falasse consigo mesma, continuou: – Só imaginei que você tivesse resolvido sair. Você costumava sair bastante...

Além de se preocupar imensamente com a filha, Maureen também sabia desempenhar com perfeição o papel da mãe culpada. Às vezes Sarah precisava dessa compaixão – que, afinal, não fazia mal a ninguém –, mas não nessa ocasião. Franziu o cenho de leve enquanto tornava a ajeitar os óculos. A dona do estande, uma senhora idosa sentada em uma cadeira sob um grande guarda-sol, ergueu as sobrancelhas; era evidente que estava apreciando o diálogo. Sarah franziu ainda mais o cenho e se afastou do estande enquanto a mãe continuava a falar. Depois de alguns instantes, Maureen a seguiu.

– O que houve? – perguntou.

Seu tom fez Sarah parar e encarar a mãe.

– Nada. Só não estou com disposição para ficar escutando quanto você se preocupa comigo. Depois de um tempo, isso cansa.

A boca de Maureen se entreabriu e assim ficou. Ao ver sua expressão magoada, Sarah se arrependeu do que fizera, mas não conseguira evitar. Não naquele dia.

– Desculpe, mãe. Eu não deveria ter falado assim com você.

Maureen estendeu a mão e segurou a da filha.

– O que está acontecendo, Sarah? E desta vez me diga a verdade. Eu conheço você. Aconteceu alguma coisa, não foi?

Ela apertou a mão da filha com delicadeza e Sarah desviou o olhar. À sua volta, desconhecidos cuidavam de seus afazeres, entretidos nas próprias conversas.

– Michael vai se casar outra vez – falou baixinho.

Depois de se certificar de ter escutado direito, Maureen envolveu a filha devagar em um abraço firme.

– Ah, Sarah... eu sinto muito – sussurrou.

Não havia mais nada a dizer.

Alguns minutos depois, as duas estavam um pouco mais adiante na mesma rua em que a multidão ainda se aglomerava, sentadas em um banco de parque com vista para a marina. Tinham rumado para lá sem planejar isso. Simplesmente foram andando até não terem mais para onde ir, então encontraram um lugar para sentar.

Passaram um longo tempo conversando, ou melhor, Sarah ficou falando e Maureen quase só escutou, incapaz de disfarçar sua preocupação. Em determinados momentos, seus olhos se arregalaram e se encheram de lágrimas e ela apertou a mão de Sarah diversas vezes.

– Ai... que *horror* – disse ela pelo que pareceu ser a centésima vez. – Que dia *horrível.*

– Também achei.

– Bom, por acaso ajudaria se eu lhe dissesse para tentar ver as coisas pelo lado positivo?

– Mãe, não tem nenhum lado positivo.

– É claro que tem.

Sarah ergueu uma das sobrancelhas, descrente.

– Tipo qual?

– Bom, você pode ter certeza de que esses dois não vão vir morar aqui depois de casados. Seu pai iria azucrinar a vida deles.

Apesar de seu estado de espírito, Sarah riu.

– Muito obrigada. Se eu um dia vir Michael de novo, vou avisar isso a ele.

Maureen ficou em silêncio por alguns instantes até que disse:

– Isso não está nos seus planos, está? Tornar a ver Michael.

Sarah fez que não com a cabeça.

– Não, só se não puder evitar.

– Que bom. Não deveria mesmo, depois do que ele fez com você.

Sarah apenas assentiu antes de tornar a se recostar no banco.

– Tem tido notícias de Brian? – perguntou, para mudar de assunto. – Ele nunca está em casa quando eu ligo.

Maureen pareceu feliz em mudar de assunto.

– Falei com ele uns dois dias atrás, mas você sabe como é: às vezes a última coisa que uma pessoa quer é falar com os pais. Ele não conversa muito no telefone.

– Está fazendo amigos?

– Ah, com certeza.

Sarah fitou a água e passou alguns instantes pensando no irmão.

– E papai, como está? – perguntou então.

– Igual. Fez um check-up no começo da semana e parece que está tudo bem. Ele não tem ficado tão cansado quanto antes.

– E continua se exercitando?

– Não tanto quanto deveria, mas vive me prometendo que vai começar a levar os exercícios a sério.

– Diga a ele que eu mandei.

– Vou dizer. Mas você sabe como ele é teimoso. Seria melhor você mesma dizer. Quando eu falo, ele diz que estou ficando resmungona.

– E você está?

– É claro que não – respondeu Maureen depressa. – Fico preocupada com ele, só isso.

Sarah riu. Na marina, um grande veleiro seguia devagar em direção ao rio Neuse e as duas ficaram sentadas em silêncio a observá-lo. Dali a um minuto, a ponte iria se erguer para permitir sua passagem e os carros começariam a formar filas nos dois sentidos da pista. Haviam comentado com Sarah que, se algum dia ela chegasse atrasada a um compromisso, poderia sempre alegar que ficara "presa na ponte". Todo mundo na cidade, de médicos a juízes, aceitaria sem questionar, pelo simples fato de eles próprios já terem usado essa desculpa.

– É bom ver você rir outra vez – murmurou Maureen depois de alguns instantes.

Sarah olhou de esguelha para a mãe.

– Não faça essa cara de surpresa. Você passou um bom tempo sem rir – falou Maureen, tocando de leve o joelho da filha. – Não deixe Michael magoar você de novo, está bem? Sua vida seguiu em frente, lembre-se disso.

Sarah assentiu de forma quase imperceptível e sua mãe embarcou no monólogo que a essa altura Sarah sabia praticamente de cor:

– E vai continuar seguindo em frente. Um dia você vai encontrar alguém que a ame do jeito que você é...

– Mãe... – interrompeu Sarah, esticando bem a palavra e balançando a cabeça.

Ultimamente, todas as suas conversas pareciam conduzir ao mesmo lugar.

Sua mãe se calou. Tornou a estender a mão para segurar a da filha, que relutou de início mas acabou cedendo.

– O que eu posso fazer? – falou Maureen. – Quero que você seja feliz. Dá para entender?

Sarah forçou um sorriso na esperança de satisfazer à mãe.

– Dá, mãe. Dá, sim.

7

Na segunda-feira, Jonah começou com a rotina que tomaria boa parte de seu tempo ao longo dos meses seguintes. Quando o sinal tocou para anunciar o fim das aulas, ele saiu com os amigos, mas deixou a mochila na sala. Sarah e os outros professores deixaram o prédio para acompanhar o embarque das crianças nos carros e ônibus. Quando os veículos começaram a partir, Sarah andou até onde Jonah estava parado. Ele olhava com ar melancólico para os amigos que iam embora.

– Aposto que você preferiria não ficar aqui, não é?

O menino assentiu.

– Não vai ser tão ruim assim. Eu trouxe uns biscoitos de casa para facilitar as coisas.

Ele pensou um pouco.

– Biscoito de quê? – indagou.

– Oreo. Minha mãe sempre me deixava comer um ou dois quando chegava em casa da escola. Dizia que era minha recompensa por ter estudado direitinho.

– A Sra. Johnson gosta de me dar fatias de maçã.

– Prefere que eu traga maçãs amanhã?

– Eu, não – respondeu ele, sério. – Oreo é muito melhor.

Sarah gesticulou na direção da escola.

– Vamos lá. Está pronto para começar?

– Acho que sim – balbuciou ele.

Sarah lhe estendeu a mão. Jonah ergueu os olhos para ela.

– Mas... você trouxe leite?

– Posso pegar lá na cantina, se você quiser.

Com isso, Jonah segurou sua mão e deu um breve sorriso e os dois entraram novamente na escola.

Enquanto Sarah e Jonah se dirigiam de mãos dadas à sala, Miles Ryan, agachado atrás de seu carro, estendia a mão para pegar sua arma antes mesmo de o eco do último tiro morrer. E pretendia permanecer onde estava até que entendesse o que estava acontecendo.

Nada como tiros para acelerar o coração – a rapidez e a intensidade do instinto de autopreservação sempre surpreendiam Miles. A adrenalina se espalhou por seu organismo como se houvesse sido injetada por uma grande sonda intravenosa. Sentiu o coração disparar e o suor molhar as palmas das mãos.

Se precisasse, poderia emitir um chamado avisando que estava em apuros e em poucos minutos o lugar estaria cercado por todos os agentes de segurança pública do condado. Mas evitaria isso por enquanto. Em primeiro lugar, não achava que o alvo dos tiros fosse ele. Não havia dúvida de que escutara tiros, mas estes pareciam abafados, como se houvessem sido disparados bem dentro da casa.

Se estivesse em frente à residência de alguém, teria deduzido se tratar de alguma briga doméstica que fugira ao controle e chamado ajuda. Mas estava na antiga casa dos Gregory, uma estrutura de madeira caindo aos pedaços e coberta de trepadeiras na periferia de New Bern. Estava completamente abandonada desde que Miles era criança e havia se deteriorado ao longo dos anos. Ninguém dava atenção àquele lugar. Quando chovia, a água entrava pelos grandes rombos no telhado e, de tão velho e podre, o piso podia ceder a qualquer momento. A casa também se inclinava um pouco para um dos lados, dando a impressão de que poderia ir abaixo com uma rajada de vento mais forte. Embora os moradores de rua não chegassem a ser um problema grave em New Bern, os poucos que existiam sabiam que não era seguro ficar ali.

Agora, porém, em plena luz do dia, ele ouviu os tiros ecoarem outra vez – não eram de uma arma de grosso calibre, mais provavelmente uma 22 – e desconfiou que houvesse uma explicação simples para aquilo, algo que não representava uma ameaça para ele.

Mesmo assim, não era idiota a ponto de se arriscar. Abriu a porta do carro, deslizou para a frente sobre o assento e acionou um botão no rádio para que sua voz saísse amplificada, alta o suficiente para ser ouvida por quem estivesse dentro da casa.

– Aqui é o subxerife Ryan – disse com calma. – Se tiverem terminado, meninos, eu gostaria que saíssem para conversarmos. Por favor, larguem as armas.

Depois disso, os tiros cessaram por completo. Alguns minutos se passaram e Miles então viu uma cabeça se espichar para fora de uma das janelas da frente. O garoto não devia ter mais de 12 anos.

– Não vai atirar na gente, vai? – gritou ele lá de dentro, obviamente assustado.

– Não, não vou atirar. Deixem as armas ao lado da porta e venham aqui para conversarmos.

Durante alguns minutos, Miles não escutou nada, como se as crianças lá dentro estivessem se perguntando se deveriam fugir ou não. Sabia que não eram meninos maus, só um pouco caipiras. Tinha certeza de que prefeririam fugir a serem levados para casa por ele.

– Venham – disse Miles no microfone. – Eu só quero conversar.

Por fim, dali a mais um instante, na abertura onde ficava a porta da frente, dois meninos apareceram, o segundo alguns anos mais novo do que o primeiro. Movendo-se exageradamente devagar, deixaram as armas de lado e, com as mãos erguidas bem alto, saíram da casa. Miles reprimiu um sorriso. Trêmulos e pálidos, os dois pareciam acreditar que a qualquer momento fossem se tornar alvos de um treino de tiro. Em pé atrás do carro, Miles guardou a arma no coldre enquanto os observava descer os degraus quebrados. Quando os dois o viram, seus passos vacilaram, mas depois eles conseguiram prosseguir devagar.

Ambos usavam calças jeans desbotadas e tênis rasgados e tinham o rosto e os braços sujos. Típicos meninos do interior. Eles andavam mantendo os braços erguidos acima da cabeça, com os cotovelos bem esticados. Estava claro que tinham visto muitos filmes policiais.

Quando chegaram perto, Miles percebeu que ambos estavam quase chorando. Apoiou-se no carro e cruzou os braços:

– E aí, meninos, estão caçando?

O mais novo – que devia ter uns 10 anos – olhou para o mais velho, que sustentou seu olhar. Sem dúvida eram irmãos.

– Estamos, senhor – responderam a uma só voz.

– O que tem dentro daquela casa?

Os dois se entreolharam outra vez.

– Pardais – responderam por fim.

Miles assentiu.

– Podem abaixar as mãos – falou.

Os meninos trocaram mais um olhar e então abaixaram os braços.

– Têm certeza de que não estavam matando corujas?

– Não, senhor – respondeu o mais velho depressa. – Só pardais. Tem uma porção lá dentro.

Miles tornou a assentir.

– Pardais, é?

– É, sim, senhor.

Ele apontou na direção das espingardas.

– Calibre 22?

– Sim, senhor.

– Meio exagerado para matar pardais, não é?

Dessa vez os dois fizeram cara de culpados. Miles os encarou com severidade.

– Escutem aqui, se vocês estiverem caçando corujas, não vou ficar muito feliz. Eu gosto de corujas. Elas matam ratos, camundongos e até cobras, e prefiro ter uma coruja por perto a qualquer um desses bichos, principalmente no meu quintal. Por sorte, a julgar pela quantidade de tiros que escutei, tenho quase certeza de que ainda não conseguiram acertar a coruja, estou certo?

Depois de uma longa pausa, o mais jovem fez que não com a cabeça.

– Então não tentem outra vez, entenderam? – disse Miles com uma voz que não admitia ser contrariada. – Não é seguro ficar atirando aqui, tão perto da rodovia. Além do mais, é contra a lei. E isto aqui não é lugar para criança. A casa está caindo aos pedaços e vocês podem se machucar lá dentro. Não querem que eu fale com os seus pais, querem?

– Não, senhor.

– Então, se eu liberar vocês, vão deixar a coruja em paz, não vão?

– Sim, senhor.

Miles os encarou sem dizer nada, assegurando-se de que os meninos não duvidassem de suas palavras, em seguida meneou a cabeça na direção das casas mais próximas.

– Vocês moram para aquele lado?

– Moramos.

– Vieram a pé ou de bicicleta?

– A pé.

– Então vamos combinar o seguinte: vou pegar suas espingardas e vocês vão subir no banco de trás da viatura. Eu dou uma carona para vocês e os deixo mais embaixo na rua onde moram. Desta vez vou deixar passar, mas, se algum dia pegar vocês aqui de novo, conto para os seus pais sobre o aviso que lhes dei hoje e levo os dois para a delegacia, entendido?

Embora a ameaça os tenha feito arregalar os olhos, os dois assentiram com gratidão.

Depois de levar os meninos em casa, Miles seguiu para a escola, ansioso para ver Jonah. O filho sem dúvida iria gostar de ouvir tudo sobre o que acabara de acontecer, embora Miles primeiro quisesse saber como tinha sido o dia dele com a nova rotina.

Mesmo sem querer, Miles não pôde evitar sentir-se empolgado com a perspectiva de rever Sarah Andrews.

– Papai! – gritou Jonah, correndo em direção a Miles.

Ele se abaixou para segurar o filho bem na hora em que o menino pulou. Com o canto do olho, viu que Sarah vinha devagar seguindo o menino. Jonah soltou o abraço para olhar para o pai.

– Prendeu alguém hoje?

Miles sorriu e fez que não com a cabeça.

– Ainda não, mas o dia não terminou. Como foi na escola?

– Foi tudo bem. A professora me deu biscoito.

– Ah, é? – indagou ele, tentando observá-la se aproximar sem que ela notasse.

– É, Oreo.

– Ah, sei... Não dá para ser melhor do que isso – comentou Miles. – Mas e o reforço?

Jonah franziu o cenho.

– O que é reforço?

– É o que você faz depois da aula, quando a Sarah ajuda com os deveres.

– Foi legal. A gente brincou com uns jogos.

– Jogos?

– Depois eu explico – disse Sarah, entrando na conversa. – Mas a gente começou com o pé direito.

Ao ouvir o som de sua voz, Miles se virou na direção dela e novamente teve uma surpresa agradável. Como na outra vez, ela usava saia comprida e blusa, nada muito elaborado. Quando sorriu, porém, Miles sentiu o mesmo estranho arrepio do dia em que a conhecera. Espantou-se ao constatar que, apesar de ter notado que ela era uma mulher bonita, não dera a devida atenção à sua beleza. Agora, os mesmos traços captavam seu interesse – os cabelos louros bem claros, o rosto delicado, os olhos turquesa –, mas ela lhe parecia de certa maneira mais suave e sua expressão, mais calorosa, quase familiar.

Miles pôs o filho no chão.

– Jonah, pode esperar no carro enquanto eu converso um pouquinho com a professora?

– Posso – respondeu o menino, descontraído.

Para surpresa de Miles, seu filho deu um passo à frente e abraçou Sarah antes de se afastar. Ela retribuiu o abraço.

Quando Jonah saiu de perto, Miles olhou para ela com ar curioso.

– Parece que vocês dois se deram bem.

– A gente se divertiu hoje.

– É o que parece. Se eu soubesse que iam ficar brincando e comendo biscoitos, não teria me preocupado tanto com ele.

– Bem, o importante é que o método funcione – disse ela. – Mas, antes que se preocupe além da conta, quero que saiba que o jogo tinha a ver com leitura. Era para ler uns cartões.

– Eu sei, estava brincando. Já tinha entendido o propósito do jogo. Como ele se saiu?

– Bem. Tem um longo caminho pela frente, mas foi bem – afirmou, antes de fazer uma pausa. – Ele é um ótimo menino. De verdade. Sei que eu já disse isso antes, mas não quero que se esqueça disso só por causa desse problema que Jonah está tendo. E é evidente que ele adora você.

– Obrigado – disse Miles com simplicidade, sendo sincero.

– De nada.

Quando ela sorriu, Miles olhou para o outro lado tentando não deixar transparecer o que havia pensado mais cedo sobre ela e ao mesmo tempo querendo que ela percebesse.

– Ah, obrigada pelo ventilador – continuou ela, referindo-se ao aparelho de tamanho industrial que ele havia deixado em sua sala de aula naquela manhã.

– De nada – murmurou ele, dividido entre querer ficar ali para conversar com ela e fugir da onda de nervosismo que parecia ter surgido do nada.

Durante alguns segundos, nenhum dos dois disse nada. A situação incômoda se prolongou até que Miles finalmente balbuciou, arrastando os pés no chão:

– Bom... acho melhor levar Jonah para casa.

– Tudo bem.

– Temos umas coisas para fazer.

– Tudo bem – repetiu ela.

– Mais alguma coisa que eu deva saber?

– Não que eu me lembre.

– Tudo bem, então. – Ele fez uma pausa e enfiou as mãos nos bolsos. – Acho melhor levar Jonah para casa.

Ela assentiu, séria.

– Você já disse isso.

– Já?

– Já.

Sarah ajeitou uma mecha de cabelos atrás da orelha. Por um motivo que não foi capaz de explicar, achou a despedida dele uma graça, praticamente encantadora. Miles era diferente dos homens que Sarah conhecera em Baltimore, que compravam roupas elegantes e sempre sabiam o que dizer. Nos meses que haviam se seguido ao seu divórcio, percebera que aqueles homens eram todos iguais, representações baratas do ideal de homem perfeito.

– Bom, então é isso – disse Miles, alheio a tudo exceto à própria ânsia de sair dali. – Obrigado de novo.

Com isso, pôs-se a recuar em direção ao carro, chamando Jonah enquanto andava.

A última imagem que levou daquele momento foi a de Sarah em pé no meio do pátio da escola, acenando para o carro que se afastava, com um sorriso levemente confuso estampado no rosto.

Nas semanas seguintes, Miles começou a ansiar por ver Sarah depois das aulas. Era um entusiasmo incontido que ele não sentia desde a adolescência. Pensava nela várias vezes ao dia, às vezes nas situações mais inusitadas – no supermercado enquanto escolhia uma peça de carne, parado no sinal vermelho, cortando a grama. Uma ou duas vezes, pensou nela quando estava debaixo do chuveiro de manhã e se pegou imaginando qual seria a sua rotina matinal. Coisas bobas: será que ela comia cereal ou torradas com geleia, será que tomava café ou seria mais fã de chá? Depois do banho, será que enrolava os cabelos na toalha enquanto se maquiava ou será que se penteava logo?

Às vezes tentava imaginá-la em sala de aula, em pé na frente dos alunos com um pedaço de giz na mão; outras vezes se perguntava como ela ocupava seu tempo depois do trabalho. Embora eles batessem papo todas as vezes que se viam, essas conversas não bastavam para satisfazer sua curiosidade crescente. Ele não sabia quase nada sobre ela e, embora houvesse momentos em que desejasse perguntar, se continha porque simplesmente não sabia como abordar o assunto. "Hoje Jonah treinou ortografia e se saiu muito bem", dizia ela, por exemplo, e o que Miles deveria responder? "Que ótimo. Falando em ortografia, me diga uma coisa: você enrola os cabelos na toalha depois do banho?"

Os homens em geral sabiam como lidar com essas questões, mas para ele elas eram um mistério. Certa vez, em um rompante de coragem proporcionado por duas cervejas, chegara muito perto de lhe telefonar. Não tinha um motivo específico para ligar e, embora não soubesse o que lhe diria, torcia para que algo lhe ocorresse, que um raio viesse do céu e lhe desse espirituosidade e carisma. Imaginara-a rindo das coisas que ele dissesse e sendo totalmente conquistada pelo seu charme. Chegara a procurar o nome dela na lista telefônica e a digitar os três primeiros números antes de ficar nervoso demais e desligar.

E se ela não estivesse em casa? Ele não conseguiria enfeitiçá-la caso ela nem sequer estivesse disponível para atender ao telefone – e ele com certeza não deixaria seu blá-blá-blá gravado na secretária eletrônica. Pensou que poderia desligar caso a máquina atendesse, mas isso era meio adolescente, não? E o que iria acontecer, que Deus não permitisse, se ela *estivesse* em casa, mas na companhia de um homem? Deu-se conta de que isso era uma possibilidade concreta. Já ouvira alguns comentários na delegacia: demorara um pouco, mas seus colegas solteiros haviam percebido que ela não era casada. Se eles sabiam, certamente outros também sabiam. A notícia estava se espalhando pela cidade e logo Sarah começaria a ser abordada pela espirituosidade e o carisma *deles* – isso se já não estivesse sendo.

Meu Deus, seu tempo estava acabando.

Quando pegou novamente o telefone, conseguiu chegar ao sexto número antes de desistir.

Nessa noite, deitado na cama, ficou se perguntando o que haveria de errado com ele.

De manhã bem cedo, em um sábado no final de setembro, mais ou menos um mês depois de ele ter conhecido Sarah Andrews, Miles estava no campo de futebol da escola H. J. Macdonald vendo Jonah jogar. Exceto talvez pela pesca, o futebol era a atividade de que seu filho mais gostava – e ele jogava bem. Missy sempre gostara de esportes, mais ainda do que Miles, e Jonah havia herdado a agilidade e a coordenação dela. De Miles, como ele sempre dizia, o filho havia herdado a velocidade. Com tudo isso, Jonah arrasava no campo. Na sua idade, nunca jogava mais de meia partida, pois todos da equipe tinham de ter as mesmas oportunidades. Ainda assim, em geral marcava grande parte, se não todos os gols do time. Nas primeiras quatro partidas, tinha marcado 27 gols. Era bem verdade que os times tinham só três jogadores, que não havia goleiros e que metade das crianças não sabia em qual direção chutar a bola, mas 27 gols era um histórico excepcional. Quase sempre que Jonah pegava na bola, percorria o campo inteiro com ela e a mandava para dentro da rede.

Espantoso mesmo, porém, era Miles explodindo de orgulho ao ver Jonah jogar. Ele *adorava* assistir às partidas e secretamente dava pulos de alegria sempre que Jonah marcava um gol, mesmo sabendo que aquilo seria passageiro. As crianças crescem em ritmos diferentes e algumas delas treinam com mais afinco. Jonah era bastante desenvolvido fisicamente, mas não gostava de treinar – era só uma questão de tempo até que os outros meninos o alcançassem.

Nesse jogo, porém, na metade do primeiro tempo Jonah já tinha marcado quatro gols. Depois que ele fora para o banco, o time adversário fizera quatro gols e chegara ao intervalo à frente no placar. O menino retornou ao campo no segundo tempo e marcou mais duas vezes, alcançando 33 gols na temporada – não que alguém estivesse contando –, e um de seus companheiros de equipe fez um gol também. Mas ele voltou para o banco e logo seu time perdia por 8 a 7. Miles cruzou os braços e correu os olhos pelo público, dando o melhor de si para parecer que não ficava radiante ao pensar que, sem Jonah, o time perderia feio.

Nossa, isso é que é diversão!

De tão concentrado no jogo, Miles levou alguns instantes para processar a voz que vinha da beira do campo.

– Apostou algum dinheiro neste jogo, subxerife Ryan? – perguntou Sarah, aproximando-se com um largo sorriso no rosto. – Parece meio nervoso.

– Não... não apostei nada. Estou só me divertindo – respondeu ele.

– Bom, cuidado, então. As suas unhas já quase sumiram. Odiaria vê-lo se ferir.

– Eu não estou roendo as unhas.

– Não está agora – disse ela. – Mas estava.

– Acho que você está imaginando coisas – rebateu ele, imaginando se ela estaria flertando com ele. – Então... – falou, depois levantou a aba do boné. – Não esperava ver você por aqui.

De short e óculos escuros, ela parecia mais jovem que de costume.

– Jonah me disse que tinha um jogo este fim de semana e perguntou se eu gostaria de assistir.

– Foi mesmo? – indagou Miles, curioso.

– Na quinta. Disse que eu iria gostar, mas tive a impressão de que ele queria me mostrar alguma coisa em que fosse bom.

Deus o abençoe, filho.

– Já está quase acabando. Você perdeu a maior parte do jogo.

– Não conseguia achar o campo certo. Não pensei que haveria tantos jogos aqui hoje. De longe, as crianças parecem iguais.

– Eu sei. Às vezes até nós temos dificuldade em encontrar o campo do nosso jogo.

Jonah já estava de volta ao campo e, ao sinal do apito, chutou a bola para um companheiro de time. Mas o menino não alcançou o passe e a bola saiu de campo. Alguém do outro time foi buscá-la e Jonah aproveitou para olhar na direção do pai. Acenou ao ver Sarah e ela acenou de volta com entusiasmo. Então, com a determinação evidente em seu rosto, foi para sua posição aguardar que o escanteio fosse batido. Instantes depois, ele e os outros jogadores corriam atrás da bola pelo campo.

– Como ele está jogando? – perguntou Sarah.

– Está fazendo uma boa partida.

– Mark disse que ele é o melhor jogador.

– Bom...

Miles deixou a frase em suspenso, dando o melhor de si para aparentar modéstia. Sarah riu.

– Mark não estava falando de você. Quem está jogando é o Jonah.

– Eu sei – disse Miles.

– Filho de peixe peixinho é, é isso?

– Bom... – repetiu Miles, sem conseguir pensar em nenhuma resposta inteligente.

Sarah arqueou uma das sobrancelhas, na certa achando graça dele. *Onde estavam a espirituosidade e o carisma com os quais ele contava?*

– Mas me diga: você jogava futebol quando era garoto? – quis saber ela.

– Quando eu era garoto ninguém falava em futebol por aqui. Eu praticava futebol americano, basquete, beisebol. Mas, mesmo que houvesse futebol, acho que eu não teria jogado. Não gosto de esportes em que tenho de cabecear a bola.

– Mas no caso de Jonah não tem problema?

– Não, contanto que ele goste. Você já jogou?

– Não. Eu não era muito boa em esportes, mas passei a fazer caminhada quando entrei para a faculdade. Foi influência de minha colega de quarto.

Ele estreitou os olhos para ela.

– Caminhada?

– É mais difícil do que parece, se você for depressa.

– E você ainda pratica?

– Diariamente. Percorro cinco quilômetros. É um bom exercício e também ajuda a desestressar. Você deveria experimentar.

– Com todo o tempo livre que eu tenho?

– Claro. Por que não?

– Se eu andasse cinco quilômetros, provavelmente ficaria tão dolorido que nem conseguiria sair da cama no dia seguinte. Isso se conseguisse completar o circuito.

Ela o examinou com um olhar avaliador.

– Conseguiria, sim – falou. – Talvez tivesse que parar de fumar, mas conseguiria.

– Eu não fumo – protestou ele.

– Eu sei. Brenda me disse.

Ela sorriu e Miles não conseguiu conter seu sorriso também. Antes que ele pudesse dizer qualquer outra coisa, porém, ambos perceberam uma comoção nas arquibancadas e se viraram bem a tempo de ver Jonah se afastar dos outros jogadores, atravessar correndo o campo e empatar a partida. Enquanto os colegas de time o rodeavam, Miles e Sarah ficaram em pé lado a lado junto ao campo, ambos aplaudindo e gritando vivas para o menino.

– Você gostou? – quis saber Miles.

Ele estava acompanhando Sarah até o carro dela enquanto Jonah aguardava na fila da lanchonete com os amigos. Seu time havia ganhado e, depois da partida, ele fora correndo até a professora lhe perguntar se tinha visto o gol que marcara. Quando ela respondeu que sim, o rosto do menino se iluminou e ele lhe deu um abraço antes de sair correndo para junto dos amigos. Surpreendentemente, Miles tinha sido quase ignorado, embora o fato de o filho gostar de Sarah – e vice-versa – lhe desse uma estranha satisfação.

– Foi divertido – respondeu ela. – Só queria ter chegado a tempo de assistir ao jogo inteiro.

Sua pele com o bronzeado remanescente do verão reluzia ao sol do início da tarde.

– Não tem problema. Jonah ficou feliz por você ter aparecido – falou ele, depois a olhou de esguelha e tomou coragem: – Quais são seus planos para o resto do dia?

– Vou almoçar com minha mãe no centro.

– Onde?

– No Fred & Clara's, conhece? É um restaurante pequeno na esquina da minha casa.

– Conheço, sim. É ótimo.

Chegaram ao carro dela, um Sentra vermelho, e Sarah começou a vasculhar a bolsa em busca da chave. Enquanto ela procurava, Miles se pegou a encará-la. De óculos escuros, ela lembrava mais a mulher de cidade grande que de fato era do que alguém que morasse no interior. Somando a isso o short jeans desbotado e as longas pernas, com certeza Sarah não se parecia com nenhuma professora que Miles houvesse tido na infância.

Atrás deles, uma picape branca começou a dar ré. O motorista acenou e Miles acenou de volta no mesmo instante em que Sarah ergueu os olhos da bolsa.

– Conhecido seu?

– A cidade é pequena. Acho que eu conheço todo mundo.

– Isso deve ser legal.

– Às vezes é; outras vezes, não. Se você quiser guardar algum segredo, com certeza aqui não é o lugar ideal.

Por alguns instantes, Sarah se perguntou se ele estaria falando de si. Antes de poder pensar mais a respeito, Miles prosseguiu:

– Queria agradecer de novo por tudo o que você está fazendo pelo Jonah.

– Não precisa me agradecer toda vez que me vir.

– Eu sei. Mas é que venho notando uma mudança grande nele nestas últimas semanas.

– Eu também. Ele está se recuperando depressa, mais rápido ainda do que achei que fosse acontecer. Na verdade, ele começou a ler em voz alta para a turma esta semana.

– Isso não me espanta. A professora dele é ótima.

Para surpresa de Miles, Sarah enrubesceu.

– O pai dele também é ótimo.

Ele gostou disso.

E gostou do jeito como ela o olhou ao dizê-lo.

Como se não soubesse o que fazer em seguida, Sarah ficou remexendo nas chaves. Separou uma e destrancou a porta do carro. Miles deu um passo para trás para que ela a abrisse.

– Por quanto tempo mais você acha que ele vai precisar ficar depois da aula? – perguntou ele.

Continue conversando. Não a deixe ir embora.

– Ainda não sei. Um tempinho ainda, com certeza. Por quê? Você quer começar a diminuir o ritmo?

– Não – respondeu ele. – Só por curiosidade.

Ela balançou a cabeça, aguardando para ver se Miles diria mais alguma coisa, mas ele não disse.

– Então, tá – falou ela por fim. – Vamos continuar desse jeito e ver como ele estará daqui a um mês. Tudo bem assim?

Mais um mês. Ele continuaria a vê-la por mais um mês. Ótimo.

– Parece um bom plano – concordou ele.

Alguns instantes se passaram sem que nenhum dos dois dissesse nada. Em meio ao silêncio, Sarah conferiu o relógio.

– Estou ficando meio atrasada – falou, em tom de quem se desculpa.

– Eu sei, você tem que ir – respondeu ele, assentindo.

Não queria que ela fosse embora. Queria continuar conversando, descobrir tudo o que pudesse saber sobre ela.

O que você quer mesmo é chamá-la para sair.

E sem covardia dessa vez. Sem desligar o telefone, sem rodeios.

Tome coragem!

Seja homem!

Corra atrás do que você quer!

Ele reuniu coragem, seguro de que estava pronto... mas... mas... como dizer aquilo? Meu Deus, fazia tanto tempo que não se via naquela situação. Deveria sugerir um jantar ou um almoço? Ou quem sabe um cinema? Ou então...? Enquanto Sarah começava a entrar no carro, sua mente ficou avaliando e selecionando freneticamente as alternativas, tentando encontrar um jeito de prolongar o tempo dela ali até que ele conseguisse achar as palavras certas.

– Espere... Antes de você ir... posso perguntar uma coisa? – disparou ele.

– Claro.

Ela o encarou com um olhar intrigado. Miles pôs as mãos nos bolsos e sentiu um frio na barriga, como se tivesse 17 anos outra vez. Engoliu em seco.

– Então... – começou ele.

Sua mente funcionava a todo vapor, com as engrenagens girando na velocidade máxima.

– Sim...

Sarah percebeu instintivamente o que ele iria dizer. Miles respirou fundo e disparou a primeira e única coisa que lhe veio à cabeça:

– O que achou do ventilador?

Ela o encarou com uma expressão de perplexidade no rosto.

– Do ventilador?

Miles sentiu um peso no estômago. *Ventilador? Que porcaria de pergunta foi essa? Ventilador? É o melhor em que você consegue pensar?* Foi como se de repente seu cérebro tivesse entrado de férias. Ainda assim, ele não conseguiu parar de falar:

– É. Você sabe... o ventilador que arrumei para a sua sala.

– Está tudo bem – respondeu ela, hesitante.

– Porque posso arrumar outro se você não tiver gostado.

Ela estendeu a mão para tocar o braço dele. Seu rosto demonstrava preocupação.

– Está se sentindo bem?

– Estou, estou sim – respondeu ele, sério. – Só queria me certificar de que estivesse satisfeita com ele.

– Pode ter certeza de que escolheu um bom ventilador.

– Ótimo – disse ele, desejando que um raio caísse em sua cabeça imediatamente.

Ventilador?

Depois que ela saiu do estacionamento, Miles ficou imóvel por alguns instantes, desejando poder voltar o tempo e mudar o que havia acontecido. Quis encontrar a pedra mais próxima e se enfiar debaixo dela, ou então um buraco bem fundo onde pudesse se esconder. Graças a Deus ninguém tinha ouvido aquilo!

Exceto Sarah.

O final da conversa ficou se repetindo em sua mente, como uma música que ele houvesse escutado no rádio de manhã cedo.

O que achou do ventilador?... Porque posso arrumar outro... Só queria me certificar de que estivesse satisfeita com ele...

Relembrar o diálogo era um sofrimento, uma dor física. Durante o resto do dia, independentemente do que ele estivesse fazendo, aquela lembrança surgia do nada, como se estivesse à espreita, esperando para humilhá-lo. E no dia seguinte foi a mesma coisa. Acordou com a sensação de que alguma coisa estava errada... alguma coisa... e pronto: lá veio a recordação da conversa zombar dele outra vez. Miles fez uma careta e sentiu o corpo pesar. Então puxou o travesseiro e cobriu a cabeça.

8

– Então, o que está achando até agora? – indagou Brenda.

Era segunda-feira e Brenda e Sarah estavam sentadas à mesa de piquenique em frente à escola, a mesma em que Miles e Sarah haviam conversado um mês antes. Brenda comprara o almoço na delicatéssen da Pollock Street, que, na sua opinião, vendia os melhores sanduíches da cidade. "Assim vamos ter chance de bater papo", dissera ela com um piscar de olhos antes de sair para a loja.

Embora aquela não fosse a primeira oportunidade que tiveram de "bater papo", os diálogos das duas em geral tinham sido rápidos e sobre assuntos impessoais: onde ficava estocado o material escolar, com quem Sarah precisava falar para pedir duas carteiras novas, coisas assim. Naturalmente, Brenda também fora a primeira pessoa a quem Sarah havia perguntado sobre Jonah e Miles. Como Brenda era amiga da família Ryan, Sarah entendia também que aquele almoço era uma tentativa dela de descobrir o que estava acontecendo, se alguma coisa estivesse acontecendo.

– De trabalhar aqui, você quer dizer? É diferente das turmas que tive em Baltimore, mas estou gostando.

– Você trabalhava em um bairro carente, não é?

– É, trabalhei no centro de Baltimore por quatro anos.

– E como era?

Sarah desembrulhou o sanduíche.

– Não era tão ruim quanto você deve estar pensando. Criança é criança, pouco importa de onde venha, sobretudo quando é pequena. O bairro podia até ser violento, mas a gente se acostuma e aprende a tomar cuidado. Nunca tive problema nenhum. E as pessoas com quem eu trabalhei eram ótimas. Às vezes as pessoas veem a avaliação de uma escola e logo pensam que os professores dela não estão nem aí, mas a realidade não é bem assim. Tinha muita gente lá que eu realmente admirava.

– E como decidiu trabalhar em uma escola assim? Seu ex-marido também era professor?

– Não – respondeu Sarah apenas.

Brenda viu o sofrimento cruzar os olhos de Sarah, mas ele sumiu quase na mesma hora em que ela o detectou.

Sarah abriu sua lata de Pepsi diet.

– Ele trabalha num banco de investimentos. Ou trabalhava... Não sei o que anda fazendo agora. Nosso divórcio não foi exatamente amigável, se é que você me entende.

– Sinto muito por isso – disse Brenda. – E sinto mais ainda por ter puxado o assunto.

– Não tem problema. Você não sabia – disse, então foi abrindo um sorriso bem devagar. – Ou sabia?

Brenda arregalou os olhos.

– Não, não sabia.

Sarah a encarou como se esperasse uma confissão.

– Sério – disse Brenda.

– Não sabia de nada?

Brenda se remexeu de leve na cadeira.

– Bom, talvez eu tenha escutado uma ou duas coisinhas – reconheceu, encabulada.

– Foi o que eu pensei – riu Sarah. – A primeira coisa que me disseram quando me mudei para cá foi que você sabia de tudo o que acontecia na cidade.

– Eu não sei de *tudo* – retrucou Brenda, fingindo indignação. – E, apesar do que você possa ter ouvido falar a meu respeito, não fico *repetindo* o que sei por aí. Quando alguém me pede para ser discreta, eu sou – garantiu, então baixou a voz para prosseguir: – Sei de coisas sobre algumas pessoas que fariam você revirar tanto a cabeça que seria preciso chamar um exorcista. Mas, quando é para guardar segredo, eu guardo.

– Está me dizendo isso para eu confiar em você?

– Claro – respondeu Brenda. Ela olhou rapidamente em volta e em seguida se inclinou sobre a mesa: – Pode desembuchar.

Sarah sorriu e Brenda fez um gesto vago com a mão enquanto continuava:

– Estou brincando, claro. E lembre-se: somos colegas de trabalho; não vou ficar magoada se me disser que passei dos limites. Às vezes faço perguntas sem pensar direito, mas não é por mal. Não mesmo.

– Eu acredito – disse Sarah, satisfeita com a resposta da colega.

Brenda pegou seu sanduíche.

– Como você é nova na cidade e a gente não se conhece muito bem, não vou perguntar nada que pareça pessoal demais.

– Obrigada.

– Além do mais, não é da minha conta mesmo.

– Certo.

Brenda mordeu seu sanduíche.

– Mas, se quiser fazer alguma pergunta sobre alguém, fique à vontade.

– Combinado – disse Sarah, descontraída.

– Enfim, eu sei como é ser nova na cidade e se sentir excluída de tudo.

– Tenho certeza de que sabe.

Ambas ficaram caladas por alguns instantes.

– Então... – Brenda esticou bem a palavra, tentando instigar Sarah.

– Então... – repetiu Sarah, sabendo exatamente o que a outra queria ouvir.

Houve mais um intervalo em silêncio.

– Então, tem alguma pergunta a fazer sobre... *alguém*? – instigou Brenda.

– Hum... – respondeu Sarah, pensativa. Então sacudiu a cabeça e respondeu: – Na verdade, não.

– Ah – disse Brenda, sem conseguir esconder a decepção.

A tentativa da colega de parecer sutil fez Sarah sorrir.

– Bom, talvez tenha uma pessoa sobre a qual eu gostaria de fazer algumas perguntas – recomeçou ela.

O rosto de Brenda se iluminou.

– Agora, sim – disse ela depressa. – O que você quer saber?

– Bom, eu andei pensando em...

Quando ela deixou a frase no ar, Brenda a encarou como uma criança desembrulhando o presente de Natal.

– Quem? – sussurrou Brenda, soando quase desesperada.

– Bom... – Sarah olhou em volta. – O que você tem a me dizer sobre... Bob Bostrum?

O queixo de Brenda caiu.

– O zelador?

Sarah assentiu.

– Ele é bem bonitinho.

– Ele tem 74 anos – rebateu Brenda, pasma.

– É casado? – quis saber Sarah.

– Há cinquenta anos. Tem nove filhos.

– Ah, que pena – falou Sarah.

Brenda a fitou com os olhos arregalados e Sarah balançou a cabeça. Depois de alguns instantes, ela ergueu o rosto e encarou a mulher mais velha com um brilho no olhar.

– Bom, acho que nesse caso só sobrou Miles Ryan. O que tem a me dizer sobre ele?

Foi preciso alguns instantes para as palavras surtirem efeito, e Brenda avaliou Sarah com cuidado.

– Se eu não conhecesse você, diria que está gozando a minha cara.

Sarah deu uma piscadela.

– Não precisa me conhecer: eu confesso. Gozar a cara dos outros é um dos meus pontos fracos.

– E você é boa nisso – afirmou Brenda, antes de fazer uma pausa e abrir um sorriso. – Mas já que estamos falando de Miles Ryan... Ouvi dizer que vocês dois têm se visto bastante. Não só depois das aulas, mas nos fins de semana também.

– Você sabe que estou dando aulas de reforço para Jonah. Ele me convidou para vê-lo jogar futebol.

– Só isso?

Sarah não respondeu de imediato, então Brenda prosseguiu, dessa vez com um olhar de quem sabe das coisas:

– Certo, então... Miles. Ele perdeu a mulher uns dois anos atrás em um acidente de carro. Atropelada. Foi a coisa mais triste que já vi na vida. Ele a amava de verdade e passou muito tempo transtornado depois do acidente. Eles namoravam desde o ensino médio.

Brenda pôs o sanduíche de lado e fez uma pausa.

– O motorista fugiu – completou.

Sarah assentiu. Já tinha ouvido partes dessa história.

– Foi um golpe para ele. Principalmente por ser subxerife. Ele encarou o acidente como um fracasso pessoal. O caso ficou sem solução e ele se culpou por isso. Depois da morte dela, praticamente se isolou do mundo.

Brenda uniu as mãos ao ver a expressão de Sarah.

– É terrível, eu sei. Só que ultimamente Miles tem se mostrado muito mais parecido com a pessoa que era antes, como se estivesse saindo da concha outra vez. Você não sabe como fico feliz com isso. Miles é um homem maravilhoso, de verdade. É gentil, paciente, move mundos e fundos pelos amigos. E o melhor de tudo é que ele ama o filho.

Sarah percebeu a hesitação de Brenda.

– Mas...? – indagou.

Brenda deu de ombros.

– Não tem nenhum "mas", não no caso dele. Ele é um homem bom. E não estou dizendo isso só porque gosto dele. Faz tempo que o conheço. Ele é um daqueles homens raros que, quando ama, ama com todo o coração.

Sarah assentiu.

– Isso é raro mesmo – falou, séria.

– É verdade. Tente se lembrar disso se um dia você e Miles ficarem mais íntimos.

– Por quê?

Brenda desviou os olhos.

– Porque eu detestaria vê-lo triste outra vez.

Mais tarde nesse dia, Sarah se pegou pensando em Miles. Ficara tocada por haver pessoas que gostavam tanto dele. E não eram parentes, mas *amigos.*

Sabia que Miles pensara em convidá-la para sair depois do jogo de futebol. O modo como ele havia flertado com ela, chegando cada vez mais perto, deixara bem clara sua intenção.

No fim das contas, porém, ele não fizera o convite.

Na hora, Sarah havia achado graça naquilo. Ficara rindo no carro – nem tanto de Miles, mas de como ele fizera a situação parecer difícil. Ele tinha tentado, Deus sabia que tinha, mas por algum motivo não dissera as palavras. Agora, depois da conversa com Brenda, Sarah entendia por quê.

Miles não a convidara para sair porque não soubera *como*. Em toda a sua vida adulta, certamente jamais tivera de fazer um convite assim a uma mulher. Afinal, ele e a esposa namoravam desde o ensino médio. Sarah não se lembrava de ter conhecido ninguém assim em Baltimore, uma pessoa de 30 e poucos anos que nunca houvesse chamado alguém para um encontro. Por mais estranho que fosse, achou isso comovente.

E talvez esse fato também a reconfortasse, admitiu para si mesma, pois ela própria não era tão diferente assim.

Começara a namorar Michael aos 23 anos. Quando se divorciaram, estava com 27. Desde então, havia tido apenas alguns encontros, o último com um sujeito que havia forçado um pouco a barra. Depois disso, dissera a si mesma que simplesmente não estava pronta para aquilo. E talvez não estivesse mesmo, mas o tempo que passara com Miles Ryan recentemente a fizera se lembrar de como vinha se sentindo solitária nos últimos anos.

Em geral era fácil evitar esses pensamentos quando estava em sala de aula. De pé em frente ao quadro-negro, conseguia se concentrar totalmente nos alunos, naqueles rostinhos que a fitavam maravilhados. Passara a considerar aquelas crianças *suas* e queria se certificar de que tivessem todas as oportunidades de sucesso do mundo.

Nesse dia, entretanto, constatou que estava atipicamente distraída. Quando o último sinal tocou, demorou-se em frente à escola até Jonah por fim ir falar com ela. O menino segurou sua mão.

– Está tudo bem, professora? – perguntou ele.

– Tudo – respondeu ela vagamente.

– Não parece.

Ela sorriu.

– Você andou conversando com a minha mãe?

– Hein?

– Deixe para lá. Pronto para começarmos?

– Vai ter biscoito?

– Claro.

– Então vamos – disse ele.

Enquanto caminhavam até a sala, Sarah reparou que Jonah não soltou sua mão. Quando ela apertou a dele, o menino segurou mais firme, com a mãozinha totalmente coberta pela sua.

Aquilo quase bastou para fazer com que sua vida parecesse valer a pena.

Quase.

Quando Jonah e Sarah saíram da escola depois da aula de reforço, Miles estava encostado no carro como sempre, mas dessa vez mal olhou para Sarah enquanto Jonah corria para lhe dar um abraço. Depois de pai e filho falarem rapidamente sobre o trabalho, a escola e coisas assim, Jonah entrou no carro sem que ninguém ao menos pedisse. Quando Sarah se aproximou, Miles desviou os olhos.

– Anda pensando muito em como garantir a segurança da população, subxerife Ryan? Você está com cara de quem precisa salvar o mundo – disse ela, descontraída.

Ele fez que não com a cabeça.

– Não, só estou um pouco preocupado.

– Dá para ver.

Na realidade, seu dia não tinha sido tão ruim assim. Até ter de encarar Sarah. Enquanto dirigia em direção à escola, ficara rezando para que ela houvesse esquecido suas palavras ridículas do outro dia, depois do jogo.

– Como foi o reforço hoje? – perguntou, mantendo esses pensamentos afastados.

– Ele teve um dia excelente. Amanhã vou dar uns exercícios que estão ajudando bastante. Eu marco as páginas no livro para você.

– Tudo bem – disse ele apenas.

Quando ela lhe sorriu, ele transferiu o peso de uma perna para a outra, pensando em como Sarah estava bonita. E no que devia achar dele.

Enfiou as mãos nos bolsos.

– Eu me diverti muito no jogo – disse Sarah.

– Que bom.

– Jonah perguntou se eu iria vê-lo jogar de novo. Você acharia ruim?

– Não, claro que não – respondeu Miles. – Mas não sei a que horas ele vai jogar. O horário está pregado na geladeira lá de casa.

Ela o avaliou com cuidado, perguntando-se por que de repente parecia tão distante.

– Se preferir que eu não vá, é só dizer.

– Não, não tem problema – disse Miles. – E se Jonah a convidou, por favor, vá. Se quiser, claro.

– Tem certeza?

– Tenho. Amanhã aviso o horário do jogo – falou e, antes que pudesse evitar, arrematou: – Além disso, eu também ficaria feliz se você fosse.

Miles não imaginava que fosse dizer isso. Sem dúvida queria dizer. Mas ali estava ele de novo, falando bobagens de forma descontrolada...

– Ah, é? – indagou ela.

Ele engoliu em seco.

– É – respondeu ele, dando o melhor de si para não estragar tudo agora. – Gostaria, sim.

Sarah sorriu. Em algum lugar dentro de si, sentiu uma pontinha de esperança.

– Então eu vou com certeza. Mas tem só uma coisa...

Ai, não...

– O quê?

Sarah o encarou nos olhos.

– Lembra quando você me perguntou sobre o ventilador?

Ao ouvir a palavra "ventilador", todas as sensações que ele experimentara durante o fim de semana voltaram. Foi como se ele tivesse levado um soco no estômago.

– Hum? – indagou, cauteloso.

– Também estou livre na sexta à noite, se ainda estiver interessado.

O cérebro de Miles levou apenas alguns segundos para processar as palavras.

– Estou interessado, sim – respondeu ele, abrindo um sorriso.

9

Na quinta-feira à noite – véspera do Dia D, como Miles começara a pensar na data –, ele estava lendo na cama com Jonah. Cada um lia em voz alta uma página do livro e então o passava para que o outro lesse. Estavam os dois recostados nos travesseiros, com as cobertas afastadas. Os cabelos do menino ainda estavam molhados e Miles podia sentir o cheiro de xampu. Era um aroma adocicado e puro, como se a água do banho tivesse levado mais do que suor e poeira.

Quando Miles estava na metade de uma página, Jonah de repente ergueu os olhos para o pai.

– Você sente saudade da mamãe?

Miles pousou o livro sobre a cama e passou um braço em volta do filho. Fazia alguns meses que ele não falava em Missy espontaneamente.

– Sinto – falou. – Sinto, sim.

Jonah baixou a cabeça e puxou o tecido de seu pijama, fazendo dois carros de bombeiros trombarem de frente.

– Você pensa nela?

– O tempo todo – disse Miles.

– Eu também penso nela – confessou o menino baixinho. – Às vezes, quando estou na cama... – Ele franziu a testa e olhou de novo para o pai. – Fico vendo umas imagens na minha cabeça...

Não completou a frase.

– Como se fosse um filme?

– É parecido. Mas não igual. Parece mais com uma foto, sabe? Mas eu não consigo ver o tempo todo.

Miles puxou o filho mais para perto.

– Isso deixa você triste?

– Não sei. Às vezes.

– Não tem problema ficar triste. Todo mundo fica triste de vez em quando. Até eu.

– Mas você é adulto.

– Adulto também fica triste.

Jonah pareceu refletir sobre isso enquanto fazia os carros de bombeiros trombarem outra vez. O tecido fino de flanela girava para um lado e para outro em ritmo constante.

– Pai?

– Hum?

– Você vai casar com a minha professora?

Miles ergueu as sobrancelhas.

– Não tinha pensado nisso – respondeu, com sinceridade.

– Mas vocês vão sair juntos, não é? Isso não quer dizer que vão casar?

Miles não conseguiu reprimir um sorriso.

– Quem lhe contou isso?

– Uns meninos mais velhos lá na escola. Eles disseram que primeiro as pessoas saem, depois elas casam.

– Bom – disse Miles –, eles estão um pouco certos, mas também estão um pouco errados. Só porque eu vou jantar com a Sarah não quer dizer que a gente vá se casar. Só quer dizer que a gente quer conversar um pouco para se conhecer melhor. Às vezes os adultos gostam de fazer isso.

– Por quê?

Acredite em mim, filho, daqui a um ou dois anos você vai entender.

– Porque gostam. É meio como... Bom, sabe quando você brinca com seus amigos e fica contando piadas, rindo e se divertindo? Sair junto é isso.

– Ah – disse Jonah.

Naquele momento ele parecia mais sério do que um menino de 7 anos deveria ficar.

– Vocês vão falar de mim?

– Um pouco, provavelmente. Mas não se preocupe. A gente só vai falar bem.

– Tipo o quê?

– Bom, talvez a gente fale sobre o jogo. Ou talvez eu conte a ela como você é bom em pescaria. E a gente vai dizer como você é inteligente...

Jonah de repente fez que não com a cabeça, as sobrancelhas unidas.

– Eu não sou inteligente.

– Claro que é. Você é muito inteligente e a Sarah também acha.

– Mas eu sou o único da minha turma que precisa ficar depois da aula.

– É, bom... tudo bem. Eu também tive que ficar depois da aula quando era pequeno.

Isso pareceu atrair a atenção do menino.

– É mesmo?

– É. Só que não foram um ou dois meses. Tive que ficar dois anos.

– Dois anos?

Miles assentiu para dar mais ênfase.

– Todos os dias.

– Nossa! – exclamou o menino. – Você devia ser burro mesmo!

Não foi o que eu quis dizer, mas, se isso fizer você se sentir melhor, tudo bem.

– Você é um menino inteligente. Não se esqueça disso, OK?

– A Sarah disse mesmo que eu sou inteligente?

– Ela me diz isso todo dia.

Jonah sorriu.

– Ela é uma professora legal.

– Eu acho, mas fico muito feliz por você achar também.

Jonah fez uma pausa e os carros de bombeiros recomeçaram a trombar.

– Você acha a Sarah bonita? – indagou o menino inocentemente.

Caramba, de onde estão saindo essas perguntas todas?

– Bom...

– Eu acho – declarou Jonah, erguendo os joelhos e puxando o livro para recomeçarem a leitura. – Ela às vezes me faz pensar na mamãe.

Por mais que tentasse, Miles não soube o que dizer.

Em outro canto da cidade, Sarah também não soube o que dizer. Teve de pensar por alguns segundos antes de enfim reencontrar a própria voz.

– Não faço ideia, mãe. Nunca perguntei a ele – falou por fim.

– Mas ele é subxerife, não é?

– É, mas esse não é exatamente o tipo de assunto que já tenha surgido entre a gente.

Sua mãe havia levantado a questão sobre Miles já ter atirado em alguém.

– Bom, eu estava só curiosa, entende? A gente vê os programas na TV e, com tudo o que sai nos jornais hoje em dia, eu não ficaria nem um pouco surpresa... É um trabalho perigoso.

Sarah fechou os olhos e os manteve assim por um tempo. Desde que havia mencionado casualmente que iria sair com Miles, sua mãe lhe telefonava mais de uma vez todos os dias para lhe fazer dezenas de perguntas e Sarah não sabia responder à maioria delas.

– Não vou me esquecer de perguntar a ele, tudo bem?

Sua mãe inspirou ruidosamente.

– Não faça isso! Eu detestaria estragar as coisas para você logo de cara.

– Mãe, não tem nada para estragar. A gente ainda nem saiu.

– Mas você disse que ele era simpático, não disse?

Sarah esfregou os olhos, cansada.

– Disse, mãe. Ele é simpático.

– Então não se esqueça de que a primeira impressão é a que fica.

– Eu sei, mãe.

– E não deixe de ir bem-arrumada. Pouco importa o que algumas dessas revistas por aí andam publicando, é preciso aparentar ser uma dama quando se sai com um homem. As mulheres hoje em dia usam cada coisa...

Enquanto a mãe seguia em seu monólogo, Sarah se imaginou desligando o telefone, mas em vez disso apenas começou a verificar a correspondência. Contas, propagandas, uma oferta de cartão de crédito. Entretida com os papéis, não percebeu que a mãe tinha parado de falar e aguardava uma resposta sua.

– Sim, mãe – falou mecanicamente.

– Você está me escutando?

– É claro que estou.

– Então vai passar aqui?

Pensei que estivéssemos falando sobre a roupa que eu deveria usar... Sarah se esforçou para adivinhar o que sua mãe teria dito.

– Levá-lo aí, é isso? – indagou por fim.

– Tenho certeza de que seu pai adoraria conhecer Miles.

– Bom, não sei se vai dar tempo.

– Mas você acabou de dizer que nem sabia o que iam fazer.

– Vamos ver, mãe. Mas não planejem nada de especial, porque eu não garanto nada.

Houve uma pausa demorada do outro lado da linha.

– Ah – disse Maureen. Então tentou uma tática diferente: – Bem, eu gostaria de pelo menos poder dar um oi.

Sarah recomeçou a folhear a correspondência.

– Não posso garantir nada. Como você mesma disse, eu detestaria estragar qualquer coisa que ele já tenha programado. Você entende, não entende?

– Hum, claro – respondeu sua mãe, obviamente decepcionada. – Mas, mesmo que vocês não consigam passar aqui, vai me ligar para contar como foi, não vai?

– Vou, mãe.

– Divirta-se.

– Pode deixar.

– Mas não se divirta *demais*...

– Já entendi – disse Sarah, interrompendo-a.

– Digo, é a *primeira* vez que vocês...

– Já entendi, mãe – disse Sarah, dessa vez mais incisiva.

– Bom, então tudo bem – falou Maureen, a voz quase aliviada. – Acho que vou desligar para você poder fazer suas coisas, então. A menos que você queira dizer mais alguma coisa.

– Não, acho que a gente já falou sobre quase tudo.

De alguma forma, mesmo depois disso a conversa ainda durou mais dez minutos.

Mais tarde nessa noite, depois de Jonah ir para a cama, Miles pôs uma antiga fita no videocassete e se acomodou para ver Missy e Jonah brincarem no mar perto de Fort Macon. Na época Jonah ainda era bem pequeno, tinha menos de 3 anos, e o que mais amava na vida era brincar com seus caminhões nas estradas que Missy improvisava para ele na areia. Missy tinha 26 anos e, com seu biquíni azul, parecia mais uma jovem universitária do que uma mulher que já era mãe.

No vídeo, ela acenava para Miles e lhe dizia para largar a filmadora e ir brincar com eles. Mas Miles se lembrava de que, naquela manhã, estivera mais interessado em observar. Gostava de olhar os dois juntos; gostava da sensação que isso lhe provocava, de saber que Missy tinha por Jonah um amor que ele jamais conhecera. Seus pais não tinham sido afetuosos assim. Não eram pessoas más: simplesmente não se sentiam à vontade expressando emoções, nem mesmo para o próprio filho. Depois que a mãe morrera e o pai viajara, ele sentiu que nunca chegara a conhecê-los de verdade. Às vezes pensava se teria se tornado a pessoa que era caso Missy nunca houvesse entrado em sua vida.

Missy começou a cavar um buraco com uma pá de plástico a poucos metros da linha d'água, depois usou as mãos para apressar o processo. De joelhos, ficava da mesma altura de Jonah e, quando o menino viu o que a mãe estava fazendo, foi para o lado dela e se pôs a gesticular e apontar, como um arquiteto nos primeiros estágios de uma obra. Missy sorria e conversava com o filho, mas suas vozes eram abafadas pelo rugido incessante das ondas e Miles não conseguia entender o que estavam dizendo. A areia foi saindo em grandes bocados e se acumulando em volta de Missy à medida que o buraco ficava mais fundo. Depois de algum tempo, ela fez um gesto indicando que Jonah se sentasse ali. Com os joelhos junto ao peito, o menino coube no buraco – por um triz, mas coube – e Missy começou a recolocar a areia, moldando-a em volta do corpinho do filho. Em poucos minutos, o tronco de Jonah ficou coberto: ele parecia uma tartaruga com cabeça de menino.

Missy pôs mais areia aqui e ali, cobrindo os braços e as mãos do filho. Jonah mexeu os dedos e um pouco da areia saiu, mas Missy tornou a cobri-los. Quando estava pondo os últimos punhados de areia no lugar, ele se remexeu outra vez e ela riu. Então pôs um bolinho de areia molhada sobre a cabeça do filho e ele parou de se mexer. Ela se aproximou para lhe dar um beijo e nesse momento Miles viu os lábios do menino formarem as palavras "Eu te amo, mamãe".

"Eu também te amo", respondeu ela. Então, sabendo que Jonah ficaria sentado quietinho por alguns minutos, Missy voltou sua atenção para Miles.

Ele lhe disse alguma coisa e ela sorriu – mais uma vez, as palavras se perderam no rumor. Ao fundo, por cima do ombro dela, viam-se apenas algumas pessoas. Se ele bem se lembrava, era maio, e um dia útil. Os banhistas só chegariam em peso dali a uma semana. Missy olhou para um lado e para outro e ficou em pé. Pôs uma das mãos no quadril, a outra atrás da cabeça e olhou para ele com os olhos semicerrados, sensual. Então desfez a pose, riu como se estivesse encabulada e foi andando na sua direção. Deu um beijo na lente da câmera.

O vídeo terminava assim.

Aquelas fitas eram preciosas para Miles. Ele as guardava em uma caixa à prova de fogo que havia comprado depois do funeral. Assistira a todas elas dezenas de vezes. Nas imagens, Missy estava viva de novo, ele a via se mexer, escutava o som de sua voz, ouvia sua risada outra vez.

Jonah nunca assistira àquelas fitas. Miles duvidava até de que o filho soubesse da existência delas, pois era ainda muito pequeno quando a maioria dos vídeos tinha sido filmada. Miles havia parado de usar a filmadora depois da morte da mulher, pelo mesmo motivo que havia parado de fazer outras coisas. Era difícil demais para ele. Não queria se recordar de nada do período de sua vida imediatamente posterior à morte dela.

Não sabia muito bem por que tivera o impulso de assistir aos vídeos nessa noite. Talvez fosse por causa do comentário de Jonah mais cedo, ou talvez pelo fato de que o dia seguinte traria algo novo para sua vida depois de um hiato que lhe parecia ter durado uma eternidade. O que quer que viesse a acontecer entre Sarah e ele, as coisas estavam mudando. Ele estava mudando.

Mas por que aquilo parecia tão assustador?

A resposta pareceu chegar pela tela cheia de chuviscos da televisão.

E o que ela pareceu lhe dizer foi que talvez o motivo fosse o fato de ele ainda não haver descoberto o que realmente acontecera a Missy.

10

O funeral de Missy Ryan foi realizado em uma quarta-feira de manhã na igreja episcopal do centro de New Bern. Apesar de comportar quase quinhentas pessoas, a igreja não foi grande o suficiente para a multidão que surgiu. Havia gente em pé e algumas pessoas se aglomeravam do lado de fora, perto das portas principais, para prestar sua última homenagem.

Lembro-me de que havia começado a chover naquela manhã. Não forte, mas uma chuva firme, o tipo que vem no final do verão, refrescando a terra e carre-

gando a umidade do ar. Uma névoa etérea e fantasmagórica pairava logo acima do solo, onde pequenas poças d'água se formavam. Fiquei observando um cortejo de guarda-chuvas negros carregados por pessoas vestidas de preto avançar lentamente, como se o caminho estivesse coberto de neve.

Vi Miles Ryan sentado muito ereto na primeira fila da igreja. Estava segurando a mão do filho. Jonah tinha só 5 anos na época, idade suficiente para entender que a mãe havia morrido, mas não para compreender que nunca mais tornaria a vê-la. Parecia mais confuso do que triste. Seu pai permaneceu sentado, pálido, com os lábios contraídos, enquanto as pessoas se sucediam para lhe estender a mão ou dar um abraço. Embora parecesse ter dificuldade para encarar qualquer um nos olhos, não estava chorando nem tremendo. Virei as costas e andei até os fundos da igreja. Não lhe disse nada.

Nunca vou esquecer o cheiro que senti naquele dia, sentado na última fila de bancos da igreja: um odor de velas e madeira antiga. Alguém tocava um violão baixinho perto do altar. Uma senhora se sentou ao meu lado e instantes depois o marido se juntou a ela, com os lábios contraídos. A mulher segurava um bolo de lenços de papel que usara para enxugar os olhos. O marido pousou a mão sobre seu joelho. No átrio ainda se ouvia o burburinho de gente chegando, mas no interior da igreja o silêncio era quebrado apenas pelo choro que as pessoas tentavam sufocar. Ninguém dizia nada, ninguém parecia saber o que dizer.

Foi aí que tive a sensação de que iria vomitar.

Lutei para conter a náusea e senti o suor escorrer pela testa. Minhas mãos ficaram úmidas, eu não sabia onde pô-las. Não queria estar ali. Não queria ter ido. Mais do que qualquer coisa no mundo, queria me levantar e ir embora.

E fiquei.

Não consegui me concentrar no culto. Se alguém me perguntasse o que o reverendo disse ou que o irmão de Missy falou em sua homenagem, eu seria incapaz de responder. Lembro, no entanto, que as palavras não me reconfortaram. Tudo em que eu conseguia pensar era que Missy Ryan não devia ter morrido.

Depois da cerimônia, houve uma longa procissão até o cemitério de Cedar Grove. Acredito que todos os xerifes, funcionários e agentes de polícia do condado estavam ali. Esperei que boa parte das pessoas saísse com seus carros, então por fim entrei na fila e comecei a seguir o veículo à minha frente. Vi faróis se acenderem e, como um robô, também acendi os meus.

Enquanto avançávamos, a chuva começou a apertar. Meus limpadores de para-brisa empurravam a água de um lado para o outro.

O cemitério ficava a poucos minutos da igreja.

Carros foram estacionados, guarda-chuvas se abriram, pessoas tornaram a caminhar em meio às poças, vindo de todas as direções. Fui seguindo-as às cegas e fiquei mais para trás da multidão que se reunia ao redor do túmulo. Tornei a ver Miles e Jonah em pé, de cabeça baixa, encharcados de chuva. Os carregadores levaram o caixão até a cova, assim como dezenas de coroas de flores.

Pensei mais uma vez que não queria estar ali. Não deveria ter ido. Ali não era o meu lugar.

Mas ali estava eu.

Não tivera escolha. Precisava ver Miles, precisava ver Jonah.

Mesmo então, eu já sabia que nossas vidas estariam ligadas para sempre.

Eu tinha de estar lá.

Afinal de contas, era eu quem estava dirigindo o carro.

11

A sexta-feira trouxe o primeiro ar de outono verdadeiramente frio. Pela manhã, uma leve geada havia coberto cada centímetro dos gramados e o hálito das pessoas condensava. Os carvalhos, cornisos e magnólias ainda não haviam iniciado sua lenta trajetória rumo aos tons vermelhos e laranja e, com a luz do dia já diminuindo, Sarah viu o sol penetrar por entre as folhas, desenhando sombras na calçada.

Miles iria chegar dali a pouco e ela pensara nisso diversas vezes ao longo do dia. Os três recados na secretária eletrônica lhe confirmavam que sua mãe também – um pouco demais, na opinião dela. Maureen havia falado exaustivamente sobre o assunto – esgotando-o, até. "E não se esqueça de levar um casaco hoje à noite. Você não vai querer se arriscar a pegar uma pneumonia. Com esse frio, é bem possível", começava um dos recados, e daí partia para todo tipo de conselhos, desde não usar muita maquiagem, nem joias extravagantes, "para ele não ter uma impressão errada", até se certificar de não usar uma meia-calça com fio puxado ("Não há nada pior, sabe?"). O segundo recado recapitulava o primeiro e a mãe parecia um pouco mais ansiosa, como se soubesse que seu tempo para dar os conselhos acumulados ao longo dos anos estivesse acabando: "Quando eu disse casaco, quis dizer algo elegante. E leve. Talvez você sinta um pouco de frio, mas vale a pena se for para ficar bonita. E, pelo amor de Deus, em hipótese alguma use aquele casaco verde compridão de que tanto gosta. Ele pode até ser quente, mas é feio de doer." Quando Sarah escutou a voz da mãe no terceiro recado, dessa vez *realmente* ansiosa ao afirmar como era importante ler o jornal "para ter algo interessante a dizer", simplesmente apertou o botão de apagar, sem nem mesmo se dar o trabalho de ouvir até o fim.

Tinha um encontro e precisava se arrumar.

Uma hora mais tarde, ela observava Miles pela janela enquanto ele dobrava a esquina trazendo uma caixa comprida sob o braço. Ele parou por um instante, como se para se certificar de que estava no lugar certo, em seguida abriu a porta do prédio e entrou. Ao ouvi-lo subir a escada, ela ajeitou o vestido preto de festa (que hesitara bastante em colocar), depois abriu a porta.

– Oi. Estou atrasado?

Sarah sorriu.

– Não, chegou bem na hora. Vi você subindo a rua.

Miles inspirou fundo.

– Você está linda – comentou.

– Obrigada – disse ela e, apontando para a caixa que Miles trazia: – É para mim?

Ele assentiu e lhe entregou a caixa. Dentro havia seis rosas amarelas.

– Uma para cada semana que você estudou com Jonah.

– Que gentil – disse ela, sincera. – Minha mãe vai ficar impressionada.

– Sua mãe?

Ela sorriu.

– Depois eu conto sobre ela. Venha, preciso encontrar um vaso para estas rosas.

Miles entrou no apartamento e olhou em volta rapidamente. Era uma graça – menor do que ele imaginara, mas surpreendentemente aconchegante, com móveis que combinavam bem com o lugar: um sofá de madeira aparentemente confortável, mesas de canto de um desbotado quase estiloso e uma cadeira de balanço antiga sob uma luminária que parecia ter 100 anos – até mesmo a colcha de retalhos jogada no encosto da cadeira aparentava pertencer ao século anterior.

Na cozinha, Sarah abriu o armário acima da pia, afastou algumas tigelas e pegou um pequeno vaso de cristal, que encheu de água.

– Legal o seu apartamento – comentou ele.

Ela ergueu os olhos.

– Obrigada. Eu gosto daqui.

Miles continuou a olhar ao redor

– Foi você mesma quem decorou?

– Quase tudo. Trouxe umas coisas de Baltimore, mas, quando vi todos os antiquários daqui, resolvi trocar a maioria. Tem umas lojas ótimas na cidade.

Miles alisou uma velha escrivaninha com tampo de esteira junto à janela, em seguida afastou as cortinas para olhar para a rua.

– Está gostando de morar no centro?

Sarah tirou uma tesoura da gaveta e começou a cortar a ponta dos caules.

– Gosto, mas o movimento na rua vive me acordando. É muita gente, uma gritaria e brigas até altas horas... É quase um milagre que eu consiga dormir em algum momento – brincou ela.

– Tranquilo assim, é?

Ela arrumou as rosas dentro do vaso, uma a uma.

– Este é o primeiro lugar em que já morei onde todo mundo parece ir para a cama às nove da noite. Parece que isto aqui vira uma cidade fantasma assim que o sol se põe. Aposto que isso facilita bastante o seu trabalho, não?

– Para dizer a verdade, não me afeta muito. Com exceção das ordens de despejo, minha jurisdição não chega ao centro da cidade. Geralmente eu fico na zona rural.

– Usando aqueles radares de velocidade que fazem a fama do Sul? – indagou ela, brincalhona.

Miles fez que não com a cabeça.

– Não, isso também não sou eu que faço. É a polícia rodoviária.

– Então o que está dizendo é que você na verdade não faz muita coisa...

– Exato – concordou ele. – Tirando lecionar, não consigo pensar em nenhum outro trabalho que exija menos da pessoa.

Ela riu enquanto posicionava o vaso no meio da bancada.

– São lindas. Obrigada.

Sarah saiu de trás da bancada e estendeu a mão para pegar a bolsa.

– Aonde vamos? – perguntou ela.

– Logo aqui na esquina, ao Harvey Mansion. Ah, está meio frio lá fora, é melhor você pôr um casaco – disse ele, olhando para seu vestido sem mangas.

Sarah foi até o armário, lembrando-se das palavras da mãe no recado e desejando não tê-las escutado. Era uma pessoa bem friorenta e detestava passar frio. No entanto, em vez de pegar o casaco "verde compridão" que a manteria aquecida, escolheu um casaquinho leve que combinava com o vestido. Sua mãe teria balançado a cabeça, satisfeita com sua elegância. Quando voltou, Miles olhou para ela como se quisesse dizer algo e não soubesse como.

– Algum problema? – perguntou ela.

– Bom, está frio na rua. Tem certeza de que não quer pegar alguma coisa mais quente?

– Você não se importa?

– Por que me importaria?

Aliviada, ela escolheu outro casaco (o verde compridão) e Miles a ajudou a vesti-lo, segurando as mangas para ela enfiar os braços. Instantes depois, eles trancavam a porta da frente e desciam a escada do prédio. Assim que Sarah pisou na rua, o frio lhe mordeu as faces e ela instintivamente enterrou as mãos nos bolsos.

– Não acha que está frio demais para aquele seu outro casaco? – indagou Miles.

– Com certeza – respondeu ela com um sorriso agradecido. – Mas este não combina com o vestido que estou usando.

– Prefiro que você fique confortável. Além do mais, esse casaco cai bem em você.

Ela o adorou por dizer isso. *Viu só, mãe?*

Começaram a descer a rua e, uns poucos passos adiante – surpreendendo tanto a si mesma quanto a Miles –, ela tirou a mão do bolso e passou o braço pelo dele.

– Então deixe-me contar um pouco sobre a minha mãe... – começou.

Alguns minutos depois, à mesa, Miles não conseguiu conter uma risada.

– Ela parece uma mulher e tanto.

– Para você é fácil falar. Não é a sua mãe.

– É só o jeito dela de mostrar que ama você.

– Eu sei. Mas seria mais fácil se ela não se preocupasse tanto o tempo todo. Às vezes eu acho que ela faz de propósito, só para me deixar maluca.

Apesar da irritação evidente de Sarah, Miles não pôde deixar de notar que ela estava radiante à luz das velas.

O Harvey Mansion funcionava em um antigo casarão da década de 1790 e era um dos melhores restaurantes da cidade, muito procurado por casais. Apesar de ter sido reformado, grande parte de sua planta original fora mantida. Miles e Sarah tinham sido conduzidos por uma escadaria em curva e acomodados no que um dia tinha sido a biblioteca. O cômodo tinha luz difusa e piso de carvalho, com o teto finamente revestido de folha de flandres. Duas paredes eram cobertas por estantes de mogno que abrigavam centenas de livros; na terceira, uma lareira emitia um brilho fraco. Sarah e Miles foram acomodados no canto, junto à janela. Havia só cinco outras mesas, todas ocupadas, e as pessoas conversavam baixinho.

– Hum, acho que você tem razão – disse Miles. – Sua mãe deve mesmo ficar acordada à noite maquinando novas formas de atormentar você.

– Pensei que você tivesse dito que não a conhecia.

Miles deu uma risadinha.

– Bom, pelo menos ela é presente. Como eu já lhe disse, hoje em dia praticamente não falo com meu pai.

– Onde ele está agora?

– Não faço a menor ideia. Recebi um postal uns dois meses atrás de Charleston, mas não tenho como saber se ele ainda está lá. Em geral ele não para muito tempo no mesmo lugar, nem telefona, e é muito raro vir aqui. Faz anos que não me vê, nem ao neto.

– Não consigo imaginar uma coisa dessas.

– Ele é assim... mas, pensando bem, quando eu era pequeno ele também não era exatamente um modelo de pai. Muitas vezes eu tinha a impressão de que ele não gostava de ficar perto de nós.

– Nós, quem?

– Minha mãe e eu.

– Ele não amava sua mãe?

– Não faço ideia.

– Ah, sério...

– Estou falando sério. Ela estava grávida quando eles se casaram e não posso dizer honestamente que foram feitos um para o outro. A relação deles era muito instável: num dia estavam loucamente apaixonados, no outro ela estava jogando as roupas dele no gramado em frente à casa e dizendo para ele nunca mais voltar. Quando ela morreu, ele simplesmente foi embora o mais rápido que pôde. Abandonou o emprego, vendeu a casa, comprou um barco e me disse que ia viajar pelo mundo. E olhe que nem velejar ele sabia. Disse que iria aprender o necessário pelo caminho. Imagino que tenha feito isso mesmo.

Sarah franziu o cenho.

– É meio estranho.

– Não para ele. Para ser sincero, não fiquei nada surpreso, mas você teria de conhecê-lo para entender o que estou falando.

Ele balançou a cabeça de leve, como se o fato o aborrecesse.

– Como a sua mãe morreu? – perguntou Sarah com delicadeza.

Uma expressão estranha cruzou o semblante de Miles e Sarah se arrependeu de ter tocado no assunto. Inclinou-se para a frente:

– Desculpe. Foi grosseria minha. Não deveria ter perguntado.

– Não tem problema – disse Miles baixinho. – Não me importo. Foi muito tempo atrás, então não é um assunto tão doloroso. Mas é que faz anos que não falo nisso. Nem me lembro da última vez que alguém perguntou sobre a minha mãe.

Miles tamborilou distraidamente na mesa e ajeitou o corpo de leve. Quando falou, seu tom foi casual, quase como se a pessoa em questão fosse alguém que ele não conhecesse. Sarah reconheceu aquele tom: era o mesmo que ela usava para falar de Michael atualmente.

– Minha mãe começou a ter umas dores abdominais. Às vezes não conseguia nem dormir. No fundo, acho que ela sabia quanto era grave e, quando finalmente foi ao médico, o câncer já tinha tomado o pâncreas e o fígado. Não havia nada a fazer. Ela morreu menos de três semanas depois disso.

– Sinto muito – disse ela, sem saber mais o que dizer.

– Eu também – disse ele. – Acho que você teria gostado dela.

– Tenho certeza que sim.

Foram interrompidos pelo garçom, que se aproximou da mesa para anotar seu pedido de bebidas. Como se tivessem combinado, assim que ele se afastou, tanto Sarah quanto Miles estenderam a mão para pegar os cardápios e os percorreram rapidamente com os olhos.

– O que é bom aqui? – perguntou ela.

– Na verdade, tudo.

– Nenhuma recomendação especial?

– Estou pensando em pedir um bife.

– Por que será que isso não me surpreende?

Ele ergueu os olhos.

– Você tem alguma coisa contra carne?

– Não, nada. É que você não me parece o tipo de pessoa que come tofu e salada – explicou ela, fechando o cardápio. – Já eu preciso zelar pela minha boa forma.

– Vai pedir o quê, então?

Ela sorriu.

– Bife.

Miles também fechou seu cardápio e o empurrou para o lado.

– Mas, agora que falamos sobre a minha vida, por que não me conta sobre a sua? Como foi a sua infância?

Sarah pôs seu cardápio por cima do dele.

– Ao contrário da sua, meus pais sempre foram como manda o figurino. A gente morava em uma área residencial pertinho de Baltimore, em uma casa bem confortável: quatro quartos, dois banheiros, varanda, jardim e cerca branca de madeira. Eu ia para a escola no mesmo ônibus escolar que levava todas as crianças da rua, passava o fim de semana inteiro brincando no quintal e tinha a maior coleção de Barbies da vizinhança. Papai trabalhava das nove às cinco diariamente, de terno; mamãe era dona de casa. Acho que não a vi sem avental um dia sequer da minha infância. Nossa casa vivia com cheirinho de confeitaria. Mamãe fazia biscoitos para mim e para meu irmão todos os dias e a gente os comia na cozinha enquanto contava a ela o que tinha aprendido na escola.

– Deve ter sido legal.

– E foi mesmo. Minha mãe era ótima quando nós éramos pequenos. Até as outras crianças corriam para ela quando se machucavam ou se metiam em alguma encrenca. Foi só quando meu irmão e eu crescemos que ela começou a ficar neurótica comigo.

Miles arqueou as duas sobrancelhas.

– Será que ela mudou ou será que sempre foi neurótica, mas você era jovem demais para perceber?

– Você parece a Sylvia falando assim.

– Quem é Sylvia?

– Uma amiga minha – desconversou ela. – Uma grande amiga.

Se Miles notou sua hesitação, não deixou transparecer.

O garçom trouxe as bebidas e anotou seus pedidos. Assim que ele se foi, Miles se inclinou para a frente, aproximando o rosto do de Sarah.

– E o seu irmão, como é?

– Brian? É um rapaz muito legal. Juro que ele é mais maduro do que a maioria das pessoas com quem eu trabalho. Só que é tímido e não leva muito jeito para fazer amizades. É meio introspectivo, mas sempre nos demos bem. Sempre. Este foi um dos principais motivos de eu ter vindo para cá: queria passar um tempo com Brian antes de ele ir para a faculdade. Ele acabou de entrar para a Universidade da Carolina do Norte.

Miles assentiu.

– Quer dizer então que ele é bem mais novo do que você – disse Miles.

– Não é *bem* mais novo – rebateu Sarah, encarando-o.

– Bom, é mais novo *o suficiente*. Quantos anos você tem... 40, 45? – indagou ele, repetindo o que ela lhe dissera no dia em que se conheceram.

Sarah riu.

– É preciso tomar muito cuidado com você.

– Aposto que você diz isso para todos os caras com quem sai.

– Na verdade, estou enferrujada – confessou ela. – Não tenho saído muito desde o meu divórcio.

Miles pousou o copo na mesa.

– Está brincando, não está?

– Não.

– Uma mulher como você? Tenho certeza de que recebe muitos convites para sair.

– O que não quer dizer que eu os aceite.

– Fica bancando a difícil? – provocou Miles.

– Não – respondeu ela. – Só não gosto de magoar ninguém.

– Quer dizer que você arrasa corações?

Ela não respondeu na hora, só ficou encarando a mesa.

– Não, não arraso corações – respondeu baixinho. – O meu coração é que foi arrasado.

As palavras de Sarah o surpreenderam. Miles tentou encontrar uma resposta espirituosa para aquilo, mas, depois de ver a expressão no rosto dela, decidiu não dizer nada. Durante alguns instantes, Sarah pareceu perdida em um mundo só seu. Por fim, virou-se para Miles com um sorriso quase encabulado.

– Desculpe. Eu meio que acabei com o clima, não foi?

– De jeito nenhum – respondeu Miles depressa, estendendo a mão sobre a mesa para apertar a dela de leve. – É preciso mais do que isso para acabar com o clima para mim – continuou ele. – Agora, se você jogar sua bebida na minha cara e me chamar de canalha...

Apesar da tensão, Sarah riu.

– Com isso você teria problemas? – perguntou ela, já mais relaxada.

– Provavelmente – respondeu ele com uma piscadela. – Mas mesmo assim, considerando que este é o nosso primeiro encontro e tal... talvez eu deixasse passar.

Eram dez e meia quando terminaram de jantar. Ao chegarem à rua, Sarah teve certeza de que não queria que a noite acabasse ali. O jantar tinha sido maravilhoso e a conversa, generosamente facilitada por uma excelente garrafa de vinho tinto. Ela queria passar mais tempo com Miles, mas ainda não estava pronta para convidá-lo a subir ao seu apartamento. Atrás deles, a uns poucos metros, o motor de um carro esfriava, emitindo sons abafados de tempos em tempos.

– Quer dar um pulo no Tavern? – sugeriu Miles. – Não fica muito longe.

Sarah concordou com um meneio de cabeça, apertando um pouco mais o casaco em volta do corpo, e os dois começaram a descer a rua em ritmo relaxado, caminhando bem próximos um do outro. As calçadas estavam desertas. Passaram em frente a antiquários e galerias de arte, a uma imobiliária, uma confeitaria e uma livraria: tudo fechado.

– Onde fica esse lugar exatamente?

– Por ali – respondeu ele, gesticulando com o braço. – Dobrando aquela esquina.

– Nunca ouvi falar.

– Não me espanta – disse ele. – Só os moradores daqui conhecem e, para o dono, se você nunca ouviu falar, provavelmente lá não é o seu lugar.

– Como é que eles conseguem sobreviver?

– Eles dão um jeito – respondeu Miles, enigmático.

Um minuto depois, eles dobraram a esquina. Embora houvesse alguns carros estacionados na rua, não se notava nenhum sinal de vida. Era quase assustador. Mais ou menos na metade do quarteirão, Miles parou na entrada de um bequinho entre dois prédios, um dos quais parecia abandonado. Bem lá no fundo, uns 10 metros adiante, pendia uma única lâmpada torta.

– Chegamos – disse ele.

Sarah hesitou e Miles a pegou pela mão, levando-a até a porta iluminada pela lâmpada. O nome do estabelecimento estava escrito com caneta hidrográfica acima do batente. Sarah ouviu música vindo lá de dentro.

– Impressionante – comentou ela.

– Você merece o melhor.

– Será que estou detectando um quê de sarcasmo?

Miles riu enquanto abria a porta e conduzia Sarah para dentro.

Montado no que provavelmente fora um imóvel abandonado, o Tavern era um bar de cores monótonas e com um leve cheiro de madeira mofada, mas surpreendentemente espaçoso. Na parte dos fundos havia quatro mesas de sinuca iluminadas por anúncios de diferentes marcas de cerveja. Um balcão comprido margeava a parede de trás e um jukebox antigo ficava próximo à porta, com uma dezena de mesas espalhadas de forma aleatória pelo salão. O piso era de concreto e as cadeiras de madeira não combinavam entre si, mas isso não parecia ter importância.

O bar estava lotado.

As pessoas se acotovelavam no balcão e nas mesas, se reuniam em volta das mesas de sinuca e depois se dispersavam. Duas mulheres extremamente maquiadas e usando roupas justíssimas rebolavam junto ao jukebox enquanto percorriam as músicas para decidir o que poriam para tocar.

Miles olhou para Sarah com uma expressão de quem acha graça.

– Surpreendente, não é?

– Eu só acreditaria vendo. Como está cheio!

– Fica assim todo fim de semana.

Ele correu os olhos pelo recinto em busca de um lugar para se sentarem.

– Tem uns lugares lá atrás – indicou ela.

– São para quem está jogando sinuca.

– Bom, quer jogar uma partida?

– De sinuca?

– Por que não? Vi uma mesa livre. E lá atrás não deve estar tão barulhento.

– Fechado. Vou combinar com o atendente. Quer beber alguma coisa?

– Uma cerveja light, se tiver.

– Com certeza vai ter. Encontro você na mesa, OK?

Dizendo isso, Miles se encaminhou para o balcão, abrindo caminho entre a massa de gente. Enfiou-se entre dois bancos e ergueu a mão para chamar o barman. Pela quantidade de pessoas ali, dava para imaginar que levaria algum tempo para ser atendido.

Fazia calor dentro do bar e Sarah tirou o casaco. Quando o estava dobrando, ouviu a porta se abrir atrás de si. Olhou por cima do ombro e deu um passo de lado para deixar dois homens passarem. O primeiro, tatuado e de cabelos compridos, parecia alguém realmente perigoso. O segundo, de jeans e camisa polo, era o oposto e ela se perguntou qual seria o ponto em comum entre os dois.

Até examiná-los com mais atenção. Depois disso, concluiu que o segundo a assustava mais do que o primeiro. Algo em sua expressão e sua postura parecia infinitamente mais ameaçador.

Ficou grata quando o primeiro homem passou direto por ela. O outro, porém, parou assim que chegou perto e ela sentiu que ele a observava.

– Nunca vi você por aqui antes. Qual é o seu nome? – indagou ele de repente.

Sarah notou que seus olhos frios a avaliavam.

– Sylvia – mentiu.

– Aceita um drinque?

– Não, obrigada – respondeu ela, balançando a cabeça.

– Quer vir sentar comigo e meu irmão, então?

– Estou acompanhada – disse ela.

– Não estou vendo ninguém.

– Ele está no bar.

– Otis, *vambora*! – gritou o tatuado.

Com os olhos pregados em Sarah, Otis o ignorou.

– Tem certeza de que não aceita um drinque, Sylvia? – convidou novamente.

– Absoluta – respondeu ela.

– Por quê? – perguntou ele.

Por algum motivo, embora as palavras tivessem sido ditas com calma, educadamente até, Sarah notou a raiva que elas encobriam.

– Já disse, estou acompanhada – falou, dando um passo para trás.

– *Vambora*, Otis! Preciso beber!

Otis Timson relanceou os olhos na direção da voz, em seguida tornou a encarar Sarah e sorriu, como se os dois estivessem em uma festa elegante, não em um bar de sinuca.

– Se mudar de ideia, Sylvia, vou estar bem ali – falou com voz mansa.

Assim que ele se foi, Sarah expirou com força e mergulhou na multidão de clientes do bar, abrindo caminho em direção às mesas de sinuca para se afastar o máximo possível dele. Quando chegou lá, pôs o casaco em cima de um dos bancos desocupados. Instantes depois, Miles chegou com as cervejas. Bastou uma olhada para ele notar que alguma coisa tinha acontecido.

– O que houve? – perguntou ele, passando-lhe a garrafa de cerveja.

– Um cara meio sinistro tentando me paquerar. Tinha me esquecido das coisas que acontecem em lugares assim.

A expressão de Miles ficou um pouco mais séria.

– Ele fez alguma coisa?

– Nada que eu não tenha conseguido contornar.

Ele pareceu avaliar a resposta.

– Tem certeza?

Sarah hesitou.

– Tenho, tenho sim – respondeu por fim.

Então, tocada com a preocupação de Miles, bateu com sua garrafa na dele com uma piscadela e tirou o incidente da cabeça.

– Então, quer arrumar as bolas na mesa ou arrumo eu?

Depois de tirar o casaco e arregaçar as mangas, Miles pegou dois tacos de sinuca de um suporte na parede.

– As regras da sinuca são bem simples...

– Eu sei – disse ela com um aceno.

Ele ergueu as sobrancelhas, surpreso.

– Você já jogou sinuca?

– Acho que todo mundo já jogou pelo menos uma vez na vida.

Miles lhe passou o taco.

– Então acho que podemos jogar. Quer começar?

– Não, pode ir.

Sarah ficou observando enquanto Miles dava a volta até a frente da mesa, passando giz na ponta do taco. Então, inclinando-se, ele posicionou a mão, apoiou o taco e acertou a bola com uma tacada certeira. As bolas estalaram alto e se espalharam pela mesa, com a bola quatro entrando na caçapa do canto e desaparecendo de vista. Ele ergueu os olhos.

– Comecei bem.

– Sem sombra de dúvida – disse ela.

Miles examinou a mesa para decidir a tacada seguinte e mais uma vez Sarah se espantou ao constatar o quanto ele era diferente de Michael. Seu ex-marido não jogava sinuca e com certeza nunca teria levado Sarah a um lugar como aquele. Não teria se sentido confortável ali, da mesma forma que Miles provavelmente não teria se sentido confortável no mundo em que Sarah antes vivia.

No entanto, ao vê-lo ali em pé na sua frente, sem casaco e com as mangas arregaçadas, Sarah não pôde ignorar a atração que sentia. Em comparação a várias pessoas ali, que talvez exagerassem na cerveja e na pizza, Miles era quase magrelo. Não tinha uma beleza de ator de cinema, mas mantinha a barriga lisa e seus ombros eram de uma largura reconfortante. Mas não era só isso. Havia algo em seus olhos e em seu jeito de falar que refletia os desafios que enfrentara ao longo dos últimos dois anos, algo que ela própria também enxergava ao se olhar no espelho.

O jukebox silenciou por um instante, em seguida começou a tocar "Born in the USA" de Bruce Springsteen. Apesar dos ventiladores que giravam no teto, o ar estava pesado de tanta fumaça de cigarro. Sarah podia ouvir o rumor abafado de pessoas rindo e contando histórias engraçadas a toda a sua volta, mas, quando olhava para Miles, quase tinha a sensação de que os dois estavam sozinhos.

Miles encaçapou a segunda bola. Com um olhar experiente, avaliou a mesa enquanto as bolas se imobilizavam. Andou até o outro lado e desferiu outra tacada, mas dessa vez errou. Ao ver que era sua vez, Sarah pôs a cerveja de lado e empunhou o taco. Miles pegou o giz e lhe ofereceu.

– Tem uma boa jogada ali – disse ele, meneando a cabeça em direção ao canto da mesa. – A bola está na boca da caçapa.

– Estou vendo – disse ela, deixando o giz de lado depois de passá-lo na ponta do taco.

Examinou a mesa, mas não se posicionou imediatamente para a tacada. Acreditando que ela estivesse insegura, Miles apoiou o próprio taco em um dos bancos e propôs:

– Quer que eu mostre como posicionar a mão na mesa?

– Claro.

– Vamos lá – começou Miles. – Faça um círculo com o indicador, assim, e apoie os outros três dedos na mesa.

Ele demonstrou com a mão sobre a mesa.

– Assim? – indagou ela, imitando-o.

– Quase...

Ele chegou mais perto e, assim que estendeu a mão em direção à sua, inclinando-se ligeiramente mais para perto de Sarah, ela sentiu algo pular dentro de si, um choque leve que começou na barriga e se irradiou para fora. As mãos dele estavam quentes quando ajustaram seus dedos. Apesar da fumaça e do cheiro de cerveja choca, ela pôde sentir a loção pós-barba que ele estava usando, um perfume limpo, másculo.

– Aperte um pouco mais o dedo – explicou ele. – Não deixe tanto espaço, senão você perde o controle da tacada.

– Melhorou? – perguntou ela, pensando em como estava gostando de senti-lo perto de si.

– Melhorou – respondeu ele, afastando-se um pouco, alheio ao que ela estava sentindo. – Agora, quando recuar o taco, vá devagar e tente mantê-lo firme quando acertar a bola. E lembre que não é preciso bater com muita força. A bola está bem no cantinho e você não quer encaçapar a branca.

Sarah fez o que ele dizia. A bola branca seguiu numa trajetória reta e, como Miles previra, empurrou a nove na caçapa, depois voltou rolando até parar mais ou menos no centro da mesa.

– Isso é ótimo – disse ele, indicando a branca. – Agora você tem uma boa jogada na catorze.

– Sério? – indagou ela.

– É, bem ali. É só alinhar e fazer a mesma coisa...

Sarah o fez, sem pressa. Depois de encaçapar a catorze, a bola branca pareceu se posicionar mais uma vez de forma perfeita para a tacada seguinte. Miles arregalou os olhos, surpreso. Sarah olhou para ele, desejando tê-lo mais perto de novo.

– Não achei essa tacada tão boa quanto a primeira – falou. – Você se importaria de me mostrar mais uma vez?

– Não, claro que não – disse ele depressa.

Miles se inclinou novamente junto dela e ajeitou sua mão sobre a mesa. Mais uma vez ela sentiu o cheiro da sua loção. Novamente o toque de suas mãos pareceu carregado de eletricidade, mas dessa vez Miles também pareceu perceber e se demorou mais do que o necessário em pé ao lado de Sarah. Havia algo de embriagante e ousado na forma como estavam se tocando, algo... *maravilhoso*. Miles inspirou fundo.

– Bem, agora tente – falou ele, afastando-se como se precisasse de um pouco de espaço.

Com uma tacada firme, a onze entrou na caçapa.

– Acho que você pegou o jeito – disse Miles, estendendo a mão para sua cerveja.

Sarah deu a volta na mesa preparando-se para a tacada seguinte.

Ele a observou se mover. Prestou atenção em tudo: o andar gracioso, as curvas suaves do corpo quando ela tornou a se posicionar, a pele tão lisa que parecia quase irreal. Quando ela passou uma das mãos pelos cabelos, arrumando-os atrás da orelha, ele tomou um gole de cerveja e se perguntou como o ex-marido a havia deixado escapar. Devia ser cego ou burro, talvez as duas coisas. Segundos depois, a bola doze caiu na caçapa. Bela jogada, pensou ele, tentando se concentrar outra vez.

Nos minutos que se seguiram, Sarah fez aquilo parecer fácil. Encaçapou a dez, fazendo a bola correr rente à lateral da mesa por todo o trajeto até a caçapa.

Sentado, com as costas apoiadas na parede e as pernas cruzadas, Miles ficou girando o taco na mão enquanto aguardava.

Em uma jogada curta e fácil, a treze caiu na caçapa do canto.

Ao ver isso, ele franziu de leve o cenho. *Que estranho, ela ainda não errou nenhuma tacada...*

No que só podia ser descrito como uma tabela de sorte, a bola quinze logo acompanhou a treze e Miles teve de resistir ao impulso de pegar o maço de cigarros no bolso do casaco.

Quando sobrava apenas uma bola, Sarah se afastou da mesa e estendeu a mão para o giz.

– Agora tenho de ir na oito, certo? – indagou.

Miles mudou ligeiramente de posição.

– É, mas precisa cantar a caçapa antes.

– Tudo bem – disse ela.

Deu a volta na mesa até ficar de costas para ele. Usou o taco para apontar.

– Acho que vou na caçapa do canto, então.

Uma tacada a distância, que exigia certa angulação para dar certo. Era possível, mas bem difícil. Sarah se inclinou por cima da mesa.

– Cuidado para não se suicidar – completou Miles. – Se a branca entrar, eu ganho.

– Pode deixar – ela sussurrou para si mesma.

Sarah deu a tacada. Segundos depois, a oito entrou na caçapa e ela se virou para Miles com um grande sorriso no rosto.

– Nossa! Dá para acreditar?

Miles ainda estava com os olhos pregados na caçapa do canto.

– Bela tacada – falou, quase incrédulo.

– Sorte de principiante – disse ela, sem dar importância. – Quer jogar outra?

– É, acho que sim – respondeu ele, hesitante. – Você deu algumas tacadas bem boas.

– Obrigada.

Miles terminou a cerveja antes de arrumar as bolas no triângulo novamente. Como na primeira partida, encaçapou uma, mas errou a segunda tacada.

Com um dar de ombros solidário, Sarah começou a jogar. Encaçapou a mesa inteira sem errar uma só tacada. Quando acabou, tudo o que Miles conseguiu fazer foi encará-la de seu lugar junto à parede. Tinha largado o taco na metade da partida e pedira mais duas cervejas a uma garçonete.

– Acho que fui enganado – falou, experiente.

– Acho que foi mesmo – concordou ela, chegando mais perto. – Mas pelo menos a gente não apostou. Se tivesse, minhas jogadas seriam bem melhores.

Miles balançou a cabeça, pasmo.

– Onde aprendeu a jogar?

– Foi com meu pai. A gente sempre teve mesa de sinuca em casa. Ele e eu jogávamos muito.

– Então por que você me deixou fazer papel de bobo, não me impediu de mostrar como posicionar a mão?

– Bom, você parecia querer tanto me ajudar que eu não quis magoá-lo.

– Puxa, obrigado.

Ele lhe estendeu uma cerveja e, quando ela pegou a garrafa, seus dedos se roçaram de leve. Miles engoliu em seco.

Nossa, como esta mulher é bonita! De perto, é mais ainda.

Antes de ele conseguir pensar mais no assunto, sentiu uma pequena movimentação atrás deles. Miles se virou ao ouvir o barulho.

– Como tem passado, subxerife Ryan?

A pergunta de Otis Timson o fez retesar o corpo na mesma hora. Em pé logo atrás de Otis, com olhos apáticos, seu irmão segurava uma cerveja. Otis acenou de um jeito forçado para Sarah, que deu um passo para longe dele, aproximando-se de Miles.

– E *você*, como vai? Prazer em revê-la.

Miles acompanhou o olhar de Otis na direção de Sarah.

– É o cara de que falei – sussurrou ela.

A frase fez Otis erguer as sobrancelhas, mas ele não disse nada.

– O que você quer, Otis? – indagou Miles em tom cauteloso, lembrando-se do que Charlie tinha lhe dito.

– Não quero nada – respondeu Otis. – Só vim dizer oi.

Miles virou-lhe as costas.

– Quer ir para o bar? – perguntou a Sarah.

– Claro – concordou ela.

– É, podem ir. Não quero atrapalhar o seu programa – disse Otis. – Bonita, essa sua garota – comentou. – Parece que você finalmente encontrou alguém.

Miles se retraiu e Sarah pôde ver como o comentário o afetara. Ele abriu a boca para responder, mas não disse nada. Cerrou os punhos, respirou fundo e se virou para Sarah.

– Vamos – falou.

Seu tom expressava uma raiva que ela nunca havia escutado antes.

– Ah, a propósito – disse Otis. – Sobre aquele assunto com Harvey, não precisa se preocupar. Pedi a ele que pegasse leve com você.

As pessoas já se juntavam em volta, pressentindo confusão. Miles encarou Otis com um olhar firme, que este sustentou sem se mexer. O irmão tinha se posto de lado, como quem se preparasse para entrar no confronto, se necessário.

– Vamos embora – disse Sarah, com ênfase, esforçando-se ao máximo para impedir que a situação fugisse ainda mais ao controle. Segurou Miles pelo braço e o puxou. – Vamos, Miles, por favor – pediu.

Isso bastou para atrair a atenção dele. Sarah pôs os dois casacos debaixo do braço enquanto o puxava pela multidão. As pessoas abriram caminho e em um minuto os dois chegaram à rua. Miles tirou a mão de Sarah de seu braço, com raiva de Otis e de si mesmo por quase ter perdido a cabeça, e saiu andando pelo beco a passos firmes. Sarah o seguia, mas parou para vestir o casaco.

– Miles, espere...

As palavras demoraram alguns segundos para surtir efeito e Miles finalmente parou e baixou os olhos para o chão. Quando ela se aproximou e lhe estendeu o casaco, ele pareceu não notar.

– Sinto muito por essa cena toda – falou, sem conseguir fitá-la nos olhos.

– Você não fez nada – disse ela.

Miles não esboçou qualquer reação, então ela chegou mais perto.

– Está tudo bem? – perguntou Sarah, com voz suave.

– Tudo... tudo bem.

A voz dele saiu tão baixa que ela mal escutou. Por alguns instantes, Miles ficou igualzinho a Jonah quando ela lhe passava deveres de mais.

– Não parece – disse ela por fim. – Na verdade, você parece bem mal.

Apesar da raiva que sentia, ele riu.

– Obrigado.

Um carro passou procurando vaga. O motorista atirou um cigarro pela janela, direto para a sarjeta. Estava mais frio, frio demais para ficar parado, e Miles estendeu a mão para pegar o casaco e o vestiu. Sem dizer nada, os dois saíram andando pela rua. Quando chegaram à esquina, Sarah rompeu o silêncio.

– Posso perguntar o que foi aquilo lá dentro?

Depois de um silêncio prolongado, Miles deu de ombros.

– É uma longa história.

– As histórias geralmente são.

Andaram mais um pouco. Seus passos eram o único som na rua.

– Ele e eu tivemos alguns problemas – disse Miles por fim.

– Essa parte eu entendi – falou ela. – Não sou propriamente burra, sabe?

Miles não respondeu.

– Se você preferir não falar no assunto...

Era uma escapatória e ele quase a aproveitou. Em vez disso, porém, pôs as mãos nos bolsos e fechou os olhos por alguns instantes. Então, nos minutos seguintes, contou tudo a Sarah: falou sobre as prisões ao longo dos anos, sobre o vandalismo em sua casa e no entorno, sobre o corte na bochecha do filho bebê e terminou falando da última prisão. Chegou até a mencionar o alerta de Charlie. Enquanto falava, os dois foram atravessando o centro outra vez, passando pelas lojas fechadas e pela igreja episcopal, até finalmente cruzarem a Front Street e entrarem no parque em Union Point. Sarah ficou escutando sem dizer nada. Quando ele terminou de falar, ela ergueu os olhos na sua direção.

– Desculpe por eu ter me metido – falou baixinho. – Deveria ter deixado você acabar com a raça dele.

– Não, foi bom você ter me impedido. Ele não vale a pena.

Passaram pelo antigo clube feminino, que um dia fora local de encontro das mulheres da cidade, mas que estava abandonado havia tempos. As ruínas do prédio pareceram incentivar o silêncio, quase como se eles estivessem em um cemitério. Anos de enchentes do rio Neuse haviam tornado o imóvel praticamente inabitável, a não ser para os pássaros e animais silvestres.

Quando Miles e Sarah chegaram perto da margem do rio, pararam para observar as águas escuras do Neuse correrem devagar à sua frente. A água batia nos muros de contenção da margem a um ritmo regular.

– Me fale sobre Missy – pediu ela por fim, rompendo o silêncio que os havia cercado.

– Missy?

– Queria saber como ela era – disse Sarah, sincera. – Ela é uma parte importante de você, mas não sei nada sobre ela.

Miles aguardou alguns instantes, então balançou a cabeça.

– Eu não saberia por onde começar.

– Bom... Do que você mais sente falta?

Do outro lado do rio, a mais de um quilômetro, ele podia ver as luzes de algumas varandas, pontinhos brilhantes ao longe que pareciam suspensos no ar como vaga-lumes em uma noite quente de verão.

– Sinto falta de tê-la por perto – começou. – De ela estar em casa quando chego do trabalho, de acordar ao lado dela, ou de a ver na cozinha ou no quintal... em qualquer lugar. Mesmo quando a gente não tinha muito tempo, havia algo especial no fato de saber que ela estaria lá se eu precisasse. E teria estado, mesmo. A gente já era casado há tempo suficiente para ter passado por todos os estágios que os casais atravessam... as fases boas, as não tão boas, as más, até... e tínhamos encontrado um ponto que era bom para nós dois. Éramos duas crianças quando começamos a namorar. Depois de sete anos juntos, muitos de nossos amigos já estavam divorciados, alguns tinham casado pela segunda vez.

Ele deu as costas para o rio e ficou de frente para Sarah.

– Mas a gente conseguiu fazer as coisas darem certo, sabe? Quando olho para trás e penso nisso, eu sinto orgulho, porque sei quanto é raro. Nunca me arrependi de ter me casado com ela. Nunca. A gente passava horas só conversando, sobre tudo ou sobre nada. Na verdade não tinha importância. Ela adorava ler, sempre me falava das histórias que estava lendo e tinha um jeito de contar que me dava vontade de ler o livro também. Lembro que ela costumava ler na cama e de vez em quando eu acordava no meio da noite e ela estava ferrada no sono, com o livro em cima da mesa de cabeceira e a luz do abajur ainda acesa. Eu tinha que levantar da cama para apagar. Isso acontecia com mais frequência depois que Jonah nasceu... Ela vivia cansada, mas agia como se não estivesse. Era maravilhosa com ele. Lembro quando Jonah começou a tentar andar. Ele devia estar com uns 7 meses, foi bem cedo. Nem engatinhar ele sabia, mas já queria andar. Ela passou semanas andando pela casa toda encurvada com Jonah segurando em seus dedos, só porque ele gostava. À noite, estava tão dolorida que eu tinha que fazer uma massagem, senão ela não conseguia se mexer no dia seguinte.

Sarah ouvia com atenção e ele parou por um instante e cruzou olhares com ela.

– Missy nunca reclamava. Acho que essa era a vocação dela. Ela falava que queria ter quatro filhos, mas, depois que Jonah nasceu, eu ficava dizendo que não era a hora certa, até que ela bateu o pé. Queria que Jonah tivesse irmãos e irmãs e, na verdade, eu também queria. Sei por experiência própria como é difícil ser filho único. Queria ter dado ouvidos a ela mais cedo. Pelo Jonah, quero dizer.

Sarah engoliu em seco antes de segurar o braço dele como um gesto de incentivo.

– Ela parece ter sido uma mulher incrível.

Uma traineira subia vagarosamente o rio, com seus motores zumbindo. Quando a brisa soprou na sua direção, Miles sentiu de leve o cheiro do xampu de madressilva que Sarah tinha usado.

Passaram algum tempo em um silêncio cúmplice, reconfortados como se estivessem dentro de um casulo, com a presença um do outro a aquecê-los na escuridão feito um cobertor quentinho.

Estava ficando tarde. Hora de encerrar a noite. Por mais que Miles quisesse fazer aquele momento durar para sempre, sabia que era impossível. Tinha prometido à Sra. Johnson que chegaria antes de meia-noite.

– Melhor a gente ir – falou.

Cinco minutos depois, em frente a seu prédio, Sarah soltou o braço dele para poder pegar a chave.

– Eu me diverti muito – disse ela.

– Eu também.

– A gente se vê amanhã?

Ela levou alguns segundos para se lembrar de que iria assistir ao jogo de Jonah.

– Não esqueça: começa às nove.

– Sabe em que campo vai ser? – perguntou ela.

– Não faço ideia, mas a gente vai estar lá. Vou ficar de olho para quando você chegar.

No breve silêncio que se seguiu, Sarah pensou que Miles talvez fosse tentar beijá-la, mas ele a surpreendeu dando um passo para trás.

– Bem, eu preciso ir...

– Eu sei – disse ela, ao mesmo tempo grata e decepcionada por ele não ter tentado. – Cuidado na estrada.

Viu-o dobrar a esquina em direção a uma pequena picape prata, de cabine dupla, abrir a porta e se sentar ao volante. Ele ainda acenou uma última vez antes de dar a partida.

Sarah ficou em pé na calçada acompanhando a luz das lanternas do carro muito depois de ele ter ido embora.

12

Na manhã seguinte, Sarah chegou ao jogo de futebol alguns minutos antes de a partida começar. De calça jeans e botas, usando um suéter grosso de gola rulê e óculos escuros, ela se destacava entre os pais de ar cansado. Miles não conseguia entender como ela podia aparentar ao mesmo tempo casualidade e elegância.

Do outro lado do campo, onde batia bola com um grupo de amigos, Jonah a viu chegar e correu na sua direção para lhe dar um abraço. Então segurou sua mão e a arrastou até onde Miles estava.

– Pai, olhe só quem eu encontrei – disse ele. – A Sarah veio.

– Estou vendo – respondeu Miles, passando a mão nos cabelos do filho.

– Ela parecia perdida, então eu fui buscar – explicou o menino.

– O que seria de mim sem você, hein, campeão? – falou Miles e olhou para Sarah.

Você é linda e charmosa, e não consigo parar de pensar em ontem à noite.

Mas não foi isso que ele disse. O que saiu foi:

– Oi. Tudo bem?

– Tudo – respondeu ela. – Só é meio cedo para começar meu sábado. Fiquei com a sensação de estar saindo para o trabalho.

Por cima do ombro, Miles viu o time começar a se juntar e usou isso como pretexto para escapar do olhar dela.

– Jonah, acho que seu técnico acabou de chegar...

O menino virou a cabeça e começou a lutar com o agasalho de moletom, que o pai o ajudou a tirar. Miles pôs o casaco do filho sob o braço.

– Cadê minha bola? – perguntou o menino.

– Você não estava com ela agorinha mesmo?

– Estava.

– Então cadê?

– Não sei.

Miles se apoiou sobre um dos joelhos e começou a pôr a camiseta do filho para dentro da bermuda.

– Depois a gente acha. Você não deve precisar dela agora mesmo.

– Mas o técnico disse para levar a bola para o aquecimento.

– Pegue a de alguém emprestada.

– E que bola a pessoa vai usar?

O tom de Jonah demonstrava sua preocupação.

– Não vai ser problema. Vá lá. O técnico está esperando.

– Tem certeza?

– Confie em mim.

– Mas...

– Vá lá. Estão esperando você.

Dali a alguns instantes, depois de ponderar se o pai tinha ou não razão, Jonah finalmente saiu correndo para se juntar ao time. Sarah assistiu a tudo com um sorriso, achando graça na interação dos dois.

Miles indicou a bolsa com um gesto.

– Quer um café? Eu trouxe a garrafa térmica.

– Não, obrigada. Tomei um chá antes de vir.

– De ervas?

– Não, chá preto mesmo.

– Com torrada e geleia?

– Não, com o cereal que sempre como. Por quê?

Miles meneou a cabeça.

– Nada, curiosidade.

Um apito soou e os times começaram a se reunir em campo, preparando-se para a partida.

– Posso fazer uma pergunta?

– Contanto que não seja sobre o meu café da manhã... – rebateu ela.

– Talvez soe meio estranho.

– Por que será que isso não me espanta?

Miles pigarreou.

– Bom, é que andei pensando se você enrola a toalha na cabeça depois do banho.

O queixo de Sarah caiu.

– Como é que é?

– Depois do banho, sabe? Você enrola a toalha na cabeça ou penteia os cabelos direto?

Ela o avaliou com atenção.

– Você é engraçado.

– É o que dizem.

– Quem diz?

– As pessoas.

– Sei.

O apito soou outra vez e a partida começou.

– Mas... e aí? – insistiu ele.

– Sim – respondeu ela por fim, com uma risada incrédula. – Eu enrolo a toalha na cabeça.

Ele assentiu, satisfeito.

– Foi o que eu pensei.

– E já pensou em diminuir o consumo de cafeína?

Miles fez que não com a cabeça.

– Nunca.

– Pois deveria.

Ele tomou mais um gole de café para disfarçar sua satisfação.

– Já me disseram isso.

Quarenta minutos depois, a partida acabou. Apesar de todo o esforço de Jonah, seu time perdeu. Mas ele não pareceu se incomodar muito com isso. Depois de cumprimentar os colegas batendo em suas mãos espalmadas, foi correndo até o pai com o amigo Mark em seu encalço.

– Vocês jogaram bem – assegurou Miles.

Os meninos murmuraram agradecimentos distraídos antes de Jonah dar um puxão no suéter do pai.

– Ô, pai?

– Hum?

– Mark perguntou se eu posso dormir na casa dele.

Miles olhou para o outro menino à espera de uma confirmação.

– Perguntou, foi?

Mark assentiu.

– Minha mãe deixou, mas pode falar com ela se quiser. Ela está bem ali. Zach também vai.

– Ah, pai, por favor! Eu faço o dever assim que chegar em casa – disse Jonah. – Faço até mais exercícios.

Miles hesitou. Não tinha problema... Mas, ao mesmo tempo, tinha. Ele gostava de ter o filho por perto. A casa ficava vazia sem ele.

– Tudo bem, se você quiser ir...

Jonah sorriu, animado, e nem esperou o pai terminar de falar.

– Valeu, pai! Você é demais.

– Obrigado, tio Miles – disse Mark. – Vamos, Jonah. Vamos avisar à mamãe que tudo bem.

Os dois saíram correndo, empurrando um ao outro e atravessando a multidão aos risos. Miles virou-se para Sarah, que observava as crianças se afastarem.

– Ele parece mesmo triste porque não vai me ver hoje à noite.

– Totalmente arrasado – concordou Sarah com um meneio de cabeça.

– A gente ia alugar um filme, sabe?

Ela deu de ombros.

– Deve ser terrível ser esquecido assim tão fácil.

Miles riu. Estava encantado com ela, não havia dúvida. Encantado mesmo.

– Bom, como estou sozinho e tal...

– Sim?

– Bom... Digo...

As sobrancelhas dele se arquearam e ela o encarou com uma expressão brincalhona.

– Quer me perguntar de novo sobre o ventilador?

Ele abriu um sorriso. Ela nunca iria deixá-lo esquecer aquilo.

– Se você não tiver compromisso... – respondeu, com um ar de falsa segurança.

– O que você tinha em mente?

– Com certeza não uma partida de sinuca.

Sarah riu.

– E se eu fizer um jantar lá em casa?

– Chá com cereal? – sugeriu ele.

Ela assentiu.

– Isso. E prometo enrolar a toalha na cabeça.

Miles tornou a rir. Ele não merecia aquilo. Realmente não merecia.

– Ô, pai?

Miles empurrou o boné de beisebol um pouco mais para trás na cabeça e ergueu os olhos. Os dois estavam no quintal, catando as primeiras folhas caídas do ano.

– Hum?

– Desculpe eu não ver o filme com você hoje à noite. Eu tinha esquecido. Você ficou zangado comigo?

Miles sorriu.

– Não. Nem um pouco.

– Vai alugar mesmo assim?

Miles fez que não com a cabeça.

– Provavelmente não.

– Então o que você vai fazer?

Miles deixou o ancinho de lado, tirou o boné e enxugou a testa com as costas da mão.

– Na verdade, acho que hoje à noite eu devo sair com a Sarah.

– De novo?

Miles se perguntou quanto deveria revelar.

– Foi divertido ontem à noite.

– O que vocês fizeram?

– Fomos jantar. Conversamos. Passeamos.

– Só isso?

– É, só isso.

– Que chatice.

– Acho que só foi legal para quem estava lá.

Jonah pensou um pouco.

– E hoje vocês vão sair de novo?

– É.

– Ah, *tá* – falou o menino, balançado a cabeça para em seguida olhar para o outro lado e concluir: – Então você gosta dela, *né*?

Miles se aproximou do filho e se abaixou de forma que ficassem da mesma altura.

– Por enquanto ela e eu somos só amigos.

Jonah pareceu refletir demoradamente sobre a questão. Miles o envolveu em um abraço e apertou com força.

– Eu te amo, filho.

– Também te amo, pai.

– Você é um bom menino.

– Eu sei.

Miles riu e ficou em pé, tornando a estender a mão para pegar o ancinho.

– Ô, pai?

– Hum.

– Estou ficando com uma fominha...

– O que você quer comer?

– A gente pode ir ao McDonald's?

– Claro. Já faz um tempo que não vamos lá.

– Posso comer um McLanche Feliz?

– Não acha que está ficando um pouco grande para isso?

– Pai, eu tenho só 7 anos.

– Ah, é – disse Miles, como se tivesse esquecido. – Venha, vamos entrar e tomar um banho.

Os dois começaram a andar em direção à casa e Miles passou o braço em volta do filho. Depois de dar alguns passos, o menino ergueu os olhos.

– Ô, pai?

– Hum?

Jonah deu alguns passos em silêncio.

– Tudo bem se você gostar da minha professora.

Miles baixou os olhos, surpreso.

– Tudo bem?

– Tudo – disse Jonah, sério. – Porque eu acho que ela gosta de você.

Quanto mais Miles e Sarah saíam juntos, mais esse sentimento se fortalecia.

Durante o mês de outubro, eles saíram mais de uma vez por semana, além das ocasiões em que se viram depois das aulas.

Conversavam durante horas, Miles segurava a mão de Sarah sempre que andavam juntos e, embora o relacionamento ainda não houvesse se tornado físico, havia uma inegável sensualidade subjacente em suas conversas.

Alguns dias antes do Halloween, depois da última partida de futebol da temporada, Miles perguntou a Sarah se ela gostaria de sair com ele à noite, para fazer o passeio dos fantasmas. Era aniversário de Mark e Jonah iria dormir na casa do amigo.

– Que passeio é esse? – quis saber ela.

– É um tour por algumas das residências históricas da cidade e as pessoas contam histórias de fantasmas.

– É isso que as pessoas fazem nas cidades pequenas?

– A gente pode fazer isso ou então ficar sentado na minha varanda, mascando fumo e tocando banjo.

Ela riu.

– Acho que prefiro o passeio.

– Pensei que fosse preferir mesmo. Pego você às sete?

– Estarei esperando ansiosamente. Jantamos lá em casa depois?

– Ótimo. Mas você sabe que vou ficar mimado se continuar cozinhando assim para mim.

– Tudo bem – disse ela, piscando para Miles. – Um pouco de mimo nunca fez mal a ninguém.

13

– Mas me diga uma coisa – pediu Miles a Sarah quando os dois saíram do prédio dela mais tarde na mesma noite. – Do que você mais sente falta da cidade grande?

– Das galerias, dos museus, dos shows. Dos restaurantes abertos depois das nove da noite.

Miles riu.

– Mas do que *mais* sente falta?

Sarah passou o braço no dele.

– Dos bistrôs. Sabe, eu podia ficar sentada naqueles cafés por horas, tomando um chá enquanto lia o jornal de domingo. Era bom poder fazer isso bem no centro da cidade. De certa forma, era como um pequeno oásis, porque todo mundo que passava na rua sempre parecia estar correndo para algum lugar.

Eles caminharam em silêncio por alguns instantes.

– Você pode fazer isso aqui também, sabia? – disse Miles por fim.

– Ah, é?

– Claro. Tem um lugar assim bem ali, na Broad Street.

– Nunca vi.

– Bom, não é exatamente um bistrô.

– Então o que é?

Ele deu de ombros.

– Um posto de gasolina, mas tem um banco confortável do lado de fora e tenho certeza de que eles lhe conseguiriam uma xícara de água quente se você levasse seu saquinho de chá.

Ela deu uma risadinha.

– Parece irresistível.

Ao atravessarem a rua, eles se viram atrás de um grupo de pessoas que obviamente também iriam participar do evento. Vestidas com roupas de época, pareciam recém-chegadas do século XVIII – saias grossas e pesadas para as mulheres, calças pretas e botas de cano longo, colarinhos altos e chapéus de aba larga para os homens. Na esquina, as pessoas tomaram duas direções opostas. Miles e Sarah seguiram o grupo menor.

– Você sempre morou aqui, não é? – indagou Sarah.

– Menos durante a faculdade.

– Nunca quis se mudar? Para ter outras experiências?

– Tipo frequentar bistrôs?

Ela o cutucou com o cotovelo, brincalhona.

– Não, não só isso. As cidades grandes têm uma vibração, uma animação que não existe nas cidades pequenas.

– Não duvido. Mas, para ser sincero, nunca me interessei muito por esse tipo de coisa. Não preciso disso para ser feliz. Um lugarzinho tranquilo para relaxar no fim do dia, vistas agradáveis, alguns bons amigos. O que mais importa, além disso?

– Como foi crescer aqui?

– Você já assistiu àquele seriado *O show de Andy Griffith*? Sabe a cidadezinha de Mayberry?

– Quem nunca assistiu?

– Bom, foi mais ou menos assim. New Bern não era tão pequena, claro, mas tinha uma sensação de cidade pequena, sabe? Tudo parecia seguro. Quando eu era pequeno, uns 7 ou 8 anos, lembro que saía com meus amigos para pescar, me aventurar pelas matas ou só brincar mesmo e só voltava na hora do jantar. E meus pais não ficavam nem um pouco preocupados, porque não tinham motivo para isso. Às vezes passávamos a noite inteira acampados à beira do rio e a ideia de que alguma coisa ruim pudesse nos acontecer nunca sequer passava pela nossa cabeça. É um jeito maravilhoso de passar a infância e eu queria que Jonah tivesse a oportunidade de crescer assim também.

– Você deixaria Jonah passar a noite acampado na beira do rio?

– De jeito nenhum – respondeu ele. – As coisas mudaram, mesmo na pequena New Bern.

Um carro estacionou ao lado deles quando chegaram à esquina. Um pouco mais abaixo na rua, grupos de pessoas entravam e saíam de várias casas.

– Nós somos amigos, não somos? – perguntou Miles.

– Gosto de pensar que sim.

– Você se importaria se eu perguntasse uma coisa?

– Acho que depende da pergunta.

– Como era seu ex-marido?

Ela o olhou de relance, surpresa.

– Meu ex-marido?

– Andei pensando nisso. Em todo esse tempo que a gente conversou, você nunca falou sobre ele.

Sarah não disse nada, prestando uma súbita atenção na calçada à sua frente.

– Se preferir não responder, não precisa – disse Miles. – Mas tenho certeza de que isso não iria mudar a impressão que tenho dele.

– E que impressão é essa?

– Não gosto dele.

Sarah riu.

– Por que está dizendo isso?

– Porque você não gosta.

– Você é muito observador.

– É por isso que trabalho com segurança pública – brincou, então bateu com o dedo na têmpora e piscou para ela: – Consigo detectar pistas que as pessoas comuns não percebem.

Ela sorriu e lhe deu um apertão de leve no braço.

– Tudo bem, meu ex-marido: o nome dele era Michael King e a gente se conheceu logo depois de ele terminar o MBA. Fomos casados por três anos. Ele era rico, instruído, bonito...

Ela foi enumerando as qualidades uma depois da outra e, quando fez uma pausa, Miles assentiu com a cabeça.

– Hum, já entendi por que você não gosta do cara.

– Você não me deixou terminar.

– Tem mais?

– Quer mesmo escutar?

– Desculpe. Pode continuar.

Ela hesitou antes de finalmente prosseguir:

– Bom, durante os dois primeiros anos nós fomos felizes... pelo menos eu fui. Tínhamos um apartamento lindo, passávamos todo o nosso tempo livre juntos e eu achava que o conhecia. Mas não. Pelo menos não de verdade. No final, a gente brigava o tempo todo, mal conversava e... não deu certo, só isso – terminou ela depressa.

– De uma hora para outra? – perguntou Miles.

– De uma hora para outra – respondeu Sarah.

– E você ainda o vê de vez em quando?

– Não.

– Gostaria de ver?

– Não.

– Foi tão ruim assim?

– Pior.

– Desculpe ter puxado o assunto – disse ele.

– Não precisa pedir desculpas. Estou melhor sem ele.

– Quando você soube que tinha acabado?

– Quando ele me entregou os papéis do divórcio.

– Você não esperava?

– Não.

– Eu tinha certeza de que não iria gostar dele.

E também tinha certeza de que ela não havia lhe contado tudo.

Sarah deu um sorriso grato.

– Talvez seja por isso que a gente se dê tão bem. A gente vê as coisas do mesmo jeito.

– Exceto, é claro, em relação às maravilhas da vida em uma cidade pequena, não é?

– Eu nunca disse que não gostava daqui.

– Mas conseguiria se ver morando em um lugar como este?

– Para sempre, você quer dizer?

– Ah, você tem que reconhecer que é agradável.

– E é, mesmo. Eu já disse isso.

– Mas não faz o seu estilo a longo prazo?

– Acho que depende.

– De quê?

Ela lhe deu um sorriso.

– De qual seria a minha razão para ficar.

Miles a encarou e não pôde deixar de imaginar que as palavras dela ou eram um convite ou uma promessa.

A lua começou a subir em seu vagaroso arco noturno, reluzindo amarela e depois vermelha ao surgir por trás do telhado gasto da residência Travis-Banner, primeira parada no passeio dos fantasmas. A antiga casa de dois andares em estilo vitoriano tinha uma ampla varanda em volta de todo o térreo e necessitava desesperadamente de uma pintura. Havia um pequeno grupo reunido na varanda e duas mulheres vestidas de bruxa serviam sidra junto a um grande caldeirão e fingiam invocar o espírito do primeiro dono da casa, um lenhador decapitado em um acidente. A porta da frente estava aberta e lá de dentro vinham ruídos de casa mal-assombrada de parque de diversões: gritos agudos aterrorizados, rangidos de portas, baques estranhos, risadas maquiavélicas. De repente, as duas bruxas baixaram as cabeças, as luzes da varanda se apagaram e um fantasma decapitado fez uma dramática aparição no saguão atrás deles – uma forma escura vestida com uma capa, de braços estendidos e ossos expostos nas mãos. Uma mulher soltou um grito e deixou cair o copo de sidra no chão da varanda. Sarah se aproximou instintivamente de Miles, virando-se na sua direção enquanto segurava seu braço com uma força que o deixou espantado. De perto, os cabelos dela pareciam macios e, embora não fossem da mesma cor dos de Missy, ele se lembrou da sensação de correr os dedos pelos cabelos da mulher enquanto os dois estavam na cama. Um minuto depois, em resposta aos feitiços das bruxas, o fantasma desapareceu e as luzes tornaram a se acender. Entre risadas nervosas, a plateia se dispersou.

Ao longo das duas horas seguintes, Miles e Sarah visitaram várias casas. Foram convidados a entrar em algumas delas para uma curta visita; em outras, permaneceram no saguão ou foram recebidos no jardim com relatos sobre sua história. Enquanto iam de casa em casa, Miles, que já tinha feito aquele passeio, sugeria os locais mais interessantes e entretinha Sarah com histórias sobre as residências que não faziam parte do passeio daquele ano.

Caminhando pelas calçadas de cimento rachado, eles conversavam aos sussurros, saboreando a noite. Com o tempo, o grupo começou a se dispersar e algumas das casas fecharam as portas. Quando Sarah perguntou se ele estava com fome para jantar, Miles fez que não com a cabeça.

– Falta uma última parada – falou.

Conduziu-a pela rua, segurando sua mão e fazendo leves carinhos com o polegar. Uma coruja cantou quando eles passaram sob uma imponente nogueira. Mais adiante, um grupo de pessoas vestidas de fantasma entrava em uma caminhonete. Na esquina, Miles apontou para uma grande casa de dois andares, dessa vez sem os visitantes que Sarah esperava encontrar. As janelas estavam totalmente escuras, como se houvessem sido lacradas por dentro. A única luz vinha de algumas velas dispostas ao longo do guarda-corpo da varanda e junto a um pequeno banco de madeira perto da porta da frente. Uma senhora estava sentada em uma cadeira de balanço junto a ele, com um cobertor sobre os joelhos. À luz mortiça, parecia quase um manequim. Tinha cabelos brancos e ralos, o corpo frágil e encarquilhado. A luz tremeluzente das velas fazia sua pele parecer translúcida e o rosto exibia rugas profundas, como rachaduras em uma velha xícara de louça. Miles e Sarah se sentaram no balanço da varanda enquanto a velha senhora os estudava.

– Boa noite, Srta. Harkins – disse Miles devagar. – Recebeu muita gente hoje?

– O mesmo de sempre – respondeu a senhora.

A mulher tinha a voz áspera de uma fumante inveterada. Ela estreitou os olhos na direção de Miles como se tentasse enxergá-lo de longe:

– Quer dizer que vocês vieram escutar a história de Harris e Kathryn Presser?

– Achei que ela devesse escutar – respondeu Miles, solene.

Por um instante, os olhos da Srta. Harkins pareceram cintilar. Ela estendeu a mão para a xícara de chá que estava ao seu lado.

Miles passou o braço pelo ombro de Sarah e a puxou para mais perto. Ela se sentiu relaxar ao seu toque.

– Você vai gostar – sussurrou ele.

Seu hálito fez um arrepio correr a pele dela.

Já estou gostando, pensou Sarah.

A senhora pousou a xícara de chá. Quando falou, foi num sussurro.

Há fantasmas e amor
Nesta história que eu conto
E quem puder ouvi-la
Quem sabe o amor venha a seu encontro.

Sarah lançou um olhar rápido e discreto para Miles.

– Harris Presser – começou a Srta. Harkins – nasceu em 1843, filho dos donos de uma pequena loja que fabricava velas no centro de New Bern. Como muitos rapazes da sua época, quis servir à Confederação quando a guerra pela independência do Sul começou. Como era filho único, porém, tanto a mãe quanto o pai imploraram a ele que não fosse. Ao ceder a seus apelos, Harris Presser selou para sempre o próprio destino.

Nesse ponto, a velha senhora parou e olhou para eles.

– Ele se apaixonou – falou baixinho.

Por um segundo, Sarah se perguntou se a Srta. Harkins estaria se referindo a eles também. As sobrancelhas da senhora se arquearam de leve, como se ela houvesse lido seus pensamentos, e Sarah olhou para o outro lado.

– Kathryn Purdy tinha apenas 17 anos e, assim como Harris, também era filha única. Donos do hotel e da madeireira, seus pais eram a família mais rica da cidade. Não tinham relação com os Presser, mas ambas as famílias ficaram em New Bern quando a cidade caiu nas mãos das forças unionistas em 1862. Apesar da guerra e da ocupação, Harris e Kathryn começaram a se encontrar à beira do rio Neuse nos fins de tarde no verão, apenas para conversar, e os pais de Kathryn acabaram descobrindo. Ficaram zangados e proibiram a filha de tornar a ver Harris, já que os Presser eram considerados uma gente modesta. A proibição só fez unir ainda mais o jovem casal. Só que não era fácil se encontrarem. Com o tempo, eles bolaram um plano para escapar aos olhos atentos dos pais de Kathryn. Harris ficava na loja de velas dos pais, mais embaixo na rua, aguardando o sinal. Quando os pais dela dormiam, Kathryn acendia uma vela no peitoril da janela e Harris ia até a sua casa. Escalava o imenso carvalho bem em frente à sua janela e a ajudava a descer. Assim os dois podiam se encontrar sempre que quisessem. Com o passar dos meses, eles foram se apaixonando cada vez mais.

A Srta. Harkins tomou outro gole de chá e semicerrou os olhos de leve. Sua voz adquiriu um tom mais sombrio:

– A essa altura, as forças unionistas aumentavam a pressão sobre os estados do Sul: as notícias da Virgínia eram desanimadoras e, segundo boatos, o general Lee iria marchar de lá com seu exército para tentar retomar o leste da Carolina do Norte. Um toque de recolher foi instaurado na cidade e qualquer pessoa surpreendida na rua à noite, principalmente rapazes, corria o risco de ser morta. Sem poder encontrar Kathryn, Harris passou a trabalhar até mais tarde na loja dos pais e acendia uma vela na janela da loja para que sua amada soubesse que ele ansiava por vê-la. Assim foi por várias semanas, até que um dia, graças à ajuda de um religioso, ele conseguiu mandar um recado para Kathryn pedindo-lhe que fugisse com ele. Caso a resposta fosse sim, ela deveria pôr duas velas na janela: uma dizendo que aceitava o pedido, a segunda como um sinal de que seria seguro ir buscá-la. Nessa noite, as duas velas foram acesas e, apesar de todos os obstáculos, eles conseguiram se casar sob a lua cheia, numa cerimônia realizada pelo mesmo religioso que havia transmitido o recado. Todos os três tinham arriscado as vidas em nome do amor. Infelizmente, porém, os pais de Kathryn encontraram uma carta que Harris lhe enviara. Irados, confrontaram a filha e ela os desafiou, afirmando não haver nada que pudessem fazer a respeito. Mas ela não estava totalmente certa... Uma pena.

A narrativa se interrompeu por um instante. Então a senhora prosseguiu:

– Alguns dias depois, o pai de Kathryn, que tinha um relacionamento de trabalho com o coronel unionista responsável pela ocupação, entrou em contato com esse coronel e disse que havia um espião entre eles que vinha transmitindo informações secretas sobre as defesas da cidade ao general Lee. À luz dos boatos sobre a provável invasão de Lee, Harris Presser foi preso na loja dos pais. Antes de ser levado para a forca, fez seu último pedido: que uma vela fosse acesa na janela da loja. Assim foi feito e Harris Presser foi enforcado naquela mesma noite, nos galhos do carvalho gigante em frente à janela de Kathryn. O coração da moça ficou em pedaços e ela sabia que o culpado de tudo fora o próprio pai. Depois disso, ela foi visitar os pais de Harris e pediu a vela que estava acesa na janela no dia em que ele morrera. Transtornado de dor, o casal não soube como interpretar o estranho pedido, mas ela explicou que desejava algo para recordar "o gentil rapaz que sempre se mostrara tão cortês". Entregaram-lhe a vela, e naquela noite Kathryn a acendeu ao lado de outra, no peitoril da própria janela. Seus pais a encontraram no dia seguinte. Ela havia se enforcado no mesmo carvalho gigante.

Na varanda, Miles puxou Sarah um pouco mais para perto.

– O que está achando até agora? – perguntou com um sussurro.

– Shh – respondeu ela. – Acho que estamos chegando à parte dos fantasmas.

– As velas arderam pela noite inteira e também pelo dia seguinte, até virarem apenas dois tocos de cera. Mesmo assim, continuaram acesas. Duraram toda a noite seguinte e a noite posterior. Arderam por três dias inteiros, o tempo que Kathryn e Harris tinham sido casados, e então se apagaram. No ano seguinte, no aniversário de casamento dos jovens, o quarto vazio de Kathryn pegou fogo sob circunstâncias misteriosas, mas a casa se salvou. A família Purdy amargou outros infortúnios: o hotel se perdeu em uma enchente e a madeireira foi confiscada para saldar dívidas. Arruinados, os pais de Kathryn se mudaram e abandonaram a casa. Mas...

A Srta. Harkins se inclinou para a frente com uma expressão de travessura nos olhos. Sua voz se transformou em um sussurro:

– De vez em quando, as pessoas juravam que podiam ver duas velas acesas na janela do andar de cima. Outras juravam que era apenas uma, mas que havia uma segunda vela acesa em outro imóvel abandonado mais embaixo na mesma rua. E até hoje, mais de cem anos depois, ainda há quem afirme ver velas acesas nas janelas de algumas casas abandonadas deste bairro. O estranho é que só os jovens casais apaixonados as veem. Se vocês irão vê-las ou não, vai depender do sentimento que têm um pelo outro.

A velha senhora fechou os olhos, como se contar aquela história tivesse exaurido suas forças. Passou um minuto inteiro imóvel, enquanto Sarah e Miles permaneceram sentados, quietos, com medo de quebrar o encantamento. Então ela finalmente tornou a abrir os olhos e estendeu a mão para a xícara de chá.

Depois de se despedirem, Miles e Sarah desceram os degraus da varanda e se afastaram da casa pelo caminho de cascalho. Antes de chegarem à rua, Miles tornou a segurar a mão de Sarah. Como se ainda estivessem sob os poderes da história da Srta. Harkins, nenhum dos dois disse nada por um longo tempo.

– Que bom que a gente foi lá – disse Sarah por fim.

– Então você gostou?

– Toda mulher adora uma história romântica.

Dobraram a esquina e avançaram em direção à Front Street. Mais à frente, dava para ver o brilho negro do rio deslizando preguiçoso entre as casas.

– Já está com fome para jantar?

– Daqui a pouquinho – respondeu ele, diminuindo o passo até parar.

Ela o encarou. Por cima de seu ombro, podia ver mariposas voejando ao redor das lâmpadas que iluminavam a rua. O olhar de Miles vagava longe, na direção do rio. Sarah o acompanhou, mas não viu nada fora do normal.

– O que foi? – perguntou.

Miles balançou a cabeça, tentando desanuviar a mente. Quis recomeçar a andar, mas não conseguiu. Em vez disso, deu um passo na direção de Sarah e a puxou delicadamente para si. Ela se deixou levar e sentiu uma contração na barriga. Miles se inclinou para junto de Sarah e ela fechou os olhos. Quando seus rostos se encontraram, foi como se nada mais no mundo tivesse importância.

O beijo foi demorado e, quando terminou, Miles abraçou Sarah, enterrando o rosto em seu pescoço, depois lhe beijou o ombro. Sarah sentiu um calafrio e deixou o corpo pesar sobre o dele, saboreando a sensação de segurança daqueles braços enquanto o resto do mundo seguia seu curso.

Alguns minutos depois, os dois voltaram para o apartamento dela conversando baixinho enquanto ele acariciava as costas de sua mão com o polegar.

Ao chegarem, Miles pendurou o casaco no encosto da cadeira enquanto Sarah ia até a cozinha. Pensou se ela estaria percebendo que ele a observava.

– O que vamos ter para jantar? – perguntou.

Sarah abriu a porta da geladeira e pegou uma travessa grande coberta com papel-alumínio.

– Lasanha, pão francês e salada. Tudo bem?

– Tudo ótimo. Posso ajudar em alguma coisa?

– Está quase pronto – respondeu Sarah enquanto punha a travessa no forno. – Só tem que esquentar mais ou menos meia hora. Se quiser, pode acender a lareira. E abrir o vinho. Está em cima da bancada.

– Pode deixar – disse ele.

– Já volto – disse ela por cima do ombro enquanto se encaminhava para o quarto.

Lá dentro, Sarah pegou uma escova e começou a ajeitar os cabelos.

Por mais que quisesse negar, o beijo a havia deixado um pouco abalada. Pressentia que aquele era um momento decisivo no seu relacionamento e estava com medo. Sabia que teria de contar a Miles o verdadeiro motivo do fracasso de seu casamento, mas não era um assunto fácil de abordar. Sobretudo com alguém de quem ela gostava.

Por mais que soubesse que ele também gostava dela, não havia como prever qual seria sua reação e se a notícia iria mudar o que sentia por ela. Ele não tinha dito que gostaria que Jonah tivesse irmãos? Estaria disposto a abrir mão disso?

Sarah olhou para o próprio reflexo no espelho.

Não queria contar agora, mas sabia que teria de fazê-lo se quisesse levar o relacionamento adiante. Mais do que tudo, não queria que a história se repetisse, que Miles fizesse o mesmo que Michael fizera. Não conseguiria passar por aquilo outra vez.

Terminou de escovar os cabelos, verificou a maquiagem por força do hábito e, decidida a contar toda a verdade a Miles, se encaminhou para a porta. No entanto, não saiu. Em vez disso, sentou de repente na borda da cama. Estaria mesmo preparada?

Naquele instante, a questão a assustava tanto que ela nem sequer conseguia explicar.

Quando Sarah finalmente saiu do quarto, o fogo na lareira já ardia. Miles voltava da cozinha com a garrafa de vinho na mão.

– Bebidas a caminho – disse ele, erguendo a garrafa um pouco mais alto.

– É, que bom – comentou Sarah.

Miles achou estranho o jeito como ela falou. Ficou inseguro quanto ao que fazer. Sarah se acomodou no sofá e, alguns instantes depois, ele pousou a garrafa sobre a mesa de centro e sentou ao seu lado. Ela passou um longo tempo apenas tomando seu vinho, sem dizer nada. Por fim, Miles estendeu a mão para segurar a sua.

– Está tudo bem? – indagou.

Sarah agitou delicadamente a taça.

– Tem uma coisa que eu ainda não lhe contei – começou ela baixinho.

Miles podia escutar o barulho dos carros passando na rua lá fora. A lenha estalava na lareira, fazendo uma chuva de faíscas subir pela chaminé. Sombras dançavam nas paredes.

Sarah sentou sobre uma das pernas. Miles a observou em silêncio antes de apertar de leve sua mão para incentivá-la. Sabia que ela estava se preparando para falar. Isso pareceu despertá-la. Miles viu o reflexo das chamas cintilar nos olhos dela.

– Miles, você é um homem bom e estas últimas semanas realmente significaram muito para mim – disse ela, e tornou a se calar.

Miles não gostou da sensação que aquela conversa estava lhe causando e se perguntou o que teria acontecido nos poucos minutos que ela passara no quarto. Enquanto a observava, sentiu um frio na barriga.

– Lembra quando quis saber sobre meu ex-marido?

Miles assentiu.

– Eu não terminei a história. Tinha mais coisa além do que contei... Não sei exatamente como falar disso.

– Por quê?

Ela olhou para o fogo.

– Porque estou com medo do que você vai pensar.

Por causa do que via em seu trabalho, várias possibilidades surgiram na mente de Miles – que o ex a tivesse agredido, que a tivesse machucado de alguma forma, que ela houvesse terminado o casamento ferida de um jeito ou de outro. Divórcios eram sempre dolorosos, mas a expressão dela agora sugeria haver muito mais do que apenas isso.

Ele sorriu, torcendo para que Sarah dissesse alguma coisa, mas ela permaneceu calada.

– Sarah, escute – falou por fim. – Não precisa me contar nada que não queira. Eu não vou mais perguntar sobre isso. É um assunto seu. Durante estas últimas semanas, você já me contou coisas suficientes a seu respeito para eu saber o tipo de pessoa que você é, e para mim isso é tudo o que importa. Não preciso saber tudo sobre você e, para ser sincero, duvido que o que vá dizer, seja lá o que for, possa mudar o que sinto.

Sarah sorriu, mas continuou sem encará-lo nos olhos.

– Lembra quando lhe pedi que falasse sobre a Missy? – indagou ela.

– Lembro.

– Lembra as coisas que você me disse sobre ela?

Miles assentiu.

– Eu também lembro – emendou Sarah, encarando-o pela primeira vez. – Quero que você saiba que nunca vou poder ser como ela.

Miles franziu o cenho.

– Eu sei – disse ele. – Nem espero que você...

Ela levantou a mão.

– Não, Miles, você não está me entendendo. Não é que eu ache que você possa estar atraído por mim por ter visto alguma semelhança com Missy. Sei que não é isso. Não expliquei direito.

– Então o que é? – perguntou ele.

– Lembra quando você me disse como ela era boa mãe? E como vocês dois queriam que Jonah tivesse irmãos? – Ela fez uma pausa rápida, sem esperar resposta. – Eu nunca vou poder ser assim. Foi por isso que Michael me abandonou.

Seus olhos finalmente se prenderam aos dele.

– Eu não consegui engravidar. Mas não foi por causa dele, Miles. Com ele estava tudo certo. O problema era eu.

E então, para não deixar dúvida caso ele não estivesse entendendo, ela falou com a maior clareza de que foi capaz:

– Eu não posso ter filhos. Nunca vou poder.

Miles não disse nada. Depois de um longo intervalo, Sarah continuou:

– Você não sabe como foi difícil descobrir isso. Parecia ironia, sabe? Eu tinha passado anos tentando não engravidar. Entrava em pânico toda vez que me esquecia de tomar a pílula. Jamais me ocorreu que talvez eu não pudesse ter filhos.

– Como você descobriu?

– Do jeito de sempre. Não aconteceu. Depois fizemos alguns exames e descobrimos.

– Eu sinto muito – foi a única coisa que Miles conseguiu dizer.

– Eu também – desabafou ela, soltando o ar com força, como se ainda tivesse dificuldade para acreditar. – Michael também. Mas ele não segurou a barra. Eu disse a ele que poderíamos adotar e que eu não teria o menor problema com isso, mas ele se recusou até a cogitar essa possibilidade, porque a família dele não iria aceitar.

– Está brincando...

Sarah fez que não com a cabeça.

– Antes estivesse. Quando olho para trás, fico pensando que eu não deveria ter me surpreendido. Quando a gente começou a namorar, ele vivia dizendo que eu era a mulher mais perfeita do mundo. Aí, na primeira coisa que contradisse isso, ele jogou para o alto tudo o que existia entre a gente.

Ela encarou a taça de vinho. Quase parecia estar falando consigo mesma.

– Ele pediu o divórcio e eu saí de casa uma semana depois – continuou.

Miles segurou sua mão sem dizer nada e meneou a cabeça, encorajando-a a prosseguir.

– Depois disso... Bom, não tem sido fácil. Afinal, isso não é assunto para se conversar em uma festa. Meus pais e meu irmão sabem e conversei muito com Sylvia. Ela foi minha terapeuta e me ajudou muito, mas só essas pessoas sabiam. E agora você...

Ela não completou a frase. À luz da lareira, Miles pensou que estava mais linda do que nunca. Seus cabelos absorviam fragmentos de luz e os irradiavam, formando um halo.

– Por que me contou isso? – indagou ele por fim.

– Não é óbvio?

– Não muito.

– Achei que você devesse saber, só isso. Quer dizer, antes... Como eu disse, não quero que aconteça de novo...

Ela olhou para o outro lado. Miles virou seu rosto delicadamente de volta na sua direção.

– Você acha mesmo que eu faria isso?

Sarah o fitou com tristeza.

– Ah, Miles, é fácil dizer que não tem importância agora. O que me preocupa é como você vai se sentir depois de ter tempo para pensar no assunto. Digamos que a gente continue saindo e que as coisas corram bem como correram até aqui. Você vai poder dizer com sinceridade que isso não importa? Que poder ter outros filhos não seria importante para você? Que Jonah nunca iria ter um irmãozinho ou irmãzinha correndo pela casa?

Ela limpou a garganta antes de continuar:

– Sei que estou pondo o carro na frente nos bois, e não pense que estou contando isso para um dia forçar a barra para que a gente se case. Mas eu tinha que dizer a verdade para você saber em que está se metendo... antes que tudo fique mais sério. Não posso me permitir ir mais longe se não tiver certeza de que você não vai virar as costas e fazer o mesmo que Michael. Se não der certo por algum outro motivo, tudo bem, eu aguento. Mas não tenho forças para enfrentar de novo o que já enfrentei uma vez.

Miles olhou na direção de sua taça e viu a luz do fogo refletida. Percorreu a borda com a ponta do dedo.

– Também tem uma coisa sobre mim que você deveria saber – disse ele. – Eu passei por um período muito difícil depois que Missy morreu. Não só pelo fato de ela ter morrido mas também porque nunca descobri quem estava dirigindo o carro naquela noite. Era minha obrigação, como marido dela e como agente da lei. E durante muito tempo eu só consegui pensar nisto: quem era o motorista. Fiz uma investigação particular, conversei com várias pessoas, mas o responsável nunca apareceu e você não pode imaginar como isso me atormentou. Durante muito tempo, tive a sensação de que iria enlouquecer, mas ultimamente...

A voz dele se fez mais terna quando ele a encarou:

– Acho que o que estou tentando dizer, Sarah, é que eu não preciso de tempo. Sei lá, eu simplesmente sei que falta algo na minha vida e que, antes de conhecer você, eu nem me dava conta disso. Se você quiser que eu pense um pouco no assunto, vou pensar. Mas seria por sua causa, não por mim. Você não me disse nada capaz de mudar o que sinto por você. Eu não sou igual ao Michael. Nunca seria.

O timer disparou na cozinha, fazendo com que ambos se virassem. A lasanha estava pronta, mas nenhum dos dois se mexeu. Sarah de repente sentiu uma tontura, mas não soube se era por causa do vinho ou das palavras de Miles. Com cuidado, pousou a taça sobre a mesa, inspirou bem devagar e se levantou.

– Vou tirar a lasanha do forno antes que queime.

Na cozinha, parou para se apoiar na bancada e tornou a ouvir as palavras dele.

Eu não preciso de tempo.

Você não me disse nada capaz de mudar o que sinto por você.

Não tinha importância para ele. E o melhor de tudo era que ela acreditava. As coisas que ele tinha dito, o jeito como olhara para ela... Desde o divórcio, ela quase havia passado a acreditar que ninguém que encontrasse jamais conseguiria entendê-la.

Deixou a travessa de lasanha em cima do fogão. Quando voltou para a sala, Miles estava sentado no sofá encarando a lareira. Ela se acomodou ao seu lado e recostou a cabeça em seu ombro, deixando que ele a puxasse mais para perto. Enquanto os dois observavam o fogo, Sarah ficou sentindo o suave subir e descer de seu peito. A mão dele se movia ritmadamente sobre sua pele, eriçando-a nos pontos em que tocava.

– Obrigado por confiar em mim – disse ele.

– Eu não tive escolha.

– A gente sempre tem escolha.

– Não desta vez. Não com você.

Sarah então levantou a cabeça e, sem dizer mais nada, encostou os lábios de leve nos dele uma vez, depois duas, antes de se entregar ao beijo por completo. Os braços dele subiram por suas costas enquanto ela abria a boca e Sarah então se sentiu embriagar quando a língua dele encostou na sua. Levou uma das mãos ao rosto dele, sentiu a aspereza da barba sob os dedos, depois roçou os lábios ali. Miles correspondeu descendo a boca por seu pescoço, mordiscando e beijando de leve, incendiando sua pele com o hálito quente.

Passaram um longo tempo fazendo amor, até depois que o fogo na lareira se extinguiu e pintou a sala com sombras mais escuras. Durante a noite, Miles lhe sussurrou no escuro, sem parar de acariciá-la, como se estivesse tentando se convencer de que ela era real. Em duas ocasiões, levantou-se para pôr mais lenha na lareira. Ela pegou um cobertor no quarto para aquecê-los, e em algum momento da madrugada os dois perceberam que estavam famintos. Dividiram a travessa de lasanha em frente ao fogo e, por algum motivo, o fato de comerem juntos, nus debaixo do cobertor, lhes pareceu quase tão sensual quanto qualquer outra coisa que tivesse acontecido naquela noite.

Pouco antes de o sol raiar, Sarah finalmente pegou no sono e Miles a carregou até o quarto, fechou as cortinas e deitou ao seu lado na cama. O dia amanheceu nublado e chuvoso e eles dormiram quase até o meio-dia – pelo que se lembravam, era a primeira vez que isso acontecia com qualquer um dos dois.

Sarah foi a primeira a acordar. Sentiu Miles aninhado contra si, com um braço por cima dela, e se espreguiçou. Isso bastou para despertá-lo. Ele ergueu a cabeça do travesseiro e ela se virou para ele. Miles traçou com o dedo o contorno de seu rosto, tentando engolir o nó que havia se formado em sua garganta.

– Eu te amo – falou, sem conseguir conter as palavras.

Ela segurou as duas mãos dele e as levou ao peito.

– Ah, Miles, eu também te amo – sussurrou.

14

Durante os dias seguintes, Sarah e Miles passaram todo o seu tempo livre juntos – não apenas em programas a dois, mas também em casa. Em vez de tentar entender o que aquilo significava, Jonah preferiu não fazer perguntas. Mostrou a Sarah sua coleção de figurinhas de beisebol, falou sobre pescaria e lhe ensinou a lançar um anzol. Às vezes surpreendia Sarah ao segurar sua mão quando a levava para lhe mostrar algo novo.

Miles assistia a tudo de longe, ciente de que Jonah precisava entender onde Sarah se encaixava em seu mundo e o que sentia por ela. Sabia que o fato de ela não ser uma desconhecida facilitava as coisas. Mesmo assim, não conseguiu esconder o alívio que sentia ao vê-los se dar tão bem.

No dia de Halloween, os três foram à praia e passaram a tarde catando conchas, depois pediram doces pela vizinhança. Jonah seguia pelas casas com um grupo de amigos e Miles e Sarah o acompanharam junto com outros pais.

Quando a notícia se espalhou pela cidade, Brenda encheu Sarah de perguntas. Charlie também comentou sobre a novidade. "Estou apaixonado por ela, Charlie", disse Miles apenas e, embora o homem mais velho, por ser à moda antiga, tivesse se perguntado se as coisas não haviam evoluído um pouco depressa demais, deu um tapinha nas costas do amigo e convidou o casal para jantar.

O relacionamento foi ficando mais sério tão rápido que parecia um sonho. Quando Miles e Sarah estavam separados, sentiam uma ânsia desesperada de se ver; quando estavam juntos, ansiavam por mais tempo. Encontravam-se para almoçar, falavam ao telefone e faziam amor sempre que tinham algum momento tranquilo juntos.

Apesar da atenção que dava a Sarah, Miles também fazia questão de passar o máximo de tempo que pudesse sozinho com Jonah. Por sua vez, Sarah se esforçava para manter as coisas o mais normais possível para o menino. Nas aulas de reforço que tinha com ele depois do horário, cuidava de tratá-lo da mesma forma de antes: como um aluno que precisava de ajuda. Mesmo tendo a impressão de que ele às vezes parava o que estava fazendo para observá-la com um ar avaliador, não fazia nenhum comentário a respeito.

Em meados de novembro, três semanas depois de ela e Miles terem dormido juntos pela primeira vez, Sarah diminuiu de três para um o número de dias que Jonah tinha de ficar depois da aula. Ele havia recuperado quase todo o atraso: estava indo bem em leitura e redação e, embora ainda precisasse de uma ajudinha em matemática, Sarah calculou que uma vez por semana fosse bastar. Nessa noite, Miles e Sarah levaram Jonah a uma pizzaria para comemorar.

Mais tarde, porém, na hora de colocar Jonah para dormir, Miles reparou que o filho estava mais quieto do que o normal.

– Que cara é essa, campeão?

– Estou meio triste.

– Por quê?

– Porque não vou ter que ficar mais tantos dias depois da aula – respondeu Jonah, sincero.

– Pensei que você não gostasse de ficar depois da aula.

– No começo não, mas agora eu gosto.

– Ah, é?

Jonah assentiu.

– A Sarah faz eu me sentir especial.

– Ele disse isso?

Miles assentiu. Estava sentado com Sarah nos degraus em frente à sua casa, vendo Jonah e Mark saltarem de bicicleta sobre uma rampa de compensado na entrada da garagem. Sarah abraçava as próprias pernas encolhidas junto ao peito.

– Disse.

Jonah passou zunindo por eles, com Mark logo atrás, e os dois aterrissaram na grama prontos para darem meia-volta e repetirem o salto.

– Para dizer a verdade, eu estava me perguntando como ele iria lidar com o fato de nós estarmos juntos, mas parece que tudo bem – falou Miles.

– Que bom.

– E na escola, como ele está encarando o assunto?

– Na verdade, não notei nenhuma grande mudança. Nos primeiros dias, acho que algumas crianças da turma ficaram fazendo perguntas a ele, mas a poeira parece ter baixado.

Jonah e Mark passaram correndo outra vez, alheios à sua presença.

– Quer passar o dia de Ação de Graças comigo e Jonah? – perguntou Miles. – Tenho que trabalhar à noite, mas a gente pode almoçar aqui, se você já não tiver compromisso.

– Não vai dar. Meu irmão vem da faculdade e minha mãe vai fazer um grande almoço para a família. Convidou uma porção de gente, tias, tios, primos e meus avós também. Acho que ela não entenderia muito se eu dissesse que não ia.

– É. Imagino que não.

– Mas ela quer conhecer você. Fica me enchendo a paciência para eu levar você lá.

– E por que não leva?

– Não achei que estivesse pronto para isso ainda – falou, dando uma piscadela. – Não queria assustar você.

– Ela não pode ser tão ruim assim.

– Não tenha tanta certeza. Mas, se você estiver disposto, pode ir almoçar com a gente. Assim passamos o feriado juntos.

– Tem certeza? Pelo que você disse, a casa vai estar cheia.

– Ah, que nada. Duas pessoas a mais não vão fazer diferença. Além disso, assim você conhece logo o clã inteiro. A menos, é claro, que também ainda não esteja pronto para isso.

– Estou, sim.

– Então você vai?

– Pode contar comigo.

– Ótimo. Mas, se minha mãe começar a fazer perguntas estranhas, não esqueça que eu puxei ao meu pai, *tá*?

Jonah fora dormir na casa de Mark de novo. Mais tarde naquela noite, Sarah foi com Miles para seu quarto. Era a primeira vez que isso acontecia: até então, as noites que os dois haviam passado juntos foram no apartamento de Sarah e o fato de se deitarem na cama outrora dividida por Missy e Miles não passou despercebido para nenhum dos dois. Quando fizeram sexo, foi com uma urgência e com uma paixão quase frenética, que deixou ambos sem fôlego. Não falaram muito em seguida. Sarah simplesmente ficou deitada ao lado de Miles, com a cabeça recostada em seu peito, enquanto ele corria os dedos delicadamente por seus cabelos.

Teve a sensação de que Miles queria ficar sozinho com seus pensamentos. Olhou para o quarto em volta e pela primeira vez notou que estavam cercados por fotos de Missy, inclusive uma em cima da mesa de cabeceira, que ela poderia tocar se estendesse a mão.

Subitamente pouco à vontade, viu ainda o envelope de papel pardo sobre o qual Miles havia lhe falado, recheado de informações reunidas por ele após a morte da mulher. Estava em cima da prateleira, grosso e muito manuseado, e ela se pegou a encará-lo enquanto sua cabeça subia e descia a cada respiração de Miles. Por fim, quando o silêncio entre os dois começou a ficar opressivo, deslizou a cabeça para o travesseiro e olhou para ele.

– Tudo bem? – perguntou.

– Tudo – respondeu ele, sem encará-la.

– Você está meio calado.

– Estou só pensando – murmurou ele.

– Coisas boas, espero.

– Só as melhores – afirmou, alisando o braço dela com o dedo. – Eu te amo – sussurrou.

– Também te amo.

– Passa a noite comigo?

– Você quer que eu passe?

– Quero muito.

– Tem certeza?

– Absoluta.

Embora ainda um pouco incomodada, ela o deixou abraçá-la mais apertado. Ele lhe deu outro beijo e manteve o braço ao redor de Sarah até que ela adormecesse. Pela manhã, quando acordou, Sarah levou alguns instantes para entender onde estava. Miles alisou suas costas e ela sentiu o próprio corpo começar a reagir.

Dessa vez fizeram amor de um jeito diferente, mais parecido com sua primeira vez juntos: carinhosa, sem pressa. Não foi só o jeito como ele a beijou e sussurrou em seu ouvido: foi mais a expressão em seu rosto ao se movimentar sobre ela, que deixava transparecer como o relacionamento entre os dois havia ficado sério.

Isso e também o fato de que, em algum momento enquanto ela dormia, Miles havia retirado discretamente as fotos e o envelope de papel pardo que à noite lançaram sua sombra sobre eles.

15

– Só não entendo por que ainda não tive oportunidade de me encontrar com ele.

Maureen e Sarah estavam no supermercado, percorrendo os corredores e enchendo o carrinho com tudo de que precisavam. Parecia a Sarah que a mãe planejava alimentar dezenas de pessoas durante pelo menos uma semana.

– Vai encontrar, mãe, daqui a alguns dias. Como eu já disse, ele e Jonah vão almoçar com a gente.

– Mas ele não ficaria mais à vontade se fosse à nossa casa antes, para podermos nos conhecer?

– Mãe, você vai ter tempo de sobra para conhecer Miles. Sabe como é o dia de Ação de Graças.

– Mas, com todo mundo lá, eu não vou conseguir conversar com ele do jeito que gostaria.

– Tenho certeza de que ele vai entender.

– E você não disse que ele vai ter que sair cedo?

– É, ele tem que trabalhar lá pelas quatro da tarde.

– No feriado?

– Ele trabalha no dia de Ação de Graças para poder folgar no Natal. Você sabe como é o trabalho dele. Não dá para liberar todo mundo no feriado.

– E quem vai ficar com Jonah?

– Eu. Provavelmente vou levá-lo para casa. Você conhece papai: às seis da tarde já vai estar dormindo, aí eu levo Jonah embora.

– Cedo assim?

– Não se preocupe. Ele vai passar a tarde inteira na sua casa.

– Tem razão – disse Maureen. – É que estou um pouco assoberbada com tudo isso.

– Fique tranquila, mãe. Vai dar tudo certo.

– Vai ter mais crianças lá? – quis saber Jonah.

– Não sei – respondeu Miles. – Talvez.

– Meninos ou meninas?

– Não sei.

– E quantos anos eles têm?

Miles balançou a cabeça.

– Já disse que não sei. Para falar a verdade, nem tenho certeza se vai ter outras crianças. Esqueci de perguntar.

Jonah franziu o cenho.

– Mas, se só tiver eu de criança, vou ficar fazendo o quê?

– Assistindo ao jogo de futebol americano comigo?

– Que chato.

Miles estendeu a mão e puxou o filho para perto.

– Bom, de toda forma, a gente não vai passar o dia inteiro lá, porque eu tenho de trabalhar. Mas vamos ter que ficar pelo menos um tempinho. Quer dizer, eles tiveram a gentileza de nos convidar. Não seria educado sair logo depois de comer. Mas talvez a gente possa dar uma volta ou algo assim.

– Com a Sarah?

– Se você quiser que ela vá.

– Está bem.

Estavam passando por um bosque de pinheiros e o menino ficou um tempo em silêncio, com a cabeça virada na direção da janela. Então falou:

– Pai, você acha que vai ter peru?

– Tenho quase certeza que sim. Por quê?

– E o peru vai ter um gosto esquisito? Que nem no ano passado?

– Está dizendo que não gostou da minha comida?

– Estava com um gosto esquisito.

– Estava nada.

– Para mim, estava.

– Talvez eles saibam cozinhar melhor do que eu.

– Tomara.

– Está implicando comigo?

Jonah sorriu.

– Um pouco. Mas que a sua comida estava com um gosto esquisito, estava.

Miles e Jonah estacionaram o carro perto da caixa de correio da casa de dois andares feita de tijolinhos. O gramado tinha todo o aspecto de pertencer a alguém que gostava de jardinagem. Amores-perfeitos enfeitavam o caminho de pedestres, a base das árvores havia sido coberta com palha, e as únicas folhas visíveis eram as que haviam caído na noite anterior.

Sarah afastou a cortina e acenou de dentro da casa. Instantes depois, abriu a porta da frente.

– Nossa, como você está chique – comentou.

Miles tocou automaticamente a gravata.

– Obrigado.

– Estava falando com Jonah – disse Sarah com uma piscadela.

O menino olhou para o pai com uma expressão de vitória. Estava usando calça azul-marinho e camisa branca. De tão limpo e alinhado, parecia ter vindo direto da igreja. Deu um abraço rápido em Sarah.

De trás das costas, ela tirou uma caixa com uma coleção de carrinhos que entregou a Jonah.

– O que é isso? – perguntou ele.

– É só para você ter com o que brincar enquanto estiver aqui – respondeu ela. – Gostou?

Ele encarou a caixa.

– Que demais! Olhe, pai – falou o menino, erguendo a caixa.

– Estou vendo. Como é que se diz?

– Obrigado, Sarah.

– De nada.

Assim que Miles se aproximou, Sarah tornou a se levantar e o cumprimentou com um beijo.

– Estava brincando, sabe? Você também está elegante. Não estou acostumado a ver você de paletó e gravata no meio da tarde – falou, tocando sua lapela de leve. – Vou acabar me acostumando.

– Obrigado, Sarah – disse ele, imitando o jeito do filho. – Você também está muito elegante.

E estava mesmo. Na verdade, quanto mais a conhecia, mais bonita ela lhe parecia, não importava o que estivesse usando.

– Preparado para entrar? – perguntou Sarah.

– Quando você quiser – respondeu Miles.

– E você, Jonah?

– Tem alguma outra criança aí?

– Não, sinto muito. Só um bando de adultos. Mas eles são bem legais e estão loucos para conhecer você.

Ele assentiu e seus olhos tornaram a se desviar na direção da caixa.

– Posso abrir agora?

– É sua, então pode abrir quando quiser.

– Então eu posso brincar com os carrinhos ali fora, também?

– Claro – disse Sarah. – Foi para isso que eu comprei...

– Mas primeiro tem que entrar e falar com as pessoas – disse Miles, interrompendo a conversa. – E, se sair para brincar em seguida, não quero que se suje antes do almoço.

– Está bem – concordou Jonah no mesmo instante.

Pela expressão do seu rosto, parecia mesmo acreditar que conseguiria ficar limpo. Miles, porém, não tinha a mesma ilusão. Um menino de 7 anos brincando no chão fora de casa? Sem chances. Com um pouco de sorte, porém, talvez ele não ficasse tão imundo assim.

– Então venham – disse Sarah. – Vamos entrar. Mas só um pequeno aviso...

– É sobre sua mãe?

Sarah sorriu.

– Como é que você adivinhou?

– Não se preocupe. Meu comportamento vai ser impecável e o de Jonah também. Certo?

O menino assentiu sem erguer os olhos.

Sarah segurou a mão de Miles e chegou mais perto de sua orelha.

– Não era com o comportamento de vocês dois que eu estava preocupada.

– Ah, vocês chegaram! – exclamou Maureen assim que saiu da cozinha.

Sarah deu um cutucão em Miles. Ao seguir o olhar da namorada, ele ficou espantado ao constatar que Maureen não se parecia em nada com a filha. Sarah era loura, já os cabelos de Maureen estavam ficando grisalhos de um jeito que fazia pensar que tinham sido pretos um dia. Sarah era alta e magra, mas sua mãe estava mais para matrona. Por fim, enquanto Sarah dava a impressão de deslizar quando caminhava, Maureen quase parecia quicar ao vir ao encontro deles. Usava um avental branco por cima do vestido azul e se aproximou com as mãos estendidas, como se cumprimentasse amigos que não via há tempos.

– Ouvi tanto falar em vocês!

Maureen envolveu Miles em um abraço e fez o mesmo com Jonah, antes até de Sarah os apresentar oficialmente.

– Que bom que vocês vieram! A casa está cheia, como podem ver, mas vocês são os convidados de honra.

De tanta empolgação, ela quase parecia embriagada.

– O que é convidado de honra? – perguntou Jonah.

– Quer dizer que todo mundo está esperando você.

– Ah, é?

– Sim, senhor.

– Mas eles nem me conhecem – disse Jonah, inocente, olhando para a sala em volta e sentindo-se observado por vários desconhecidos.

Para tranquilizá-lo, Miles pôs uma das mãos em seu ombro.

– Muito prazer, Maureen. E obrigado por ter nos convidado.

– Ah, o prazer foi todo meu – respondeu ela, e deu uma risadinha. – Estamos felizes que vocês puderam vir. E sei que Sarah também ficou feliz.

– Mãe...

– Ué, você ficou, não ficou? Não tem por que negar.

Voltando a atenção para Miles e Jonah, Maureen passou os minutos seguintes tagarelando e dando risadinhas. Quando finalmente terminou, começou a apresentá-los aos avós de Sarah e ao restante dos parentes, umas dez pessoas ao todo. Miles apertou as mãos de todos, Jonah seguiu seu exemplo e Sarah fez caretas ao ouvir a forma como a mãe apresentava Miles. “Este é o amigo de Sarah”, dizia ela, mas seu tom, um misto de orgulho e aprovação materna, não deixava dúvida quanto ao significado de suas palavras. Terminadas as apresentações, Maureen parecia quase exausta. Voltou a atenção para Miles outra vez:

– O que gostaria de beber?

– Que tal uma cerveja?

– Uma cerveja saindo. E você, Jonah? Temos limonada e refrigerante.

– Refrigerante.

– Eu a ajudo, mãe – disse Sarah, segurando o braço de Maureen. – Acho que também preciso de um drinque.

A caminho da cozinha, sua mãe estava radiante.

– Ai, Sarah, estou tão feliz por você!

– Obrigada.

– Ele parece maravilhoso. Que sorriso bonito! Parece alguém em quem se pode confiar.

– Eu sei.

– E o menino é um amor.

– É, mãe...

– Cadê o papai? – indagou Sarah alguns minutos depois.

Sua mãe finalmente havia se acalmado o suficiente para tornar a se dedicar aos preparativos do almoço.

– Pedi que ele e Brian fossem ao supermercado – respondeu Maureen. – Precisávamos de mais pão e de uma garrafa de vinho. Eu não sabia se o que temos seria suficiente.

Sarah abriu o forno e deu uma olhada no peru. O cheiro se espalhou pela cozinha.

– Quer dizer que Brian finalmente acordou?

– Ele estava cansado. Só chegou depois da meia-noite. Teve prova na quarta-feira à tarde, então não conseguiu vir mais cedo.

Nessa hora, a porta da frente se abriu e Larry e Brian entraram carregando duas sacolas, que puseram em cima da bancada. Brian, que parecia mais magro e de certa forma mais velho do que quando saíra de casa em agosto daquele ano, viu Sarah e foi lhe dar um abraço.

– Como vai a faculdade? Parece que faz um século que não falo com você.

– Tudo indo. Sabe como é. E o emprego?

– Vai bem. Estou gostando.

Ela olhou por cima do ombro do irmão.

– Oi, pai.

– Oi, meu amor – respondeu Larry. – Que cheiro bom!

Os três conversaram por alguns minutos enquanto guardavam as compras. Por fim, Sarah disse que gostaria de lhes apresentar uma pessoa.

– É, mamãe comentou que você estava namorando – disse Brian, subindo e descendo as sobrancelhas como quem compartilha um segredo. – Que bom. Ele é bacana?

– Eu acho.

– A coisa é séria?

Sarah reparou que a mãe parara de descascar as batatas para aguardar sua resposta.

– Ainda não sei – respondeu, evasiva. – Quer conhecê-lo?

Brian deu de ombros.

– Quero.

Ela estendeu a mão para tocar seu braço.

– Não se preocupe, você vai gostar dele.

Brian assentiu.

– Pai, você vem? – convidou Sarah.

– Só um instantinho. Sua mãe quer que eu ache alguns daqueles *bowls* sobressalentes. Estão dentro de uma caixa em algum lugar da despensa.

Sarah e Brian saíram da cozinha e se encaminharam para a sala, mas ela não viu Miles nem Jonah. Sua avó disse que Miles tinha saído um minuto, mas, quando ela olhou pela porta da frente, continuou sem encontrá-los.

– Ele deve estar lá atrás...

Quando ela e Brian deram a volta na lateral da casa, Sarah finalmente viu os dois. Jonah tinha encontrado um montinho de terra e estava empurrando os carrinhos por estradas imaginárias.

– O que esse cara faz? É professor?

– Não, mas a gente se conheceu na escola. O filho dele é meu aluno. Na verdade, ele trabalha com o xerife. Ei, Miles! – chamou ela. – Jonah!

Quando eles se viraram, Sarah meneou a cabeça na direção do irmão:

– Tem uma pessoa aqui que eu quero que vocês conheçam.

Quando Jonah se levantou do chão, Sarah viu que os joelhos de sua calça eram duas rodelas marrons. Ele e Miles caminharam ao seu encontro.

– Este é meu irmão, Brian. Brian, estes são Miles e o filho dele, Jonah.

Miles estendeu a mão.

– Como vai? Miles Ryan. Prazer.

Brian lhe estendeu a mão meio sem jeito.

– O prazer é meu.

– Soube que está na universidade.

Brian assentiu.

– Estou, sim, senhor.

Sarah riu.

– Não precisa ser tão formal. Ele é só alguns anos mais velho do que eu.

Brian deu um leve sorriso, mas não disse nada, e Jonah ergueu os olhos para ele. Brian deu um passo para trás como se não soubesse como falar com uma criança pequena.

– Oi – disse Jonah.

– Oi – respondeu Brian.

– Você é o irmão da Sarah?

Brian assentiu.

– Ela é minha professora.

– Eu sei. Ela me disse.

– Ah...

Jonah de repente pareceu entediado e começou a mexer nos carrinhos que tinha na mão. Os quatro passaram um longo tempo sem dizer nada.

– Eu não estava me escondendo da sua família, hein? – disse Miles alguns minutos mais tarde. – Fui com Jonah ver se achávamos um lugar onde ele pudesse brincar. Espero que não seja problema ele ficar ali fora.

– Problema nenhum – disse Sarah. – Contanto que ele esteja se divertindo.

Larry tinha dado a volta na casa enquanto os quatro conversavam e perguntou a Brian se ele poderia procurar na garagem os tais *bowls* que não conseguira encontrar. Brian partiu para lá e logo desapareceu de vista.

Larry também ficou calado, embora de forma mais observadora do que o filho. Pareceu avaliar Miles com um olhar atento, como se examinar suas expressões faciais fosse revelar mais do que Miles estava dizendo enquanto os dois trocavam informações básicas. Essa sensação passou rapidamente conforme foram descobrindo interesses em comum – como, por exemplo, a partida de futebol americano que iria acontecer dali a pouco entre o Dallas Cowboys e o Miami Dolphins. Em questão de minutos, estavam entretidos em um papo descontraído. Dali a um tempo, Larry voltou para dentro de casa, deixando Sarah sozinha com Miles e Jonah. O menino voltou para seu montinho de terra.

– Seu pai é uma figura. Tive a estranha sensação de que a primeira coisa que fez quando me viu foi tentar adivinhar se a gente já tinha ido para a cama.

Sarah riu.

– Ele deve ter feito isso mesmo. Sou a filhinha querida dele, sabe como é.

– É, sei sim. Há quanto tempo ele e sua mãe estão casados?

– Quase 35 anos.

– Um tempão.

– Às vezes eu acho que ele deveria ser canonizado.

– Ai, ai, ai... Não seja tão dura assim com a sua mãe. Eu também gostei dela.

– Acho que foi recíproco. Teve uma hora lá dentro em que pensei que ela fosse se oferecer para adotar você.

– Como você mesma disse, ela só quer ver a filha feliz.

– Se disser isso a ela, acho que ela nunca mais vai querer que você vá embora. Ainda mais agora, que Brian foi para a faculdade. Ah, olhe, não leve a mal a timidez do meu irmão. Ele é muito reservado com gente nova. Vai sair da concha quando conhecer você melhor.

Miles balançou a cabeça, sinalizando que as preocupações dela eram desnecessárias.

– Ele foi simpático. Além do mais, me faz pensar em como eu era nessa idade. Acredite se quiser, mas às vezes eu também não sei o que falar.

Sarah arregalou os olhos.

– Não! Jura? E eu que pensei que você fosse o cara com a maior lábia do mundo. Nossa, você praticamente me conquistou só no papo.

– Acha mesmo que o sarcasmo é adequado para um dia como hoje, em que as pessoas reúnem a família para agradecer pelas bênçãos recebidas?

– Claro que é.

Ele passou o braço por seu ombro.

– Bom, em minha defesa, posso dizer que o que eu falei parece ter funcionado, não é?

Ela deu um suspiro.

– Acho que sim.

– Você acha?

– O que você quer, uma medalha?

– Para começar. Um troféu também seria bacana.

Ela sorriu.

– E o que você acha que está segurando neste exato momento?

A tarde transcorreu sem percalços. Uma vez tirada a mesa, alguns dos parentes foram assistir ao jogo e outros foram para a cozinha ajudar a guardar as montanhas de comida que restaram. O tempo passou sem pressa. Depois de se entupir com dois pedaços de torta, até mesmo Jonah pareceu se deixar acalmar pela atmosfera da casa. Larry e Miles conversaram sobre New Bern e Larry quis saber mais sobre a história da cidade. Sarah voltou da cozinha – onde sua mãe repetia (sem parar) que Miles parecia um rapaz maravilhoso – e reapareceu na sala para se certificar de que Miles e Jonah não ficassem com a sensação de terem sido abandonados. Prestativo, Brian passou a maior parte do tempo na cozinha, lavando e secando a louça que a mãe havia usado no almoço.

Meia hora antes de Miles ter de ir embora, para se arrumar para o trabalho, ele, Sarah e Jonah foram dar um passeio, como ele havia prometido. Seguiram até o final do quarteirão e entraram na área de mata que ficava em frente às casas. Jonah pegou Sarah pela mão e foi conduzindo-a, risonho. Ao vê-los serpentear entre as árvores, Miles aos poucos entendeu aonde aquilo poderia levar. Embora já soubesse que amava Sarah, ficara tocado por ela ter decidido compartilhar com ele um momento especial para a família. Gostava daquela sensação de proximidade, da atmosfera de feriado, da forma natural como os parentes dela pareceram reagir à sua presença, e teve certeza de não querer que aquele fosse um convite isolado.

Foi nessa hora que pensou pela primeira vez em pedir Sarah em casamento. E, uma vez formulada a ideia, achou quase impossível parar de pensar no assunto.

Mais à frente, Sarah e Jonah atiravam pedras em um pequeno riacho, uma depois da outra. Jonah então pulou por cima do curso d'água e Sarah foi atrás.

– Venha! – gritou-lhe ela. – Vamos explorar!

– É, pai, venha logo!

– Já vou... Não precisam me esperar, eu alcanço vocês.

Não se apressou para fazê-lo. Pelo contrário: continuou perdido nos próprios pensamentos à medida que os dois iam se afastando até desaparecerem atrás de uma densa formação de árvores. Miles pôs as mãos nos bolsos.

Casamento.

É claro que o seu relacionamento ainda estava no começo e ele não tinha a menor intenção de se ajoelhar ali mesmo e fazer o pedido. No entanto, de repente soube que chegaria a hora em que o faria. Ela era a mulher certa para ele, disso tinha certeza. E era maravilhosa com Jonah. O filho parecia amá-la – e isso também era importante. Se o menino não gostasse dela, Miles nem sequer estaria pensando em ter um futuro ao seu lado.

Com esse pensamento, algo dentro dele fez clique, como uma chave que se encaixasse perfeitamente em uma fechadura. Embora ele nem houvesse tido consciência desse fato, o "se" havia se transformado em "quando".

Inconscientemente, essa decisão fez Miles relaxar. Não encontrou nem Sarah nem Jonah ao atravessar o riacho, mas seguiu na direção em que os tinha avistado pela última vez. Um minuto depois tornou a vê-los e, enquanto se aproximava deles, se deu conta de que há muitos anos não era tão feliz.

Do dia de Ação de Graças a meados de dezembro, Miles e Sarah ficaram ainda mais próximos, tanto como amantes quanto como amigos, e seu relacionamento desabrochou até se tornar algo mais profundo e permanente.

Miles também começou a fazer breves comentários sobre um possível futuro juntos. Sarah entendia muito bem o que ele realmente queria dizer com essas palavras – na verdade, pegava-se incrementando os comentários dele. Eram coisas pequenas: quando estavam na cama, ele comentava, por exemplo, que as paredes precisavam de pintura; Sarah respondia que um tom amarelo claro poderia ficar alegre, e os dois escolhiam a cor juntos. Ou então Miles comentava que o jardim precisava de um pouco de cor e ela dizia que adorava camélias e que seria essa a flor que plantaria caso morasse ali. No mesmo fim de semana, Miles plantou cinco pés de camélias em frente à casa.

O dossiê foi guardado no armário e, pela primeira vez em muito tempo, Miles sentia o presente mais vivo do que o passado. O que nem ele nem Sarah poderiam saber, no entanto, era que, embora estivessem prontos para deixar o passado para trás, alguns acontecimentos em breve iriam tornar isso impossível.

16

Tive mais uma noite de insônia. Por mais que eu queira voltar para a cama, não consigo. Só depois de contar como tudo aconteceu.

O acidente não foi do jeito que você deve estar imaginando, nem do jeito como Miles imaginou. Eu não tinha bebido naquela noite, como ele desconfiou. Tampouco tinha usado qualquer droga. Estava totalmente sóbrio.

O que aconteceu com Missy naquela noite foi pura e simplesmente um acidente.

Já repassei os fatos umas mil vezes na minha cabeça. Nos quinze anos desde que tudo aconteceu, tive uma sensação de déjà-vu em momentos estranhos – carregando caixas para dentro de um caminhão de mudança anos atrás, por exemplo. Até hoje ela me faz parar o que estiver fazendo, mesmo que só por alguns instantes, e me suga para o passado até o dia em que Missy morreu.

Naquele dia eu tinha começado a trabalhar de manhã cedo em um galpão de armazenagem, descarregando caixas sobre pallets, e deveria ter largado às seis. Mas chegou um carregamento de canos de PVC logo antes do final do expediente – o homem que me contratara nesse dia era fornecedor da maioria das lojas da Carolina do Sul e da Carolina do Norte – e o dono do galpão perguntou se eu não me importaria em ficar mais uma horinha ou duas. Não me importei: cada hora extra valia cinquenta por cento a mais, uma ótima forma de juntar um pouco de dinheiro, tão necessário. Só que eu não imaginava que o caminhão estaria tão cheio, nem que acabaria fazendo a maior parte do trabalho sozinho.

Deveríamos ser quatro homens trabalhando, mas um deles telefonou para avisar que estava doente e outro não pôde ficar, pois não queria faltar ao jogo de beisebol do filho. Ficamos apenas dois para dar conta do serviço – o que, ainda assim, teria sido suficiente. No entanto, poucos minutos depois de o caminhão chegar, o outro cara torceu o tornozelo. Quando me dei conta, estava trabalhando sozinho.

Além disso, fazia calor. A temperatura lá fora beirava os 35 graus e dentro do galpão estava ainda mais quente, acima de 38, e com muita umidade. Eu já havia trabalhado oito horas e ainda tinha mais três pela frente. Os caminhões não haviam parado de chegar o dia inteiro e, como eu não era um funcionário fixo dali, geralmente me davam as tarefas mais difíceis. Os outros três caras se revezavam para manejar a empilhadeira, assim tinham um descanso de vez em quando. Eu, não. Minha tarefa era separar as caixas e depois levá-las dos fundos do caminhão até a porta, pondo-as em cima de pallets para a empilhadeira poder carregá-las para dentro do armazém. Ao final do dia, como era o único que restava, tive de fazer tudo sozinho. Quando terminei, estava um caco. Mal conseguia mexer os braços, sentia as costas repuxarem. Além disso, tinha perdido o jantar, então estava faminto também.

Foi por isso que decidi ir comer na churrascaria Rhett's, em vez de voltar direto para casa. Depois de um dia longo e cansativo, nada melhor do que um bom churrasco e, quando finalmente entrei no carro, estava pensando que dali a poucos minutos poderia finalmente relaxar.

Na época, meu carro era uma charanga velha, toda descascada e cheia de mossas: um Pontiac Boneville já bem rodado. Eu o havia comprado de segunda mão no verão anterior pela bagatela de trezentos dólares. No entanto, apesar do aspecto surrado, o carro andava bem e nunca tinha me dado nenhuma dor de cabeça. O motor sempre pegava de primeira e eu mesmo tinha consertado os freios depois de comprá-lo, o único reparo necessário na ocasião.

Assim, entrei no carro na hora em que o sol estava se pondo. A essa hora, o sol parece fazer estripulias ao traçar seu arco descendente no oeste. Sua cor muda quase a cada minuto, as sombras se espalham pelas ruas como dedos longos e espectrais. Como não havia nuvem nenhuma no céu, em alguns momentos a luz entrava de viés pelo para-brisa e eu era obrigado a estreitar os olhos para poder ver aonde estava indo.

Logo à minha frente, outro motorista parecia estar tendo ainda mais dificuldade do que eu. Não vi quem era, mas ele aumentava e diminuía a velocidade, pisando no freio toda vez que a luz mudava de direção. Em mais de uma ocasião, invadiu a pista contrária. Eu reagia pisando no freio também, mas por fim me cansei e decidi abrir distância entre o carro da frente e o meu. A estrada era estrei-

ta demais para uma ultrapassagem, então diminuí a velocidade na esperança de que o outro motorista se distanciasse mais um pouco.

Mas ele fez exatamente o contrário: diminuiu a velocidade também. Quando a distância entre nós ficou menor outra vez, vi as luzes do freio dele acenderem e apagarem como luzinhas de Natal antes de ficarem vermelhas de vez. Pisei com força no freio e meu carro parou com um tranco e um cantar de pneus. Duvido que tenha parado a mais de 30 centímetros do da frente.

Foi nessa hora, acho eu, que o destino interveio. Às vezes penso que seria melhor ter batido no outro carro, pois nesse caso teria sido obrigado a parar e Missy Ryan teria chegado viva em casa. No entanto, como eu não bati – e porque estava farto do motorista da frente –, dobrei na rua seguinte à direita, Camellia Road, embora isso aumentasse o trajeto em alguns minutos, um tempo que eu hoje gostaria de poder fazer voltar. A rua passava por uma parte mais antiga da cidade, com frondosos carvalhos, e o sol agora estava baixo o suficiente para sua luz ofuscante não ser mais um problema. Poucos minutos depois, o céu começou a escurecer mais depressa e eu acendi os faróis.

A rua fazia curvas para a esquerda e para a direita e as casas logo começaram a se espaçar. Os quintais foram ficando maiores e parecia haver menos pedestres. Dali a mais alguns minutos, fiz outra curva e entrei na Madame Moore's Lane. Conhecia bem essa estrada e me animei pensando que dali a mais uns poucos quilômetros chegaria à churrascaria.

Lembro-me de ligar o rádio e girar o dial, mas não cheguei a tirar os olhos da estrada. Então tornei a desligá-lo. Juro que estava totalmente concentrado na direção.

A estrada era estreita e sinuosa, mas, como já disse, eu conhecia aquele caminho como a palma da minha mão. Pisei automaticamente no freio antes de fazer uma curva. Foi nessa hora que a vi – e tenho quase certeza de que diminuí ainda mais a velocidade. Só não tenho certeza absoluta porque tudo o que aconteceu a partir daí foi tão rápido que é impossível afirmar qualquer coisa com precisão.

Eu vinha por trás dela, diminuindo a distância entre nós. Ela corria na lateral da estrada, pelo acostamento de grama. Lembro que estava usando uma camiseta branca e um short azul e que não estava correndo muito depressa, mas avançando em um ritmo relaxado.

Nesse bairro, os terrenos das casas são enormes e não havia ninguém na rua. Ela sabia que meu carro vinha – notei-a olhar rapidamente para o lado, talvez o suficiente para me ver com o rabo do olho e dar mais meio passo para longe da rua. Eu estava segurando o volante com as duas mãos. Estava prestando atenção em tudo o que devia e acreditava estar sendo cauteloso. Ela também.

Só que nenhum de nós dois viu o cachorro.

Quase como se estivesse esperando-a passar, ele saltou de uma brecha na cerca viva quando ela estava a menos de 5 metros do meu carro. Era um cachorro preto grande. Mesmo dentro do carro, pude ouvir sua rosnada feroz quando ele avançou direto para cima dela. Deve ter pegado Missy de surpresa, pois ela se afastou do bicho de repente, dando um passo a mais para dentro da estrada.

E foi nessa hora que meu carro se chocou contra ela.

17

Aos 40 anos, Sims Addison parecia uma ratazana: nariz fino, testa oblíqua e um queixo que parecia ter parado de crescer antes do resto do corpo. Usava os cabelos lambidos para trás com a ajuda de um pente de dentes largos que carregava sempre consigo.

Sims também era alcoólatra.

Mas não o tipo de alcoólatra que bebe toda noite. Sims era o tipo de alcoólatra cujas mãos tremiam de manhã antes do primeiro trago do dia, que ele em geral terminava bem antes de a maioria das pessoas sair para o trabalho. Embora preferisse o bourbon, raramente tinha dinheiro para outra coisa a não ser vinho barato, que bebia direto do garrafão. Não gostava de dizer onde arrumava dinheiro, mas, com exceção da birita e do aluguel, não precisava de muita coisa.

Se Sims tinha algum aspecto positivo, era o talento para se tornar invisível e, consequentemente, para descobrir coisas em relação aos outros. Quando bebia, não ficava exaltado nem inconveniente, mas sua expressão natural – olhos semicerrados, boca frouxa – lhe dava a aparência de alguém bem mais embriagado do que geralmente estava. Por causa disso, as pessoas diziam coisas na sua frente.

Coisas que deveriam ser guardadas para si.

Sims ganhava o pouco dinheiro que conseguia dando dicas para a polícia.

Não todas, porém. Somente aquelas em que pudesse permanecer anônimo e ainda assim levar o dinheiro. Somente aquelas em que a polícia pudesse guardar seu segredo, em que ele não precisasse depor.

Sabia que criminosos guardavam rancor e não era burro a ponto de acreditar que, se soubessem quem os havia denunciado, fossem simplesmente virar para o lado e esquecer.

Sims já havia passado um tempo na prisão: uma vez aos 20 e poucos anos, por furto, e duas vezes na casa dos 30 por posse de maconha. Mas a terceira temporada atrás das grades o transformara. A essa altura, seu alcoolismo já estava declarado e ele passou a primeira semana sofrendo a maior crise de abstinência que se poderia imaginar. Tremia, vomitava e, quando fechava os olhos, via monstros. Quase morreu, também, embora não de abstinência. Depois de alguns dias sem dormir direito, escutando Sims gritar e gemer, o outro detento da cela o espancou até deixá-lo inconsciente. Sims passou três semanas na enfermaria e foi liberado sob condicional por uma comissão que foi compreensiva em relação ao que ele havia enfrentado. Em vez de concluir o ano de pena que ainda lhe restava, foi solto e instruído a se reportar a um agente de condicional. Foi alertado, porém, de que, se bebesse ou usasse drogas, voltaria para trás das grades.

A possibilidade de passar por outra abstinência, conjugada ao espancamento, deixou Sims com pânico de voltar à prisão.

Mas ele não conseguia encarar a vida sóbrio. No início, tomou cuidado para só beber na privacidade da própria casa. Com o tempo, entretanto, começou a se ressentir dos entraves impostos à sua liberdade. Embora continuasse discreto, recomeçou a encontrar amigos para beber. Depois passou a acreditar que aquela sorte fosse durar para sempre. Começou a beber no trajeto para ir encontrar os amigos, sempre com a garrafa escondida em um saco de papel pardo. Logo passou a ficar permanentemente embriagado. Embora talvez tivesse havido um pequeno sinal de alerta em sua mente lhe dizendo para tomar cuidado, já estava bêbado demais para escutar.

Ainda assim, tudo poderia ter ficado bem caso ele não tivesse pedido o carro da mãe emprestado para sair. Não tinha habilitação, mas mesmo assim foi se encontrar com alguns amigos em um pé-sujo fora dos limites da cidade, à beira de uma estrada de cascalho. Bebeu mais do que deveria e, em algum momento depois das duas da manhã, foi cambaleando até o carro. Mal conseguiu sair do estacionamento sem bater em outro veículo, mas de alguma forma deu um jeito de tomar o rumo de casa. Alguns quilômetros mais adiante, viu a luz vermelha piscando atrás de si.

Quem desceu da viatura foi Miles Ryan.

– É você, Sims? – chamou Miles, aproximando-se devagar.

Como a maioria dos subxerifes, ele conhecia Sims pelo primeiro nome. Mesmo assim, estava com a lanterna na mão e iluminou o interior do carro, vasculhando-o rapidamente em busca de algum sinal de perigo.

– Ah, oi, subxerife Ryan.

As palavras saíram arrastadas.

– Andou bebendo? – indagou Miles.

– Não... não. De jeito nenhum – negou Sims, encarando-o com um olhar quase vidrado. – Fui só encontrar uns amigos.

– Tem certeza? Nem uma cervejinha?

– Não, senhor.

– Talvez um copo de vinho no jantar, algo assim?

– Não, eu não.

– Você estava costurando na pista.

– Estou só cansado.

Como para provar o que dizia, ele pôs uma das mãos em frente à boca e deu um bocejo. Miles sentiu o cheiro da bebida em seu hálito.

– Ah, sério... nem uma bicadinha? A noite inteira?

– Não, de jeito nenhum.

– Vou ter que ver os documentos do carro e sua habilitação.

– Bom... hum... é que estou sem a carteira aqui comigo. Devo ter deixado em casa.

Miles se afastou do carro e manteve a lanterna apontada para Sims.

– Vou precisar que desça do carro.

Sims pareceu surpreso por Miles não acreditar nele.

– Para quê?

– Desça do carro, por favor.

– Não vai me prender, vai?

– Vamos lá, não torne isso mais difícil do que precisa ser.

Sims pareceu refletir sobre o que fazer, embora estivesse mais bêbado do que o normal, mesmo para seus padrões. Em vez de se mexer, ficou olhando através do para-brisa até Miles finalmente abrir a porta.

– Vamos.

Embora Miles tivesse estendido a mão, Sims apenas balançou a cabeça, como se estivesse tentando dizer que estava bem, que podia sair sozinho.

Só que descer do carro se mostrou mais difícil do que ele previra. Em vez de ficar cara a cara com Miles Ryan para poder implorar clemência, Sims se estatelou no chão e apagou quase imediatamente.

Acordou tremendo na manhã seguinte, completamente desorientado e sem saber onde estava. Tudo o que sabia era que estava atrás das grades, e estar ciente disso o paralisou de medo. Aos poucos, em cenas desconexas, remontou na memória a noite anterior. Lembrou-se de ter ido ao bar e bebido com os amigos... depois disso, tudo se perdia em uma névoa até chegar à imagem de luzes piscantes. Dos cantos mais recônditos de sua mente, Sims também resgatou o fato de que Miles Ryan o levara para a delegacia.

No entanto, tinha coisas mais importantes em que pensar do que os acontecimentos da noite anterior. Concentrou-se na melhor maneira de evitar que fosse mandado de volta à prisão. Essa simples ideia fez brotar gotas de suor em sua testa e acima dos lábios.

Não podia ser preso de novo. Nem pensar. Ele morreria. Tinha certeza absoluta disso.

Mas acabaria sendo preso. O medo ajudou sua mente a entrar em foco. Nos minutos seguintes, tudo em que conseguiu pensar foi nas coisas que simplesmente não poderia encarar outra vez.

A prisão.

Os espancamentos.

Os pesadelos.

Os tremores e vômitos.

A morte.

Levantou-se da cama, trôpego, e usou a parede para se equilibrar. Cambaleou até as barras da cela e espiou pelo corredor. Três das outras celas estavam ocupadas, mas ninguém lhe disse se o subxerife Ryan estava de serviço. Quando Sims perguntou, mandaram-no calar a boca duas vezes; a terceira pessoa nem sequer lhe respondeu.

Esta é a sua vida pelos próximos anos.

Não era ingênuo de acreditar que o deixariam sair, tampouco tinha qualquer ilusão de que a defensoria pública fosse se esforçar para ajudá-lo. Ele havia sido libertado sob a condição de não violar qualquer regra, senão voltaria para a cadeia. Levando em conta seus antecedentes e o fato de ele estar dirigindo sem carteira e bêbado, não havia nenhuma escapatória possível. Nenhuma. Pedir desculpas seria insuficiente. Implorar por piedade seria em vão. Sims iria apodrecer na cadeia até o caso ser julgado e, então, quando perdesse, seria trancafiado lá para sempre.

Ergueu a mão para enxugar a testa. Precisava fazer alguma coisa. Qualquer coisa para evitar o destino que com certeza o aguardava.

Sua mente começou a funcionar mais depressa, débil e vacilante, mas mesmo assim mais depressa. Sua única esperança, a única coisa que poderia ajudá-lo, era de alguma forma voltar os ponteiros do relógio e desfazer a detenção da noite anterior.

Mas como poderia fazer isso, caramba?

Você tem uma informação, respondeu uma vozinha.

Miles havia acabado de sair do chuveiro quando o telefone tocou. Mais cedo, tinha preparado o café da manhã de Jonah e liberado o filho para a escola, mas, em vez de dar um jeito na casa, voltara para a cama, na esperança de conseguir mais uma ou duas horas de sono. Embora não tivesse conseguido dormir grande coisa, passara um tempinho cochilando. Iria trabalhar do meio-dia às oito e depois pretendia relaxar à noite. Jonah não estaria em casa – iria ao cinema com Mark – e Sarah tinha sugerido passar na casa dele para poderem ficar algum tempo juntos.

O telefonema iria mudar tudo isso.

Miles pegou uma toalha, a enrolou na cintura e puxou o telefone logo antes de a secretária atender. Era Charlie. Depois de trocar gentilezas, seu chefe foi direto ao ponto:

– É melhor você vir logo para cá.

– Por quê? O que houve?

– Você trouxe Sims Addison ontem à noite, não foi?

– Foi.

– Não estou achando o relatório.

– Ah, o relatório. Recebi outro chamado e tive que sair com pressa logo depois. Pretendia chegar mais cedo mesmo para terminar o relatório. Algum problema?

– Ainda não sei. A que horas você consegue chegar?

Miles não soube muito bem como interpretar isso, tampouco o tom que Charlie estava usando.

– Acabei de sair do chuveiro. Meia hora, por aí?

– Quando chegar, venha falar direto comigo. Vou estar esperando.

– Não pode pelo menos me dizer por que essa pressa?

Houve uma longa pausa do outro lado da linha.

– Venha o mais rápido que puder. Aí a gente conversa.

– Então, o que está acontecendo? – indagou Miles.

Assim que ele chegara, Charlie o havia puxado até sua sala e fechara a porta.

– Conte o que aconteceu ontem à noite.

– Com Sims Addison, você quer dizer?

– Comece do começo.

– Hum... Pouco depois da meia-noite, parei a viatura perto do Beckers, aquele bar próximo de Vanceboro.

Charlie assentiu e cruzou os braços.

– Estava só parado esperando. A noite tinha sido calma e eu sabia que o bar estava fechando. Um pouco depois das duas, vi uma pessoa sair do bar, tive uma intuição e comecei a seguir o carro. Minha intuição estava certa. O carro ficou sambando para lá e para cá pela estrada, então fiz o motorista parar para ver se ele estava embriagado. Foi aí que descobri que era Sims Addison. Senti cheiro de álcool no hálito dele assim que me aproximei da janela. Quando pedi que saísse do carro, ele caiu e apagou. Coloquei-o no banco de trás da viatura e o trouxe para cá. Chegando aqui, ele já tinha se recuperado o suficiente para não precisar ser carregado, mas teve que se apoiar em mim. Eu ia preencher o relatório, mas recebi outro chamado e precisei sair correndo. Só voltei depois do final do meu turno e, como hoje estou substituindo Tommie, calculei que pudesse preencher a papelada antes de o meu turno começar.

Charlie não disse nada, mas não desgrudou os olhos de Miles.

– Mais alguma coisa?

– Não. Ele está dizendo que eu o machuquei, ou algo assim? Já disse que não toquei nele. Ele caiu sozinho. Estava muito doido, Charlie. Totalmente chapado...

– Não, não é isso.

– Então o que é?

– Deixe eu me certificar primeiro... Ele não disse nada para você ontem à noite?

Miles refletiu por alguns instantes.

– Não. Ele sabia quem eu era, então me chamou pelo nome...

Miles não terminou a frase, tentando lembrar se havia mais alguma coisa.

– Ele se comportou de forma estranha?

– Não me pareceu. Estava só bêbado, sabe?

– Hum... – balbuciou Charlie, e pareceu perdido nos próprios pensamentos.

– Ande, Charlie, diga logo o que está acontecendo.

Charlie deu um suspiro.

– Ele disse que quer falar com você.

Miles aguardou, sabendo que havia mais alguma coisa.

– Só com você. Diz que tem uma informação.

Miles também conhecia a fama de Sims.

– E daí?

– Ele não quer falar comigo. Mas disse que é uma questão de vida ou morte.

Miles olhou para Sims por entre as grades e pensou que o sujeito parecia à beira da morte. Assim como outros alcoólatras crônicos, sua pele tinha um aspecto doentio, amarelado. As mãos tremiam e suor escorria pela testa. Sentado no catre da cela, havia passado horas coçando os braços sem perceber e Miles pôde ver os arranhões vermelhos com sangue, como riscos de batom feitos por uma criança.

Puxou uma cadeira e sentou inclinado para a frente, com os cotovelos apoiados nos joelhos.

– Você queria falar comigo?

Sims se virou ao ouvir o som da sua voz. Não tinha notado que Miles chegara e pareceu levar um momento para focar a visão. Enxugou o lábio superior e assentiu.

– Subxerife Ryan.

Miles se inclinou um pouco mais.

– O que tem para me dizer, Sims? Você deixou meu chefe bem nervoso. Segundo ele, você falou que tinha uma informação para mim.

– Por que você me trouxe para cá ontem à noite? – perguntou Sims. – Eu não fiz mal a ninguém.

– Sims, você estava bêbado. E estava dirigindo. Isso é crime.

– Então por que não me indiciou ainda?

Miles pensou na resposta, tentando entender aonde Sims queria chegar com aquela conversa.

– Não tive tempo – respondeu, sincero. – Mas, pelas leis do nosso estado, pouco importa se eu tivesse feito isso ontem à noite ou depois. Se era sobre isso que você queria falar comigo, tenho mais o que fazer.

Miles se levantou da cadeira teatralmente e avançou um passo pelo corredor.

– Espere! – pediu Sims.

Miles parou e se virou.

– Pois não?

– Tenho uma coisa importante para falar.

– Você disse a Charlie que era uma questão de vida ou morte.

Sims tornou a enxugar o lábio superior.

– Não posso voltar para a cadeia. Se você me indiciar, é isso que vai acontecer. Estou em condicional.

– É assim que funciona. Quando alguém descumpre a lei, vai preso. Nunca aprendeu isso?

– Não posso voltar para lá – repetiu ele.

– Deveria ter se lembrado disso ontem à noite.

Miles tornou a virar as costas e Sims se levantou do catre com uma expressão de pânico no rosto.

– Não faça isso.

Miles hesitou.

– Sinto muito, Sims. Não posso ajudá-lo.

– Poderia me liberar. Eu não feri ninguém. E, se eu voltar para a prisão, com certeza vou morrer. Tenho tanta certeza quanto sei que o céu é azul.

– Não posso.

– É claro que pode. Pode dizer que se enganou, que eu dormi ao volante e por isso estava costurando na pista...

Miles não pôde deixar de sentir certa pena do sujeito, mas precisava cumprir seu dever.

– Sinto muito – repetiu, e pôs-se a descer o corredor.

Sims se aproximou das barras e as agarrou.

– Eu tenho uma informação...

– Depois você me diz, quando eu levar você lá para cima para preencher a papelada.

– Espere!

Algo em seu tom de voz fez Miles parar outra vez.

– O que foi?

Sims limpou a garganta. Os outros três detentos das celas adjacentes tinham sido levados para o andar de cima, mas ele olhou em volta para ter certeza absoluta de não haver mais ninguém. Acenou com o dedo para Miles chegar mais perto, mas este permaneceu onde estava e cruzou os braços.

– Se eu tiver uma informação importante, você desistiria de me indiciar?

Miles reprimiu um sorriso. *Agora sim, estou entendendo.*

– Não depende só de mim, você sabe disso. Eu teria que conversar com o promotor público do condado.

– Não. Não esse tipo de informação. Você sabe como eu trabalho. Nunca deponho, fico sempre no anonimato.

Miles não disse nada.

Sims olhou em volta para se certificar de que ainda estavam sozinhos.

– Não tenho prova nenhuma do que vou dizer, mas é verdade e algo que você quer saber – provocou ele, então baixou a voz como quem conta um segredo: – Eu sei quem foi naquela noite. *Eu sei.*

O tom que ele usou e a implicação evidente fizeram os cabelos da nuca de Miles se eriçarem.

– Que papo é esse?

Sims tornou a enxugar o lábio, ciente de que agora tinha a total atenção de Miles.

– Só posso dizer se me soltar.

Miles se aproximou da cela sentindo-se desequilibrado. Ficou encarando Sims até este recuar para longe das barras.

– Dizer o quê?

– Primeiro preciso de um acordo. Você tem que prometer que vai me tirar daqui. Basta dizer que eu não soprei o bafômetro e que não tem como provar que eu estava bêbado.

– Já falei: não posso fazer acordo nenhum.

– Sem acordo, não tem informação. Como eu disse, não posso voltar para a prisão.

Ficaram parados se encarando e nenhum dos dois desviou os olhos.

– Você sabe exatamente do que estou falando, não sabe? – indagou Sims por fim. – Não quer saber quem foi?

O coração de Miles começou a acelerar e os punhos se cerraram involuntariamente junto às laterais do corpo. Um turbilhão invadiu sua mente.

– Se me soltar, eu conto – acrescentou Sims.

A boca de Miles se abriu e logo em seguida se fechou enquanto tudo – cada lembrança – ressurgia em uma enxurrada, derramando-se sobre ele como a água de uma pia que transborda. Aquilo parecia inacreditável, absurdo. Mas... e se Sims estivesse dizendo a verdade?

E se ele soubesse quem tinha matado Missy?

– Você vai ter que depor – foi tudo o que conseguiu dizer.

Sims ergueu as duas mãos.

– De jeito nenhum. Eu não vi nada, mas ouvi pessoas conversando. E se essas pessoas descobrirem que fui eu que dei com a língua nos dentes, estou morto. Então não posso depor. Não posso e não vou. Vou jurar que não me lembro de ter dito nada. E você também não pode contar a eles de onde veio a informação. Vai ficar só entre nós... entre mim e você. Mas...

Sims deu de ombros e estreitou os olhos, manipulando Miles com habilidade.

– Você não está mais ligando para isso agora, está? Só quer saber quem foi. E isso eu posso dizer. Quero que um raio caia na minha cabeça se eu não estiver dizendo a verdade.

Miles agarrou as barras e os nós de seus dedos embranqueceram.

– Diga logo! – berrou.

– Me tire daqui – retrucou Sims, conseguindo não se sabe como manter a calma, apesar do rompante de Miles. – Aí eu falo.

Durante um longo intervalo, Miles só fez encará-lo.

– Foi no Rebel – começou Sims por fim, depois de Miles concordar com suas exigências. – Sabe onde fica, não sabe?

Sims não esperou resposta. Ajeitou os cabelos sebosos com as costas da mão.

– Já faz uns dois anos, algo assim... não lembro exatamente. Eu estava tomando umas, sabe? Atrás de mim, em uma das mesas reservadas, vi Earl Getlin. Sabe quem é?

Miles assentiu com a cabeça. Mais um de uma longa lista de pessoas conhecidas daquela delegacia. Alto e magro, rosto marcado pela acne, tatuagens nos dois braços – uma mostrando um linchamento, a outra exibindo uma caveira com uma faca enterrada. Já tinha sido preso por agressão, invasão de domicílio, comércio de artigos roubados. Era ainda suspeito de tráfico de drogas. Fazia um ano e meio que fora encarcerado no presídio estadual de Hailey, por roubo de carro. Só sairia dali a quatro anos.

– Ele estava meio nervoso, mexendo sem parar na bebida, como se estivesse esperando alguém. Foi então que os vi entrar, os irmãos Timson. Ficaram parados perto da porta só por um segundo, olhando em volta até encontrarem Earl. Eles não são o tipo de gente que eu goste de ter por perto, então procurei não chamar atenção. Quando percebi, os dois estavam sentados em frente a Earl e falando bem baixinho, quase sussurrando, mas de onde eu estava pude ouvir cada palavra do que disseram.

A história de Sims tinha feito as costas de Miles se retesarem. Ele sentiu a boca seca, como se houvesse passado muitas horas debaixo do sol.

– Estavam ameaçando Earl, mas ele não parava de dizer que ainda não tinha o dinheiro. Foi então que ouvi Otis falar. Até ali, ele tinha deixado a conversa a cargo dos irmãos. Ele disse a Earl que, se ele não arrumasse o dinheiro até o fim da semana, era melhor ficar de olho, porque nele ninguém passava a perna.

Sims piscou. O sangue tinha se esvaído de seu rosto.

– Ele disse que iria acontecer com Earl o mesmo que tinha acontecido com Missy Ryan. Só que dessa vez eles iriam dar ré e passar por cima outra vez.

18

Lembro que comecei a gritar antes mesmo de conseguir parar o carro.

Lembro-me do impacto – o leve tremor da roda, o baque nauseante. Mas aquilo de que mais me lembro são meus próprios gritos dentro do carro. Gritos de estourar os tímpanos, que ecoaram nos vidros fechados até que eu conseguisse desligar o motor e abrir a porta. Meus gritos então se transformaram em uma prece aterrorizada. "Não, não, não...", é tudo que me lembro de ter dito.

Quase sem conseguir respirar, corri até a frente do carro. Não vi nenhum dano: como já disse, o carro era um modelo antigo, fabricado para suportar mais impacto do que os veículos de hoje em dia. Mas também não vi o corpo. Tive a súbita impressão de que iria encontrar seu corpo preso debaixo do carro, de que havia passado por cima dela. Quando essa visão medonha cruzou minha cabeça, senti minhas entranhas revirarem. Não sou o tipo de pessoa que se abale com facilidade – os outros muitas vezes comentam sobre meu autocontrole –, mas confesso que naquele momento levei as mãos aos joelhos e quase passei mal. Quando a náusea finalmente se foi, forcei-me a olhar debaixo do carro. Não vi nada.

Pus-me a correr de um lado para outro, procurando por ela. Não a vi, pelo menos não de imediato, e tive a estranha sensação de que talvez tivesse me equivocado, de que devia ter sido só minha imaginação.

Então comecei a correr por uma das laterais da estrada e depois pela outra, na esperança vã de, por um milagre, tê-la atingido só de raspão, de que ela estivesse apenas desacordada por causa do impacto. Olhei atrás do carro, não a encontrei, e então percebi onde ela devia estar.

Enquanto meu estômago começava outra vez a revirar, meus olhos vasculharam o espaço em frente ao carro. Os faróis ainda estavam acesos. Dei alguns passos hesitantes para a frente e foi nessa hora que a vi dentro da vala, a mais de 10 metros de distância.

Cogitei se deveria correr até a casa mais próxima e chamar uma ambulância, ou então ir direto até ela. Na hora, a segunda opção me pareceu a mais correta. À medida que me aproximava, fui andando cada vez mais devagar, como se diminuir o passo pudesse aumentar as chances de um desfecho melhor.

Percebi na hora que o corpo dela estava caído em um ângulo que não era normal. Uma das pernas parecia dobrada, meio cruzada por cima da outra na coxa, com o joelho virado em uma direção impossível e o pé apontando para o lado errado. Um dos braços estava preso sob o tronco, o outro estava acima da cabeça. Ela estava de costas.

E com os olhos abertos.

Lembro que não me ocorreu que estivesse morta, pelo menos não naquele primeiro instante. No entanto, bastaram uns poucos segundos para eu perceber que algo no brilho de seus olhos não estava direito. Eles não pareciam reais – eram quase uma caricatura de como olhos de verdade devem ser, como se pertencessem a um manequim de vitrine de loja. Enquanto eu os fitava, porém, acho que foi sua completa imobilidade que realmente me fez entender. Durante todo o tempo que passei parado ao seu lado, ela não piscou nem uma vez.

Foi então que reparei no sangue empoçado debaixo de sua cabeça e tudo se encaixou ao mesmo tempo – os olhos, a posição do corpo, o sangue...

E pela primeira vez tive certeza de que ela estava morta.

Acho que desabei no chão. Não me lembro de ter tomado a decisão consciente de me aproximar dela, mas foi exatamente isso que fiz alguns segundos depois. Levei o ouvido ao seu peito, em seguida à boca, procurei sua pulsação. Tentei detectar qualquer movimento que fosse, qualquer centelha de vida, qualquer coisa que me indicasse qual deveria ser minha próxima ação.

Não houve nada.

Mais tarde, a autópsia mostraria – e os jornais informariam – que ela teve morte instantânea. Digo isso para que você saiba que estou falando a verdade. Missy Ryan não tinha chance nenhuma, independentemente do que eu tivesse feito depois.

Não sei quanto tempo passei ao lado dela, mas não pode ter sido muito. Lembro-me de ter cambaleado de volta até meu carro e aberto a mala; lembro-me de ter pegado a manta e coberto seu corpo. Na hora, isso me pareceu a coisa certa a fazer. Charlie desconfiou que eu estivesse tentando dizer que sentia muito; hoje, quando penso a respeito, acho que em parte foi isso mesmo. Mas em parte também eu simplesmente não queria que ninguém a visse como eu a tinha visto. Então a cobri, como se estivesse escondendo meu próprio pecado.

Minhas lembranças depois disso são incertas. A próxima coisa de que me lembro é de estar no carro a caminho de casa. Não sei explicar muito bem; tudo que posso dizer é que não estava pensando direito. Se tudo tivesse acontecido agora, se eu soubesse o que sei hoje, não teria feito isso. Teria corrido até a casa mais próxima e chamado a polícia. Mas naquela noite, por algum motivo, não foi isso que fiz.

Não acho, porém, que estivesse tentando esconder o que fizera. Pelo menos não na época. Quando olho para trás e tento entender o que aconteceu, acho que tomei o caminho de casa porque era lá que precisava estar. Como um inseto atraído pela luz da varanda, eu não parecia ter escolha. Simplesmente reagi a uma situação.

Tampouco fiz a coisa certa quando cheguei em casa. Tudo de que consigo me lembrar é que nunca tinha me sentido mais cansado na vida e, em vez de ligar para a polícia, simplesmente caí na cama e apaguei.

Quando dei por mim, já era de manhã.

Quando o subconsciente sabe que algo horrível aconteceu, o pânico nos assalta logo após o acordar, antes mesmo que as lembranças voltem à mente por completo. Foi isso que senti assim que meus olhos estremeceram e se abriram. Era como se não conseguisse respirar, como se todo o ar tivesse sido expelido de mim; assim que inspirei, porém, tudo voltou de súbito.

O trajeto de carro.

O impacto.

O jeito como Missy estava quando a encontrei.

Levei as mãos ao rosto: não queria acreditar. Lembro que meu coração começou a bater forte no peito e que rezei com fervor para tudo não ter passado de um sonho. Já tivera sonhos assim antes, tão reais que era preciso alguns momentos de reflexão séria antes de eu perceber meu equívoco. Só que dessa vez a realidade não foi embora. Pelo contrário: foi ficando cada vez pior, e eu senti que afundava para dentro de mim mesmo, como se estivesse me afogando em um oceano particular.

Alguns minutos depois, estava lendo a matéria no jornal.

E foi então que meu verdadeiro crime ocorreu.

Vi as fotos, li o que havia acontecido. Li as declarações da polícia prometendo encontrar o responsável, por mais tempo que levasse. E junto com tudo isso veio a pavorosa compreensão de que o que havia acontecido – um acidente, um terrível acidente – não era considerado um acidente. De alguma forma, era considerado um crime.

Crime de omissão de socorro, dizia o Código Penal.

Vi o telefone em cima da bancada. Parecia acenar para mim.

Eu tinha fugido.

Para eles, quaisquer que fossem as circunstâncias, eu era culpado.

Digo e repito que, apesar do que eu tinha feito na véspera, o que aconteceu naquela noite não foi um crime, independentemente do que estivesse no Código Penal. Eu não tomei uma decisão consciente de fugir. Não estava raciocinando direito para tomar essa decisão.

Não, o meu crime não tinha ocorrido na noite anterior.

Meu crime ocorreu ali, na cozinha, quando olhei para o telefone e não fiz a ligação.

Embora eu estivesse abalado pela matéria, raciocinava perfeitamente. Não estou tentando dar desculpas para o que fiz, pois não há desculpa possível. Pus os meus medos em um lado da balança e no outro pus o que era certo fazer. No final das contas, os medos venceram.

Eu estava apavorado com a possibilidade de ir preso pelo que sabia ter sido um acidente e comecei a inventar desculpas. Acho que disse a mim mesmo que iria ligar mais tarde. Não liguei. Disse a mim mesmo que iria esperar alguns dias até a poeira baixar, então ligaria. Não liguei. Então decidi esperar até depois do funeral.

A essa altura, sabia que já era tarde demais.

19

Alguns minutos depois, com a sirene aos berros e as luzes piscando, a traseira da viatura de Miles derrapava em uma curva e quase saía da pista, mas ele apenas puxou o volante e afundou o pé no acelerador outra vez.

Tinha arrastado Sims para fora da cela e subido da carceragem com ele, conduzindo-o sem parar para responder aos olhares curiosos. Charlie falava ao telefone em sua sala e desligou imediatamente ao notar a palidez de Miles – só que não o fez a tempo de impedi-lo de alcançar a porta junto com Sims. Os dois saíram ao mesmo tempo e, quando Charlie pisou na calçada, já se afastavam em direções opostas. Tomando uma decisão rápida, Charlie optou por seguir Miles e gritou, mandando-o esperar. Miles o ignorou e chegou à viatura.

Charlie apressou o passo e alcançou o carro de Miles bem na hora em que este avançava em direção à rua. Bateu na janela com o veículo ainda em movimento.

– O que está acontecendo? – quis saber.

Miles acenou para ele sair da frente e Charlie se petrificou, uma expressão de incompreensão e incredulidade em seu rosto. Em vez de baixar o vidro e conversar com o chefe, Miles ligou a sirene, pisou no acelerador e saiu a toda do estacionamento, fazendo os pneus cantarem ao entrar na rua.

Um minuto depois, quando Charlie o chamou pelo rádio exigindo que lhe dissesse o que havia acontecido, Miles nem sequer se deu o trabalho de atender.

Em geral, o trajeto da delegacia até a residência dos Timson levava cerca de quinze minutos. Com a sirene ligada e a viatura seguindo acima da velocidade permitida – na rodovia, alcançou 145 quilômetros por hora –, Miles levou menos de oito. Quando Charlie o chamou no rádio, já estava a meio caminho de lá. Quando chegou à entrada do estacionamento de trailers em que Otis morava, estava tomado pela adrenalina. Segurava o volante com tanta força que partes de sua mão ficaram dormentes, embora seu estado não lhe permitisse perceber isso. A raiva bloqueava tudo.

Otis Timson machucara seu filho.

Otis Timson matara sua mulher.

Otis Timson quase conseguira escapar.

O carro de Miles sambou para um lado e para o outro na entrada de terra batida quando ele tornou a acelerar. As árvores que passavam chispando eram apenas um borrão; ele só conseguia enxergar o caminho à sua frente. Quando dobrou para a direita, finalmente tirou o pé do acelerador e começou a diminuir a velocidade. Estava quase lá.

Fazia dois anos que Miles aguardava este momento.

Passara dois anos se torturando, obrigado a conviver com o fracasso.

Otis.

Instantes depois, Miles parou o carro com uma derrapada bem no meio do terreno e desceu. Em pé junto à porta aberta, olhou em volta à espreita de algum movimento, prestando atenção em tudo. Contraía o maxilar tentando controlar sua ira.

Abriu o coldre e começou a mover a mão na direção da arma.

Otis Timson matara sua mulher.

Atropelara sua mulher a sangue-frio.

Um silêncio ameaçador pairava sobre a propriedade. Tirando os estalos que o motor do carro emitia ao esfriar, não se ouvia nenhum outro som. Os galhos das árvores não se moviam ao vento. Nenhum passarinho cantava numa cerca. Os únicos ruídos que Miles escutava eram os que ele próprio produzia: o deslizar da arma para fora do coldre, o ritmo acelerado da respiração.

Fazia frio. O ar estava gelado e o céu, sem nuvens – um céu de primavera em pleno inverno.

Miles aguardou. Dali a um tempo, uma fresta se abriu, fazendo surgir uma mão em uma das portas de tela, que rangeu feito uma sanfona enferrujada.

– O que você quer? – perguntou uma voz.

O som era rascante, como se sua garganta tivesse passado muitos anos sendo castigada por muitos cigarros sem filtro. Era Clyde Timson.

Miles se abaixou e se posicionou atrás da porta do carro, para o caso de haver troca de tiros.

– Vim buscar Otis. Mande-o sair.

A mão desapareceu e a porta se fechou com um baque.

Miles soltou a trava de segurança da arma e percebeu que estava com o dedo no gatilho, o coração batendo acelerado. Depois do minuto mais longo de sua vida, viu a porta se entreabrir de novo, empurrada pela mesma mão.

– Qual é a acusação? – quis saber Clyde.

– Mande-o sair *agora*!

– Por quê?

– Ele está sendo preso! Agora mande-o sair com as mãos na cabeça!

A porta tornou a bater e foi então que Miles de repente entendeu a fragilidade de sua posição. Na pressa, tinha se colocado em perigo. Havia quatro trailers estacionados no terreno – dois na frente e dois na lateral, um de cada lado. Embora ele não tivesse visto ninguém nos outros, sabia que morava gente lá. Havia também várias carcaças de automóveis, algumas sem rodas, suspensas sobre blocos de concreto perto dos trailers, e Miles imaginou se os Timson não estariam tentando ganhar tempo para cercá-lo.

Uma parte dele sabia que deveria ter trazido reforços, que deveria pedir ajuda a seus colegas naquele instante. Mas não pediu.

De jeito nenhum. Não agora.

Por fim a porta foi empurrada outra vez e Clyde apareceu na soleira. Segurava uma xícara de café, como se coisas daquele tipo acontecessem todos os dias. Quando viu Miles com a arma apontada para ele, porém, deu um passo para trás.

– O que é que você quer aqui, Ryan? Otis não fez nada.

– Tenho que levá-lo, Clyde.

– Ainda não disse o motivo.

– Ele vai ser indiciado quando chegar à delegacia.

– Cadê o mandado?

– Não preciso de mandado para isso! Ele está sendo preso.

– Os cidadãos têm direitos! Você não pode aparecer aqui do nada fazendo exigências. Eu tenho direitos! Se não tiver um mandado, pode ir dando o fora. Já estou de saco cheio de você e das suas acusações!

– Eu não estou de brincadeira, Clyde. Ou você manda Otis sair ou, daqui a dois minutos, todos os xerifes do condado vão estar aqui e você vai ser preso por dar abrigo a um criminoso.

Era um blefe, mas de alguma forma funcionou. Instantes depois, Otis surgiu de trás da porta e cutucou o pai. Miles mudou a posição da arma e a apontou para Otis. Assim como Clyde, este não pareceu muito preocupado.

– Chegue para lá, pai – falou, calmo.

Ver o rosto de Otis foi o suficiente para fazer Miles querer puxar o gatilho. Engolindo a raiva que ameaçava sufocá-lo, ele se levantou, mantendo o homem na mira. Começou a dar a volta no carro até sair totalmente de trás dele.

– Saia daí! Quero você no chão!

Otis avançou até ficar na frente do pai, mas não desceu da varanda. Cruzou os braços.

– Qual é a acusação, subxerife Ryan?

– Você sabe muito bem qual é a acusação! Agora ponha as mãos para o alto.

– Acho que não sei, não.

Apesar do perigo, que de repente não pareceu ter qualquer importância, Miles continuou a se aproximar da casa com a arma ainda apontada para Otis. Estava com o dedo no gatilho e podia senti-lo se contrair.

Faça um movimento... Basta um movimento...

– Desça da varanda!

Otis olhou de relance para o pai, que parecia prestes a perder a cabeça. Quando se virou de volta para Miles, porém, a fúria incontrolável que viu nos olhos dele o fez descer depressa os degraus da varanda.

– Tudo bem, tudo bem, já estou indo.

– Mãos ao alto! Quero suas mãos para cima.

A essa altura, algumas outras pessoas já tinham espichado as cabeças para fora dos trailers e assistiam ao que estava acontecendo. Embora raramente estivessem do lado certo da lei, nenhuma delas tentou puxar uma arma. Também tinham visto a expressão no rosto de Miles, que deixava bem claro que ele atiraria se tivesse o menor pretexto.

– De joelhos no chão! *Agora!*

Otis obedeceu, mas Miles não guardou a arma no coldre. Pelo contrário: manteve-a apontada para Otis. Olhou para um lado e para outro para se certificar de que ninguém o impediria e chegou mais perto do outro homem.

Otis matara sua mulher.

Quando chegou mais perto, o resto do mundo pareceu sumir. Apenas eles dois existiam. Os olhos de Otis irradiavam medo e alguma outra coisa – cansaço? –, mas ele não disse nada. Miles parou por um instante, com os dois ainda a se encarar, e então começou a dar a volta, posicionando-se às costas do outro.

Aproximou a arma da cabeça de Otis.

Como um executor.

Pôde sentir o gatilho sob o dedo. Bastaria um puxão, um movimento rápido, para aquilo terminar.

Meu Deus, como ele queria atirar, como queria acabar com tudo ali mesmo. Devia isso a Missy, devia isso a Jonah.

Jonah...

A súbita imagem do filho o trouxe de volta à realidade.

Não.

Mesmo assim, Miles ainda precisou respirar algumas vezes antes de finalmente soltar o ar com força e ceder. Levou a mão à algema e a retirou do cinto. Com um gesto experiente, passou uma das argolas pelo pulso de Otis que estava mais próximo e puxou suas mãos para trás da cabeça. Depois de guardar a arma no coldre, fechou a argola no outro pulso, apertando as duas até que Otis fizesse uma careta de dor, e em seguida o obrigou a se levantar.

– Você tem o direito de ficar calado... – começou.

Então Clyde, que até então se mantivera imóvel, de repente não se conteve, como um formigueiro que acabara de levar um pisão.

– Isso não está certo. Vou chamar meu advogado! Você não tem o direito de aparecer aqui desse jeito e apontar essa arma assim!

Clyde continuou gritando bem depois de Miles ter acabado de informar os direitos de Otis, tê-lo empurrado para o banco de trás da viatura e partido em direção à rodovia.

Nem Miles nem Otis disseram nada até chegarem à rodovia. Miles mantinha os olhos grudados na estrada. Apesar de ter detido Otis, não queria sequer olhar para ele pelo retrovisor, por medo do que poderia fazer se o visse.

Como tinha desejado lhe dar um tiro.

Deus era testemunha.

E teria bastado um movimento em falso de qualquer uma das pessoas lá para que ele tivesse feito isso.

Mas teria sido errado.

E você errou na forma como agiu lá.

Quantos regulamentos ele havia desrespeitado? Cinco, dez? Liberar Sims, não ter um mandado, ignorar Charlie, não chamar ajuda, sacar a arma, apontá-la para a cabeça de Otis... Teria de pagar um preço alto por tudo isso – e não só com Charlie, com Harvey Wellman também. As faixas amarelas descontínuas que separavam as pistas avançavam na sua direção e desapareciam no mesmo ritmo.

Estou pouco ligando. Aconteça o que acontecer comigo, Otis vai preso. Vai apodrecer na prisão, como fez minha vida apodrecer nos últimos dois anos.

– Por que está me prendendo desta vez? – perguntou Otis em tom trivial.

– Cale essa boca – respondeu Miles.

– Eu tenho o direito de saber qual é a acusação.

Miles olhou rapidamente para trás e tentou sufocar a raiva que brotava dentro dele ao ouvir a voz de Otis.

Como Miles não respondeu, Otis tornou a falar, em tom estranhamente calmo:

– Vou lhe contar um segredo. Eu sabia que não iria atirar. Você não seria capaz.

Miles mordeu o lábio e seu rosto ficou vermelho. Controle-se, falou para si mesmo. Controle-se...

Mas Otis continuou a falar:

– Me diga uma coisa: ainda está saindo com aquela garota que estava com você no Tavern? Estava só pensando, porque...

Miles pisou fundo no freio e os pneus cantaram, deixando marcas pretas na estrada. Como estava sem cinto, Otis foi projetado contra a grade de segurança da viatura. Então Miles afundou o pé no acelerador e, como um ioiô, Otis foi lançado de volta em direção ao banco.

Durante o resto do trajeto, Otis não disse mais nada.

20

– O que está acontecendo, caramba? – perguntou Charlie.

Alguns minutos antes, Miles havia aparecido com Otis e o fizera atravessar a delegacia e descer até uma das celas da carceragem. Depois de ser trancado lá dentro, Otis pedira para falar com seu advogado, mas Miles simplesmente subira novamente a escada até a sala de Charlie. Este fechara a porta enquanto outros funcionários davam olhadas rápidas pelo vidro, fazendo o possível para disfarçar a curiosidade.

– Acho que ficou tudo bastante claro, não? – respondeu Miles.

– Miles, agora não é a hora nem o lugar para brincadeira. Preciso de respostas e preciso delas já, a começar por Sims. Quero saber onde está a papelada, por que você o deixou ir embora e o que é que ele estava querendo dizer com aquela história de vida ou morte. Depois quero saber por que você saiu daqui feito um louco e por que Otis está detido lá embaixo.

Charlie cruzou os braços e se apoiou na mesa.

Miles passou os quinze minutos seguintes contando o que havia acontecido. Charlie ficou de queixo caído. Quando a história terminou, ele estava andando pela sala de um lado para outro.

– Quando foi isso tudo?

– Uns dois anos atrás. Sims não lembra exatamente.

– Mas você acreditou no resto da história?

Miles assentiu.

– Acreditei – respondeu. – Acreditei, sim. Ou ele estava dizendo a verdade ou é o melhor ator que já vi na vida.

Miles sentia a onda de adrenalina se dissipar, deixando um enorme cansaço em sua esteira.

– Então você o deixou ir embora – falou Charlie.

Era uma afirmação, não uma pergunta.

– Tive que deixar.

Charlie fez que não com a cabeça e fechou os olhos por alguns instantes.

– A decisão não era sua. Deveria ter falado comigo primeiro.

– Charlie, você precisava estar lá para entender. Ele não teria dito nada se eu tivesse começado a falar com todo mundo e a tentar fazer acordos com você e com Harvey. Eu segui meus instintos. Você pode até achar que eu estava errado, mas, no final das contas, consegui a resposta de que precisava.

Charlie olhou pela janela, pensativo. Não estava gostando daquilo. Nem um pouco. E o que o incomodava não era só o fato de Miles ter extrapolado os limites e de ainda faltarem muitas explicações.

– É, você conseguiu uma resposta – falou por fim.

Miles ergueu os olhos.

– O que está querendo dizer?

– Essa história não me soa bem, só isso. Sims sabe que vai voltar para a cadeia a menos que consiga fazer um acordo, aí, de repente, tem uma informação sobre Missy? – falou Charlie, depois se virou de frente para Miles e continuou: – Onde ele estava nos últimos dois anos? A gente ofereceu uma recompensa, e você sabe como Sims ganha a vida. Por que ele não disse nada até agora?

Miles não tinha pensado nisso.

– Não sei. Talvez estivesse com medo.

Os olhos de Charlie se voltaram rapidamente para o chão. *Ou talvez ele esteja mentindo agora.*

Miles pareceu ler os pensamentos do amigo.

– Olhe, vamos conversar com Earl Getlin. Se ele confirmar a história, podemos fazer um acordo para ele depor.

Charlie não disse nada. Meu Deus, que situação.

– Charlie, ele atropelou minha mulher.

– *Sims está dizendo* que *Otis disse* que atropelou sua mulher. Tem uma diferença grande entre as duas coisas, Miles.

– Você conhece o meu histórico com Otis.

Charlie se virou e ergueu as duas mãos no ar.

– É claro que conheço. Cada detalhe. E é por isso que o álibi de Otis foi o primeiro a ser verificado, ou você por acaso não se lembra disso? Testemunhas disseram que ele estava em casa na noite do acidente.

– As testemunhas eram os irmãos dele.

Charlie balançou a cabeça, frustrado.

– Mesmo que não estivesse participando da investigação, você sabe como demos duro para conseguir uma resposta. Não somos um bando de palhaços nesta delegacia, e os agentes da polícia rodoviária também não. Todos nós sabemos investigar um crime e fizemos tudo certo, porque queríamos a verdade tanto quanto você. Conversamos com as pessoas certas, mandamos o material certo para os laboratórios da perícia. Mas nada vinculava Otis ao fato, nada.

– Você não tem certeza disso.

– Tenho muito mais certeza sobre isso do que sobre o que você está me contando agora – Charlie retrucou e respirou fundo. – Eu sei que essa história tem atormentado você desde que aconteceu e, sabe, tem me atormentado também. Se fosse comigo, eu teria agido da mesma forma que você. Teria ficado maluco se alguém atropelasse Brenda e se safasse. Provavelmente também teria tentado encontrar o culpado por minha conta. Mas quer saber de uma coisa?

Ele se interrompeu para ter certeza de que Miles estava escutando.

– Eu não teria acreditado na primeira história que prometesse uma solução para o caso, sobretudo vinda de um sujeito como Sims Addison. Pense um pouco sobre quem você está falando: *Sims Addison*. O cara seria capaz de vender a própria mãe se pudesse ganhar algum com isso. Até onde você acha que ele está disposto a ir se o que estiver em jogo for a própria liberdade?

– Isso não tem nada a ver com Sims.

– É claro que tem. Ele não queria voltar para a prisão, estava disposto a dizer qualquer coisa para garantir que não voltaria. Não faz mais sentido do que isso que você está me contando?

– Ele não iria mentir para mim sobre esse assunto.

Charlie encarou Miles nos olhos.

– Ah, é? Por quê? Porque é pessoal demais? Importante demais? Você em algum momento parou para pensar que ele sabia exatamente o que dizer para você soltá-lo? Ele é alcoólatra, mas não é burro. Diria qualquer coisa para se safar e, pelo visto, foi exatamente isso que aconteceu.

– Você não estava lá quando ele me contou. Não viu a cara dele.

– Ah, não? Para dizer a verdade, não acho que eu precisasse estar lá. Posso imaginar exatamente como foi. Mas digamos que você tenha razão, OK? Digamos que Sims esteja dizendo a verdade. E vamos ignorar o fato de que você errou ao deixá-lo sair da carceragem sem conversar comigo ou com Harvey, OK? E aí? Você disse que ele escutou uma conversa, que não foi sequer testemunha do fato.

– Ele não precisa ter sido.

– Ah, Miles, faça-me o favor! Você conhece as regras. No tribunal, isso aí não passa de boato. O caso não se sustenta.

– Earl Getlin pode depor.

– Earl Getlin? E quem vai acreditar nele? Basta ver as tatuagens e a ficha criminal dele para metade do júri ficar desconfiado. Com o acordo que, com certeza, ele vai querer, perdemos a outra metade. Mas, Miles, você está esquecendo uma coisa importante.

– O quê?

– E se Earl não confirmar a história?

– Ele vai confirmar.

– Mas e se não confirmar?

– Nesse caso, vamos ter que fazer Otis confessar.

– E você acha que ele vai fazer isso?

– Acho.

– Se você pressionar bastante, quer dizer...

Miles se levantou, querendo encerrar aquela conversa.

– Olhe aqui, Charlie, Otis matou Missy. É simples assim. Você pode não querer acreditar, mas talvez vocês tenham deixado de investigar alguma pista na época e de jeito nenhum eu vou deixá-la passar agora.

Miles levou a mão em direção à maçaneta.

– Tenho um prisioneiro para interrogar... – ia dizendo.

Com um gesto, Charlie segurou a porta e a fechou de volta.

– Acho que não, Miles. Vai ser melhor você ficar de fora dessa história por um tempo.

– Ficar de fora?

– É, *ficar de fora*. É uma ordem. A partir daqui, assumo eu.

– Charlie, é da Missy que a gente está falando.

– Não, a gente está falando de um subxerife que passou dos limites e que não deveria nem ter se envolvido no caso, para começo de conversa.

Os dois passaram um longo tempo a se encarar antes de Charlie por fim balançar a cabeça e dizer:

– Miles, olhe, eu entendo o que você está passando, mas você está perdendo a razão. Vou conversar com Otis e vou encontrar Sims e falar com ele também. E vou até o presídio conversar com Earl. Quanto a você, acho que provavelmente deveria ir para casa. Tire o resto do dia.

– Eu acabei de começar meu turno...

– Seu turno já terminou – interrompeu-o Charlie, puxando a maçaneta. – Vamos, vá para casa. Deixe que eu cuide disso.

Ele continuava não gostando nada daquela história.

Vinte minutos depois, sentado em sua sala, Charlie ainda não estava convencido.

Fazia quase trinta anos que era xerife. Tinha aprendido a confiar nos próprios instintos. E os seus instintos agora o alertavam para ter cuidado.

Nesse momento, ele nem sequer sabia por onde começar. Por Otis Timson, provavelmente, uma vez que ele estava detido. Na verdade, porém, era com Sims que ele queria falar primeiro. Miles dizia ter certeza de que Sims falara a verdade, mas, para Charlie, isso não era suficiente.

Não agora. Não naquelas circunstâncias.

Não em se tratando de Missy.

Charlie havia testemunhado em primeira mão o sofrimento de Miles após a morte da mulher. Meu Deus, como os dois eram apaixonados. Pareciam dois adolescentes; não conseguiam manter nem os olhos nem as mãos longe um do outro. Eram abraços, beijos, mãos dadas, olhares – parecia que ninguém tivera o cuidado de lhes avisar que dava trabalho manter um casamento. E a situação não havia mudado nem com a chegada de Jonah, pelo amor de Deus. Brenda costumava brincar dizendo que, dali a cinquenta anos, Miles e Missy provavelmente estariam trocando amassos em uma casa de repouso.

Quando ela morreu, Miles provavelmente teria ido junto, não fosse pelo filho. Mesmo assim, praticamente havia se matado de outras formas. Bebia além da conta, fumava, não dormia direito e havia emagrecido. Durante muito tempo, tudo em que conseguia pensar era no crime.

Crime, não acidente. Não na cabeça de Miles. Para ele, era sempre *o crime.*

Charlie batucou na mesa com um lápis.

Lá vamos nós outra vez.

Ele sabia sobre a investigação pessoal de Miles e, apesar de não aprovar, havia relevado. Harvey Wellman soltara vários palavrões ao descobrir a respeito, mas e daí? Ambos sabiam que Miles não teria interrompido a busca, pouco importava o que Charlie dissesse. Se a situação chegasse a um extremo, Miles teria aberto mão do distintivo para prosseguir em sua investigação.

Mas Charlie conseguira mantê-lo afastado de Otis Timson. Dava graças a Deus por isso. Havia algo entre aqueles dois, algo mais do que a tensão normal entre mocinhos e bandidos. Todas as armações que os Timson tinham aprontado – Charlie não precisava de provas para saber quem eram os responsáveis – eram uma parte significativa da história. No entanto, isso, aliado à tendência de Miles para prender os Timson primeiro e investigar depois, era uma mistura explosiva.

Teria Otis sido capaz de atropelar Missy Ryan?

Charlie refletiu a respeito. Era possível... Mas, embora Otis tivesse um temperamento ruim e se envolvesse em algumas brigas, nunca havia ultrapassado os limites. Até agora. Pelo menos não que eles pudessem provar. Além do mais, eles o haviam vigiado discretamente. Miles tinha insistido, mas Charlie já tomara as devidas providências. Seria possível terem deixado escapar alguma coisa?

Pegou um bloquinho e, como sempre fazia, começou a anotar os pensamentos para tentar organizá-los.

Sims Addison. Será que ele mentiu?

Sims já dera informações verídicas no passado. Na realidade, suas informações sempre se confirmavam. Dessa vez, no entanto, a história era outra. Ele agora não estava agindo por dinheiro e o que estava em jogo era bem mais importante: estava agindo para se salvar. Será que isso o tornava mais propenso a dizer a verdade? Ou menos?

Charlie precisava conversar com ele. Naquele dia mesmo, se possível. No dia seguinte, no mais tardar.

Voltou ao bloquinho. Escreveu o próximo nome.

Earl Getlin. O que ele iria dizer?

Se Earl negasse a história, assunto encerrado. Otis seria solto e Charlie passaria o resto do ano convencendo Miles de que ele era inocente – pelo menos desse crime específico. Mas, se Earl a confirmasse, o que iria acontecer? Com a sua ficha, ele não era exatamente a testemunha mais confiável do mundo. E sem dúvida iria querer algo em troca, coisa que nunca agradava ao júri.

De toda forma, Charlie precisava conversar com ele sem demora.

Passou Earl para o alto da lista e escreveu um terceiro nome.

Otis Timson. Culpado ou não?

Se Otis tivesse matado Missy, a história de Sims faria sentido, mas e aí? Deveriam mantê-lo detido até conduzirem um inquérito, dessa vez às claras, em busca de mais indícios? Deveriam liberá-lo e fazer a mesma coisa? Fosse como fosse, Harvey não iria ver com bons olhos um caso que se sustentasse apenas nos depoimentos de Sims Addison e Earl Getlin. Dois anos depois do ocorrido, porém, o que eles ainda poderiam ter esperanças de encontrar?

Não restava dúvida de que ele precisava investigar mais a fundo. Por mais que não achasse que fossem encontrar qualquer coisa, teria de reabrir a investigação. Por Miles. E por ele próprio.

Charlie balançou a cabeça.

Muito bem, supondo que Sims estivesse dizendo a verdade e que Earl confirmasse a informação – uma senhora suposição, mas não algo impossível –, por que Otis teria dito uma coisa dessas? A resposta óbvia era que ele tinha dito porque tinha feito. Nesse caso, voltava-se ao problema de construir um caso que se sustentasse. Mas...

Foi preciso alguns instantes para o pensamento tomar a forma de uma pergunta.

E se Sims estivesse dizendo a verdade, mas Otis houvesse mentido na noite em questão?

Seria possível?

Charlie fechou os olhos, pensando.

Caso sim, por que Otis teria feito isso?

Por causa da sua reputação? *Vejam só o que eu fiz e consegui me safar...*

Para assustar Earl e fazê-lo conseguir o dinheiro? *Isso também vai acontecer com você a menos que...*

Ou será que ele quisera dizer que apenas havia organizado tudo, mas sem fazer o trabalho sujo pessoalmente?

As ideias giravam sem direção em sua mente.

Mas como Otis poderia saber que Missy sairia para correr naquela noite?

Aquela história toda estava muito mal contada.

Sem conseguir chegar a lugar algum, Charlie pôs o lápis de lado e esfregou as têmporas, sabendo que tinha mais coisas em que pensar do que somente a situação com aqueles três.

O que faria em relação a Miles?

Seu amigo. Seu funcionário.

Não preenchera os formulários referentes a uma prisão, fizera um acordo com o prisioneiro e depois o deixara ir embora. Então saíra desabalado para prender Otis como se aquilo ali fosse o Velho Oeste, sem nem ao menos se dar o trabalho de conversar com Earl Getlin.

O promotor público não era um sujeito mau, mas não veria aquilo com bons olhos. De forma alguma.

Todos eles teriam problemas com aquilo.

Charlie deu um suspiro.

– Madge – chamou.

A secretária espichou a cabeça para dentro da sala. Roliça e grisalha, trabalhava na delegacia havia quase tanto tempo quanto ele e sabia tudo o que acontecia ali. Teria escutado sua conversa com Miles?, pensou Charlie.

– Joe Hendricks ainda é o diretor do presídio de Hailey?

– Acho que agora é Tom Vernon.

– Ah, é mesmo – disse Charlie, meneando cabeça ao lembrar que tinha lido a respeito. – Pode me arrumar o telefone dele?

– Claro. Vou pegar. Está no fichário em cima da minha mesa.

Menos de um minuto depois, Madge voltou. Quando Charlie pegou o pedaço de papel, ela ficou parada por alguns instantes, sem gostar da expressão que via nos olhos dele. Aguardou para ver se o xerife queria dizer algo a respeito.

Ele não quis.

Foi preciso quase dez minutos para que Tom Vernon atendesse o telefone.

– Earl Getlin? Sim, ele ainda está aqui – respondeu Vernon.

Charlie rabiscava o papel à sua frente.

– Preciso falar com ele.

– Assunto oficial?

– É, pode-se dizer que sim.

– Por mim não tem problema. Quando está pensando em vir?

– Hoje à tarde seria possível?

– Urgente assim, é? Deve ser coisa séria.

– É, sim.

– Certo. Vou mandar avisar que você vem. A que horas acha que consegue chegar?

Charlie verificou as horas. Passava um pouco das onze. Se não almoçasse, conseguiria chegar lá no meio da tarde.

– Umas duas está bom?

– Combinado. Imagino que vá precisar de um lugar para conversar com ele sozinho.

– Se for possível.

– Sem problemas. Até mais tarde, então.

Charlie desligou. Quando estava pegando o casaco, Madge espichou a cabeça para dentro da sala.

– Vai até o presídio? – indagou Madge.

– Tenho de ir – respondeu Charlie.

– Escute, quando você estava no telefone, Thurman Jones ligou. Precisa falar com você.

O advogado de Otis Timson.

Charlie fez que não com a cabeça.

– Se ele tornar a ligar, diga que volto lá pelas seis. Ele pode falar comigo a essa hora.

Madge arrastou os pés pelo chão, pouco à vontade.

– Ele disse que era importante, que não dava para esperar.

Advogados. Quando eles queriam falar, era sempre importante. Quando você precisava entrar em contato com eles, aí eram outros quinhentos.

– Ele disse qual era o assunto?

– Não, mas parecia estar bravo.

É claro que Jones estava bravo. Seu cliente estava atrás das grades e ainda não fora indiciado. Isso não tinha importância – Charlie podia mantê-lo preso, pelo menos por enquanto. Mas o tempo estava passando.

– Não estou com tempo para cuidar disso agora. Diga-lhe que ligo mais tarde.

Madge balançou a cabeça, contraindo os lábios. Parecia querer dizer mais alguma coisa.

– Algum outro recado?

– Harvey também ligou, alguns minutos depois de Jones. E também disse que precisa conversar com você. Falou que é urgente.

Charlie vestiu o casaco pensando: é claro que ele disse isso. Num dia como hoje, o que mais eu poderia ter imaginado?

– Se ele tornar a ligar, dê o mesmo recado.

– Mas...

– Dê o recado e pronto, Madge. Não estou com tempo para discutir – falou. Pensou um instante e depois completou: – Peça a Harris para vir aqui um instante. Preciso que ele resolva um assunto para mim.

A expressão de Madge deixou claro que essa decisão a desagradava, mas ela obedeceu. Harris Young, outro subxerife, entrou na sala do chefe.

– Preciso que encontre Sims Addison e que fique de olho nele.

Harris pareceu não ter entendido direito o que o chefe pedira.

– Quer que eu o prenda? – perguntou, para se certificar.

– Não – respondeu Charlie. – Só descubra onde ele está e fique de olho nele. Mas não deixe que ele o veja.

– Por quanto tempo?

– Eu volto lá pelas seis, então no mínimo até essa hora.

– É quase o meu turno inteiro.

– Eu sei.

– E o que eu faço se receber um chamado e tiver de ir?

– Não vá. Seu trabalho hoje é Sims. Vou achar alguém para substituir você.

– O dia inteiro?

Tanto Harris como Charlie sabiam que o trabalho seria uma chatice. O xerife piscou para seu funcionário e arrematou:

– Isso mesmo. Trabalhar com segurança pública não é o máximo?

Ao sair da sala de Charlie, Miles não foi para casa. Em vez disso, ficou dirigindo sem rumo pela cidade, dobrando uma esquina após outra, circulando sem rumo por New Bern. Não estava concentrado no trajeto, mas, levado pelo instinto, logo percebeu que se aproximava do arco de pedra do cemitério de Cedar Grove.

Estacionou, desceu do carro e foi caminhando em direção ao túmulo de Missy. Apoiado na pequena lápide de mármore havia um buquê de flores já secas que parecia ter sido colocado ali algumas semanas antes. Toda vez que ele ia ao cemitério, havia flores no túmulo. Ninguém nunca deixava um cartão, mas Miles entendia que isso não era necessário.

Mesmo morta, Missy continuava a ser amada.

21

Duas semanas depois do funeral de Missy Ryan, eu estava deitado na cama um dia de manhã quando ouvi um passarinho começar a cantar do lado de fora da janela. Eu havia deixado a janela aberta à noite, tentando aliviar um pouco o calor e a umidade. Vinha tendo um sono agitado desde o acidente: mais de uma vez, eu havia acordado com o corpo coberto de suor, os lençóis molhados e grudentos, o travesseiro ensopado. Nessa manhã não foi diferente: quando ouvi o canto do passarinho, pude sentir o cheiro de suor à minha volta, um odor adocicado de amônia.

Tentei ignorar o passarinho, o fato de ele estar trepado na árvore, o fato de eu ainda estar vivo e Missy Ryan, não. Mas não consegui. A ave estava bem em frente à minha janela, em um galho que dava direto para o meu quarto, e seu canto era estridente. Eu sei quem você é, *ele parecia dizer,* e sei o que você fez.

Perguntei-me quando a polícia apareceria para me levar.

Pouco importava que tivesse sido um acidente ou não, o passarinho sabia que a polícia viria e estava me dizendo que isso não demoraria a acontecer. Eles descobririam que carro havia causado o atropelamento naquela noite e encontrariam o dono do carro. Alguém viria bater à porta da casa e eles entrariam, escutariam o passarinho e saberiam que eu era o culpado. Sei que isso era ridículo, mas, no meu estado de semiloucura, eu acreditava.

Sabia que eles viriam.

No quarto, enfiado entre as páginas de um livro que eu guardava na gaveta, estava o obituário que eu recortara do jornal. Também havia guardado outras matérias sobre o acidente, bem dobradas junto do obituário. Era um perigo ter aquelas coisas. Qualquer pessoa que abrisse o livro as teria encontrado e saberia o que eu tinha feito, mas eu as guardava porque precisava. Sentia-me atraído por aquelas palavras, não por uma questão de reconforto, mas para entender melhor o que eu levara embora. As palavras escritas no jornal tinham vida, as fotos tinham vida. Já naquele quarto, naquela manhã em que o passarinho cantou na minha janela, havia apenas morte.

Eu vinha tendo pesadelos desde o funeral. Uma vez sonhei que o reverendo tinha me identificado, que sabia o que eu tinha feito. No meu sonho, ele de repente parava de falar no meio da cerimônia, corria os olhos pelos bancos da igreja e então erguia o dedo devagar na minha direção. "Eis ali o responsável", dizia. Eu via os rostos se voltarem na minha direção, um depois do outro, como uma onda em um estádio lotado, e todos eles me focalizavam com expressões de espanto e raiva. No entanto, nem Miles nem Jonah se viravam para me olhar. A igreja silenciava, cheia de olhos arregalados; eu ficava sentado imóvel, esperando para ver se Miles e Jonah finalmente se virariam para descobrir quem a havia matado. Mas eles não se mexiam.

No outro pesadelo, eu sonhava que Missy ainda estava viva dentro da vala quando eu a encontrava, que gemia e tinha a respiração entrecortada, mas que eu lhe virava as costas e saía andando, deixando-a ali para morrer. Quando acordei, minha respiração estava acelerada e eu, em pânico. Pulei da cama e comecei a andar para lá e para cá pelo quarto, falando sozinho, até finalmente me convencer de que fora apenas um sonho.

Missy tinha morrido por causa do traumatismo craniano. Isso eu também fiquei sabendo graças à matéria do jornal. Hemorragia cerebral. Como eu já disse, não estava dirigindo depressa, mas os textos diziam que ela de alguma forma havia caído de um jeito que fizera sua cabeça bater em uma pedra protuberante no fundo da vala. Diziam que tinha sido uma fatalidade, com uma chance em um milhão de acontecer.

Eu não tinha certeza se acreditava nisso.

Perguntei-me se Miles iria desconfiar de mim só de me ver, se por algum rompante de inspiração divina ele iria adivinhar que era eu. Perguntei-me o que iria lhe dizer caso ele me confrontasse. Será que ele ligaria para o fato de eu gostar de beisebol, ou de a minha cor preferida ser azul, ou de que, aos 7 anos, eu gostava de sair de casa de fininho para estudar as estrelas, muito embora ninguém pudesse desconfiar disso a meu respeito? Será que gostaria de saber que, até o instante em que atingi Missy com meu carro, eu tinha certeza de que acabaria fazendo algo importante na vida?

Não, ele não ligaria para essas coisas. O que iria querer saber era que o assassino tem cabelos castanhos, olhos verdes e 1,83 metro de altura. Iria querer saber onde poderia me encontrar. E como aconteceu.

Mas será que ele se importaria em saber que foi um acidente? Que, se alguém teve culpa, foi mais ela do que eu? Que, se ela não estivesse correndo à noite em uma estrada perigosa, muito provavelmente teria voltado para casa? Que tinha pulado na frente do meu carro?

Reparei que o passarinho havia parado de cantar. Os galhos das árvores estavam imóveis e pude ouvir o zumbido distante de um carro passando. Já estava ficando quente outra vez. Eu tinha certeza de que Miles Ryan já estaria acordado e o imaginei sentado em sua cozinha. Visualizei Jonah ao seu lado comendo cereal em uma tigela. Tentei imaginar o que estariam dizendo um ao outro. Mas a única coisa que consegui montar em minha mente foi a respiração regular dos dois pontuada pelo barulho da colher batendo na tigela.

Levei as mãos às têmporas e as massageei para tentar afastar a dor. O latejar parecia vir bem lá do fundo, apunhalando-me com fúria, acompanhando cada batida do meu coração. Na minha mente, vi Missy caída na estrada, de olhos abertos, a me encarar.

A encarar o vazio.

22

Charlie chegou ao presídio estadual de Hailey pouco antes das duas, com a barriga roncando, os olhos cansados e a sensação de que fazia mais ou menos uma hora que o sangue já não circulava em suas pernas. Estava ficando velho para passar três horas sentado num carro.

Deveria ter se aposentado no ano anterior, quando Brenda lhe dissera para fazê-lo, para poder gastar seu tempo com algo produtivo. Como pescar, por exemplo.

Tom Vernon foi recebê-lo no portão.

De terno, parecia mais um banqueiro do que o diretor de um dos presídios mais problemáticos do estado. Tinha os cabelos repartidos com esmero para um dos lados, entremeados de fios grisalhos, e uma postura muito ereta. Quando estendeu a mão, Charlie notou que ele parecia ter feito as unhas.

Vernon entrou na frente, mostrando o caminho.

Como qualquer outro presídio, aquele era cinzento e frio, só concreto e aço por toda parte, tudo banhado por lâmpadas fluorescentes. Os dois foram subindo um corredor comprido e passaram por uma pequena área de recepção até finalmente chegarem à sala de Vernon.

À primeira vista, a sala era tão fria e cinzenta quanto o resto do prédio. Tudo tinha cara de repartição pública: a mesa, as luminárias, os arquivos dispostos no canto. Uma janelinha fechada por barras de metal dava para o pátio. Charlie avistou os prisioneiros do lado de fora: alguns malhavam com pesos, outros estavam sentados ou reunidos em grupos. Metade parecia estar fumando.

Por que cargas-d'água Vernon ia trabalhar de terno em um lugar assim?

– Só preciso que você preencha uns formulários – disse ele. – Sabe como é.

– Claro.

Charlie apalpou o próprio peito em busca de uma caneta. Antes de conseguir encontrá-la, Vernon lhe estendeu uma.

– Earl Getlin foi avisado sobre minha visita?
– Imaginei que você não fosse querer isso.
– Tudo pronto para ele falar comigo?
– Vamos mandar buscá-lo quando você estiver acomodado na sala.
– Obrigado.
– Queria conversar sobre o prisioneiro um instante. Só para você não se espantar.
– Me espantar?
– Tem uma coisa que deveria saber.
– Que coisa?
– Earl se envolveu em uma briga há algum tempo. Não consegui saber direito o que aconteceu... Você sabe como são as coisas aqui. Ninguém vê nada, ninguém sabe de nada, enfim...
Charlie ergueu os olhos para Vernon quando este deu um suspiro.
– Earl Getlin perdeu um olho. Foi arrancado durante uma confusão no pátio. Ele já abriu meia dúzia de processos alegando que a culpa de alguma forma foi nossa.
Por que ele está me contando isso?, perguntou-se Charlie quando Vernon fez uma pausa.
– A questão é que ele anda dizendo que não deveria ter sido preso, para começo de conversa. Que armaram para cima dele – falou Vernon antes de jogar as mãos para o alto e prosseguir: – Eu sei, eu sei, todo mundo aqui diz que é inocente. Essa história é velha, todos nós já a escutamos um milhão de vezes. Mas o fato é que, se você estiver aqui para obter alguma informação dele, eu não teria tanta esperança, a menos que ele acredite que vai poder sair daqui. E talvez ele minta mesmo assim.
Charlie olhou para Vernon sob um novo viés. Para um cara que se vestia com tanto esmero, ele com certeza parecia muito ciente do que acontecia na sua prisão. Vernon lhe entregou os formulários e Charlie correu os olhos rapidamente pelos papéis. Eram os mesmos de sempre.
– Alguma ideia de quem ele diz que armou para cima dele? – quis saber.
– Só um instante – respondeu Vernon, erguendo um dedo. – Vou descobrir para você.
Ele foi até o telefone em sua mesa, digitou um número e aguardou alguém atender. Fez a pergunta, escutou a resposta e agradeceu à pessoa do outro lado.
– Pelo que soubemos, ele diz que foi um cara chamado Otis Timson.
Charlie não soube se ria ou se chorava.
É claro que Earl culpava Otis.
Isso facilitava bastante uma parte do seu trabalho.
Mas a outra parte de repente ficava muito mais difícil.

Mesmo que ele não tivesse perdido um olho, a vida no presídio já teria sido menos clemente com Earl Getlin do que com a maioria dos detentos. A pele havia adquirido um tom amarelado e seus cabelos pareciam ter sido cortados de forma grosseira em vários pontos, enquanto outros estavam mais longos, como se ele próprio houvesse feito o serviço com uma tesoura enferrujada. Earl sempre fora magro, mas havia emagrecido mais ainda e Charlie pôde ver o contorno de seus ossos sob a pele das mãos.

O que mais lhe chamou a atenção, porém, foi o tapa-olho. Era preto, como o de um pirata ou de um bandido dos filmes de guerra de antigamente.

As algemas que prendiam os pulsos de Earl eram ligadas por uma corrente a argolas em seus tornozelos. Ele entrou arrastando os pés e parou por um segundo assim que viu Charlie, então avançou até seu lugar. Sentou-se em frente ao xerife, tendo a mesa de madeira entre eles.

Depois de confirmar com Charlie, o guarda saiu da sala discretamente.

Earl o encarava com o olho sadio. Parecia ter praticado aquele olhar fixo, sabendo que a maioria das pessoas seria forçada a desviar os olhos. Charlie fingiu não reparar no tapa-olho.

– O que está fazendo aqui? – rosnou Earl.

Seu corpo até parecia mais fraco, mas a voz não perdera nada de sua potência. O homem fora abatido, mas não estava disposto a desistir. Charlie teria que ficar de olho nele quando fosse solto.

– Vim conversar com você – respondeu.

– Sobre o quê?

– Sobre Otis Timson.

O nome fez Earl tensionar o corpo.

– O que tem Otis? – perguntou ele, desconfiado.

– Preciso saber sobre uma conversa que você teve com ele um tempo atrás. Você estava esperando por ele no Rebel e Otis e os irmãos foram se sentar na sua mesa. Está lembrado disso?

Não era o que Earl parecia estar esperando. Depois de levar alguns segundos para processar as palavras de Charlie, ele piscou o olho que lhe restava e pediu:

– Refresque minha memória. Já faz tempo.

– A conversa tinha a ver com Missy Ryan. Isso ajuda?

Earl levantou um pouquinho o queixo e olhou para a ponta do próprio nariz. Então olhou para um lado e para o outro da sala.

– Depende.

– De quê? – perguntou Charlie, inocente.

– Do que eu vou ganhar com isso.

– O que você quer ganhar?

– Ah, xerife, me poupe... Não se faça de bobo. O senhor sabe o que eu quero.

Ele não precisava dizer. Estava óbvio para ambos.

– Não posso prometer nada antes de ouvir o que você tem a dizer.

Earl se recostou na cadeira, tentando parecer casual.

– Então acho que estamos em um beco sem saída, não é?

Charlie o encarou.

– Pode ser – disse. – Mas acho que você vai acabar me falando.

– Por que o senhor acha isso?

– Porque Otis armou para cima de você, não foi? Se me disser o que ele falou nesse dia, depois eu ouvirei o que você tem a dizer. E prometo verificar sua história. Se Otis armou alguma para você, nós vamos descobrir. E, no final das contas, pode ser que vocês dois troquem de lugar.

Era tudo de que Earl precisava para abrir o bico.

– Eu devia dinheiro a ele – começou Earl. – Mas ficou faltando um pouco, sabe?

– Um pouco, quanto? – quis saber Charlie.

Earl deu uma fungada.

– Uns dois paus.

Charlie sabia que a dívida devia ser referente a algo ilegal, muito provavelmente drogas. No entanto, simplesmente balançou a cabeça, como se já soubesse disso e não ligasse.

– Aí os Timson apareceram, todos eles, e começaram a me dizer que eu tinha de pagar, que aquilo os deixava mal na foto, que eles não podiam continuar segurando a minha barra. Eu disse várias vezes que daria o dinheiro assim que tivesse. Enquanto isso, durante a conversa toda, Otis ficou muito calado, sabe? Como se estivesse mesmo escutando o que eu dizia. Parecia meio distante, mas ao mesmo tempo era o único que parecia estar ligando para o que eu falava. Então eu meio que comecei a explicar a situação para ele. Otis ficou balançando a cabeça e os outros pararam de falar. Quando terminei, achei que ele fosse dizer alguma coisa, mas ele passou um tempão calado. Então se inclinou para a frente e disse que, se eu não pagasse o que devia, iria acontecer comigo o que tinha acontecido com Missy Ryan. Só que dessa vez eles iriam passar por cima de mim outra vez.

Bingo.

Então Sims estava dizendo a verdade. Interessante.

Mas a expressão de Charlie não revelou nada.

Fosse como fosse, ele sabia que aquela era a parte fácil. Fazer Earl falar sobre o assunto não era o que o preocupava. Ele sabia que a parte difícil ainda estava por vir.

– Quando foi isso?

Earl pensou um pouco.

– Em janeiro, eu acho. Estava frio.

– Quer dizer que você estava no bar, sentado na frente dele, e ele falou isso. Como você reagiu?

– Não soube o que pensar. Sei que não fiz nenhum comentário.

– Você acreditou nele?

– Claro.

Ele deu um meneio vigoroso com a cabeça, como se quisesse enfatizar a resposta.

Vigoroso demais, talvez?

Charlie olhou de relance para a própria mão e examinou as unhas.

– Por quê?

Earl se inclinou para a frente e a corrente que o prendia tilintou na mesa.

– Por que outro motivo ele iria dizer uma coisa dessas? Além do mais, o senhor sabe o tipo de cara que ele é. Faria isso sem pestanejar.

Pode ser que sim. Pode ser que não.

– Vou perguntar outra vez: por que você acha isso?

– O xerife é o senhor, me diga o que acha.

– O que eu acho não importa. O importante é o que você acha.

– Já disse o que eu acho.

– Você acreditou nele.

– Acreditei – confirmou Earl.

– E achou que ele fosse fazer o mesmo com você?

– Ele disse que iria fazer, não disse?

– Então você ficou com medo, certo?

– Fiquei – disparou ele.

Estaria ficando impaciente?

– Quando você foi preso? Pelo roubo do carro, digo.

A mudança de assunto surpreendeu Earl.

– No final de junho – respondeu ele depois de alguns instantes.

Charlie aquiesceu, como se já houvesse verificado o assunto de antemão.

– O que você gosta de beber? Quando não está preso, claro.

– Que diferença isso faz?

– Cerveja, vinho, destilado. Só estou curioso.

– Principalmente cerveja.

– Tinha bebido naquela noite?

– Uma ou duas. Não o suficiente para ficar bêbado.

– E antes de chegar? Talvez já estivesse um pouco alegrinho...

Earl fez que não com a cabeça.

– Não, eu bebi essas cervejas enquanto estava lá.

– E quanto tempo você passou na mesa com os Timson?

– Como assim?

– É uma pergunta fácil. Ficou cinco minutos lá? Dez? Meia hora?

– Não lembro.

– Mas o suficiente para tomar uma ou duas cervejas.

– É.

– Mesmo estando com medo.

Earl finalmente entendeu aonde Charlie queria chegar. Este aguardou, paciente, com uma expressão branda no rosto.

– É – repetiu Earl. – Não dava para simplesmente levantar e ir embora.

– Ah – fez Charlie, levando a mão ao queixo num gesto que dava a entender que tinha aceitado a explicação. Depois prosseguiu: – Tudo bem, então... Deixe-me ver se entendi direito. Otis disse... disse não, sugeriu... que eles tinham matado Missy e você pensou que fossem fazer a mesma coisa com você porque estava devendo um dinheiro a eles. Estou certo até aqui?

Earl balançou a cabeça com cautela. Charlie o fazia pensar no maldito promotor que o fizera ser preso.

– E sabia do que eles estavam falando, não sabia? Sobre Missy. Sabia que ela estava morta, não sabia?

– Todo mundo sabia.

– Você leu sobre isso no jornal?

– Foi.

Charlie espalmou as mãos.

– Então por que não contou à polícia o que tinha escutado?

– Ah, *tá* – desdenhou Earl. – Até parece que vocês teriam acreditado em mim.

– Mas devemos acreditar em você agora.

– Ele falou isso. Eu estava lá. Disse que tinha matado Missy.

– Você repetiria isso no banco das testemunhas?

– Depende do acordo que me oferecerem.

Charlie pigarreou para limpar a garganta.

– OK, vamos mudar de assunto um instante. Você foi pego roubando um carro, certo?

Earl tornou a assentir.

– E, segundo você, o responsável pela sua captura foi Otis.

– É. Eles deviam ter me encontrado perto da antiga fábrica de Falls Mill, mas nunca apareceram. Acabei sendo pego.

Charlie assentiu. Lembrava-se de ter ouvido isso no julgamento.

– Você ainda devia dinheiro a ele?

– Devia.

– Quanto?

Earl se remexeu na cadeira.

– Dois mil.

– Não é a mesma quantia que devia antes?

– Mais ou menos a mesma.

– E ainda estava com medo que eles o matassem? Mesmo depois de seis meses?

– Eu só conseguia pensar nisso.

– E não estaria aqui se não fosse por eles, certo?

– Já falei que sim.

Charlie se inclinou para a frente.

– Então por que não tentou usar essa informação para diminuir a sua pena? – indagou. – Ou para mandar prender Otis? E por que, durante todo esse tempo que passou aqui reclamando que Otis armou para cima de você, nunca mencionou que ele tinha matado Missy Ryan?

Earl deu outra fungada e olhou para a parede.

– Ninguém teria acreditado em mim – respondeu, por fim.

Por que será?

No carro, Charlie repassou as informações mais uma vez.

Sims estava dizendo a verdade sobre o que tinha ouvido. Mas Sims era alcoólatra e estava bebendo na noite em questão.

Ele havia escutado as palavras, mas será que havia percebido o tom?

Será que Otis estava brincando? Ou será que estava falando sério?

Será que estava mentindo?

Sobre o que os Timson haviam conversado com Earl na meia hora seguinte?

Earl não lhe esclarecera nenhum desses pontos. Estava claro que ele não se lembrava da conversa até Charlie mencioná-la, e seu relato não oferecia muito além disso. Ele achava que os irmãos fossem matá-lo, mas ficara na mesa para tomar algumas cervejas depois da ameaça. Passara meses aterrorizado, mas não o suficiente para pagar sua dívida, ainda que roubasse carros e pudesse ter conseguido o dinheiro. Não dissera nada ao ser preso. Culpava Otis por tê-lo incriminado e falava sobre isso com as pessoas do presídio, mas nunca mencionara o fato de Otis ter confessado o assassinato de uma pessoa. Havia perdido um olho e mesmo assim não dissera nada. A recompensa não significava nada para ele.

Um alcoólatra bêbado dando informações para escapar da prisão. Um detento com uma rixa pessoal que subitamente recorda fatos importantes, mas cuja história apresenta sérias lacunas.

Qualquer advogado de defesa que se prezasse iria se banquetear tanto com Sims Addison quanto com Earl Getlin. E Thurman Jones era bom. Muito bom.

Charlie mantivera o cenho franzido desde que entrara no carro.

Não estava gostando nada daquela história.

Nadinha.

Mas o fato era que Otis realmente tinha dito "vai acontecer com você o mesmo que aconteceu com Missy Ryan". Duas pessoas o haviam escutado, isso significava alguma coisa. Talvez bastasse para mantê-lo preso. Pelo menos por enquanto.

Mas será que bastaria para abrir um processo?

E, o mais importante de tudo: será que algum desses fatos provava mesmo que Otis era culpado?

23

Não conseguia fugir daquela imagem de Missy Ryan, daqueles olhos a encarar o vazio, e por causa disso me transformei em uma pessoa que eu não conhecia.

Seis semanas depois da morte dela, parei o carro no estacionamento de um posto de gasolina a pouco menos de um quilômetro de aonde ia. Fiz o resto do percurso a pé.

Era uma quinta-feira, pouco depois das nove da noite. Fazia apenas meia hora que o sol de setembro havia se posto e eu sabia que precisava me esconder. Estava vestido de preto e fui andando pelo acostamento. Cheguei a me abaixar atrás de uns arbustos ao ver faróis se aproximando.

Apesar do cinto, tinha de ficar segurando a calça, que não parava de cair. Vinha fazendo tanto isso que nem me dava mais conta, mas naquela noite, com galhos e gravetos enganchando nas barras da calça, percebi quanto eu havia emagrecido. Desde o acidente, perdera completamente o apetite. A simples ideia de me alimentar parecia repugnante.

Meus cabelos também haviam começado a cair. Não em tufos, mas fio a fio, como se estivessem apodrecendo lenta e regularmente, como uma casa devorada por cupins. Havia fios sobre o travesseiro quando eu acordava e, depois de me pentear, tinha de usar os dedos para limpar as cerdas da escova. Jogava os cabelos na privada e ficava olhando os fios serem tragados pelo turbilhão. Assim que desapareciam, eu puxava a descarga uma segunda vez, sem outro motivo que não fosse adiar a realidade e enfrentar minha vida.

Naquela noite, cortei a palma da mão em um prego solto ao passar por um buraco na cerca. Doeu e sangrou, porém, em vez de dar meia-volta e ir para casa, eu simplesmente cerrei o punho e senti o sangue escorrer entre os dedos, espesso e pegajoso. Não liguei para a dor na hora, assim como hoje em dia não ligo para a cicatriz.

Eu precisava ir lá. Na última semana, tinha visitado o local do acidente de Missy e também seu túmulo. Tinham colocado a lápide fazia pouco tempo e havia trechos em que a grama ainda não brotara, deixando a terra nua. Isso me incomodou por um motivo que eu não soube muito bem explicar, e foi ali que depositei as flores. Então, sem saber mais o que fazer, sentei-me e fiquei simplesmente olhando para o mármore. O cemitério estava praticamente vazio. Ao longe, algumas pessoas aqui e ali cuidavam de seus próprios afazeres. Dei as costas a elas, sem me importar que me vissem.

Sob a luz do luar, abri a mão. Meu sangue era negro, lustroso feito óleo. Fechei os olhos, recordando Missy, e então tornei a avançar. Levei meia hora para chegar. Mosquitos zumbiam ao redor do meu rosto. Mais ou menos no final do trajeto, tive de atravessar alguns quintais para ficar fora da estrada. Os terrenos nesse trecho são amplos, com as casas bem afastadas da estra-da, e foi mais fácil andar por ali. Eu tinha os olhos pregados no meu destino final e, quando cheguei mais perto, diminuí o passo, tomando cuidado para não fazer nenhum barulho. Pude ver luz vinda das janelas. Avistei um carro parado junto à casa.

Sabia onde eles moravam; todo mundo sabia. Afinal de contas, aquela era uma cidade pequena. Também já tinha visto sua casa durante o dia – já estivera ali antes, do mesmo jeito que fora ao local do acidente e ao túmulo de Missy –, só que nunca chegara tão perto. Minha respiração desacelerou quando cheguei à lateral da casa. Senti cheiro de grama recém-cortada.

Parei e apoiei a mão na parede de tijolos. Apurei os ouvidos tentando escutar o ranger das tábuas do piso, algum movimento perto da porta. Vi sombras tremeluzindo na varanda. Mas ninguém pareceu notar a minha presença.

Fui avançando pé ante pé até a janela da sala e então subi na varanda, onde me encolhi em um canto para me esconder atrás de uma treliça coberta de hera, para o caso de alguém porventura passar pela estrada. Ao longe, ouvi um cão começar a latir, parar e latir de novo conferindo se alguma coisa se mexia. Curioso, espiei para dentro da sala.

Não vi nada.

Mas não consegui sair dali. Era assim que eles viviam, pensei. Missy e Miles se sentavam naquele sofá, pousavam suas xícaras sobre aquela mesa de centro. Aquelas eram as suas fotos na parede. Aqueles eram os seus livros. Olhei em volta e vi que a televisão estava ligada. Os sons das conversas na tela se embaralhavam. O cômodo era arrumado, sem objetos em excesso, por algum motivo isso fez com que eu me sentisse melhor.

Foi então que vi Jonah entrar na sala. Prendi a respiração quando ele se aproximou da TV, pois assim se aproximava de mim também, mas ele não olhou na minha direção. Em vez disso, sentou-se, cruzou as pernas e ficou quieto assistindo ao programa.

Cheguei um pouco mais perto da vidraça para vê-lo melhor. Ele havia crescido nos últimos dois meses, não muito, mas dava para perceber. Embora fosse tarde, não estava de pijama, mas de jeans e camiseta. Ouvi-o dar uma risada e meu coração quase explodiu dentro do peito.

Foi aí que Miles entrou na sala. Recuei de volta para a sombra, mas continuei a observá-lo. Ele passou um longo tempo parado só olhando para o filho, sem dizer nada. Tinha uma expressão vazia, impossível de interpretar... hipnotizada. Estava segurando um envelope pardo e, instantes depois, o vi olhar para o relógio. Seus cabelos estavam arrepiados de um dos lados, como se ele houvesse passado a mão repetidamente ali.

Eu sabia o que iria acontecer em seguida, então aguardei. Ele começaria a conversar com o filho. Perguntaria a que Jonah estava assistindo. Ou então, como era dia de semana, diria alguma coisa sobre Jonah ter de ir para a cama ou pôr o pijama. Perguntaria se o menino queria um copo de leite ou um lanche.

Mas ele não o fez.

Em vez disso, Miles simplesmente passou pela sala e desapareceu no corredor escuro como se nunca houvesse estado ali.

Um minuto depois, esgueirei-me para longe da casa.

Passei o resto da noite em claro.

24

Miles entrou em casa ao mesmo tempo que Charlie chegava ao presídio estadual de Hailey e a primeira coisa que fez foi ir até o quarto.

Não foi para dormir. Em vez disso, pegou o dossiê no armário. Passou as horas seguintes folheando-o, virando as páginas e estudando as informações ali contidas. Não havia nada novo, nada que ele houvesse negligenciado, mas mesmo assim ele não conseguiu largá-lo.

Agora sabia o que procurar.

Algum tempo depois, o telefone tocou. Ele não atendeu. O aparelho tocou outra vez vinte minutos depois, com o mesmo resultado. Em seu horário habitual, Jonah desceu do ônibus escolar e, ao ver o carro do pai, foi para casa, em vez de ir para a casa da Sra. Johnson. Correu animado até o quarto, pois só esperava ver o pai mais tarde, e pensou que os dois pudessem fazer alguma coisa juntos antes de ele sair com Mark. Ao ver o dossiê, porém, soube na hora o que aquilo significava. Os dois conversaram por alguns instantes, mas o menino sentiu que o pai precisava ficar sozinho e não lhe pediu nada. Voltou para a sala e ligou a TV.

O sol da tarde foi se aproximando do horizonte. Ao cair da noite, as luzes de Natal do bairro começaram a se acender. Jonah foi ver como o pai estava. Da soleira da porta, chegou até a falar com ele, mas Miles nem sequer ergueu os olhos.

Jonah jantou uma tigela de cereal.

Miles continuou a examinar o dossiê. Rabiscou perguntas e anotações nas margens, começando por Sims e Earl e pela necessidade de fazê-los depor. Então avançou até as páginas relativas à investigação sobre Otis Timson, desejando ter estado lá para conduzi-la pessoalmente. Mais perguntas, mais anotações. *Eles verificaram todos os carros da propriedade em busca de avarias, inclusive as carcaças? Será que ele poderia ter usado um carro emprestado? Se sim, de quem? Alguém de alguma loja se lembrava de Otis ter comprado um kit de primeiros socorros? Onde eles teriam desovado o carro caso este houvesse sido danificado? Ligar para outras delegacias e ver se algum desmanche clandestino tinha sido fechado nos últimos dois anos. Se possível, interrogar as pessoas. Fazer acordo se alguém lembrar alguma coisa.*

Pouco antes das oito da noite, Jonah reapareceu no quarto, pronto para ir ao cinema com Mark. Miles havia se esquecido completamente de que o filho iria sair. Jonah se despediu do pai com um beijo e se encaminhou para a porta. Miles voltou na mesma hora ao dossiê, sem perguntar a que horas o menino iria voltar.

Só ouviu Sarah chegar quando ela o chamou da sala:

– Miles? Está em casa?

Instantes depois, ela apareceu no vão da porta e Miles de repente se lembrou de que os dois haviam combinado de se verem.

– Não me ouviu bater? – indagou ela. – Fiquei congelando lá fora, esperando você atender, e acabei desistindo de esperar. Esqueceu que eu fiquei de passar aqui?

Quando ele ergueu os olhos, ela viu a expressão perturbada e distante neles. Pelo aspecto de seus cabelos, ele parecia ter passado as últimas horas correndo os dedos pelos fios.

– Está tudo bem? – perguntou ela.

Miles começou a juntar os papéis outra vez.

– Tudo... tudo bem. É que eu estava trabalhando... Desculpe, perdi a noção da hora.

Ela reconheceu o dossiê e suas sobrancelhas se arquearam.

– O que está acontecendo? – indagou ela.

Ver Sarah o fez pensar em como estava exausto. Seu pescoço e as costas estavam rígidos e ele tinha a sensação de que uma fina camada de poeira os cobria.

Fechou o dossiê e o pôs de lado, ainda pensando no conteúdo. Esfregou o rosto com as duas mãos, então olhou para ela com as mãos ainda no rosto.

– Otis Timson foi preso hoje – falou.

– Otis? Por quê?

Antes de concluir a pergunta, ela de repente adivinhou a resposta. Inspirou com força.

– Ah, Miles... – falou, chegando instintivamente mais perto dele.

Miles se levantou, todo dolorido, e ela o envolveu em um abraço.

– Tem certeza de que está tudo bem? – sussurrou Sarah, segurando-o firme.

Com esse abraço, tudo o que ele havia sentido ao longo do dia retornou feito uma enxurrada. A mistura de incredulidade, raiva, frustração, fúria, medo e exaustão amplificou seu sentimento de perda, até que Miles se rendeu. Em pé no quarto, envolvido pelos braços de Sarah, ele desmoronou e chorou como nunca havia chorado.

Quando Charlie voltou para a delegacia, Madge o aguardava. Embora em geral saísse às cinco, havia ficado mais uma hora e meia esperando por ele. Estava em pé no estacionamento, de braços cruzados e bem juntos ao corpo, tentando se proteger do frio apesar do comprido sobretudo de lã.

Charlie desceu do carro e limpou as migalhas da calça. Havia comprado hambúrguer e fritas no caminho, que comera acompanhados por uma xícara de café.

– O que está fazendo aqui a esta hora, Madge?

– Esperando você – respondeu ela. – Vi o carro chegar e queria falar sem que ninguém ouvisse.

Charlie levou a mão até dentro do carro e pegou o chapéu. Com aquele frio, precisava de um. Não tinha mais cabelos suficientes para manter a cabeça aquecida.

– O que houve?

Antes que ela respondesse, um dos subxerifes saiu pela porta da delegacia. Para ganhar tempo até que ele se afastasse, Madge respondeu apenas:

– Brenda ligou.

– Está tudo bem? – indagou Charlie, entrando no jogo.

– Pelo que entendi, está. Mas ela quer que você ligue de volta.

O subxerife meneou a cabeça ao passar pelo chefe. Quando ele já estava perto de seu carro, Madge se aproximou de Charlie.

– Acho que estamos com um problema – falou, em voz baixa.

– Que problema?

Ela acenou por cima do ombro.

– Thurman Jones está esperando você lá dentro. Harvey Wellman também.

Charlie continuou a encará-la, sabendo que havia outra coisa.

– Os dois querem conversar com você – disse ela.

– E o que mais?

Ela olhou em volta mais uma vez para se certificar de que estavam sozinhos.

– Eles estão juntos, Charlie. Querem conversar com você juntos.

Charlie simplesmente a encarou, tentando adivinhar o que ela iria dizer e sabendo que não iria gostar. Promotores públicos e advogados de defesa só uniam forças nos casos mais sinistros.

– É sobre Miles – disse Madge. – Acho que ele talvez tenha feito alguma coisa. Alguma coisa que não deveria.

Thurman Jones tinha 53 anos de idade, estatura e peso medianos e cabelos castanhos ondulados que pareciam permanentemente despenteados pelo vento. No tribunal, gostava de usar ternos azul-marinho, gravatas escuras de tricô e tênis de corrida pretos, o que o deixava um tanto jeca. Durante os julgamentos, falava devagar e com clareza, sem nunca perder a calma, e essa combinação, aliada à sua aparência física, causava muito boa impressão nos jurados. Charlie não conseguia entender por que ele representava pessoas como Otis Timson e seus familiares, mas era isso que Jones fazia e vinha fazendo havia muitos anos.

Harvey Wellman, por sua vez, gostava de usar ternos feitos sob medida e sapatos da marca Cole-Haan, e sempre parecia arrumado para ir a um casamento. Começara a ficar grisalho nas têmporas aos 30 anos. Agora, aos 40, tinha cabelos quase prateados, que lhe davam um aspecto distinto. Poderia passar por âncora de noticiário de TV. Ou, quem sabe, gerente de agência funerária.

Nenhum dos dois parecia feliz por estar esperando em frente à sala de Charlie.

– Queriam falar comigo? – perguntou o xerife.

Ambos se levantaram.

– É importante, Charlie – respondeu Harvey.

Charlie os conduziu até sua sala e fechou a porta. Gesticulou para um par de cadeiras, mas nenhum dos dois se sentou. Então se posicionou atrás da mesa para abrir um pouco de distância entre si e os visitantes.

– Em que posso ajudá-los?

– Estamos com um problema, Charlie – respondeu Harvey apenas. – É em relação à detenção de hoje de manhã. Tentei falar com você antes, mas você já tinha saído.

– Desculpe. Tive um assunto para resolver fora da cidade. Que problema é esse ao qual você está se referindo?

Harvey Wellman encarou Charlie em cheio nos olhos.

– Parece que Miles Ryan passou um pouco da conta.

– Ah, é?

– Nós temos testemunhas. Várias testemunhas. E todas elas estão dizendo a mesma coisa.

Charlie não disse nada, Harvey pigarreou e Thurman Jones se manteve um pouco de lado, exibindo uma expressão insondável. Mas Charlie sabia que estava prestando atenção em cada palavra.

– Ele apontou uma arma para a cabeça de Otis Timson.

Mais tarde, na sala de casa, enquanto bebia uma cerveja e descascava distraidamente o rótulo com a unha, Miles contou a Sarah tudo o que havia acontecido. Assim como seus sentimentos, a história se embaralhou em alguns trechos. Ele pulou de um ponto para outro, voltou atrás e se repetiu mais de uma vez. Sarah não o interrompeu nem desviou os olhos, embora em determinadas partes ele tivesse sido pouco claro. Não lhe pediu para esclarecer nada pelo simples motivo de que não tinha certeza se ele seria capaz.

Ao contrário da conversa que tivera com Charlie, porém, Miles foi mais além:

– Eu passei os últimos dois anos pensando no que iria acontecer quando ficasse cara a cara com o sujeito que fez aquilo, sabe? E, quando descobri que tinha sido Otis, sei lá... Eu quis puxar o gatilho. Quis matá-lo.

Sem saber o que dizer, Sarah se remexeu sem sair do lugar. A reação dele era compreensível, pelo menos sob determinado aspecto, mas... era também um pouco assustadora.

– Mas não matou – disse ela por fim.

Miles não reparou na hesitação do comentário dela. Em sua mente, ele estava lá de novo, com Otis.

– E agora, o que vai acontecer? – perguntou Sarah.

Miles levou a mão à própria nuca e apertou. Apesar de seu envolvimento emocional naquela situação, seu lado racional sabia que precisariam de mais do que tinham agora para conseguirem uma condenação.

– Vamos precisar montar um inquérito, conseguir testemunhas para depor, verificar cenas. Vai dar muito trabalho e vai ser mais difícil agora, que os anos se passaram. Não sei quanto tempo vou ficar ocupado. Várias noites até tarde, vários fins de semana. Vou voltar ao ponto em que estava dois anos atrás.

– Charlie não disse que iria cuidar disso?

– Disse, mas não do mesmo jeito que eu.

– E você pode se encarregar do inquérito?

– Eu não tenho escolha.

Aquela não era a hora nem o lugar para discutir a participação de Miles, então Sarah deixou passar.

– Está com fome? – perguntou ela em vez disso. – Posso improvisar alguma coisa para a gente na cozinha. Ou então podemos pedir uma pizza...

– Não. Estou sem fome.

– Quer sair para dar uma volta?

Ele fez que não com a cabeça.

– Não estou muito a fim.

– Que tal um filme? Peguei um vídeo no caminho para cá.

– Ah... legal.

– Não quer saber que filme é?

– Não faz muita diferença. O que você tiver escolhido está bom.

Ela se levantou do sofá e foi buscar o filme. Era uma comédia que conseguiu fazer Sarah rir uma ou duas vezes e ela olhou de relance para Miles para ver qual era sua reação. Não houve nenhuma. Depois de uma hora de filme, Miles pediu licença para ir ao banheiro. Alguns minutos depois, quando ele não voltou, Sarah foi ver se estava tudo bem.

Encontrou-o no quarto, com o envelope de papel pardo à sua frente.

– Só preciso verificar uma coisa – disse ele. – Vai levar só um minutinho.

– Tudo bem – respondeu ela.

Ele não voltou.

Muito antes do final do filme, Sarah parou a reprodução e ejetou a fita. Em seguida pegou seu casaco. Foi dar mais uma olhada em Miles – exatamente como Jonah tinha feito –, então saiu da casa sem fazer barulho. Miles só reparou que ela fora embora quando Jonah chegou do cinema.

Charlie ficou quase até meia-noite no escritório. Assim como Miles, estava examinando o dossiê do caso e se perguntando o que iria fazer.

Fora preciso certo poder de persuasão para acalmar Harvey, sobretudo depois de ele incluir na conversa o incidente no carro de Miles. Thurman Jones permaneceu bastante calado o tempo inteiro, o que não era comum. Charlie imaginou que ele achasse melhor Harvey falar. No entanto, quando Harvey afirmou estar pensando seriamente em indiciar Miles, o advogado esboçou um leve sorriso.

Foi nessa hora que Charlie lhe disse por que Otis fora detido.

Aparentemente, Miles não se dera o trabalho de informar a Otis qual era a acusação. No dia seguinte, os dois precisariam ter uma conversa muito séria – isso se Charlie não o esganasse primeiro.

Na frente de Harvey e Thurman, entretanto, Charlie se comportou como se soubesse desde o princípio.

– Não havia motivo para começar a fazer acusações quando eu nem sequer sabia se elas tinham fundamento.

Conforme o esperado, tanto Harvey quanto Thurman não aceitaram bem esse fato. Aceitaram menos ainda a história de Sims, até Charlie lhes dizer que havia falado com Earl Getlin.

– E ele confirmou tudo – foi a maneira como formulou a questão.

Não iria falar com Thurman sobre suas dúvidas por enquanto, tampouco estava disposto a compartilhá-las com Harvey. Assim que Charlie terminou de falar, Harvey lhe lançou um olhar que dava a entender que deveriam se encontrar mais tarde, em particular. Sabendo que precisava de mais tempo para digerir tudo aquilo, Charlie fingiu não entender.

Depois de Charlie terminar sua explicação, os três passaram muito tempo conversando sobre Miles. Charlie não tinha dúvidas de que seu funcionário fizera exatamente o que dissera ter feito e, embora estivesse... *chateado*, para não dizer coisa pior, conhecia Miles há bastante tempo para entender que a reação que tivera era compreensível na situação dele. No entanto, escondeu a raiva que sentia, da mesma forma que procurou defender Miles apenas o mínimo possível.

No final da conversa, Harvey recomendou a suspensão temporária de Miles até que conseguissem entender toda a situação.

Thurman Jones solicitou a liberação de Otis ou seu indiciamento imediato.

Charlie lhes disse que Miles já fora para casa naquele dia, mas que sua prioridade número um na manhã seguinte seria tomar uma decisão em relação aos dois assuntos.

Torcia para que, de alguma forma, as coisas estivessem mais claras pela manhã.

Mas não estariam, como descobriu quando finalmente tomou o caminho de casa.

Antes de sair da delegacia, ligou para Harris em casa para perguntar como haviam corrido as coisas.

Harris lhe disse que não tinha conseguido encontrar Sims o dia inteiro.

– Você procurou direito? – indagou Charlie, ríspido.

– Procurei por toda parte – respondeu Harris, grogue de sono. – Na casa dele, na casa da mãe, nos lugares que ele costuma frequentar. Fui a todos os bares e lojas de bebidas do condado. Ele sumiu.

Brenda estava à espera do marido quando ele chegou em casa. Usava um roupão de banho por cima do pijama. Charlie lhe contou a maior parte do que havia ocorrido e ela lhe perguntou o que iria acontecer caso Otis tivesse mesmo que responder a um processo.

– Vai ser uma defesa padrão – respondeu Charlie, cansado. – Jones vai argumentar que Otis não estava no local na noite do atropelamento e vai encontrar mais gente para confirmar isso. Depois vai argumentar que, mesmo que Otis estivesse lá, ele não disse o que estão afirmando que disse. E que, mesmo que tenha dito, as palavras dele ficaram fora de contexto.

– E vai funcionar?

Charlie tomou um gole de café. Ainda tinha trabalho a fazer.

– Não dá para prever o que um júri vai decidir. Você sabe disso.

Brenda tocou o braço do marido.

– Mas o que você acha? – perguntou ela. – Com toda a sinceridade.

– Com toda a sinceridade?

Ela assentiu. O marido parecia dez anos mais velho do que quando saíra para trabalhar pela manhã.

– A menos que a gente encontre alguma outra coisa, Otis vai ser inocentado.

– Mesmo que tenha sido ele?

– Sim – confirmou ele, sem energia nenhuma na voz. – Mesmo que tenha sido ele.

– E Miles aceitaria isso?

Charlie fechou os olhos.

– Não. Em hipótese alguma.

– E o que ele faria?

Charlie terminou a xícara de café e estendeu a mão para pegar o dossiê do caso.

– Não tenho a menor ideia.

25

Comecei a segui-los constantemente, sempre tomando cuidado para que ninguém percebesse o que estava fazendo.

Esperava Jonah na saída da escola, visitava o túmulo de Missy, ia à casa deles à noite. Minhas mentiras eram convincentes; ninguém desconfiou de nada.

Eu sabia que aquilo era errado, mas não conseguia controlar minhas ações. Como em qualquer compulsão, eu não conseguia parar. Quando fazia essas coisas, ficava me perguntando se eu era um masoquista desejando aliviar a dor que infligira ou se era um sádico, que lá no fundo gostava do tormento que causara e queria testemunhá-lo em primeira mão. Será que eu era as duas coisas? Não sabia. Tudo o que eu sabia era que não parecia haver escolha para mim.

Não conseguia fugir da imagem que tinha visto naquela primeira noite, quando Miles havia passado pelo filho sem lhe dirigir a palavra, como se estivesse alheio à presença do menino. Depois de tudo o que acontecera, não era assim que deveria ser. Sim, eu sabia que Missy fora arrancada de suas vidas... mas as pessoas não ficavam mais próximas depois de um evento traumático? Não buscavam apoio umas nas outras? Sobretudo nos parentes?

Fora nisso que eu quisera acreditar. Fora assim que conseguira superar as primeiras seis semanas. Isso se tornara meu mantra. Os dois iriam sobreviver. Iriam superar a dor. Iriam se apoiar um no outro e se tornar ainda mais próximos. Era a toada monótona e repetitiva de um tolo, mas, na minha mente, havia se tornado real.

Naquela noite, porém, os dois não estavam bem. Não naquela noite.

Não sou ingênuo o bastante agora, nem era na época, para acreditar que uma única imagem de uma família em casa revele toda a verdade. Depois daquela noite, disse a mim mesmo que havia me equivocado em relação ao que vira, ou que, mesmo que estivesse correto, aquilo não significava nada. Nada pode ser interpretado isoladamente. Quando cheguei ao carro, já estava quase convencido disso.

Mas eu precisava ter certeza.

Existe um caminho a percorrer quando se está rumando para a destruição. Como alguém que toma um drinque na sexta à noite, depois dois no dia seguinte, e continua assim gradualmente, até perder de vez o controle, peguei-me adotando atitudes mais ousadas. Dois dias depois de minha visita noturna, precisei saber como Jonah estava. Ainda consigo me lembrar do raciocínio que usei para justificar meus atos. Era o seguinte: vou observar Jonah hoje. Se ele estiver sorrindo, saberei que eu estava errado. Assim, fui à escola dele. Fiquei esperando no estacionamento, um desconhecido sentado ao volante do carro em um lugar onde não tinha o direito de estar, olhando através do para-brisa. Na primeira vez que fui lá, mal consegui vê-lo, de modo que voltei no dia seguinte.

Alguns dias mais tarde, voltei outra vez.

E de novo.

Cheguei ao ponto em que sabia reconhecer a professora dele, sua turma, e em pouco tempo conseguia identificá-lo na mesma hora em que ele saía do prédio. E ficava observando. Às vezes ele sorria, outras vezes não, e durante o resto da tarde eu me perguntava o significado que isso tinha. De qualquer forma, nunca ficava satisfeito.

Então chegava a noite. Como uma coceira que eu não conseguisse alcançar, a compulsão de espioná-los passou a me atormentar e se tornou mais forte com o passar do tempo. Eu ficava deitado com os olhos bem abertos, então saía da cama. Punha-me a andar de um lado para outro. Sentava, tornava a me deitar. E, mes-

mo sabendo que era errado, tomava a decisão de voltar lá outra vez. Conversava comigo mesmo, sussurrando os motivos pelos quais deveria ignorar a sensação que me corroía, ao mesmo tempo que pegava a chave do carro. Percorria a estrada escura tentando me convencer a dar meia-volta e ir para casa e, quando via, estava estacionando o carro. E atravessava os arbustos em volta da casa deles, um passo depois do outro, sem entender o que tinha me levado até ali.

Observava-os pela janela.

Durante um ano, vi sua vida se desenrolar em pequenos fragmentos dispersos e fui preenchendo as lacunas do que já sabia. Descobri que Miles ainda trabalhava à noite de vez em quando e me perguntei quem ficava cuidando de Jonah nesses dias. Então mapeei os horários de Miles para saber quando ele estaria ausente e um dia segui o ônibus de Jonah da escola até sua casa. Descobri que ele ficava com uma vizinha. Uma espiada na caixa de correio me informou seu nome.

Em outras ocasiões eu os via jantando. Descobri o que Jonah gostava de comer e a que programas gostava de assistir depois do jantar. Notei que ele gostava de jogar futebol, mas não de ler. Vi-o crescer.

Vi coisas boas e coisas ruins e estava sempre à procura de um sorriso – alguma coisa, qualquer coisa, que pudesse me fazer parar com aquela loucura.

Eu também observava Miles.

Via-o arrumar a casa, guardar objetos em gavetas. Via-o preparar o jantar. Via-o tomar cerveja e fumar na varanda dos fundos quando achava que não havia ninguém por perto. Mais do que tudo, porém, observei-o sentado na cozinha.

Ali, concentrado, passando uma das mãos pelos cabelos, ele encarava o envelope. No início pensei que tivesse levado trabalho para casa, mas aos poucos cheguei à conclusão de que estava errado. Ele não estava estudando vários casos diferentes, mas sim um só, pois o envelope nunca mudava. Foi então que, com um súbito choque de compreensão, entendi do que tratava aquela pasta. Soube que ele estava procurando por mim, por aquela pessoa que o observava através das janelas.

Depois disso, tentei justificar mais uma vez o que estava fazendo. Comecei a ir visitá-lo, a estudar seus traços conforme examinava o conteúdo da pasta, à procura de um "arrá!" seguido por um telefonema frenético que prenunciaria uma visita à minha casa. Para saber quando chegaria o fim.

Quando finalmente saía da janela para voltar ao meu carro, sentia-me fraco, completamente exaurido. Jurava que era a última vez, que nunca mais faria aquilo, que os deixaria levar suas vidas sem me intrometer. A ânsia de observá-los ficava saciada e era substituída pela culpa e nessas noites eu me desprezava. Rezava implorando perdão e chegava a pensar em me matar.

Eu, que antes era alguém que acalentava sonhos de provar meu valor ao mundo, agora detestava a pessoa em que havia me transformado.

Mas então, por mais que eu quisesse parar, por mais que quisesse morrer, a ânsia voltava. Eu lutava contra ela até não poder mais e dizia a mim mesmo que aquela seria a última vez. A última mesmo.

Depois, como um vampiro, saía e me esgueirava pela noite.

26

Nessa noite, enquanto Miles estudava o dossiê na cozinha, Jonah teve seu primeiro pesadelo em muitas semanas.

Miles levou algum tempo para notar o barulho. Ficara quase até as duas da manhã examinando o dossiê. Somado ao fato de haver trabalhado no turno da noite na véspera e a tudo o que havia acontecido ao longo do dia, isso o deixara totalmente esgotado. Seu corpo pareceu não obedecer quando ele escutou os gritos do filho. Demorou a entender o que estava havendo. Mesmo enquanto andava em direção ao quarto de Jonah, foi mais um reflexo condicionado do que um desejo consciente de reconfortar o filho.

Era cedo, faltavam alguns minutos para o dia raiar. Miles carregou o filho até a varanda e, quando o menino finalmente parou de gritar, o sol já tinha nascido. Como era sábado e ele não tinha aula, Miles o levou de volta para o quarto e começou a preparar um bule de café. Sua cabeça latejava. Pegou duas aspirinas e as engoliu com suco de laranja.

Parecia que estava de ressaca.

Enquanto o café passava, tornou a pegar o dossiê e as observações feitas na noite anterior. Queria relê-las mais uma vez antes de sair para o trabalho. Porém Jonah o surpreendeu ao voltar para a cozinha antes de ele ter tempo de fazer qualquer coisa. Entrou pisando leve e esfregando os olhos e sentou à mesa.

– O que você está fazendo acordado? – perguntou Miles. – Está cedo ainda.

– Não estou cansado – respondeu Jonah.

– Mas parece estar.

– Tive um sonho ruim.

As palavras do filho pegaram Miles desprevenido. Era a primeira vez que ele mencionava os pesadelos.

– Ah, foi?

Jonah balançou a cabeça.

– Sonhei que você sofria um acidente. Que nem a mamãe.

Miles se aproximou do filho.

– Foi só um sonho – falou. – Nada aconteceu, *tá*?

Jonah enxugou o nariz com as costas da mão. Com seu pijama de carrinhos de corrida, parecia mais jovem do que de fato era.

– Pai...

– Hum?

– Você está bravo comigo?

– Não, de jeito nenhum. Por que pensou isso?

– Você não falou nenhuma vez comigo ontem.

– Desculpe. Eu não estava bravo com você, estava só tentando entender umas coisas.

– Sobre a mamãe?

Miles foi pego desprevenido outra vez.

– Por que você acha que é sobre a mamãe? – perguntou.

– Porque você começou a olhar aqueles papéis outra vez – explicou o menino, apontando para o dossiê sobre a mesa. – Eles são sobre a mamãe, não são?

Miles demorou algum tempo antes de balançar a cabeça e dizer:

– De certa forma.

– Eu não gosto desses papéis.

– Por quê?

– Porque eles deixam você triste – respondeu o menino.

– Eles não me deixam triste.

– Deixam, sim – disse Jonah. – E me deixam triste também.

– Porque você tem saudade da mamãe?

– Não – respondeu o menino, balançando a cabeça –, porque eles fazem você se esquecer de mim.

As palavras fizeram Miles sentir um bolo na garganta.

– Isso não é verdade.

– Então por que você não falou comigo ontem?

Jonah parecia quase à beira das lágrimas. Miles o puxou mais para perto.

– Desculpe, filho. Isso não vai mais acontecer.

Jonah ergueu os olhos para ele.

– Você jura?

Miles formou um X em frente ao peito e sorriu.

– Juro de pés juntos.

– Jura pela sua própria morte?

Com os olhos arregalados do filho a encará-lo, Miles de fato sentiu vontade de morrer.

Depois de tomar café com Jonah, Miles ligou para Sarah e também se desculpou. Ela o interrompeu antes que ele conseguisse terminar.

– Miles, não precisa me pedir desculpas. Depois de tudo o que aconteceu, era bem óbvio que você precisava ficar sozinho. Como está se sentindo hoje?

– Não tenho certeza. Meio igual, eu acho.

– Vai trabalhar?

– Tenho de ir. Charlie ligou. Ele quer me encontrar daqui a pouco.

– Me liga mais tarde?

– Se der, eu ligo. Devo ficar bastante enrolado hoje.

– Com o inquérito?

Miles não respondeu. Sarah enrolou alguns fios de cabelo com os dedos e falou:

– Bom, se precisar conversar e não conseguir falar comigo, vou estar na casa da minha mãe.

– Tudo bem.

Mesmo após desligar o telefone, Sarah não pôde evitar a sensação de que algo terrível estava prestes a acontecer.

Às nove da manhã, Charlie já estava tomando a quarta xícara de café e pediu a Madge para preparar mais. Só tinha dormido umas duas horas e voltara à delegacia antes mesmo de o sol nascer.

Desde então, tivera muito o que fazer. Encontrara-se com Harvey, interrogara Otis em sua cela e passara algum tempo com Thurman Jones. Também havia chamado outros subxerifes para procurar Sims Addison. Até então, nada.

Mas conseguira tomar algumas decisões.

Miles chegou dali a vinte minutos e encontrou Charlie esperando por ele em frente à sua sala.

– Tudo bem? – perguntou Charlie, reparando que Miles estava com um aspecto tão ruim quanto ele próprio.

– Noite difícil.

– Dia difícil, também. Precisa de um café?

– Já tomei bastante em casa.

Charlie gesticulou por cima do ombro.

– Vamos lá, então. A gente precisa conversar.

Depois que Miles entrou, Charlie fechou a porta atrás dele. Miles se acomodou na cadeira e Charlie se apoiou na mesa.

– Escute, antes de começarmos, quero que saiba que estou trabalhando no caso desde ontem e acho que talvez tenha algumas ideias... – começou Miles.

Charlie balançou a cabeça e não o deixou terminar.

– Olhe, Miles, não foi por isso que chamei você para conversar. Preciso que me escute, OK?

Alguma coisa na expressão do chefe disse a Miles que ele não iria gostar do que estava prestes a ouvir. Seu corpo se enrijeceu.

Charlie olhou para o chão de lajotas, depois outra vez para Miles.

– Não vou fazer rodeios. A gente se conhece há muito tempo para isso.

Ele ficou um instante em silêncio.

– O que foi?

– Vou soltar Otis Timson hoje.

Miles abriu a boca, mas, antes que conseguisse dizer qualquer coisa, Charlie levantou as mãos e disse:

– Antes que você ache que estou tirando conclusões precipitadas, ouça o que tenho a dizer. Eu não tive escolha, não com as informações de que disponho até agora. Ontem, fui conversar com Earl Getlin depois que você saiu.

Ele contou a Miles o que Getlin tinha dito.

– Aí está a prova de que você precisa – disparou Miles em resposta.

– Calma aí. Preciso dizer que acho que o possível testemunho dele levantaria várias questões sérias. Pelo que entendo, Thurman Jones comeria o cara vivo. Além disso, nenhum júri do mundo acreditaria em uma só palavra do que ele dissesse.

– Isso cabe ao júri decidir – protestou Miles. – Você não pode simplesmente liberar o cara.

– Estou de mãos atadas. Acredite, passei a noite inteira acordado examinando o caso. Neste momento, nós não temos provas suficientes para mantê-lo sob custódia. Sobretudo agora, que Sims sumiu do mapa.

– Que história é essa?

– É, mandei procurarem Sims ontem o dia inteiro e hoje desde cedo. Depois de sair daqui, ele simplesmente sumiu do mapa. Ninguém conseguiu encontrá-lo e Harvey não está disposto a deixar nada acontecer sem antes falar com Sims.

– Pelo amor de Deus, Otis confessou.

– Eu não tenho escolha – disse Charlie.

– Ele matou minha mulher – disse Miles por entre os dentes cerrados.

Charlie detestava ter de fazer aquilo.

– A decisão não é só minha. Sem Sims, nosso caso não se sustenta. Você sabe disso. Harvey Wellman disse que, sob hipótese alguma, a promotoria pública iria indiciar Otis na situação atual.

– Foi Harvey quem mandou você soltar o cara?

– Eu passei a manhã com ele – respondeu Charlie – e também conversamos ontem. Acredite em mim, ele tem sido mais do que justo. Não é nada pessoal, está só fazendo o trabalho dele.

– Porra nenhuma.

– Miles, ponha-se no lugar dele.

– Eu não quero me pôr no lugar dele. Quero que Otis seja acusado de homicídio.

– Sei que você está chateado...

– Charlie, eu não estou chateado. Estou fulo da vida.

– Eu sei, mas isso não é o fim da história. Você precisa entender que, mesmo que soltemos Otis, não significa que ele não vá ser indiciado no futuro. Só significa que não temos o suficiente para mantê-lo detido agora. E é bom também você saber que a polícia rodoviária vai reabrir o inquérito. Essa história ainda não terminou.

Miles o fitou com fúria.

– Mas até lá Otis vai ficar livre.

– Ele iria sair de qualquer jeito depois de pagar fiança. Mesmo indiciado por omissão de socorro, ele ficaria livre. Você sabe disso.

– Então acusem o cara de homicídio.

– Sem Sims? Sem nenhuma outra prova? Não iria colar de jeito nenhum.

Havia ocasiões em que Miles desprezava o sistema judiciário. Seus olhos correram pela sala antes de tornarem a se fixar em Charlie.

– Você falou com Otis? – indagou ele por fim.

– Tentei, hoje de manhã. O advogado dele esteve aqui e o aconselhou a não responder à maioria das minhas perguntas. Não consegui nenhuma informação útil.

– Ajudaria se eu falasse com ele?

Charlie fez que não com a cabeça.

– Sem chance, Miles.

– Por quê?

– Não posso permitir isso.

– Porque tem a ver com Missy?

– Não, por causa do que você fez ontem.

– Que papo é esse?

– Você sabe exatamente que papo é esse.

Charlie ficou encarando Miles à espera de sua reação. Como não houve nenhuma, levantou-se de trás da mesa.

– Vou abrir o jogo com você, OK? Mesmo sem ter respondido a nenhuma pergunta minha sobre Missy, Otis falou espontaneamente sobre seu comportamento de ontem. Então vou perguntar a você sobre isso: o que aconteceu no carro?

Miles se remexeu na cadeira.

– Eu vi um guaxinim na estrada e tive que pisar no freio.

– Você acha que sou burro de acreditar nisso?

Miles deu de ombros.

– Foi o que aconteceu.

– E se Otis tiver me dito que você só fez isso para machucá-lo?

– É mentira.

Charlie se inclinou para a frente.

– E ele também estava mentindo quando me disse que você apontou sua arma para a cabeça dele, apesar de ele estar de joelhos e com as mãos levantadas? E que manteve a arma ali?

Miles se remexeu na cadeira, pouco à vontade.

– Eu tive que manter a situação sob controle – falou, evasivo.

– E achou que o jeito era esse?

– Olhe aqui, Charlie, ninguém se machucou.

– Ou seja, para você foi tudo absolutamente justificável?

– Sim.

– Bom, o advogado de Otis não achou. Nem Clyde. Eles estão ameaçando abrir um processo contra você.

– Um processo?

– É claro! Uso desmedido de força, intimidação, maus-tratos, o pacote completo. Thurman tem uns amigos no sindicato de liberdades civis que estão pensando em entrar no processo também.

– Mas não aconteceu nada!

– Pouco importa, Miles. Eles têm o direito de prestar a queixa que bem entenderem. Mas você tem de saber também que eles pediram para Harvey abrir um processo criminal.

– Criminal?

– É o que estão dizendo.

– E deixe eu adivinhar: Harvey vai aceitar o pedido deles, não é?

Charlie balançou a cabeça.

– Eu sei que você e Harvey não se cruzam, mas eu trabalhei anos com ele e o considero quase sempre um homem justo. Ele ontem à noite ficou bem alterado com essa história toda, mas quando nos vimos hoje de manhã ele falou que talvez não dê continuidade ao caso...

– Então não tem problema nenhum – interrompeu Miles.

– Você não me deixou terminar – disse Charlie. Encarou Miles nos olhos. – Mesmo que talvez ele não dê continuidade à queixa, isso não é garantia de nada. Ele sabe quanto você está envolvido nessa história. Mesmo não achando que você tinha o direito de soltar Sims ou de prender Otis por conta própria, ele sabe que você é humano, entende como você se sentiu. Mas isso não muda o fato de que você se comportou de forma inadequada, para não dizer coisa pior. E por causa disso ele me disse que acha melhor você ser suspenso... com vencimentos, é claro... até a coisa toda se resolver.

A expressão de Miles foi de incredulidade.

– Suspenso?

– É para seu próprio bem. Quando a poeira baixar, Harvey acha que vai conseguir fazer Clyde e o advogado recuarem. Mas se nós agirmos, ou se eu agir, como se não achasse que você fez nada de errado, ele não tem tanta certeza de que vá conseguir convencer Clyde a desistir.

– Eu prendi o homem que matou minha mulher, só isso.

– Você sabe perfeitamente que fez bem mais do que isso.

– Quer dizer que você vai fazer o que ele está mandando?

Charlie demorou um longo tempo para assentir.

– Eu acho que ele está me dando um bom conselho, Miles. Como já disse, é para seu próprio bem.

– Deixe eu entender direito: apesar de ter matado a minha mulher, Otis fica livre. E eu sou suspenso por ter prendido o cara.

– Se é assim que você quer colocar as coisas.

– É assim que as coisas são!

Charlie balançou a cabeça e manteve a voz firme:

– Não é, não. E daqui a um tempinho, quando você tiver se acalmado, vai ver que não é. Mas por enquanto está oficialmente suspenso.

– Charlie, espere... Não faça isso.

– É para o seu bem. E, faça o que fizer, não vá piorar a situação. Se eu descobrir que você está importunando Otis ou metendo o bedelho onde não deve, vou ser forçado a tomar outras providências, e não vou poder ser tão tolerante.

– Que coisa mais ridícula!

– Vai ter que ser assim, meu amigo. Eu sinto muito.

Charlie começou a se dirigir até a cadeira do outro lado da mesa.

– Mas, como eu disse, essa história ainda não acabou – continuou ele. – Quando encontrarmos Sims e conversarmos com ele, vamos poder averiguar a história que ele contou. Quem sabe outra pessoa ouviu alguma coisa? Talvez dê para achar alguém que confirme...

Miles jogou o distintivo na mesa antes de Charlie terminar de falar. Seu coldre e sua arma já estavam pendurados na cadeira.

Ele saiu batendo a porta.

Vinte minutos mais tarde, Otis Timson foi liberado.

Depois de sair bufando da sala de Charlie, Miles entrou no carro sentindo a cabeça girar com todos os acontecimentos das últimas 24 horas. Girou a chave, forçando o motor, e se afastou do meio-fio acelerando com força e invadindo a pista contrária antes de acertar o carro.

Otis seria liberado, enquanto ele estava suspenso.

Não fazia sentido nenhum. Ele não entendia como, mas o mundo havia enlouquecido inteiramente.

Cogitou por um breve instante ir para casa, mas acabou decidindo não fazê-lo, pois Jonah – que estava com a Sra. Johnson – também iria para casa se ele fosse para lá. Miles sabia que não conseguiria encarar o filho agora. Não depois do que o menino dissera naquela manhã. Primeiro precisava de tempo para se acalmar, para decidir o que dizer.

Precisava conversar com outra pessoa, alguém que pudesse ajudá-lo a entender aquela situação toda.

Como o tráfego estava livre, fez uma curva de 180 graus e foi procurar Sarah.

27

Sarah estava na sala da mãe quando viu Miles chegar de carro. Como não tinha comentado nada com Maureen sobre os acontecimentos mais recentes, esta pulou do sofá e foi abrir a porta com os braços bem abertos.

– Que surpresa boa! – exclamou. – Não esperava que você fosse aparecer!

Miles balbuciou um cumprimento, mas recusou sua oferta de uma xícara de café. Sarah sugeriu rapidamente uma volta e foi pegar o casaco. Poucos minutos depois, os dois saíram porta afora. Maureen, que interpretou a situação toda de forma equivocada como "um casal apaixonado querendo ficar sozinho", praticamente enrubesceu ao vê-los se afastar.

Os dois foram até o bosque em que haviam passeado com Jonah no dia de Ação de Graças. Caminharam um pouco e Miles não disse nada. Em vez disso, cerrou os punhos com força suficiente para os dedos ficarem brancos.

Sentaram-se em cima de um pinheiro caído coberto de musgo e hera. Miles abria e fechava as mãos com força. Sarah segurou uma delas. Em poucos instantes, ele pareceu relaxar e entrelaçou os dedos nos dela.

– Teve um dia ruim?

– É, de certa forma.

– Otis?

Miles deu um muxoxo.

– Otis. Charlie. Harvey. Sims. Todo mundo.

– O que houve?

– Charlie liberou Otis. Disse que o caso não era sólido o suficiente para mantê-lo detido.

– Por quê? Pensei que tivesse testemunhas – estranhou Sarah.

– Eu também. Mas acho que os fatos não valem porcaria nenhuma neste caso.

Ele arrancou um pedaço da casca do tronco e o atirou para o lado, revoltado.

– Charlie me suspendeu – falou depois.

Sarah estreitou os olhos, como se duvidasse de ter escutado direito.

– Como é que é?

– Hoje de manhã. Era por isso que ele queria falar comigo.

– Você está brincando.

Miles fez que não com a cabeça.

– Não.

– Não estou entendendo...

Ela não terminou a frase.

Mas estava, sim. Bem lá no fundo, ela entendeu na mesma hora em que pronunciou as palavras.

Miles jogou longe outro pedaço de casca de árvore.

– Ele disse que meu comportamento durante a detenção foi inadequado e que vou ficar suspenso enquanto averiguam os fatos. Mas não é só isso. – Ele fez uma pausa, com o olhar fixo à frente. – Ele disse também que o advogado de Otis e Clyde quer abrir um processo contra mim. Para completar, talvez eu seja indiciado criminalmente.

Ela não soube muito bem como reagir. Nenhuma reação parecia adequada. Miles expirou com força e soltou a mão dela como se precisasse de espaço.

– Dá para acreditar? Eu prendo o cara que matou minha mulher e sou suspenso. Ele é solto e quem é indiciado sou eu.

Sarah ouvia com atenção e ele finalmente se virou para encará-la.

– Faz algum sentido para você?

– Não – respondeu ela, sincera.

Miles balançou a cabeça e tornou a olhar para o outro lado.

– E Charlie, o velho Charlie de sempre, concordando com tudo. Eu achava que ele fosse meu amigo.

– Ele é seu amigo, Miles. Você sabe disso.

– Não sei, não. Não sei mais.

– Quer dizer que vão indiciar você?

Miles deu de ombros.

– Talvez. Charlie disse que existe uma chance de que consiga fazer Otis e o advogado desistirem. Esse foi o outro motivo pelo qual ele me suspendeu.

Dessa vez Sarah não entendeu.

– Comece do começo, OK? O que Charlie disse exatamente?

Miles repetiu a conversa. Quando ele terminou de falar, Sarah tornou a segurar sua mão.

– Não parece que Charlie queira prejudicar você. Ele deve estar fazendo todo o possível para ajudá-lo.

– Se ele quisesse ajudar, manteria Otis na cadeia.

– Mas, sem Sims, o que ele pode fazer?

– Ele deveria ter indiciado Otis por homicídio independentemente de Sims. Earl Getlin confirmou a história. É só disso que ele precisa. Nenhum juiz da região teria liberado Otis sob fiança. Quer dizer, ele sabe que Sims vai acabar aparecendo. O cara não é exatamente o tipo que viaje pelo mundo, deve estar por aí em algum lugar. Duvido que eu não o encontre em uma ou duas horas e, quando encontrar, vou fazê-lo assinar uma declaração confirmando o que aconteceu. E acredite em mim: depois que eu falar com Sims, ele vai assinar.

– Mas você não está suspenso?

– Não comece a tomar o partido de Charlie. Não estou com disposição para isso.

– Miles, eu não estou tomando o partido dele. Só não quero você mais encrencado do que já está. E Charlie disse que o inquérito provavelmente vai ser reaberto.

Ele a encarou.

– Você acha então que eu deveria esquecer a história toda?

– Não é isso que eu estou dizendo...

Miles não a deixou completar.

– Então está dizendo o quê? Porque a impressão que está me dando é que você quer que eu recue e fique só torcendo para tudo se resolver.

Ele não esperou resposta:

– Bom, Sarah, isso eu não posso fazer. Prefiro ir para o inferno a deixar Otis escapar sem pagar pelo que fez.

Ao ouvi-lo falar, ela não pôde deixar de recordar a noite anterior. Perguntou-se quando ele havia finalmente percebido que ela fora embora da casa.

– Mas e se Sims não aparecer, e aí? – perguntou, por fim. – Ou se eles avaliarem que não têm material suficiente para um caso? O que você vai fazer?

Os olhos dele se estreitaram.

– Por que você está fazendo isso?

Sarah empalideceu.

– Eu não estou fazendo nada...

– Está, sim, está questionando tudo.

– Só não quero que você faça nada de que vá se arrepender depois.

– Como assim?

Ela apertou sua mão.

– O que eu quero dizer é que às vezes as coisas não acontecem do jeito que a gente quer.

Ele passou um longo tempo a encará-la com uma expressão dura e as mãos imóveis. *Frias*.

– Você não acha que foi ele, acha?

– Não estou falando sobre Otis agora. Estou falando sobre você – disse Sarah.

– Mas *eu* estou falando sobre Otis.

Ele soltou a mão dela e se levantou.

– Duas pessoas afirmam que Otis praticamente se vangloriou de ter matado a minha mulher. Apesar disso, neste momento ele deve estar a caminho de casa – desabafou Miles. – O cara foi solto e você quer que eu não faça nada. Você conheceu Otis, viu o tipo de homem que ele é, então quero saber o que *você* acha. Acha que ele matou Missy ou não?

Pressionada, ela respondeu depressa:

– Eu não sei o que pensar sobre nada disso.

Embora Sarah tivesse dito a verdade, não era o que Miles queria escutar. E as palavras tampouco saíram do jeito certo. Ele virou as costas, sem querer olhar para ela.

– Bom, eu acho – falou. – Eu sei que foi ele e vou encontrar as provas, custe o que custar. Não ligo para o que você acha. É da minha mulher que a gente está falando.

Minha mulher.

Antes que Sarah pudesse reagir, ele se virou para ir embora. Ela se levantou e ficou observando-o se afastar.

– Espere, Miles. Não vá embora.

Sem parar de andar, ele falou por cima do ombro:

– Para quê? Para você poder encher mais um pouco o meu saco?

– Eu não estou enchendo o seu saco, Miles. Só estou tentando ajudar.

Ele parou e a encarou.

– Bom, pode parar de tentar. Eu não preciso da sua ajuda. Além do mais, isso não é assunto seu.

Ela piscou, surpresa e magoada com as palavras dele.

– É claro que é assunto meu. Eu me preocupo com você.

– Então, da próxima vez que eu procurar você precisando que me escute, não venha me fazer sermão. Só me escute, pode ser?

Dizendo isso, deixou Sarah sozinha na mata, completamente aturdida.

Harvey entrou na sala de Charlie parecendo ainda mais exausto do que de costume.

– Alguma notícia de Sims?

Charlie fez que não com a cabeça.

– Ainda não. Ele se escondeu direitinho.

– Acha que ele vai aparecer?

– Tem que aparecer. Ele não tem mais para onde ir. Só está sumido por enquanto, não pode ficar fazendo isso por muito tempo.

Harvey fechou a porta lentamente atrás de si.

– Acabei de falar com Thurman Jones – disse ele.

– E?

– Ele ainda quer prestar queixa, mas acho que não está convicto. Deve estar indo na onda de Clyde.

– E o que isso quer dizer?

– Ainda não sei muito bem, mas estou com a sensação de que ele vai acabar recuando. A última coisa que ele quer é dar a todo mundo na corporação um motivo para se interessar seriamente pelo comportamento do seu cliente. Ele sabe que é isso que vai acontecer se levar essa queixa adiante. Além do mais, a decisão final caberá a um júri, e os jurados vão estar muito mais propensos a tomar o partido de um agente da lei do que de um homem com a reputação de Otis. Sobretudo levando em conta que Miles não disparou um tiro sequer durante todo o tempo em que esteve lá.

Charlie balançou a cabeça.

– Obrigado, Harvey.

– Disponha.

– Eu não estava agradecendo pela informação.

– Entendi o que você quis dizer. Mas precisa me garantir que vai conseguir segurar Miles por alguns dias, até essa poeira baixar. Se ele fizer alguma bobagem, aí o caso muda de figura e serei obrigado a aceitar a queixa.

– Eu sei.

– Vai conversar com ele?

– Vou. Vou avisar a ele.

Só espero que ele escute.

Quando Brian chegou em casa por volta do meio-dia para passar o feriado de Natal, Sarah suspirou aliviada. Finalmente alguém com quem ela podia conversar. Passara a manhã inteira evitando as perguntas curiosas da mãe. Enquanto comiam sanduíches, Brian falou sobre a faculdade ("Tudo bem"), sobre as notas que pensava ter tirado ("Boas, eu acho") e sobre como andava se sentindo ("Bem").

Não parecia estar tão bem quanto da última vez que ela o vira. Estava abatido, com a palidez de alguém que raramente se aventurava para fora da biblioteca. Ele afirmou que ficara exaurido por causa das provas de fim de semestre, mas Sarah se perguntou como estariam de fato correndo os estudos.

Examinou-o com calma e pensou que seu irmão estava quase com a aparência de um drogado.

O mais triste era que, por mais que o amasse, não ficaria realmente surpresa caso isso tivesse acontecido. Brian sempre fora um rapaz sensível. Agora que estava sozinho e possivelmente estressado com o novo estilo de vida, seria fácil se deixar levar por algo assim. Isso havia acontecido com uma colega de alojamento de Sarah no primeiro ano da faculdade e, sob muitos aspectos, Brian lembrava a moça. A garota desistira do curso antes de o segundo semestre começar e fazia muitos anos que Sarah não pensava nela. Mas agora, ao olhar para Brian, não pôde negar o fato de que ele estava exatamente com a mesma aparência dessa sua colega.

Aquele estava se revelando mesmo um dia e tanto.

Maureen, é claro, ficou preocupada com o aspecto do filho e não parou de encher seu prato.

– Mãe, estou sem fome – protestou ele, empurrando para longe o prato ainda pela metade, e Maureen finalmente desistiu e levou o prato para a pia, mordendo o lábio.

Depois do almoço, Sarah foi com Brian até o carro para ajudá-lo a pegar suas coisas.

– Mamãe tem razão, sabe? Você está um lixo.

Ele tirou a chave do bolso.

– Valeu, mana. Valeu mesmo.

– O semestre foi difícil?

Brian deu de ombros.

– Deu para sobreviver.

Ele abriu o porta-malas e começou a pegar uma bolsa. Sarah o forçou a largá-la e tocou seu braço.

– Se precisar conversar sobre alguma coisa, você sabe que estou aqui, não sabe?

– Sei, sim.

– Estou falando sério. Mesmo que seja algo que você não ache que queira me contar.

– Eu estou mesmo tão ruim assim? – falou ele, arqueando uma das sobrancelhas.

– Mamãe acha que você está usando drogas.

Era mentira, mas ele não iria entrar em casa e perguntar isso à mãe.

– Bom, pode dizer a ela que não é o caso. Só estou achando complicado me adaptar à faculdade. Mas vou dar um jeito – garantiu ele, dando-lhe um sorriso torto. – Aliás, essa resposta vale para você também.

– Para mim?

Brian estendeu a mão para pegar outra bagagem.

– Mamãe não acharia que estou usando drogas nem se me pegasse fumando maconha no meio da sala. Agora, se você tivesse dito que ela estava preocupada que os meus colegas estivessem me tratando mal porque sou muito mais inteligente do que eles, aí talvez eu tivesse acreditado.

Sarah riu.

– Acho que você tem razão.

– Eu vou ficar bem, sério. E você, como está?

– Bem. Minhas aulas terminam sexta-feira e estou feliz por ter umas semanas de férias.

Brian entregou a Sarah uma bolsa de viagem cheia de roupa suja.

– Quer dizer que professor também precisa de férias?

– Mais do que os alunos, se você quer saber.

Depois de fechar o porta-malas, Brian estendeu o braço para pegar as bagagens com a irmã. Ela olhou por cima do ombro para se certificar de que a mãe não tinha saído.

– Escute, eu sei que você chegou agora há pouco, mas será que a gente pode conversar?

– Claro. Isto aqui pode esperar – falou e largou as bagagens no chão, apoiando-se no carro. – O que houve?

– É Miles. Nós meio que discutimos hoje e não posso conversar com mamãe sobre o assunto. Você sabe como ela é.

– Que assunto?

– Acho que já contei a você, da última vez que ele veio aqui, que a mulher dele tinha morrido atropelada uns dois anos atrás. Nunca pegaram o responsável e Miles sofreu muito com isso. Aí, ontem, uma nova informação surgiu e ele prendeu uma pessoa. Mas não parou por aí. Ele passou um pouco da conta. Disse que por pouco não matou o cara.

Brian pareceu chocado e Sarah balançou rapidamente a cabeça.

– No fim das contas, nada aconteceu... Bom, nada grave. Ninguém chegou a se machucar, mas... – começou ela, então cruzou os braços e espantou o pensamento: – Enfim, ele foi suspenso hoje por causa do que fez. Mas na verdade não é com isso que estou preocupada. Para resumir, tiveram que soltar o cara e agora eu não sei o que fazer. Miles não está raciocinando direito. Tenho medo de que ele faça alguma coisa da qual acabe se arrependendo.

Brian escutava. Ela fez uma pausa, então prosseguiu:

– Enfim, a coisa toda é mais complicada ainda porque Miles e o cara que ele prendeu já tiveram vários confrontos no passado. Mesmo suspenso, ele não vai desistir. E esse cara, bom, não é o tipo de gente com quem ele deveria se meter.

– Mas você não acabou de dizer que tiveram que soltar o cara?

– Sim, mas Miles não aceitou isso. Você deveria ter ouvido o jeito como ele falou hoje. Não foi sequer capaz de escutar nada do que eu disse. Uma parte de mim acha que eu deveria ligar para o chefe dele e contar o que Miles falou, mas ele já está suspenso e não quero que tenha mais problemas. Mas se eu não disser nada...

Ela se interrompeu antes. Encarou o irmão nos olhos. Por fim, perguntou:

– O que você acha que eu devo fazer? Esperar para ver o que acontece? Ligar para o chefe dele? Ou não me meter?

Brian levou muito tempo para responder.

– Eu acho que tudo depende do que você sente por ele e de até onde acha que ele é capaz de ir.

Sarah passou a mão pelos cabelos.

– O problema é justamente esse. Eu amo Miles. Sei que você e ele não chegaram a ter oportunidade de conversar, mas ele tem me feito muito feliz nestes últimos dois meses. E agora essa história toda está me deixando assustada. Não quero ser responsável pela demissão dele, mas ao mesmo tempo estou preocupada com o que ele possa fazer.

Brian ficou em pé sem se mexer por um longo tempo, só pensando.

– Sarah, você não pode deixar uma pessoa inocente ir para a prisão – disse ele por fim, olhando para ela.

– Não é disso que eu tenho medo.

– Você... você acha que ele vai atrás do cara?

– Se a coisa chegar a esse ponto...

Ela se lembrou de como Miles a tinha olhado, com os olhos chispando de raiva e frustração.

– Acho que poderia ir, sim – concluiu ela.

– Você não pode deixar que isso aconteça.

– Então acha que eu deveria ligar?

Brian tinha um ar soturno.

– Acho que você não tem escolha.

Depois de sair da casa dos pais de Sarah, Miles passou as horas seguintes tentando localizar Sims. Assim como Charlie, porém, não teve sorte.

Então pensou em visitar novamente a residência dos Timson, mas se conteve.

Não porque lhe faltasse tempo, mas porque se lembrou do que acontecera mais cedo naquela manhã, na sala de Charlie.

Ele não estava mais com sua arma de serviço.

Mas tinha outra em casa.

À tarde, Charlie recebeu dois telefonemas. O primeiro foi da mãe de Sims, que lhe perguntou por que todo mundo estava subitamente interessado em seu filho. Quando ele quis saber o motivo da pergunta, ela respondeu:

– Miles Ryan veio aqui hoje fazer as mesmas perguntas que o senhor.

Charlie desligou o telefone com o cenho franzido, zangado por Miles ter ignorado tudo o que lhe dissera pela manhã.

A segunda ligação foi de Sarah Andrews.

Quando ela se despediu, Charlie virou a cadeira em direção à janela e ficou olhando para o estacionamento, girando um lápis entre os dedos.

Um minuto depois, tendo partido o lápis ao meio, virou-se para a porta e jogou os pedaços no lixo.

– Madge! – bradou.

A secretária apareceu na porta.

– Chame Harris para mim. Agora.

Ela não precisou ouvir o pedido duas vezes. Um minuto depois, Harris estava em pé em frente à sua mesa.

– Preciso que vá até a residência dos Timson. Não deixe ninguém ver você, mas fique de olho em quem entra e sai. Quero que me ligue se alguma coisa, *qualquer* coisa, parecer fora do normal. Melhor: não ligue só para mim, avise pelo rádio. Não quero nenhum tipo de problema por lá. Nenhum mesmo, entendeu?

Harris engoliu em seco e assentiu. Não precisou perguntar em quem deveria ficar de olho.

Depois que ele saiu, Charlie pegou o telefone para avisar Brenda. Agora tinha certeza de que iria ficar fora até tarde.

Não pôde evitar a sensação de que a situação toda estava fugindo ao controle.

28

Depois de um ano, minhas visitas noturnas à casa deles cessaram tão de repente quanto haviam começado. O mesmo aconteceu com minhas visitas à escola de

Jonah e ao local do acidente. Depois disso, o único lugar que continuei a visitar com regularidade foi o túmulo de Missy, e o cemitério se tornou parte da minha rotina semanal, agendado mentalmente às quintas-feiras. Eu não faltava nunca. Chovesse ou fizesse sol, ia ao cemitério e percorria o caminho até seu túmulo. Nem sequer olhava mais para ver se estava sendo observado. E sempre levava flores.

O fim das visitas à escola e ao local do acidente na verdade me pegou de surpresa. Embora se possa imaginar que, depois de um ano, naturalmente minha obsessão haveria diminuído, não foi isso que aconteceu. No entanto, assim como eu me vira compelido a observá-los, a compulsão subitamente se transformou e compreendi que tinha de permitir que vivessem em paz.

O dia em que isso aconteceu é um dia que nunca vou esquecer.

Era o primeiro aniversário da morte de Missy. A essa altura, após um ano a me esgueirar pela escuridão, eu me movia de modo quase invisível. Conhecia cada canto que percorria e cada curva que devia fazer – o tempo que levava para chegar à casa deles caíra à metade. Eu havia me tornado um voyeur profissional: além de espiar pelas janelas da casa, já fazia meses que levava um binóculo. Em certas ocasiões, havia pessoas na estrada ou nos quintais e eu não conseguia me aproximar das janelas. Outras vezes Miles fechava as cortinas da sala. O fracasso não fazia minha compulsão diminuir, então eu tinha de fazer alguma coisa. O binóculo resolveu meu problema. Ao lado do terreno da casa, junto ao rio, fica um carvalho gigante e muito velho. Os galhos são baixos e grossos e alguns correm paralelos ao chão. Era neles que eu às vezes montava acampamento. Descobri que, se subisse alto o suficiente, podia ver através da janela da cozinha sem que nada obstruísse minha visão. Passava horas olhando até Jonah ir para a cama, depois ficava observando Miles sentado na cozinha.

Ao longo daquele ano, ele, assim como eu, havia mudado.

Embora ainda estudasse o dossiê, não o fazia com a mesma regularidade de antes. À medida que os meses desde o acidente foram se acumulando, sua compulsão para me encontrar diminuiu. Não que ele desse menos importância ao acidente. Era por causa da realidade que enfrentava. A essa altura, eu já sabia que o caso estava empacado e suspeitava que Miles tivesse percebido o mesmo. No aniversário da morte, depois de Jonah ir se deitar, ele pegou o dossiê. Só que não ficou examinando os papéis como antes. Em vez disso, pôs-se a folhear as páginas, dessa vez sem lápis nem caneta, e não fez nenhuma anotação, quase como se estivesse virando as páginas de um álbum de fotografias para reviver lembranças. Algum tempo depois, deixou o dossiê de lado e desapareceu na sala.

Quando percebi que ele não iria voltar, desci da árvore e dei a volta até a varanda dos fundos sem fazer barulho.

Embora ele houvesse fechado as cortinas, vi que a janela fora deixada aberta para que a brisa da noite entrasse. De onde estava, pude vislumbrar pedaços da sala, o suficiente para ver Miles sentado no sofá. Ao seu lado havia uma caixa. Pelo ângulo em que ele estava posicionado, entendi que estava assistindo à televisão. Aproximei o ouvido da fresta na janela e escutei, mas nada que consegui ouvir pareceu fazer muito sentido. Havia longos períodos em que nada era dito; em outros, os sons ficavam distorcidos, com as vozes embaralhadas. Quando tornei a olhar para Miles para tentar distinguir o que ele estava assistindo, bastou ver seu rosto para entender. Estava claro em seus olhos, na expressão de sua boca, em sua postura.

Ele estava assistindo a vídeos caseiros.

Quando entendi isso, todo o resto fez sentido e, ao fechar os olhos, comecei a reconhecer quem estava falando na fita. Ouvi Miles, escutei sua voz aumentar e diminuir de volume, e ouvi o guincho agudo de uma criança. Ao fundo, débil mas perceptível, ouvi outra voz. Era a dela.

A voz de Missy.

Era uma voz surpreendente, desconhecida, e por alguns instantes tive a sensação de não conseguir respirar. Em todo aquele tempo, depois de um ano a observar Miles e Jonah, pensei que já os conhecesse, mas o som que escutei nessa noite mudou tudo. Eu não conhecia Miles, não conhecia Jonah. Existe observação e estudo, e existe o conhecimento; embora eu tivesse os dois primeiros, não tinha o terceiro, nem jamais teria.

Fiquei escutando, fascinado.

A voz dela foi sumindo. Instantes depois, ouvi-a rir.

O som fez com que eu me sobressaltasse e meus olhos foram atraídos para Miles na mesma hora. Embora eu soubesse qual seria a reação dele, quis vê-la. Ele estaria com o olhar fixo, perdido nas próprias lembranças, com lágrimas de raiva nos olhos.

Mas eu estava errado.

Ele não estava chorando. Em vez disso, sorria para a tela da TV com uma expressão de ternura.

Com isso, de repente entendi que era hora de parar.

Depois dessa visita, acreditei sinceramente que jamais voltaria à casa deles para espioná-los. No ano seguinte, tentei tocar minha vida, e na superfície consegui. As pessoas à minha volta comentavam que minha aparência estava melhor, que eu parecia a mesma pessoa de antigamente.

Parte de mim acreditava que isso fosse verdade. Livre da compulsão, pensei que tivesse deixado o pesadelo para trás. Não o que eu tinha feito, não o fato de ter matado Missy, mas a culpa obsessiva que carregara comigo durante um ano.

O que não percebi foi que a culpa e a angústia na verdade nunca tinham me deixado. Não: estavam apenas adormecidas, como um urso que hiberna durante o inverno, alimentando-se de seus próprios tecidos enquanto espera a chegada da nova estação.

29

Na manhã de domingo, um pouco depois das oito horas, Sarah ouviu alguém bater na porta da frente. Depois de hesitar, finalmente se levantou para atender. No caminho até a porta, parte dela torceu para ser Miles.

E outra parte torceu para não ser.

Quando levou a mão à maçaneta, não tinha certeza do que diria. Muita coisa dependeria de Miles. Será que ele sabia que ela havia telefonado para Charlie? Caso soubesse, estaria zangado? Será que iria entender que ela fizera aquilo por sentir que não tinha escolha?

Ao abrir a porta, porém, sorriu aliviada.

– Oi, Brian – falou. – O que está fazendo aqui?

– Preciso falar com você.

– Claro, entre.

Ele a seguiu porta adentro e se sentou no sofá. Sarah se acomodou ao seu lado.

– O que houve? – perguntou.

– Você acabou ligando para o chefe do Miles, não é?

Sarah passou a mão pelos cabelos.

– Liguei. Como você disse, eu não tive escolha.

– Porque você acha que ele vai atrás do cara que prendeu – afirmou Brian.

– Não sei o que ele vai fazer, mas estou com medo suficiente para tentar impedir.

Seu irmão meneou a cabeça de leve.

– Ele sabe que você ligou?

– Miles? Sei lá.

– Você falou com ele?

– Não. Não depois de ele ir embora ontem. Tentei ligar para ele umas duas vezes, mas ele não estava em casa. Só caía na secretária.

Brian levou os dedos ao osso do nariz e apertou.

– Preciso saber de uma coisa – falou.

No silêncio da sala, sua voz soou estranhamente amplificada.

– O quê? – indagou ela, intrigada.

– Preciso saber se você acha mesmo que Miles iria longe demais.

Sarah se inclinou para a frente. Tentou fazer o irmão encará-la, mas Brian desviou o olhar.

– Eu não sou adivinha. Mas sim, essa possibilidade me preocupa.

– Na minha opinião, você deveria dizer a Miles para esquecer essa história.

– Que história?

– O homem que ele prendeu... Ele precisa deixar esse cara em paz.

Sarah encarou o irmão, confusa. Por fim, ele se virou para ela com um ar de súplica nos olhos.

– Você tem que fazer com que ele entenda isso, OK? Fale com ele.

– Já tentei falar. Eu disse isso a você.

– Tem que tentar mais.

Sarah se recostou no sofá e franziu o cenho.

– O que está acontecendo?

– Só estou perguntando o que você acha que Miles vai fazer.

– Mas por quê? Por que isso é tão importante para você?

– O que iria acontecer com Jonah?

Ela piscou.

– Com Jonah?

– Miles iria pensar no filho, não iria? Antes de fazer qualquer coisa.

Sarah balançou a cabeça devagar.

– Quer dizer, você não acha que ele correria o risco de ir preso, acha? – continuou Brian.

Ela estendeu as mãos e segurou as do irmão à força.

– Espere um pouco, pode ser? Chega de perguntas por enquanto. O que está acontecendo?

Lembro que essa foi a minha hora da verdade, o motivo pelo qual eu tinha ido à casa dela. Finalmente havia chegado o momento de confessar o que eu fizera.

Nesse caso, por que não falei e pronto? Por que todas aquelas perguntas? Será que estava tentando encontrar uma saída, outro motivo para continuar guardando o segredo? A parte de mim que passara dois anos mentindo podia até querer isso, mas eu sinceramente acho que a melhor parte de mim queria proteger minha irmã.

Eu precisava me certificar de que não tinha escolha.

Sabia que minhas palavras iriam magoá-la. Minha irmã estava apaixonada por Miles. Eu os vira juntos no dia de Ação de Graças. Vira o jeito como os dois se olhavam, a forma natural como interagiam quando estavam próximos, o beijo carinhoso que ela lhe dera antes de ele sair. Sarah amava Miles e Miles a amava – ela mesma tinha me dito isso. E Jonah amava a ambos.

Na noite anterior, eu finalmente me dera conta de que não conseguia mais guardar aquele segredo. Se Sarah de fato achava que Miles fosse capaz de fazer justiça com as próprias mãos, eu sabia que, se permanecesse calado, estaria correndo o risco de arruinar outras vidas. Missy já tinha morrido por minha causa. Eu não conseguiria viver com mais uma tragédia.

Só que para me salvar, para salvar um homem inocente, para salvar Miles Ryan de si mesmo, eu sabia também que teria de sacrificar minha irmã.

Ela, que já passara por tanta coisa, teria de encarar Miles sabendo que o próprio irmão tinha matado a mulher dele – e teria de enfrentar o risco de perdê-lo por isso. Afinal, depois de saber a verdade, como ele algum dia conseguiria olhar para ela da mesma forma?

Seria justo sacrificá-la? Sarah era inocente, mera espectadora nessa história. Com minhas palavras, ficaria encurralada para sempre entre seu amor por Miles Ryan e seu amor por mim. No entanto, por mais que eu não quisesse fazer isso, sabia que não tinha escolha.

"Eu sei quem estava dirigindo o carro naquela noite", falei por fim, com uma voz rouca. Sarah me encarou de volta. Quase parecia não ter compreendido as minhas palavras.

"Você sabe?", indagou ela, e eu assenti.

Foi então, no longo silêncio que precedeu sua pergunta, que ela começou a entender o motivo da minha visita. Sarah sabia o que eu estava tentando lhe dizer. Ela desabou como um balão subitamente esvaziado. Não desviei o olhar: "Fui eu, Sarah", sussurrei. "Fui eu o culpado."

30

Ao ouvir as palavras do irmão, Sarah recuou o corpo como se o estivesse vendo pela primeira vez.

– Não foi por querer. Eu sinto muito... sinto tanto...

Brian desatou a chorar antes mesmo de conseguir terminar a frase.

Não era o pranto tranquilo e reprimido da tristeza, mas os gritos angustiados de uma criança. Os ombros tremiam com violência como se tomados por espasmos. Até esse momento, Brian nunca havia chorado por causa do que fizera. Agora que tinha começado, não tinha certeza se um dia conseguiria parar.

Em meio à tristeza que sentia, Sarah pôs os braços em volta do irmão, e seu toque fez o crime dele parecer ainda pior, pois ele sabia que a irmã continuava a amá-lo mesmo assim. Não disse nada enquanto ele chorava, mas sua mão começou a se mover delicadamente para cima e para baixo pelas suas costas. Brian se recostou nela, abraçando-a com força, acreditando de algum modo que, se a soltasse, tudo entre os dois iria mudar.

Mas mesmo nessa hora ele sabia que já havia mudado.

Não saberia dizer por quanto tempo chorou. Quando as lágrimas finalmente cessaram, começou a contar à irmã como tudo tinha acontecido.

Não mentiu.

Mas também não lhe contou sobre as visitas.

Durante toda a confissão, Brian não encarou Sarah nos olhos sequer uma vez. Não queria ver pena nem horror neles, não queria enxergar o modo como ela realmente o via.

No final do relato, porém, finalmente se preparou para fitá-la nos olhos.

E não viu nem amor nem perdão no rosto da irmã.

O que viu foi medo.

Brian passou quase a manhã inteira com Sarah. Ela lhe fez muitas perguntas. Ao respondê-las, Brian lhe contou tudo uma segunda vez. Algumas perguntas, no entanto – como, por exemplo, por que ele não avisara à polícia –, não tinham resposta a não ser o óbvio: ele estava em choque, estava assustado, acabou passando tempo de mais.

Assim como Brian, Sarah via o motivo para sua decisão. E, assim como Brian, a questionava. Os dois ficaram passando e repassando os fatos, mas no final, quando Sarah se calou, Brian soube que era hora de partir.

Ao sair pela porta, olhou para trás por cima do ombro.

Sentada no sofá, curvada como uma mulher com o dobro da sua idade, sua irmã chorava baixinho, com o rosto enterrado nas mãos.

31

Nessa mesma manhã, enquanto Sarah chorava sentada no sofá, Charlie Curtis subiu o caminho de pedestres que conduzia à casa de Miles Ryan. Estava de uniforme. Era o primeiro domingo em muitos anos no qual ele e Brenda faltariam ao culto, mas, como ele havia explicado mais cedo à mulher, não achava que tivesse escolha. Não após os dois telefonemas recebidos na véspera.

Não após passar a maior parte da noite acordado vigiando a casa de Miles por causa deles.

Bateu à porta. Miles apareceu vestindo calça jeans, suéter de moletom e um boné de beisebol. Se ficou surpreso ao ver o chefe em pé na sua varanda, não deu qualquer mostra disso.

– Precisamos conversar – disse Charlie sem rodeio.

Miles levou as mãos ao quadril, sem tentar esconder a raiva que sentia pelo que Charlie tinha feito.

– Pode falar.

Charlie ergueu um pouco mais a aba do chapéu.

– Quer conversar aqui na varanda, onde Jonah pode escutar, ou lá no quintal? Você é quem sabe. Para mim, não faz diferença.

Um minuto depois, Charlie estava apoiado no carro, de braços cruzados. O sol ainda baixo no céu obrigou Miles a semicerrar os olhos.

– Preciso saber se você foi procurar Sims Addison – disse Charlie, indo direto ao assunto.

– Está querendo saber ou já sabe?

– Estou perguntando porque quero saber se você está disposto a mentir na minha cara.

Depois de alguns instantes, Miles desviou os olhos.

– Fui. Fui procurar por ele.

– Por quê?

– Porque você disse que não estava conseguindo encontrá-lo.

– Miles, você está suspenso. Sabe o que isso significa?

– Não foi nada oficial, Charlie.

– Pouco importa. Eu dei uma ordem clara e você a ignorou. É uma sorte Harvey Wellman não ter descoberto. Mas não posso ficar protegendo você e estou velho e cansado demais para aturar essas merdas.

Ele transferiu o peso do corpo de uma perna para a outra, tentando se manter aquecido.

– Preciso daquele dossiê, Miles.

– Do meu dossiê?

– Quero que ele seja registrado como evidência.

– Evidência? Evidência de quê?

– É um dossiê sobre a morte de Missy Ryan, não é? Eu quero ver as anotações que você tem feito.

– Charlie...

– Estou falando sério. Ou você me dá ou eu pego. Das duas, uma, mas no final das contas vou ficar com o dossiê.

– Por que você está fazendo isso?

– Espero que assim você volte a raciocinar direito. Está claro que não escutou nem uma palavra do que eu disse ontem, então vou repetir: fique fora disso, deixe que a gente resolva.

– Certo.

– Preciso da sua palavra de que vai parar de procurar Sims Addison e ficar longe de Otis Timson.

– A cidade é pequena, Charlie. Não posso fazer nada se por acaso esbarrar com eles.

Os olhos de Charlie se estreitaram.

– Miles, já cansei desses joguinhos, então vou deixar uma coisa bem clara: se você chegar a menos de 100 metros de Otis, da casa dele ou dos locais que ele frequenta, eu mando prender você.

Miles olhou para Charlie, sem acreditar.

– Por quê?

– Por agressão.

– Agressão?

– Aquela sua palhaçada no carro – disse e balançou a cabeça. – Parece que você não percebe que está afundado até o pescoço em problemas. Ou mantém distância ou vai acabar atrás das grades.

– Isso é loucura...

– Foi você mesmo quem cavou essa situação. Está tão transtornado que eu não sei mais o que fazer. Sabe onde passei a noite de ontem? – perguntou, sem esperar pela resposta. – Estacionado mais embaixo ali na rua, para ter certeza de que você não sairia de casa. Sabe como eu me sinto quando penso que não posso confiar em você depois de tudo por que já passamos juntos? É uma sensação horrorosa e não quero ter que fazer algo assim outra vez. Então, se você não se importar... e eu não posso obrigá-lo a isso... junto com o dossiê eu gostaria que me entregasse suas outras armas por um tempo, as que você guarda em casa. Pode pegar de volta quando tudo terminar. Se disser não, vou ter que mandar alguém vigiar você. E acredite: farei isso. Você não vai poder sequer comprar uma xícara de café sem alguém observando cada movimento seu. E também é bom você saber que posicionei nosso pessoal na residência dos Timson e eles também vão ficar de olho em você.

Teimoso, Miles se recusava a encarar o chefe nos olhos.

– Ele estava dirigindo o carro, Charlie.

– Você acha mesmo isso? Ou será que só quer uma resposta, seja qual for?

Miles ergueu a cabeça com um movimento rápido.

– Não é justo você dizer isso.

– Ah, não? Fui eu quem falou com Earl, não você. Fui eu quem conferiu cada etapa do inquérito da polícia rodoviária. Estou dizendo: não existe nenhum indício físico que relacione Otis ao crime.

– Eu vou encontrar os indícios...

– Não vai, não! – disparou Charlie em resposta. – É justamente essa a questão! Você não vai encontrar nada porque está fora disso!

Miles não falou nada. Depois de um longo intervalo, Charlie tocou seu ombro.

– Olhe, ainda estamos investigando, juro que estamos – falou, soltando um suspiro demorado. – Sei lá... quem sabe encontramos alguma coisa? Se isso acontecer, serei o primeiro a vir aqui e dizer a você que estava errado e que Otis vai pagar pelo que fez. Está bom assim?

Miles cerrou os dentes enquanto Charlie esperava uma resposta. Por fim, ao sentir que não haveria nenhuma, Charlie tornou a falar:

– Sei quanto isso é difícil...

Ao ouvir essas palavras, Miles afastou a mão de Charlie com um safanão e o encarou. Seus olhos brilhavam.

– Não sabe, não – disparou Miles. – Nem nunca vai saber, Charlie. Brenda ainda está viva, lembra? Você ainda acorda na mesma cama que ela, pode ligar para ela quando quiser. Ninguém a atropelou a sangue-frio, ninguém escapou impune durante anos. E escute bem o que vou dizer, Charlie: ninguém vai escapar impune agora.

Apesar das palavras de Miles, Charlie foi embora dez minutos depois levando o dossiê e as armas. Nenhum dos dois disse mais nada.

Não havia o que dizer. Charlie estava fazendo o trabalho dele.

E Miles iria fazer o seu.

Sarah ficou sentada na sala, sozinha, anestesiada em relação a tudo em volta. Não saíra do sofá nem mesmo depois que as lágrimas cessaram, com medo de que o mais leve movimento estilhaçasse seu frágil equilíbrio.

Nada fazia sentido.

Ela não tinha energia para separar as próprias emoções – elas formavam um bolo confuso, era impossível distingui-las. Tinha a sensação de que algo dentro dela chegara ao limite de sobrecarga, deixando-a incapaz de qualquer ação.

Como aquilo podia ter acontecido? Não o acidente de Brian – isso ela conseguia entender, pelo menos superficialmente. Era terrível e a atitude subsequente do irmão tinha sido errada, qualquer que fosse o prisma pelo qual ela a considerasse. Mas tinha sido um acidente. Sarah sabia disso. Brian não poderia tê-lo evitado. Nem ela mesma teria conseguido, caso estivesse em seu lugar.

Assim, em um piscar de olhos, Missy Ryan tinha morrido.

Missy Ryan.

Mãe de Jonah.

Mulher de Miles.

Era isso que não fazia sentido.

Por que Brian havia atropelado *logo ela*?

E por que, dentre todas as pessoas no mundo, fora Miles quem entrara na vida de Sarah anos depois? Era quase impossível de acreditar. Sentada no sofá, ela não conseguia conciliar tudo o que acabara de descobrir – seu horror diante da confissão de Brian e da culpa evidente que ele estava sentindo... sua raiva e repulsa pelo fato de ele ter ocultado a verdade em conflito com a consciência implacável de que sempre amaria o irmão...

E Miles...

Ai, meu Deus... *Miles*...

O que ela deveria fazer agora? Ligar para ele e contar o que sabia? Ou esperar um pouco até se recompor e decidir exatamente o que dizer?

Do mesmo jeito que Brian tinha esperado?

Ai, meu Deus...

O que iria acontecer com Brian?

Ele iria preso...

Sarah se sentiu mal.

Sim, era isso que ele merecia, mesmo sendo seu irmão. Havia descumprido a lei e tinha de pagar por seu crime.

Mas será que tinha mesmo? Ele era seu irmão caçula, era só uma criança na época do acidente, e não fora culpa dele.

Ela balançou a cabeça, desejando de repente que Brian não tivesse lhe contado.

No entanto, bem lá no fundo de seu coração, sabia por que ele agira assim. Durante dois anos, fora Miles quem pagara o preço de seu silêncio.

E agora quem iria pagar era Otis.

Sarah inspirou fundo, levando os dedos às têmporas.

Não, Miles não iria tão longe assim. Ou será que iria?

Talvez não agora, mas aquilo iria atormentá-lo enquanto ele acreditasse que Otis era culpado e um dia talvez...

Ela balançou a cabeça, sem querer pensar naquilo.

Mesmo assim, continuou sem saber o que fazer.

Ainda não tinha conseguido encontrar resposta quando Miles apareceu à sua porta, poucos minutos depois.

– Oi – disse ele apenas.

Sarah o encarou como se estivesse em choque, sem conseguir tirar a mão da maçaneta. Sentiu o corpo se retesar e seus pensamentos pareceram partir em direções opostas.

Conte para ele agora, acabe logo com isso...

Espere até decidir exatamente o que dizer...

– Está tudo bem? – perguntou ele.

– Ahn... está... é... – gaguejou ela. – Entre.

Ela deu um passo para trás e Miles fechou a porta atrás de si. Hesitou por um instante antes de se encaminhar até a janela, onde afastou as cortinas e olhou para a rua. Então percorreu a sala inteira, claramente incomodado com alguma coisa. Parou junto ao console da lareira e ajeitou distraidamente um retrato de Sarah com a família, posicionando-o bem de frente para o cômodo. Sarah ficou em pé no meio da sala, sem se mexer. Aquilo parecia surreal. Tudo em que ela conseguia pensar ao olhar para ele era que sabia quem havia matado sua mulher.

– Charlie esteve lá em casa hoje de manhã – disse ele de repente, e o som de sua voz a despertou. – Ele levou embora meu dossiê sobre Missy.

– Sinto muito.

As palavras soaram ridículas, mas foram as primeiras e únicas que lhe ocorreram.

Miles não pareceu perceber.

– Ele também me disse que iria mandar me prender se eu sequer olhasse para Otis Timson.

Dessa vez Sarah não reagiu. Miles fora até lá desabafar. Sua postura deixava isso claro. Virou-se para ela:

– Dá para acreditar? Tudo que eu fiz foi prender o cara que matou minha mulher e veja o que aconteceu.

Ela teve de usar todo o seu autocontrole para manter a compostura.

– Sinto muito – falou pela segunda vez.

– Eu também – disse ele, balançando a cabeça. – Não posso ir atrás de Sims, não posso procurar evidências, não posso fazer nada. Tenho que ficar sentado em casa esperando Charlie cuidar de tudo.

Ela pigarreou, esforçando-se para encontrar uma saída.

– Bom... não acha que isso talvez seja uma boa ideia? Digo, por um tempo – sugeriu.

– Não, não acho. Meu Deus, eu fui o único que continuou investigando depois que o inquérito inicial empacou. Sei mais sobre esse caso do que qualquer outra pessoa.

Não sabe não, Miles.

– O que você vai fazer, então?

– Não sei.

– Mas vai acatar o que Charlie disse, não vai?

Miles olhou para o outro lado, recusando-se a responder, e Sarah sentiu um peso na barriga.

– Miles, escute – falou. – Sei que você não quer ouvir isso, mas acho que Charlie tem razão. Deixe os outros cuidarem de Otis.

– Para quê? Para eles fazerem outra burrada?

– Eles não fizeram nenhuma burrada.

Os olhos dele faiscaram.

– Ah, não? Então por que Otis continua solto? Por que fui eu quem teve de encontrar as pessoas que o denunciaram? Por que ninguém investigou mais a fundo na época?

– Talvez não houvesse por onde começar – respondeu ela baixinho.

– Por que está bancando a advogada do diabo nessa história? – perguntou ele. – Você fez a mesma coisa ontem.

– Não fiz, não.

– Fez, sim. Não escutou nada do que eu disse.

– Eu não queria que você fizesse nada...

Ele ergueu as mãos.

– É, eu sei. Nem você nem Charlie. Parece que vocês não entendem o que está acontecendo.

– É claro que eu entendo – disse ela, tentando disfarçar sua tensão. – Você acha que Otis é culpado e quer se vingar. Mas o que vai acontecer se depois descobrir que Sims e Earl estavam enganados?

– Enganados?

– Em relação ao que escutaram...

– Você acha que eles estão mentindo sobre isso? Os dois?

– Não. Estou só dizendo que talvez eles tenham escutado errado. Talvez Otis tenha dito isso, mas da boca para fora. Talvez não tenha sido ele.

Por alguns instantes, Miles ficou chocado demais para dizer qualquer coisa. Sarah insistiu, falando através do bolo que lhe obstruía a garganta:

– Quer dizer, e se você descobrir que Otis é inocente? Sei que vocês dois não se dão bem...

– Não nos damos bem? – disse ele, interrompendo-a. Encarou-a com firmeza antes de dar um passo em sua direção. – Que papo é esse, Sarah? Ele matou minha mulher.

– Você não tem certeza.

– Tenho, sim – retrucou Miles, chegando ainda mais perto dela. – O que não sei é por que você está tão convencida de que ele é inocente.

Ela engoliu em seco.

– Não estou dizendo que ele é inocente. Só estou dizendo que você deveria deixar Charlie cuidar dessa história, para não fazer nada como...

– Como o quê? Matar o cara?

Sarah não respondeu e Miles ficou parado na sua frente. Sua voz soou estranhamente calma quando ele disse:

– Como ele matou minha mulher, você quer dizer?

Ela empalideceu.

– Não fale assim. Você precisa pensar em Jonah.

– Deixe Jonah fora disso.

– Mas é verdade. Ele só tem você.

– E você pensa que eu não sei? O que acha que me impediu de puxar o gatilho? Eu tive oportunidade, mas não puxei, lembra?

Miles expirou com força ao mesmo tempo que lhe virava as costas, quase como se estivesse decepcionado por não haver puxado o gatilho.

– É, eu quis matar Otis. Acho que ele merece morrer pelo que fez. Olho por olho, dente por dente – falou, então balançou a cabeça e ergueu os olhos para ela. – Só quero que Otis pague. E ele vai pagar. De um jeito ou de outro.

Com isso, Miles caminhou abruptamente até a porta e a bateu com força ao sair.

32

Sarah passou a noite em claro.

Iria perder o irmão.

E iria perder Miles Ryan.

Deitada na cama, lembrou-se da noite em que ela e Miles haviam feito amor pela primeira vez. Lembrou-se de tudo: de como ele a havia escutado quando ela lhe contara que não podia ter filhos, de sua expressão ao lhe dizer que a amava, de como haviam passado horas sussurrando no ouvido um do outro e da paz que sentira nos seus braços.

Tudo parecia tão certo, tão perfeito naquele dia.

Horas já haviam se passado desde que Miles fora embora e ela ainda não encontrara nenhuma resposta. Pelo contrário: estava mais confusa do que antes, porque, depois que o choque passara e ela conseguira pensar com mais clareza, entendera que, qualquer que fosse sua decisão, nada nunca mais seria igual.

Era o fim.

Se não contasse para Miles, como conseguiria encará-lo no futuro? Não podia imaginar Miles e Jonah em sua casa, abrindo presentes ao redor da árvore de Natal, com ela e Brian sorrindo e fingindo que nada havia acontecido. Não conseguia se imaginar olhando para as fotos de Missy na casa dele ou sentada ao lado de Jonah sabendo que Brian tinha matado a sua mãe. E isso não seria a atitude certa, não com Miles determinado a fazer Otis pagar pelo crime. Ela precisava dizer a verdade, mesmo que apenas para garantir que Otis Timson não fosse punido por algo que não tinha feito.

Mais do que isso: Miles tinha o direito de saber o que realmente havia acontecido com sua mulher. Ele merecia isso.

Se ela contasse, entretanto, o que iria acontecer? Será que Miles simplesmente acreditaria na história de Brian e esqueceria o assunto? Não, era pouco provável. Brian havia desrespeitado a lei. Quando Sarah revelasse a verdade, ele seria preso e seus pais ficariam arrasados. Miles nunca mais lhe dirigiria a palavra e ela perderia o homem que amava.

Fechou os olhos. Teria conseguido viver sem conhecer Miles.

Mas apaixonar-se por ele e depois perdê-lo?

E o que aconteceria com Brian?

Sentiu-se nauseada.

Levantou-se da cama, calçou um par de chinelos e foi até a sala, desesperada para encontrar alguma outra coisa em que pensar, qualquer coisa. Mesmo ali, porém, continuou a se lembrar de tudo o que tinha acontecido e de repente teve certeza, sem sombra de dúvida, do que tinha de fazer. Por mais doloroso que fosse, não havia outro jeito.

Quando o telefone tocou na manhã seguinte, Brian já sabia que era Sarah. Estava esperando a ligação e levou a mão ao aparelho antes que a mãe pudesse atender.

Sarah foi direto ao ponto. Brian escutou sem dizer nada. No final, concordou em fazer o que ela estava pedindo. Alguns minutos depois, deixando pegadas na fina camada de neve que cobria o chão, andou até o carro.

Não estava concentrado no trajeto, só conseguia pensar nas coisas que tinha dito na véspera. Ao contar seu segredo à irmã, sabia que Sarah não conseguiria guardá-lo. Apesar de preocupada com ele e com o próprio futuro ao lado de Miles, iria querer que ele se entregasse. Era do seu temperamento: acima de tudo, sua irmã sabia o que significava ser traída, e ficar em silêncio seria a pior das traições.

Fora esse o motivo que o levara a lhe contar, pensou.

Brian a viu logo antes de estacionar o carro, em frente à igreja episcopal onde ele um dia havia assistido ao funeral de Missy. Estava sentada em um banco virado para um pequeno cemitério tão antigo que a maior parte das inscrições nas lápides havia se apagado ao longo dos séculos. Mesmo antes de descer do carro, pôde vê-la muito bem. Sua irmã parecia atormentada, tão perdida que ele só a vira assim uma vez.

Sarah ouviu o carro chegar e se virou, mas não acenou para ele. Instantes depois, Brian sentou ao seu lado.

Sabia que Sarah decerto havia ligado para o trabalho e dito que estava doente. Diferentemente da faculdade de Brian, a escola em que a irmã trabalhava ainda teria uma semana de aulas antes das férias. Ao se sentar, ele não pôde deixar de pensar no que teria acontecido caso não tivesse ido passar o feriado de Ação de Graças em New Bern e visto Miles na casa dos pais, ou caso Otis não tivesse sido preso.

– Não sei o que fazer – sussurrou ela por fim.

– Eu sinto muito – disse ele baixinho.

– É para sentir mesmo.

Brian percebeu a amargura no tom de voz dela.

– Não quero repassar a história toda outra vez, mas preciso saber se você me disse a verdade – falou Sarah.

Ela se virou de frente para ele. Estava com as faces rosadas pelo frio.

– Disse.

– Sobre tudo, Brian. Foi mesmo um acidente?

– Foi – respondeu ele.

Embora a resposta não tenha parecido reconfortá-la, Sarah assentiu.

– Passei a noite em claro – disse ela. – Não posso ignorar essa história.

Brian não respondeu. Não havia nada que pudesse dizer.

– Por que você não me contou? – indagou ela por fim. – Na época em que aconteceu?

– Eu não consegui – respondeu Brian.

Ela lhe fizera a mesma pergunta na véspera e ele lhe dera a mesma resposta.

Sarah passou um longo tempo sentada sem dizer nada.

– Você precisa contar para ele – falou, com o olhar perdido por cima das lápides e a voz soando como uma sombra do que normalmente era.

– Eu sei – sussurrou ele.

Sarah abaixou a cabeça e ele pensou ter visto lágrimas começando a se formar. Ela estava preocupada com o irmão, mas não tinha sido essa preocupação a causa do choro. Sentado ao seu lado, Brian entendeu que ela estava chorando por si mesma.

Sarah foi com Brian até a casa de Miles. Enquanto ela dirigia, ele olhava pela janela. O movimento do carro parecia sugar toda a energia do rapaz, mas ele sentia um estranho destemor em relação ao que estava prestes a acontecer. Seu medo, ele sabia, fora transferido para a irmã.

Atravessaram a ponte, entraram na Madame Moore's Lane e foram seguindo as curvas sinuosas até chegarem ao acesso que conduzia à casa de Miles. Sarah estacionou ao lado da picape dele e girou a chave, extinguindo o barulho do motor.

Não saiu do carro na mesma hora. Em vez disso, continuou sentada, segurando a chave no colo. Respirou fundo, então finalmente encarou o irmão. Sua boca exibia um sorriso que tentava incentivá-lo, mas que saiu tenso e forçado e desapareceu em seguida. Pôs a chave na bolsa e Brian abriu a porta do carro. Juntos começaram a andar em direção à casa.

Nos degraus da varanda, Sarah hesitou e, por um breve instante, o olhar de Brian relanceou em direção à quina onde ele tantas vezes havia se posicionado para observar. Ele tinha certeza de que contaria a Miles sobre o crime, mas, assim como fizera com a irmã, ficaria calado em relação às outras coisas que tinha feito.

Sarah tomou coragem, andou até a porta e bateu. Instantes depois, Miles veio abrir.

– Sarah... Brian... – falou.

– Oi, Miles – disse Sarah.

Brian achou a voz da irmã surpreendentemente firme.

No início, ninguém se mexeu. Ainda abalados pelo que havia acontecido na véspera, Miles e Sarah ficaram apenas se encarando até Miles dar um pequeno passo para trás.

– Entrem – falou, conduzindo-os para dentro da casa e fechando a porta em seguida. – Querem beber alguma coisa?

– Não, obrigada.

– E você, Brian?

– Não, não se incomode.

– O que houve?

Sarah ajeitou a alça da bolsa com um gesto automático.

– Eu quero, digo, nós queremos conversar sobre uma coisa com você – disse ela, sem jeito. – Podemos sentar?

– Claro – Miles respondeu e acenou indicando o sofá.

Brian se sentou ao lado de Sarah, em frente a Miles. Respirou fundo e quase começou a falar, mas Sarah se antecipou:

– Miles, antes de começar, quero que você saiba que eu queria que a gente não precisasse estar aqui. Queria isso mais do que qualquer coisa no mundo. Tente se lembrar disso, OK? Não vai ser fácil para ninguém aqui.

– O que está acontecendo? – indagou ele.

Sarah relanceou os olhos para Brian e balançou a cabeça. Nesse momento ele sentiu a garganta seca de repente. Engoliu em seco.

– Foi um acidente – falou.

Com isso, as palavras começaram a sair do jeito que ele as havia ensaiado uma centena de vezes na mente. Contou a Miles tudo sobre aquela noite dois anos antes, não deixou nada de fora. Sua cabeça, porém, não estava prestando atenção nas palavras.

Estava prestando atenção na reação de Miles. No início não houve nenhuma. Assim que Brian começou a falar, Miles mudou de postura e adotou a de alguém que quisesse escutar objetivamente, sem interrompê-lo, como aprendera na formação para seu cargo. O rapaz estava fazendo uma confissão e Miles sabia que se manter em silêncio era a melhor forma de obter uma versão não censurada dos acontecimentos. Foi só mais tarde, quando Brian mencionou a churrascaria Rhett's, que ele finalmente começou a se dar conta do que o outro homem estava lhe contando.

Foi então que o impacto o atingiu. Enquanto Brian prosseguia o relato, Miles se imobilizou e seu rosto perdeu a cor. As mãos se retesaram automaticamente nos descansos de braço. Mesmo assim, Brian seguiu falando. Ao fundo, como se viesse de algum lugar bem distante, Brian ouviu a irmã inspirar com força enquanto ele descrevia o acidente. Ignorou o ruído e prosseguiu com a história, parando apenas ao relatar a manhã seguinte na cozinha de casa e sua decisão de permanecer calado.

Miles escutou a história inteira quieto feito uma estátua. Quando Brian se calou, ele pareceu levar alguns instantes para registrar tudo o que este havia lhe contado. Então, por fim, seus olhos encararam o rapaz como se o estivessem vendo pela primeira vez.

De certa forma, Brian sabia que estavam.

– Um cachorro? – indagou com dificuldade.

Sua voz saiu grave e rascante, como se ele houvesse retido a respiração durante toda a confissão.

– Está dizendo que ela pulou na frente do seu carro por causa de um cachorro? – perguntou.

– É – confirmou Brian, balançando a cabeça. – Um cachorro preto grande. Não pude fazer nada.

Os olhos de Miles se estreitaram de leve enquanto ele tentava se controlar.

– Então por que você fugiu?

– Não sei – respondeu Brian. – Não sei explicar por que fugi naquela noite. Quando dei por mim, estava no carro.

– Não sabe porque não se lembra.

A raiva na voz de Miles era inconfundível, praticamente incontida. Ameaçadora.

– É, dessa parte eu não me lembro.

– Mas do resto, sim. Você se lembra de tudo o mais em relação àquela noite.

– Sim.

– Então me diga o verdadeiro motivo que fez você fugir naquela noite.

Sarah estendeu a mão e tocou seu braço.

– Miles, ele está dizendo a verdade. Acredite em mim, ele não iria mentir sobre isso.

Miles afastou a mão dela.

– Não tem problema, Sarah – disse Brian. – Ele pode perguntar o que quiser.

– Com certeza posso, caramba! – acrescentou Miles com uma voz ainda mais grave.

– Eu não lembro por que fugi – respondeu Brian. – Como eu disse, não me lembro nem de ter saído da estrada. Lembro-me de estar dentro do carro, mas só.

Miles se levantou da cadeira com uma expressão de fúria.

– E você espera que eu acredite nisso? – indagou. – Que *Missy* foi a culpada?

– Espere um pouco! – protestou Sarah, saindo em defesa do irmão. – Ele disse a você como aconteceu! Está dizendo a verdade!

Miles girou o corpo até ficar de frente para ela.

– E por que cargas-d'água eu devo acreditar nele?

– Porque ele está aqui! Porque ele queria que você soubesse a verdade!

– Dois anos depois, ele quer que eu saiba a verdade! Como você sabe que essa é a verdade?

Miles parou, aguardando uma resposta, mas, antes que Sarah conseguisse dá--la, ele de repente deu um passo para trás. Virou-se de Sarah para Brian e de volta para Sarah enquanto refletia sobre o que as respostas às suas perguntas de fato significavam.

Sarah sabia *exatamente* o que o irmão ia dizer...

O que significava... que sabia que Otis era inocente. Ela tentara fazer Miles recuar. Deixe Charlie cuidar disso, dissera. E se Sims e Earl estivessem de alguma forma enganados?

Ela dissera essas coisas porque *sabia* que Brian era culpado.

Fazia sentido, não fazia?

Sarah não tinha dito que era próxima do irmão? Não tinha dito que ele era a única pessoa com quem conseguia conversar, e vice-versa?

Alimentados pela adrenalina e pela raiva, os pensamentos de Miles se precipitavam de conclusão em conclusão.

Ela *sabia*, mas não tinha lhe contado. Ela sabia e... e...

Miles a encarou sem conseguir dizer nada.

Sarah não havia se oferecido para ajudar Jonah, mesmo isso sendo incomum?

E não havia se tornado sua amiga também? Saído com ele? Não o ouvira, não tentara ajudá-lo a levar a vida adiante?

Miles começou a sentir o rosto latejar com uma raiva que ele mal conseguia conter.

Ela sabia o tempo todo.

Sarah o havia usado para aliviar a própria culpa. Tudo o que existia entre eles era baseado em mentiras.

Ela me traiu.

Miles ficou parado, sem dizer nada, congelado no mesmo lugar. Em meio ao silêncio, Brian ouviu a calefação da casa ligar automaticamente.

– Você sabia – disse ele por fim, rouco. – Sabia que ele tinha matado Missy, não sabia?

Foi então, nesse instante, que Brian entendeu não apenas que a relação entre Sarah e Miles havia acabado, mas que, para Miles, os dois nunca tinham tido relação nenhuma. Sua irmã, porém, pareceu atônita e respondeu a Miles como se a resposta à sua pergunta fosse evidente:

– Claro. Foi por isso que eu o trouxe aqui.

Miles ergueu a mão para fazê-la calar, projetando o dedo na sua direção a cada palavra que dizia.

– Não, não... Você sabia que ele tinha matado Missy e não me contou... Por isso sabia que Otis era inocente... Por isso ficou tentando me dizer para dar ouvidos a Charlie...

Sarah finalmente compreendeu o significado do que Miles dizia e de repente começou a fazer que não com a cabeça freneticamente.

– Não, espere aí, você não está entendendo...

Miles a cortou sem nem ao menos escutar e cada frase que lhe saía da boca soava mais irada do que a anterior.

– Você sabia o tempo todo...

– Não...

– Sabia no momento em que nos conhecemos.

– Não...

– Foi por isso que se ofereceu para ajudar Jonah.

– Não!

Por um breve instante, pareceu que Miles fosse agredi-la fisicamente. Em vez disso, golpeou em outra direção. Chutou a mesa de canto, fazendo a luminária se espatifar no chão. Sarah se encolheu e Brian se levantou do sofá tentando segurar a luminária, mas Miles o agarrou antes e o obrigou a se virar. Era mais forte e mais pesado e Brian não pôde fazer nada para impedi-lo de torcer seu pulso até as costas, em direção às omoplatas. Por instinto, Sarah se afastou da confusão antes mesmo de perceber o que estava acontecendo. Mesmo quando a dor subiu por seu ombro, Brian não resistiu. Fez uma careta e fechou os olhos, contorcendo o rosto.

– Pare! Assim vai machucá-lo! – gritou Sarah.

Miles ergueu uma das mãos na sua direção como quem dá um alerta.

– Não se meta!

– Por que está fazendo isso? Não precisa machucá-lo!

– Ele está preso!

– Foi um acidente!

Mas Miles, descontrolado, tornou a torcer o braço de Brian, forçando-o a se afastar do sofá e de Sarah, em direção à porta da frente. Brian tropeçou e Miles o segurou, enterrando os dedos na carne do rapaz. Empurrou-o de encontro à parede enquanto estendia a mão para pegar as algemas penduradas em um prego junto à porta. Fechou-as em volta de um pulso e depois do outro, apertando-as bem.

– Miles! Espere! – gritou Sarah.

Miles abriu a porta e empurrou Brian para a varanda.

– Você não está entendendo!

Miles a ignorou. Segurou Brian pelo braço e começou a arrastá-lo em direção ao carro. O rapaz tinha dificuldade para manter o equilíbrio e cambaleou. Sarah saiu correndo atrás deles.

– Miles!

Ele se virou para ela.

– Quero você fora da minha vida – sibilou.

O ódio na voz dele forçou Sarah a parar.

– Você me traiu – disse Miles. – Você me usou.

Sarah nem teve chance de responder.

– Quis tentar consertar as coisas... não para mim e Jonah, mas para você e Brian. Pensou que, se fizesse isso, iria se sentir melhor consigo mesma.

Ela ficou lívida, incapaz de dizer qualquer coisa.

– Você sabia desde o começo – prosseguiu ele. – E estava disposta a me deixar seguir adiante sem nunca saber a verdade, até outra pessoa ser presa pelo crime.

– Não, não foi assim que aconteceu...

– Pare de mentir para mim! – bradou ele. – Como você consegue se olhar no espelho, caramba?

O comentário a feriu e ela retrucou, na defensiva:

– Você entendeu tudo errado e não está nem aí.

– *Eu* não estou nem aí? Não fui eu quem agiu errado.

– Nem eu.

– E você espera que eu acredite nisso?

– É a verdade!

Então, apesar da raiva, os olhos de Sarah se encheram de lágrimas. Miles fez uma breve pausa, mas não demonstrou qualquer empatia.

– Você não sabe nem o que significa a palavra "verdade" – disse ele.

Com isso, virou-se e abriu a porta do carro. Empurrou Brian para dentro, bateu a porta com força e levou a mão ao bolso para pegar a chave, que puxou enquanto se sentava ao volante.

Sarah estava chocada demais para dizer qualquer outra coisa. Ficou olhando Miles dar a partida no carro, engatar a marcha e em seguida pisar fundo no acelerador. Os pneus cantaram quando o veículo deu ré em direção à estrada.

Miles não olhou sequer uma vez na sua direção. Desapareceu de vista em questão de segundos.

33

Miles dirigiu nervosamente, castigando o acelerador e pisando firme no freio como se testasse até que ponto podia abusar do carro antes de um ou outro pedal parar de funcionar. Mais de uma vez, com os braços algemados nas costas, Brian quase caiu na hora de alguma curva. De onde estava, podia ver os músculos do maxilar de Miles se contraírem e relaxarem como se alguém estivesse acionando um botão. Miles segurava o volante com as duas mãos e, embora parecesse concentrado na estrada, não parava de relancear os olhos para o espelho retrovisor, onde seu olhar às vezes cruzava com o de Brian.

O rapaz viu a raiva nos olhos do outro. Embora ela se refletisse claramente no espelho, havia algo mais naquele olhar, algo que ele não esperava ver: angústia. Lembrou-se de como o tinha visto no funeral de Missy, tentando, sem sucesso, entender o que havia acontecido. Não saberia dizer se a angústia que Miles sentia era por causa de Missy, de Sarah ou de ambas. Tudo o que sabia era que não tinha nada a ver com ele.

Com o rabo do olho, Brian via as árvores passarem depressa por sua janela. A estrada fez uma curva, na qual Miles mais uma vez entrou sem diminuir a velocidade. Brian plantou os pés no chão. Mesmo assim, foi deslizando em direção à porta. Sabia que, dali a poucos minutos, iriam passar pelo local do acidente de Missy.

Em seus 54 anos atrás de um volante, Bennie Wiggins, motorista da van da Igreja Comunitária do Bom Pastor, de Pollocksville, nunca levara sequer uma multa por excesso de velocidade. Embora esse feito fosse motivo de orgulho para Bennie, o reverendo teria lhe pedido para dirigir a van mesmo que seu histórico não fosse tão imaculado. Era difícil encontrar voluntários, sobretudo quando o tempo não estava muito bom, mas com Bennie sempre se podia contar.

Naquela manhã, o reverendo lhe pedira para ir de van até New Bern buscar as doações de alimentos e roupas recolhidas durante o fim de semana e Bennie havia se apresentado sem demora. Fora até a cidade, tomara uma xícara de café e comera duas rosquinhas enquanto esperava outras pessoas carregarem a van, em seguida agradecera a todos pela ajuda e assumira de novo o volante para fazer o trajeto de volta à igreja.

Faltavam poucos minutos para as dez quando ele entrou na Madame Moore's Lane.

Estendeu a mão para o rádio na esperança de encontrar um pouco de música gospel. Embora a pista estivesse escorregadia, começou a mexer no dial.

O que ele não tinha como saber era que, mais à frente na estrada, fora do seu campo de visão, outro carro vinha na direção dele.

– Desculpe – disse Brian por fim. – Eu não queria que nada disso tivesse acontecido.

Ao ouvir a voz do rapaz, Miles tornou a olhar pelo retrovisor. Em vez de responder, porém, abriu uma fresta na janela.

O ar frio se projetou para dentro do carro. Em poucos instantes, Brian se encolheu, com a jaqueta aberta a se sacudir ao vento.

No espelho, Miles encarou Brian com um ódio incontido.

Assim como Miles, Sarah fez a curva em alta velocidade, esperando conseguir alcançar seu carro. Ele tinha certa dianteira – não muita, talvez um minuto ou dois, mas quanto representaria isso em termos de distância? Um quilômetro e meio? Mais? Como Sarah não tinha certeza absoluta, pisou com mais força ainda no acelerador quando o carro chegou a uma reta.

Tinha de alcançá-los. Não podia deixar Brian aos cuidados de Miles, não depois da fúria descontrolada que vira em seu rosto, não depois do que ele quase tinha feito com Otis.

Queria estar presente quando Miles levasse Brian para a delegacia, mas o problema era que não sabia onde ela ficava. Sabia onde ficavam a central de polícia, o fórum e até a prefeitura, todos no centro da cidade. Mas nunca fora à delegacia do xerife. Poderia muito bem ficar em algum lugar nos confins do condado.

Sarah tinha a opção de parar o carro e dar um telefonema ou então consultar a lista telefônica, mas isso a deixaria ainda mais para trás, pensou, já histérica. Se precisasse, pararia. Caso não o visse em dois minutos...

Comerciais.

Bennie Wiggins balançou a cabeça. Nada além de comerciais. Era tudo o que havia nas rádios ultimamente. Purificadores de água, concessionárias de automóveis, sistemas de alarme... de duas em duas músicas, ele escutava a mesma ladainha de empresas tentando vender seus produtos.

O sol começava a brilhar logo acima das copas das árvores e a claridade refletida pela neve pegou Bennie desprevenido. Ele semicerrou os olhos e baixou o para-sol na mesma hora em que o rádio se calou por alguns instantes.

Mais um comercial. Dessa vez, o locutor prometia ensinar seu filho a ler. Ele estendeu a mão para o dial.

Com os olhos cravados no mostrador, não percebeu que começava a se aproximar da faixa central da pista...

– Sarah não sabia – disse Brian por fim, quebrando o silêncio. – Ela não sabia de nada.

Por causa do barulho do vento, Brian não tinha certeza se Miles conseguia escutá-lo, mas precisava tentar. Aquela era sua última chance de falar com Miles sem outras pessoas presentes. Qualquer advogado que seu pai lhe arrumasse aconselharia a não dizer mais nada além do que já dissera. E Miles, ele desconfiava, receberia ordem para ficar longe dele.

Mas Miles tinha de saber a verdade em relação a Sarah. Nem tanto por causa do futuro – na opinião de Brian, os dois não tinham nenhuma chance como casal –, mas porque ele não conseguia suportar a ideia de que, para Miles, Sarah sabia de tudo desde o início. Não queria que ele a odiasse. Mais do que qualquer outra pessoa, Sarah não merecia isso. Ao contrário de Miles, ao contrário dele próprio, ela não tinha qualquer participação naquilo.

– Ela nunca me disse quem estava namorando. Eu estava na faculdade e só descobri que era você no dia de Ação de Graças. Mas só contei a ela sobre o acidente ontem. Ela não sabia de nada antes disso. Sei que você não quer acreditar em mim...

– E você acha que eu deveria? – disparou Miles em resposta.

– Ela não sabia de nada – repetiu Brian. – Eu não iria mentir para você sobre isso.

– Sobre o que iria mentir para mim, então?

Brian se arrependeu daquelas palavras no mesmo instante em que as pronunciou. Sentiu um arrepio percorrer seu corpo ao imaginar a resposta àquela pergunta. *Sobre comparecer ao funeral. Sobre os sonhos que tivera. Sobre observar Jonah na escola. Sobre vigiar Miles em casa...*

Brian balançou de leve a cabeça para espantar aquelas ideias.

– Sarah não fez nada de errado – falou, esquivando-se da pergunta.

Mas Miles insistiu.

– Me responda – ordenou. – Sobre o que você mentiria? Sobre o cachorro, talvez?

– Não.

– Missy não pulou na frente do seu carro.

– Não foi por querer. Ela não teve como evitar. Não foi culpa de ninguém. Simplesmente aconteceu. Foi um acidente.

– *Não foi, não!* – bradou Miles, virando-se para trás.

Apesar do vento que rugia nas janelas abertas, seu grito pareceu ricochetear dentro do carro.

– Você não estava prestando atenção e passou por cima dela!

– Não – insistiu Brian.

Sabia que deveria ter mais medo de Miles do que sentia agora. Estava calmo, como um ator recitando falas que soubesse de cor. Sem medo nenhum, apenas um sentimento de profunda exaustão.

– Aconteceu exatamente do jeito que contei – reiterou.

Agora meio virado para trás, Miles apontou o dedo para Brian.

– Você a matou e fugiu!

– Não! Eu parei e procurei por ela. E quando encontrei...

Brian não completou a frase. Em sua mente, tornou a ver Missy caída na vala, com o corpo dobrado em um ângulo impossível, os olhos abertos a encará-lo.

Fitando o nada.

– Eu me senti mal, como se fosse morrer também. – Brian fez uma pausa e desviou os olhos de Miles. – Pus uma manta em cima dela – sussurrou. – Não queria que ninguém a visse daquele jeito.

Bennie Wiggins encontrou enfim uma música que o agradava. A luminosidade vinda da estrada era intensa e ele se endireitou no banco bem na hora em que percebeu em que trecho dela estava. Puxou a van de volta para sua pista.

O carro que se aproximava agora estava bem perto.

Mas, mesmo assim, ele ainda não o via.

Miles se retraiu ao ouvir Brian mencionar a manta e pela primeira vez o rapaz teve certeza de que ele estava realmente escutando, apesar de seguir aos berros. Assim sendo, seguiu falando, alheio aos gritos de Miles, alheio ao frio.

Alheio ao fato de que a atenção de Miles estava totalmente concentrada nele, não na estrada.

– Eu deveria ter ligado naquele mesmo dia, quando cheguei em casa. Foi errado. O que eu fiz não tem desculpa e eu sinto muito. Sinto muito pelo que fiz a você e sinto muito pelo que fiz a Jonah.

Brian ouvia a própria voz com se pertencesse a outra pessoa.

– Não sabia que guardar o segredo seria pior. O segredo me consumiu. Sei que você não quer acreditar nisso, mas é verdade. Eu não conseguia dormir. Não conseguia comer...

– Não estou nem aí para isso!

– Não conseguia parar de pensar no assunto. E nunca parei de pensar. Levo flores ao túmulo de Missy...

Quando fez outra curva, Bennie Wiggins finalmente viu o carro.

Tudo aconteceu tão depressa que quase não pareceu real. O carro estava vindo direto para cima dele e, na mente de Bennie, a imagem passou de câmera lenta a velocidade total com uma inevitabilidade aterradora. A mente de Bennie começou a funcionar a todo vapor, tentando desesperadamente processar a informação.

Não, não pode ser... Por que ele estaria trafegando pela minha pista? Não faz sentido... Mas ele está mesmo na minha pista. Será que não está me vendo? Ele tem que me ver... Vai dar uma guinada no volante e acertar o carro.

Tudo isso aconteceu em pouquíssimos segundos, mas, nesse intervalo, Bennie teve certeza absoluta de que a pessoa que dirigia o outro carro seguia depressa demais para sair do caminho a tempo.

Os dois estavam rumando direto um para cima do outro.

Brian viu o sol no para-brisa da van que se aproximava bem na hora em que esta fez a curva. Interrompeu a frase no meio e seu primeiro reflexo foi usar as mãos para se proteger do impacto. Deu um tranco forte o suficiente para as algemas cortarem seus pulsos enquanto arqueava as costas e gritava:

– *Cuidado!*

Miles se virou para a frente e na mesma hora, por instinto, puxou o volante com força enquanto os carros se aproximavam. Brian foi arremessado para o lado. Ao bater com a cabeça na janela, ocorreu-lhe quanto aquela situação era absurda.

Tudo começara com ele dirigindo pela Madame Moore's Lane.

E era assim que tudo iria terminar.

Preparou-se para o impacto final.

Só que ele não aconteceu.

Em vez dele, houve um baque forte, mas foi mais para a traseira do carro no lado em que ele estava. O carro começou a derrapar enquanto Miles pisava no freio. Deslizou pela neve no acostamento e foi se aproximando de uma placa de limite de velocidade. Miles lutou para manter o controle, até que, no último segundo, os pneus aderiram à pista. O carro mudou de direção outra vez e deu um tranco súbito, parando dentro de uma vala.

Brian aterrissou no chão entre os bancos, desorientado e zonzo. Levou alguns instantes para conseguir entender o que acontecera. Puxou o ar num arquejo, como se emergisse do fundo de uma piscina. Nem sequer sentiu os cortes no pulso.

Tampouco viu o sangue que havia sujado a vidraça.

34

– Você está bem?

Brian gemeu. Ouvia os sons aumentando e diminuindo de volume enquanto se esforçava para levantar do chão do carro com os braços ainda algemados às costas.

Miles abriu a própria porta com um empurrão, depois a de Brian. Com cuidado, puxou o rapaz para fora e o ajudou a ficar em pé. A lateral da cabeça de Brian estava empapada de sangue, que também escorria por sua face. Ele tentou ficar em pé sozinho, mas cambaleou e Miles tornou a segurar seu braço.

– Espere. Sua cabeça está sangrando. Tem certeza de que está bem?

Brian oscilou um pouco no mesmo lugar enquanto o mundo se movia em círculos à sua volta. Levou alguns instantes para entender a pergunta. Ao longe, Miles pôde ver o motorista descer da van.

– Tenho... Acho que sim. Minha cabeça está doendo...

Miles manteve a mão no braço de Brian enquanto tornava a olhar mais para trás na estrada. O motorista da van – um senhor de idade – estava atravessando a pista e caminhava na sua direção. Miles fez Brian se curvar para a frente e examinou com delicadeza o ferimento, em seguida tornou a endireitar o rapaz com um ar aliviado. Apesar de tonto, Brian achou aquela expressão no rosto de Miles absurda, levando em conta o que havia acontecido na última hora.

– Não parece fundo. Só um corte superficial – disse Miles. Então ergueu dois dedos no ar. – Quantos dedos tem aqui?

Brian estreitou os olhos e se concentrou até os dedos entrarem em foco.

– Dois.

Miles repetiu o gesto.

– E agora?

Mesmo procedimento.

– Quatro.

– E o resto da sua visão? Alguma mancha? Está preto nas bordas?

Cautelosamente, com os olhos semicerrados, Brian fez que não com a cabeça.

– Algum osso quebrado? Tudo bem com seus braços? E com as pernas?

Brian se demorou um pouco testando os próprios membros, ainda com dificuldade para manter o equilíbrio. Fez uma careta ao girar os ombros para trás.

– Meus pulsos estão doendo.

– Espere um instante.

Miles pegou as chaves no bolso e retirou as algemas. Na mesma hora, Brian levou uma das mãos à cabeça. Um dos pulsos doía e parecia machucado, o outro estava rígido. O sangue começou a vazar por entre os dedos da mão que ele pusera sobre o ferimento.

– Consegue ficar em pé sozinho? – perguntou Miles.

Brian sabia que ainda estava um pouco instável, mas assentiu, e Miles andou novamente até a porta do carro. Pegou no chão uma camiseta esquecida por Jonah. Levou-a até Brian e a pressionou sobre o talho em sua cabeça.

– Consegue segurar isto aqui?

Brian assentiu e pegou a camiseta bem na hora em que o motorista da van, lívido e assustado, chegava bufando.

– Vocês estão bem? – indagou.

– Estamos, está tudo bem – respondeu Miles automaticamente.

Ainda abalado, o motorista se virou de Miles para Brian. Viu o sangue que escorria pela face do rapaz e sua boca se contorceu.

– Ele está sangrando bastante.

– Não é tão ruim quanto parece – retrucou Miles.

– O senhor não acha que ele precisa de uma ambulância? Talvez seja melhor eu ligar...

– Está tudo bem – disse Miles, interrompendo-o. – Eu sou subxerife. Já olhei o ferimento. O rapaz vai ficar bem.

Apesar da dor que sentia nos pulsos e na cabeça devido ao acidente, Brian se sentiu um mero espectador do que se desenrolava ali.

– O senhor é subxerife?

O outro motorista deu um passo para trás e olhou de relance para Brian em busca de apoio.

– Ele ultrapassou a faixa. Não foi culpa minha... – falou.

Miles ergueu as mãos.

– Escute...

O motorista notou as algemas que Miles ainda segurava e seus olhos se arregalaram.

– Eu tentei sair da frente, mas o senhor estava na minha pista – disse ele, subitamente na defensiva.

– Espere um pouco... Qual é o seu nome? – indagou Miles, tentando controlar a situação.

– Bennie Wiggins – respondeu o homem. – Eu não estava acima do limite. O senhor invadiu a minha pista.

– Espere um pouco... – repetiu Miles.

– O senhor ultrapassou a faixa – repetiu o motorista. – Não pode me prender por causa disso. Eu estava tomando cuidado.

– Não vou prender o senhor.

– Então para que isso aí? – perguntou ele, apontando para as algemas.

Antes que Miles respondesse, Brian se intrometeu:

– Elas estavam em mim. Ele estava me levando para a delegacia.

O motorista olhou para os dois como se não estivesse entendendo nada, mas, antes que pudesse dizer qualquer coisa, o carro de Sarah parou perto deles com uma leve derrapada. Todos se viraram quando ela desceu correndo, parecendo ao mesmo tempo aflita, confusa e zangada.

– O que aconteceu? – gritou.

Olhou os três de cima a baixo antes de finalmente cravar os olhos em Brian. Ao ver o sangue, foi direto até o irmão.

– Você está bem? – perguntou, puxando-o para longe de Miles.

Embora ainda zonzo, Brian fez que sim com a cabeça.

– Estou, está tudo bem...

Sarah se virou para Miles, irada:

– O que você fez com ele, droga? Bateu nele?

– Não – respondeu Miles com um leve balançar de cabeça. – Nós sofremos um acidente.

– Ele ultrapassou a faixa – disse o motorista de repente, apontando para Miles.

– Acidente? – repetiu Sarah, virando-se para ele.

– Eu estava só dirigindo – continuou o senhor – e, quando fiz a curva, esse cara estava vindo direto para cima de mim. Desviei, mas não consegui sair da frente. A culpa foi dele. Eu bati no carro dele, mas não pude evitar...

– Bateu de raspão – interrompeu Miles. – Ele raspou a traseira do meu carro e eu saí da estrada. Nós mal colidimos.

Sarah voltou a atenção para Brian outra vez. De repente, não sabia mais em que acreditar.

– Tem certeza de que você está bem?

Brian assentiu.

– O que aconteceu, afinal? – indagou ela.

Depois de vários instantes, Brian tirou a mão da cabeça. A camiseta estava molhada e pegajosa, empapada de vermelho.

– Foi um acidente – disse ele. – Não foi culpa de ninguém. Simplesmente aconteceu.

Era a verdade, claro. Miles não tinha visto a van porque estava virado no banco. Brian sabia que ele não tinha feito de propósito.

O que Brian não percebeu foi que aquelas eram as mesmas palavras usadas para descrever o acidente com Missy, as mesmas ditas a Miles dentro do carro, as mesmas que passara os últimos dois anos repetindo para si mesmo até sentir-se mal.

Mas Miles percebeu.

Sarah tornou a se aproximar de Brian e passou o braço à sua volta. O rapaz fechou os olhos, sentindo-se subitamente fraco outra vez.

– Vou levar meu irmão para o hospital – anunciou Sarah. – Ele precisa de um médico.

Com um empurrãozinho delicado, começou a conduzi-lo para longe do carro.

Miles deu um passo na sua direção.

– Você não pode fazer isso...

– Tente me impedir para você ver só – interrompeu ela. – Não vai mais chegar perto dele.

– Espere – pediu Miles.

Sarah se virou e o fitou com um ar de desprezo:

– Não precisa se preocupar. Não vamos tentar fugir.

– O que está acontecendo? – quis saber o motorista da van, com a voz tomada de pânico. – Por que eles estão indo embora?

– Não é da sua conta – cortou Miles.

Tudo o que pôde fazer foi observá-los partir.

Não podia levar Brian para a delegacia daquele jeito, nem teria como deixar o local do acidente antes de a situação se resolver. Imaginou que poderia até impedi--los de ir embora, mas Brian precisava ser examinado por um médico e, se Miles não o deixasse ir, teria de explicar o que acontecera a qualquer um que aparecesse para investigar – o que não estava nada disposto a fazer. Assim, sentindo-se quase impotente, acabou não fazendo nada. Quando Brian olhou para trás, porém, lembrou as palavras que o rapaz dissera:

Foi um acidente. Não foi culpa de ninguém.

Sabia que Brian estava errado em relação a isso. Ele não estava prestando atenção na estrada – caramba, nem sequer estava virado na direção certa. Estava desligado por causa das coisas que o rapaz dissera.

Sobre Sarah. Sobre a manta. Sobre as flores.

Não quisera acreditar nele na hora, tampouco queria acreditar nele agora. Mas ainda assim... sabia que Brian não estava mentindo sobre essas coisas. Tinha visto a manta, tinha visto as flores no túmulo toda vez que fora ao cemitério...

Fechou os olhos para tentar espantar o pensamento.

Nada disso importa, você sabe que não. É claro que Brian estava arrependido. Ele matou uma pessoa. Quem não ficaria arrependido?

Era isso que ele estava gritando para o rapaz quando o acidente aconteceu. Quando deveria estar prestando atenção na estrada. Em vez disso, porém – ignorando tudo, exceto a própria raiva –, quase tinha batido de frente com outro veículo.

Quase tinha matado todos eles.

Depois, porém, mesmo ferido, Brian o havia defendido. E, ao ver os irmãos irem embora devagar, soube instintivamente que Brian sempre o defenderia.

Por quê?

Porque se sentia culpado e essa era mais uma forma de pedir perdão? Para que Miles tivesse uma dívida com ele? Ou será que o rapaz acreditava mesmo no que tinha dito?

Talvez fosse assim que o rapaz visse as coisas. Afinal, se Miles não tivera a intenção de causar a batida, ela fora um acidente.

Como no caso de Missy?

Miles balançou a cabeça. *Não...*

Nesse caso era diferente, disse a si mesmo. E também não tinha sido culpa de Missy.

A brisa aumentou, levantando pequenos redemoinhos de neve.

Ou será que tinha?

Pouco importa, repetiu para si mesmo. Não agora. É tarde demais para isso.

Sarah abriu a porta do carro para Brian, o ajudou a entrar e olhou de relance para Miles, sem esconder a raiva que sentia.

Sem esconder quanto ficara magoada com as suas palavras.

Sarah não sabia até a véspera, afirmara Brian. *Ela nunca me disse quem estava namorando.*

Minutos antes, em sua casa, parecera-lhe muito óbvio que Sarah sabia desde o início. Mas agora, pela maneira como ela o fitara, ele já não tinha tanta certeza. A Sarah por quem ele havia se apaixonado não seria capaz de enganá-lo.

Ele sentiu os próprios ombros desabarem.

Não, sabia que Brian não mentira em relação a isso. Tampouco mentira sobre a manta, as flores, ou sobre quanto lamentava o ocorrido. E se Brian tinha dito a verdade sobre essas coisas...

Será que poderia estar dizendo a verdade sobre o acidente também?

Por mais que ele resistisse, essa pergunta não parava de lhe voltar à mente.

Sarah virou as costas e deu a volta no carro até a porta do motorista. Miles sabia que ainda poderia detê-los. Se realmente quisesse, poderia detê-los.

Só que não o fez.

Precisava de tempo para pensar – sobre tudo o que havia escutado nesse dia, sobre a confissão de Brian...

Acima de tudo, concluiu, ao ver Sarah se acomodar atrás do volante, precisava de tempo para pensar sobre ela.

Poucos minutos depois, um policial rodoviário chegou ao local – um morador de uma das casas próximas tinha avisado sobre o acidente – e começou a preencher o boletim de ocorrência. Bennie explicava sua versão quando Charlie apareceu. O policial o chamou para uma breve conversa um pouco mais adiante na estrada. No fim, Charlie meneou a cabeça para o policial e foi em direção a Miles.

Encontrou-o encostado no carro, de braços cruzados, aparentemente perdido nos próprios pensamentos. Passou a mão devagar pela mossa e pelo arranhão na lataria.

– Para um amassadinho de nada, você está com uma cara péssima.

Miles ergueu os olhos, surpreso.

– Charlie? O que está fazendo aqui?

– Fiquei sabendo que você tinha sofrido um acidente.

– As notícias correm depressa.

Charlie deu de ombros.

– Sabe como é – disse apenas, e limpou a neve do casaco. – Está tudo bem com você?

Miles balançou a cabeça.

– Tudo. Estou meio abalado, só isso.

– O que houve?

Miles deu de ombros.

– Perdi o controle do carro. A pista estava meio escorregadia.

Charlie aguardou para ver se Miles diria mais alguma coisa.

– Só isso?

– Como você mesmo disse, foi só um amassadinho.

Charlie o estudou com atenção.

– Bom, pelo menos você não se machucou. O outro motorista também parece ileso.

Miles assentiu e Charlie se encostou ao seu lado no carro.

– Mais alguma coisa que você queira me contar?

Miles não respondeu. Charlie pigarreou e disse:

– O policial me falou que havia outra pessoa dentro do carro com você, um rapaz algemado, mas que uma mulher apareceu e o levou embora. Ela disse que iria levá-lo para o hospital. Então...

Ele apertou um pouco mais o casaco em volta de si enquanto aguardava.

– Um acidente é uma coisa, Miles. Mas tem muito mais acontecendo aqui – falou. – Quem estava no carro com você?

– Ele não ficou gravemente ferido, se for essa a sua preocupação. Eu verifiquei, e ele vai ficar bem.

– Responda à pergunta. Você já tem problemas suficientes. Quem estava levando para a delegacia?

Miles transferiu o peso do corpo de uma perna para a outra.

– Brian Andrews – falou. – Irmão de Sarah.

– Então foi ela quem o levou para o hospital?

Miles assentiu.

– E ele estava algemado?

De nada adiantava tentar mentir. Miles assentiu com um gesto breve.

– Você por acaso esqueceu que estava suspenso? – perguntou Charlie. – Que oficialmente não tem autoridade para prender ninguém?

– Não.

– Então o que pensou que estava fazendo? Qual era essa situação tão crítica que você não pôde nem avisar à central?

Ele fez uma pausa e fitou Miles nos olhos.

– Preciso que você me diga a verdade. Vou acabar descobrindo, de toda forma, mas quero ouvir da sua boca primeiro. O que ele estava fazendo, traficando drogas?

– Não.

– Você o pegou roubando um carro?

– Não.

– Foi alguma briga?

– Não.

– Então o que foi?

Embora uma parte de Miles tivesse se sentido tentada a contar toda a verdade a Charlie, a lhe dizer que Brian havia matado Missy, ele não conseguia encontrar as palavras. Pelo menos não naquela hora, não antes de entender tudo.

– É complicado – respondeu por fim.

Charlie enfiou as mãos nos bolsos.

– Sou todo ouvidos.

Miles olhou para o outro lado.

– Preciso de um tempo para entender as coisas.

– Entender que coisas? A pergunta é simples, Miles.

Não tem nada de simples nesta história.

– Você confia em mim? – indagou Miles de repente.

– Confio, sim. Mas isso não vem ao caso.

– Preciso de um tempo para pensar antes de conversarmos sobre o que aconteceu.

– Ah, francamente...

– Por favor, Charlie. Pode me dar só um pouquinho de tempo? Sei que tenho lhe dado muito trabalho nestes últimos dias e que venho agindo como um maluco, mas realmente preciso que você me dê esse voto de confiança. E não tem nada a ver com Otis, nem com Sims, nem com nada desse tipo. Eu juro que não vou chegar perto deles dois.

Algo no tom enfático da súplica de Miles, no desconforto e no cansaço que pôde distinguir em seus olhos, informou a Charlie quanto ele realmente precisava do que estava pedindo.

Charlie não gostou daquilo, nem um pouco. Algo estava acontecendo, algo importante, e lhe desagradava não saber o que era.

Mas...

Apesar de estar ciente de que talvez não fosse a melhor coisa a fazer, ele deu um suspiro e se afastou do carro. Não disse nada nem olhou para trás ao partir. Se o fizesse, provavelmente mudaria de ideia.

Um minuto depois, quase como se nunca tivesse aparecido por ali, Charlie já se fora.

Algum tempo depois, o policial rodoviário terminou de registrar a ocorrência e foi embora. Bennie também partiu.

Miles, contudo, permaneceu ali ainda por quase uma hora. Sua mente era uma confusão de pensamentos contraditórios. Alheio ao frio, ficou sentado no carro com a janela aberta, passando as mãos repetidamente no volante, feito um robô.

Quando entendeu o que tinha de fazer, fechou a janela, girou a chave na ignição e pegou novamente a estrada. O motor do carro mal havia esquentado quando ele tornou a encostar e desceu. A temperatura havia subido um pouco, e a neve começava a derreter. Gotas pingavam dos galhos das árvores, num barulho contínuo que lembrava as batidas de um relógio.

Não pôde deixar de reparar nos arbustos altos junto ao acostamento. Embora houvesse passado por ali mil vezes, até aquela manhã aquelas plantas nada haviam significado para ele.

Agora, porém, olhando para os arbustos, não conseguia pensar em outra coisa. Eles o impediam de avistar o gramado e bastou uma olhada para ele saber que eram densos o suficiente para impedir Missy de ver o cachorro.

Seriam densos demais para permitir a passagem?

Margeou a fileira de arbustos e diminuiu o passo ao chegar ao local em que imaginavam que Missy houvesse sido atropelada. Curvou-se para examinar mais de perto e congelou quando viu: uma brecha no meio dos arbustos, semelhante a um buraco. Não havia nenhuma pegada evidente, mas folhas pisadas escurecidas cobriam o chão e galhos haviam sido arrancados de cada lado da brecha.

Com certeza alguma coisa usava aquela brecha como passagem.

Um cachorro preto?

Ouviu latidos ao longe. Olhou para o quintal, procurando a origem do barulho. Não viu nada.

Estaria frio demais para fugir para a rua?

Ele nunca tinha verificado a presença de um cachorro. Ninguém tinha.

Perdido em pensamentos, olhou para mais adiante na estrada. Enfiou as mãos nos bolsos. Sentiu-as duras de frio, difíceis de dobrar, e, à medida que se aqueceram, começaram a formigar. Ele não ligou.

Sem saber o que mais fazer, foi de carro até o cemitério na esperança de conseguir desanuviar a mente. Viu-as antes mesmo de chegar ao túmulo: flores novas apoiadas na lápide.

Lembrou-se de Charlie e de algo que ele um dia lhe dissera.

Como se o motorista estivesse tentando se desculpar.

Virou as costas e foi embora.

As horas se passaram. Estava escuro agora. Do lado de fora, o céu de inverno era negro e ameaçador.

Sarah saiu da janela e tornou a percorrer o apartamento. Brian já saíra do hospital e voltara para casa. O corte não havia sido grave, foram necessários apenas três pontos, e seu irmão não quebrara nenhum osso. Levara menos de uma hora para ser liberado.

Apesar de ela ter praticamente implorado, Brian não quisera ficar no seu apartamento. Precisava ficar sozinho. Estava em casa, usando boné e casaco de moletom para esconder dos pais seus ferimentos. "Não conte a eles o que aconteceu, Sarah", ele pedira. "Ainda não estou pronto para isso. Quero contar eu mesmo. Vou fazer isso quando Miles vier me buscar."

Miles iria prender Brian. Disso Sarah tinha certeza.

Perguntava-se por que ele estava demorando tanto.

Fazia oito horas que ela alternava raiva e preocupação, frustração e amargura, passando de um sentimento a outro e voltando ao anterior sem descanso. Eram muitas emoções diferentes, um excesso que ela nem sequer conseguia começar a processar.

Ficou ensaiando mentalmente as palavras que deveria ter dito quando Miles a atacara de forma tão injusta. *Você por acaso acha que é o único a sofrer com esta situação?* Era isso que deveria ter dito. *Acha que ninguém mais no mundo é capaz de entender? Já parou para pensar como foi difícil para mim trazer Brian aqui hoje? Entregar meu próprio irmão? E a sua reação... ah, isso foi o melhor de tudo. Eu traí você? Usei você?*

Frustrada, pegou o controle remoto e ligou a TV. Zapeou pelos canais. Desligou.

Calma, disse a si mesma, tentando se tranquilizar. Ele acabara de descobrir quem tinha matado sua mulher. Não poderia haver nada mais difícil, sobretudo quando acontecia de forma inesperada, como naquele caso. Sobretudo vindo de mim.

E Brian.

Não podia se esquecer de agradecer a ele por ter estragado a vida de todo mundo.

Ela balançou a cabeça. Não estava sendo justa. Ele era só um garoto na época. Fora um acidente. Sabia que ele faria qualquer coisa para mudar o que havia acontecido.

E assim continuou, para lá e para cá. Ela deu mais uma volta pela sala e foi parar na janela. Ainda nenhum sinal de Miles. Foi até o telefone e pegou o aparelho, para verificar se a linha estava funcionando. Estava. Brian prometera ligar para ela assim que Miles aparecesse.

Mas onde estaria Miles e o que estaria fazendo? Ligando para chamar reforços?

Sarah não sabia o que fazer. Não podia sair de casa, não podia usar o telefone. Não enquanto estivesse aguardando a ligação.

Brian passou o resto do dia escondido no quarto.

Deitado na cama, ficou encarando o teto, braços estendidos ao longo do corpo, pernas esticadas, como se estivesse em um caixão. Sabia que havia pegado no sono sem querer, pois notara a mudança da luz dando um aspecto diferente aos objetos do quarto. Ao longo das horas, as paredes deixaram de ficar brancas e se tornaram cinza-claras, até se esconderem nas sombras conforme o sol avançava devagar pelo céu e se punha. Não havia almoçado nem jantado.

Em algum momento durante a tarde, a mãe batera à sua porta e entrara no quarto. Brian fechara os olhos para fingir que estava dormindo. Sabia que ela pensava que o filho estivesse doente. Maureen atravessou o quarto e tocou sua testa para ver se ele estava com febre. Um minuto depois, saiu sem fazer barulho, fechando a porta atrás de si. Brian a ouviu falar com o pai em voz baixa.

– Ele não deve estar se sentindo bem – disse ela. – Apagou mesmo.

Quando não estava dormindo, Brian pensava em Miles. Perguntava-se onde ele estaria e quando apareceria para buscá-lo. Pensou em Jonah também e no que o menino diria quando o pai lhe contasse quem havia matado sua mãe. Perguntou-se como estaria Sarah e desejou que ela não tivesse sido obrigada a participar daquilo.

Perguntou-se como seria a prisão.

No cinema, as prisões eram mundos à parte, com suas próprias leis, seus próprios reis e súditos, suas próprias gangues. Imaginou a parca iluminação das lâmpadas fluorescentes, barras de aço frias e portas a se fechar com ruídos metálicos. Imaginou-se escutando barulhos de descarga, conversas, sussurros, gritos e gemidos; imaginou um lugar onde o silêncio não existia, nem mesmo no meio da noite. Viu-se fitando o alto de muros de concreto encimados por arame farpado e observando guardas nas torres de vigia com armas em punho apontadas para o céu. Viu outros detentos a observá-lo com interesse, apostando quando tempo ele iria sobreviver. Não teve dúvida nenhuma: se fosse parar mesmo lá dentro, seria um súdito.

Não conseguiria sobreviver em um lugar daqueles.

Mais tarde, quando os barulhos da casa começaram a se aquietar, Brian ouviu os pais irem para a cama. Uma luz vazou por baixo de sua porta, depois finalmente se apagou. Ele tornou a adormecer e, mais tarde, quando acordou de repente, viu Miles dentro do quarto. Ele estava em pé no canto junto ao armário, com uma arma na mão. Brian piscou, estreitou os olhos e sentiu o medo apertar seu peito, dificultando a respiração. Sentou-se na cama e esticou os braços para a frente, em uma postura defensiva, então percebeu que estava enganado.

O que pensara ser Miles era apenas sua jaqueta no cabide de casacos, misturada às sombras, pregando peças em sua mente.

Miles.

Ele o havia deixado ir embora. Depois do acidente, Miles o havia deixado ir embora e não viera buscá-lo.

Brian rolou de lado e se encolheu em posição fetal.

Mas viria.

Sarah ouviu a batida à sua porta da rua pouco antes da meia-noite e olhou pela janela já sabendo quem era. Quando abriu, Miles não sorriu nem franziu o cenho, tampouco se mexeu. Estava com os olhos vermelhos, inchados de cansaço. Ficou parado na soleira da porta aparentando não querer estar ali.

– Quando você soube que tinha sido Brian? – perguntou ele abruptamente.

Sarah não desgrudou os olhos dos seus.

– Ontem – respondeu. – Ele me contou ontem. E fiquei tão horrorizada quanto você.

Os lábios secos e rachados de Miles se uniram.

– Tudo bem – disse ele.

Com isso, ele se virou para ir embora. Sarah segurou seu braço.

– Espere... por favor.

Ele se virou.

– Foi um acidente, Miles – disse ela. – Um terrível, terrível acidente. Não deveria ter acontecido e não foi justo ter acontecido com Missy. Eu sei disso e sinto tanto por você...

Ela não completou a frase e pensou se Miles a estaria escutando. Os olhos dele estavam embaçados, insondáveis.

– Mas...? – disse ele.

Não houve emoção alguma na pergunta.

– Não tem nenhum "mas". Só quero que você se lembre disso. O fato de ele ter fugido é imperdoável, mas foi um acidente.

Sarah aguardou uma resposta. Como ele não disse nada, soltou seu braço. Ele não fez qualquer movimento para ir embora.

– O que você vai fazer? – perguntou ela por fim.

Miles olhou para o outro lado.

– Sarah, ele matou minha mulher. Ele infringiu a lei.

Ela balançou a cabeça.

– Eu sei.

Ele balançou a cabeça sem responder, então começou a descer o corredor. Um minuto depois, do outro lado da janela, ela o viu entrar no carro e ir embora.

Foi para o sofá outra vez. O telefone estava em cima da mesa de canto e ela aguardou, sabendo que não demoraria a tocar.

35

Para onde deveria ir agora, pensou Miles? O que deveria fazer agora que sabia a verdade? Quando suspeitara de Otis, a resposta tinha sido simples. Não havia nenhuma consideração a fazer, nada a debater. Pouco importava se todos os fatos se encaixavam ou se tudo tinha uma explicação fácil demais. Ele tinha informações suficientes para ter certeza de que Otis o odiava o bastante para matar Missy; para Miles, isso bastava. Em sua mente, Otis merecia qualquer punição que a lei pudesse dar, exceto por um detalhe.

Não era assim que as coisas tinham acontecido.

O inquérito não produzira nenhum resultado. O dossiê que ele havia montado a duras penas ao longo dos anos não significava nada. Sims, Earl e Otis não significavam nada. Nada fornecera uma resposta, mas de repente, do nada, a resposta tinha ido procurá-lo usando uma jaqueta e tendo lágrimas nos olhos.

O que ele queria saber era: fazia alguma diferença?

Passara dois anos de sua vida acreditando que sim. Havia chorado à noite, ficado acordado até tarde, começado a fumar e lutado consigo mesmo, certo de que a resposta iria mudar tudo isso. A resposta havia se tornado uma miragem no deserto, sempre um pouco além do seu alcance. E agora, nesse momento, ele a segurava na mão. Bastava um telefonema e seria vingado.

Poderia fazer isso. Mas e se, quando examinasse melhor a resposta, esta não fosse o que ele pensava que seria? E se o motorista não fosse um bêbado nem um inimigo; e se aquilo não fosse a consequência de um comportamento irresponsável? E se a verdade fosse um adolescente de cabelos castanho-escuros cheio de espinhas no rosto e vestido com uma calça baggie, assustado e arrependido pelo que havia acontecido, jurando que tinha sido um acidente impossível de evitar?

Nesse caso, será que tinha importância?

Como alguém poderia responder a essa pergunta? Será que ele deveria pegar a lembrança que tinha da mulher e toda a tristeza que sentira nos últimos dois anos e simplesmente somar a elas sua responsabilidade como marido e pai e seu dever perante a lei para obter uma resposta quantificável? Ou será que deveria pegar esse total e dele subtrair a idade, o medo e o pesar evidente de um adolescente, junto com seu amor por Sarah, para assim obter novamente o resultado zero?

Não sabia. O que sabia, isso sim, era que sussurrar o nome de Brian em voz alta deixava um travo amargo em sua boca. Sim, pensou, tinha importância. Soube com certeza que sempre teria importância, e que precisava tomar alguma atitude em relação a isso.

Na sua mente, ele não tinha escolha.

A Sra. Johnson havia deixado as luzes acesas, e estas banhavam o caminho de pedestres com um brilho amarelado quando Miles se aproximou da porta. Pôde sentir um leve cheiro de fumaça de lareira no ar ao bater na porta antes de usar a própria chave e abri-la com um empurrão.

Adormecida sob uma colcha de retalhos na cadeira de balanço, cheia de cabelos brancos e rugas, ela parecia um duende. A televisão estava ligada, mas em volume baixo, e Miles entrou sem fazer barulho. A cabeça da mulher se inclinou de lado e ela abriu os olhos, olhos alegres cujo brilho nunca parecia arrefecer.

– Desculpe o atraso – disse ele, e a Sra. Johnson assentiu.

– Ele está dormindo no quarto dos fundos – informou ela. – Tentou ficar acordado até você chegar.

– Que bom que não conseguiu – comentou Miles. – Antes de ir buscá-lo, posso ajudar a senhora a ir para o quarto?

– Não – respondeu ela. – Deixe de ser bobo. Eu estou velha, mas ainda consigo andar muito bem.

– Eu sei. Obrigado por ficar com ele hoje.

– Resolveu tudo o que precisava resolver? – indagou ela.

Embora Miles não tivesse lhe contado o que estava acontecendo, ela vira o quanto ele estava abalado ao lhe pedir para cuidar de Jonah depois da escola.

– Não exatamente.

Ela sorriu.

– Há sempre o dia de amanhã.

– É – disse ele. – Eu sei. Como ele estava hoje?

– Cansado. Meio calado, também. Não quis sair, então fizemos biscoitos.

A vizinha não disse que Jonah estava chateado, mas nem precisou. Miles sabia o que havia por trás de suas palavras.

Depois de agradecer outra vez, foi até o quarto e pegou Jonah no colo, ajeitando o filho para que a cabeça dele repousasse sobre seu ombro. O menino não se mexeu, e Miles entendeu que estava exausto.

Igualzinho ao pai.

Pensou se ele voltaria a ter pesadelos.

Levou o filho para casa, e em seguida para a cama. Puxou as cobertas até em cima, acendeu a luz noturna e sentou-se na cama ao seu lado. Na claridade fraca, Jonah lhe pareceu muito vulnerável. Miles se virou para a janela.

Pôde ver a lua entre as ripas da persiana, e ergueu a mão para fechá-las. Sentiu o frio se irradiar da vidraça. Puxou as cobertas de Jonah ainda mais para cima e passou a mão em seus cabelos.

– Eu sei quem foi, mas não sei se deveria contar para você – sussurrou.

Jonah tinha a respiração regular, as pálpebras imóveis.

– Você quer saber?

No escuro do quarto, o menino não respondeu.

Depois de algum tempo, Miles saiu do quarto e foi pegar uma cerveja na geladeira. Pendurou a jaqueta no armário. No chão estava a caixa na qual guardava os vídeos caseiros; depois de hesitar por alguns instantes, ele a pegou. Levou a caixa até a sala, pôs em cima da mesa de centro e abriu.

Escolheu uma fita ao acaso e a pôs dentro do videocassete, acomodando-se em seguida no sofá.

A tela no início ficou preta, depois fora de foco, e então a imagem clareou. Crianças apareceram sentadas ao redor de uma mesa na cozinha, remexendo-se furiosamente, agitando os pequenos braços e pernas como bandeiras em dia de vento. Outros pais estavam parados junto à mesa ou entravam e saíam do quadro. Ele reconheceu a voz na gravação: era a sua.

Era uma festa de aniversário de Jonah e a câmera deu um zoom no menino. Ele estava completando 2 anos. Sentado em uma cadeirinha alta, segurava uma colher e batia com ela na mesa, sorrindo a cada batida.

Então Missy entrou em cena trazendo uma bandeja de cupcakes. Um dos bolinhos tinha duas velas acesas e ela o colocou em frente ao filho. Puxou o "Parabéns para você" e os outros pais cantaram também. Em poucos instantes, mãos e rostos ficaram lambuzados de chocolate.

A câmera deu um zoom em Missy e Miles ouviu a própria voz chamar o nome da mulher. Ela se virou e sorriu. Seus olhos estavam cheios de vida, com uma expressão brincalhona. Era esposa, era mãe e amava a vida que tinha. A tela ficou preta e outra cena surgiu: Jonah abrindo os presentes.

Depois disso, a fita avançava um mês até o Dia dos Namorados. Havia uma mesa posta em estilo romântico. Miles se lembrava perfeitamente desse dia. Havia tirado a louça chique do armário e a luz das velas fazia os copos de vinho cintilar. Tinha feito o jantar para a mulher: linguado recheado com carne de caranguejo e camarão, ao molho cremoso de limão siciliano, acompanhado de arroz-selvagem e salada de espinafre. Missy estava no quarto se arrumando. Ele lhe pedira que só saísse quando tudo estivesse pronto.

Filmara-a entrando na sala, quando ela vira a mesa posta. Naquela noite, ao contrário da festinha de aniversário, ela nada tinha de mãe ou de esposa. Naquela noite, parecia estar em Paris ou Nova York, pronta para uma noite de estreia no teatro. Usava um vestido preto de festa e pequenas argolas nas orelhas.

Prendera os cabelos em um coque e algumas mechas onduladas emolduravam seu rosto.

"Que lindo", dissera ela, sem ar. "Obrigada, meu amor."

"Linda está você", fora a resposta de Miles.

Lembrava-se de ela ter lhe pedido para desligar a câmera para que pudessem se sentar à mesa. Lembrava também que, depois de jantar, tinham ido para o quarto e feito amor, passando horas perdidos em meio aos lençóis. Enquanto relembrava essa noite, mal conseguiu escutar a vozinha atrás de si.

– Essa é a mamãe?

Miles parou a fita, virou-se e viu Jonah em pé no final do corredor. Sentiu-se culpado e provavelmente deixou isso transparecer, mas tentou disfarçar com um sorriso.

– E aí, campeão? – perguntou. – Está difícil dormir?

Jonah fez que sim com a cabeça.

– Escutei uns barulhos, aí acordei.

– Desculpe. Devo ter sido eu.

– Aquela era a mamãe? – tornou a perguntar Jonah, encarando Miles com um olhar firme. – Na televisão.

Miles ouviu a tristeza na voz do filho, como se houvesse estragado por acidente um brinquedo muito querido. Sem saber exatamente o que dizer, deu uns tapinhas no sofá.

– Venha cá – falou. – Sente aqui do meu lado.

Depois de hesitar por um instante, Jonah arrastou os pés até o sofá. Miles passou o braço em volta dele. O menino ergueu os olhos para o pai, à espera de uma resposta, e coçou o rosto.

– Sim, era a mamãe – respondeu Miles por fim.

– Por que ela está na televisão?

– É uma fita. Sabe as fitas que a gente às vezes gravava com a câmera de vídeo, quando você era pequeno?

– Ah, *tá* – disse o menino, e apontou para a caixa. – Tudo isso são fitas?

Miles assentiu.

– E a mamãe está naquelas ali também?

– Em algumas, sim.

– Posso assistir com você?

Miles puxou Jonah um pouco mais para perto.

– Está tarde, Jonah... Eu já estava indo deitar. Outro dia, está bem?

– Amanhã?

– Pode ser.

Jonah pareceu satisfeito com essa resposta, pelo menos por ora, e Miles esticou a mão por trás dele para apagar a luminária. Recostou-se no sofá e Jonah se aninhou junto ao pai. Com as luzes apagadas, as pálpebras do menino começaram a pesar. Miles pôde sentir o ritmo de sua respiração desacelerando. Jonah deu um bocejo.

– Pai?

– Hum.

– Você estava vendo essas fitas porque está triste de novo?

– Não.

Miles alisava os cabelos do filho num ritmo vagaroso.

– Por que a mamãe teve que morrer?

Miles fechou os olhos.

– Não sei.

O peito de Jonah subia e descia. Subia e descia. Respirações fundas.

– Eu queria que ela ainda estivesse aqui.

– Eu também.

– Ela nunca mais vai voltar – falou o menino.

Era uma afirmação, não uma pergunta.

– Não.

Jonah adormeceu sem dizer mais nada. Miles continuou a segurá-lo. O filho parecia pequeno, como um bebê, e Miles pôde sentir o leve cheiro de xampu em seus cabelos. Beijou-lhe o topo da cabeça e encostou a face ali.

– Eu te amo, Jonah.

Não houve resposta.

Pela segunda vez naquela noite, Miles carregou o filho até o quarto e o pôs na cama. Foi uma luta se levantar do sofá sem acordá-lo. Ao sair do quarto, deixou a porta entreaberta.

Por que a mamãe teve que morrer?

Não sei.

Miles voltou para a sala e tornou a guardar a fita na caixa, desejando que Jonah não a tivesse visto, desejando que ele não tivesse falado sobre Missy.

Ela nunca mais vai voltar.

Não.

Levou a caixa de volta para o armário do quarto, desejando dolorosamente poder mudar isso também.

Na escuridão da varanda dos fundos, Miles deu uma longa tragada no cigarro, seu terceiro daquela noite fria, e encarou a água enegrecida.

Estava em pé lá fora tentando esquecer a conversa com Jonah desde que guardara as fitas. Estava zangado, estava exausto, não queria pensar no filho nem no que deveria lhe contar. Não queria pensar em Sarah, nem em Brian ou Charlie, nem em Otis ou em um cachorro preto surgindo entre os arbustos. Não queria pensar em mantas, flores, nem na curva da estrada que dera início a tudo aquilo.

Queria ficar anestesiado. Esquecer tudo. Voltar no tempo até antes de aquilo começar.

Queria sua vida de volta.

Um pouco para o lado, projetada pelas luzes de dentro da casa, viu a própria sombra a segui-lo, da mesma forma que os pensamentos que não conseguia deixar para trás.

Mesmo que prendesse Brian, pensou, ele seria liberado. Talvez até perdesse a habilitação, mas conseguiria ficar sob condicional e não acabaria atrás das grades. Era menor de idade na época do acidente, havia circunstâncias atenuantes e o juiz reconheceria a tristeza do rapaz e teria pena dele.

Mas Missy não voltaria nunca mais.

O tempo passou. Ele acendeu outro cigarro e o fumou até o fim. Nuvens escuras cobriam o céu e ele já ouvia a chuva encharcar a terra. Acima do rio, a lua surgiu espiando por entre as nuvens. Uma luz suave iluminou o quintal. Ele desceu da varanda e pisou no caminho de ardósia que construíra e que levava a um barracão com telhado de zinco. Lá ficavam guardados o cortador de grama, ferramentas, pesticidas, um galão de gasolina. Quando era casado, aquele era o seu canto e Missy raramente entrava lá.

Tinha entrado lá, contudo, no último dia em que ele a vira...

Pequenas poças haviam se acumulado sobre a ardósia e ele sentiu a água estalar sob seus passos. O caminho dava a volta na casa, passando por um salgueiro que ele havia plantado para Missy. Ela sempre quisera um salgueiro no quintal, pois achava que essa árvore tinha um aspecto ao mesmo tempo triste e romântico. Passou por um balanço de pneu, depois por um trenzinho que Jonah esquecera do lado de fora. Alguns passos mais à frente, chegou ao barracão.

A porta estava fechada com um cadeado e Miles tateou acima do batente até encontrar a chave. O cadeado se abriu com um estalo. Ele empurrou a porta e foi recebido por um cheiro de mofo. Havia uma lanterna sobre a prateleira e ele estendeu a mão para pegá-la. Acendeu-a e olhou em volta. Uma teia de aranha começava no canto e se estendia em direção a uma janelinha.

Anos antes, quando fora embora, o pai de Miles tinha lhe dado algumas coisas para guardar, que arrumara dentro de uma grande caixa metálica. Miles não tinha a chave. Mas a tranca era pequena, de modo que ele pegou o martelo que ficava pendurado na parede e, com um único golpe, ela se abriu. Ele ergueu a tampa.

Alguns álbuns de fotos, um diário com capa de couro, uma caixa de sapatos cheia de pontas de flecha encontradas pelo pai perto de Tuscarora. Miles passou por tudo isso e olhou para o fundo, onde encontrou o que estava procurando:

a arma estava cuidadosamente aninhada lá dentro. Era a única cuja existência Charlie desconhecia.

Miles soube que iria precisar dela e nessa noite a lubrificou, certificando-se de que estivesse pronta para uso.

36

Miles não foi me buscar naquela noite.

Exausto, lembro que me forcei a sair da cama bem cedo na manhã seguinte para tomar uma ducha. Estava todo duro por causa da batida e, ao abrir o registro, senti uma dor que varou meu corpo do peito até as costas. Quando lavei os cabelos, senti a cabeça dolorida. Foi difícil tomar meu café com os pulsos doendo, mas terminei antes que meus pais se sentassem à mesa, pois, se me vissem fazer uma careta de dor, fariam perguntas que eu não estava preparado para responder. Meu pai sairia para trabalhar e, como o Natal se aproximava, eu sabia que minha mãe também teria de sair para resolver coisas na rua.

Eu contaria a eles mais tarde, depois que Miles me buscasse.

Sarah ligou de manhã para saber como eu estava. Fiz-lhe a mesma pergunta. Ela me disse que Miles tinha ido ao seu apartamento na noite anterior e que os dois haviam conversado um instante, mas que ela não sabia como interpretar a conversa.

Eu disse a ela que também não sabia.

Mas aguardei. Sarah aguardou. Meus pais seguiram suas vidas.

À tarde, Sarah tornou a ligar. "Não, ele ainda não apareceu", falei. Tampouco havia ligado para ela.

O dia passou, a noite caiu. Ainda nem sinal de Miles.

Na quarta-feira, Sarah voltou ao trabalho. Eu disse a ela para ir e lhe garanti que telefonaria para a escola caso Miles aparecesse. Era a última semana de aulas antes do feriado de Natal e ela estava cheia de trabalho. Fiquei em casa esperando por ele.

Esperei em vão.

Quando a quinta-feira chegou, eu soube o que tinha de fazer.

No carro, Miles esperou bebericando uma xícara de café comprada em uma loja de conveniência. A arma estava no banco ao seu lado, debaixo de um jornal dobrado, carregada e pronta para uso. O vidro lateral do carro começou a embaçar com sua respiração e ele o limpou com a mão. Precisava ver direito.

Estava no lugar certo, disso ele sabia. Agora tudo o que precisava fazer era observar com atenção e, quando a hora chegasse, agir.

Naquela tarde, logo antes do anoitecer, o céu acima do horizonte brilhava em tons de vermelho e laranja quando entrei no carro. Embora ainda estivesse frio, o pior já havia passado e a temperatura tinha voltado ao normal. A chuva dos últimos dias derretera toda a neve. Onde antes havia gramados cobertos de branco, agora surgia o marrom da grama adormecida no inverno. Guirlandas e laços vermelhos decoravam janelas e portas no bairro, mas dentro do carro eu me sentia desconectado da época natalina, como se houvesse dormido durante todos os festejos e precisasse esperar mais um ano.

Fiz uma única parada no caminho, minha parada habitual. Acho que o vendedor da loja a essa altura já me conhecia, porque eu fazia a mesma compra todas as vezes. Quando me viu entrar, ficou aguardando junto ao balcão, balançou a cabeça quando eu lhe disse o que queria e então voltou dali a poucos minutos. Em todo o tempo que eu frequentara sua loja, nunca tínhamos conversado fiado. Ele não me perguntou por que eu estava comprando aquilo, nunca perguntava.

No entanto, dizia sempre a mesma coisa ao me entregar a mercadoria: "São as mais frescas que eu tenho."

O vendedor pegou meu dinheiro e registrou a compra na caixa. No caminho de volta até o carro, pude sentir seu cheiro, a fragrância doce que lembrava o mel, e vi que ele tinha razão. Mais uma vez, as flores eram lindas.

Pus o buquê no banco do carro ao meu lado. Segui por ruas que agora eu conhecia tão bem, ruas pelas quais desejava nunca ter passado, e estacionei em frente ao portão. Tomei coragem e desci do carro.

Não vi ninguém no cemitério. Fui caminhando de cabeça baixa, segurando a gola do casaco para mantê-lo mais fechado – não precisava olhar para onde ia. O chão estava molhado e deixava lama grudada na sola do sapato. Levei apenas um minuto para chegar ao túmulo.

Como sempre, espantei-me ao constatar como era pequeno.

Era ridículo pensar isso, mas, enquanto o encarava, não podia evitar. Reparei que o túmulo estava bem-cuidado. A grama havia sido aparada recentemente e alguém pusera um cravo em um pequeno suporte em frente à lápide. Era um cravo vermelho, como todos os outros cravos de todas as outras lápides que pude ver em volta, e entendi que tinha sido colocado ali pelo zelador do cemitério.

Curvei-me e apoiei as flores no mármore, tendo o cuidado de não tocar a pedra. Eu nunca a tocara. Aquela pedra não me pertencia.

Depois disso, comecei a devanear. Em geral pensava em Missy e nas decisões erradas que havia tomado. Naquele dia, porém, me peguei pensando em Miles.

Acho que foi por isso que só ouvi os passos que se aproximavam quando eles já estavam bem ao meu lado.

– Flores – disse Miles.

Ao ouvir a voz dele, Brian se virou, em parte surpreso, em parte aterrorizado.

Miles estava em pé junto a um carvalho cujos galhos se estendiam para os lados acima do cemitério. Usava calça jeans e um sobretudo preto comprido e tinha as mãos enterradas nos bolsos.

Brian sentiu todo o sangue se esvair do rosto.

– Ela não precisa mais de flores – disse Miles. – Pode parar de trazer.

Brian não disse nada. O que poderia ter dito?

Miles continuou a encará-lo. Com o sol agora parcialmente mergulhado atrás do horizonte, seu rosto estava sombreado e escuro, os traços indistinguíveis. Brian não fazia ideia do que ele estava pensando. Miles afastou o sobretudo com as duas mãos, como se estivesse segurando alguma coisa por baixo.

Escondendo alguma coisa.

Não fez nenhum movimento em direção a Brian. Por um breve instante, o rapaz pensou em fugir. Sair correndo. Afinal de contas, era quinze anos mais jovem – uma corrida rápida talvez bastasse para ele alcançar a rua. Haveria carros lá e pessoas por toda parte.

No entanto, com a mesma rapidez com que surgiu, essa ideia o abandonou, levando consigo toda a sua energia. Ele não tinha mais nenhuma reserva. Fazia dias que não se alimentava. Jamais conseguiria fugir, não se Miles quisesse mesmo pegá-lo.

Além disso, Brian sabia que não tinha para onde correr.

Assim sendo, encarou Miles. O homem mais velho estava a pouco mais de 5 metros de distância e, quando Brian percebeu, erguia o queixo ligeiramente para encontrar o olhar de Miles, que o encarou de volta. Brian esperou que ele fizesse alguma coisa, esboçasse algum gesto. Talvez Miles estivesse esperando a mesma coisa, pensou. Ocorreu-lhe que os dois deviam parecer um par de pistoleiros do Velho Oeste preparando-se para sacar as armas.

Quando o silêncio ficou insuportável, Brian desviou os olhos em direção à rua. Reparou no carro de Miles parado atrás do seu – eram os únicos que podia ver. Estavam sozinhos ali, entre as lápides.

– Como é que você sabia que eu estava aqui? – indagou por fim.

Miles respondeu sem pressa:

– Eu o segui. Imaginei que fosse sair de casa em algum momento e queria ficar sozinho com você.

Brian engoliu em seco e se perguntou há quanto tempo ele o estaria seguindo.

– Você traz flores, mas não sabe nem quem ela era, sabe? – perguntou Miles baixinho. – Se a conhecesse, traria tulipas. Eram as flores que ela teria querido aqui. Eram as suas preferidas... Amarelas, vermelhas, cor-de-rosa... ela adorava todas. Toda primavera, plantava um jardim de tulipas. Sabia disso?

Não, pensou Brian, eu não sabia. Ao longe, ouviu o apito de um trem.

– Sabia que Missy se preocupava com as rugas nos cantos dos olhos? Ou que o que ela mais gostava de comer no café da manhã era rabanada? Ou que ela sempre quis ter um Mustang conversível antigo? Ou que, quando ela ria, eu tinha que me esforçar para não agarrá-la? Sabia que ela foi a primeira mulher que eu amei?

Miles fez uma pausa, obrigando Brian a olhar para ele.

– É só isso que eu tenho agora. Lembranças. E não vai haver outras, nunca mais. Você tirou isso de mim. E tirou isso de Jonah também. Sabia que ele tem pesadelos desde que a mãe morreu? Que ainda chora e chama por ela quando está dormindo? Tenho que pegar meu filho no colo e niná-lo durante horas até ele finalmente se acalmar. Sabe como eu me sinto quando isso acontece?

Seus olhos se cravaram nos de Brian, pregando-o no trecho de solo em que ele estava pisando.

– Passei dois anos procurando o homem que arruinou minha vida, a vida de Jonah. Dois anos perdidos, porque isso era tudo em que eu conseguia pensar.

Miles olhou para o chão e balançou a cabeça.

– Queria encontrar a pessoa que a tinha matado. Queria que essa pessoa soubesse quanto tirou de mim naquela noite. E queria que o homem que matou Missy pagasse pelo que fez. Você não sabe como esses pensamentos me consumiram. Parte de mim ainda quer matar esse homem, fazer com a família dele o mesmo que ele fez com a minha. E agora estou diante dele e esse homem está pondo as flores erradas no túmulo da minha mulher.

Brian sentiu um nó na garganta.

– Você matou minha mulher – disse Miles. – Nunca vou perdoá-lo e nunca vou esquecer. Quando você se olhar no espelho, quero que se lembre disso. E não quero que se esqueça nunca de tudo que tirou de mim. Você levou embora a pessoa que eu mais amava no mundo, levou a mãe do meu filho e levou dois anos da minha vida. Entende isso?

Depois de uma longa pausa, Brian balançou a cabeça.

– Então entenda mais uma coisa: Sarah pode ficar sabendo o que aconteceu aqui, mas só ela. Esta conversa e todo o resto, você vai levar para a cova. Não conte a ninguém nenhuma parte dela. Nunca. Nem para seus pais, nem para sua mulher, nem para seus filhos, nem para seu confessor, nem para seus amigos. E faça alguma coisa boa da vida, algo que não me leve a me arrepender do que estou fazendo. Prometa isso para mim.

Miles o encarou para ter certeza de que Brian o havia escutado. O rapaz balançou a cabeça outra vez. Então Miles se virou para ir embora. Um minuto depois, havia sumido.

Só então Brian se deu conta de que Miles o estava liberando.

Mais tarde naquela noite, quando Miles atendeu a porta, encontrou Sarah parada no degrau da varanda, encarando-o sem dizer nada, até que ele finalmente saiu da casa e fechou a porta atrás de si.

– Jonah está em casa – falou. – Vamos conversar lá fora.

Sarah cruzou os braços e olhou para o quintal. Miles seguiu seu olhar.

– Nem tenho certeza do que estou fazendo aqui – disse ela. – Não me parece adequado agradecer, mas também não posso ignorar o que você fez.

Miles balançou a cabeça de forma quase imperceptível.

– Eu sinto muito por tudo. Não consigo nem imaginar pelo que você está passando.

– Não, não consegue mesmo – disse ele.

– Eu não sabia sobre Brian. De verdade.

– Eu sei – ele afirmou e olhou para Sarah rapidamente. – Eu não deveria ter pensado o contrário. Desculpe pelas acusações que fiz.

Sarah balançou a cabeça.

– Não faz mal.

Ele encarou a distância, parecendo se esforçar para encontrar as palavras certas.

– Acho que eu deveria lhe agradecer por ter me contado o que aconteceu.

– Eu tinha de contar. Não tive escolha.

Miles se calou. Sarah uniu as mãos e mudou de assunto:

– Como está Jonah com isso tudo?

– Bem. Mais ou menos. Ele não sabe de nada, mas acho que sentiu que alguma coisa estava acontecendo, pela forma como eu agi. Teve um ou dois pesadelos nos últimos dias. E na escola, como ele está?

– Até agora, bem. Não reparei em nada fora do normal.

– Que bom.

Sarah passou uma das mãos pelos cabelos.

– Posso perguntar uma coisa? Não precisa responder se não quiser.

Miles se virou.

– Por que deixei Brian livre?

Ela assentiu.

A resposta demorou um bocado.

– Eu vi o cachorro.

Ela se virou para ele, surpresa.

– Um cachorro grande e preto, exatamente como Brian falou. Estava correndo pelo quintal de uma casa perto do local do acidente.

– Você passou por lá de carro e o viu por acaso?

– Não exatamente. Fui procurar por ele.

– Para conferir se Brian estava dizendo a verdade?

Ele balançou a cabeça.

– Na verdade, não. A essa altura, eu meio que já sabia que ele estava dizendo a verdade. Mas estava com uma ideia maluca na cabeça e não conseguia me livrar dela.

– Que ideia?

– Como eu disse, é bem maluca.

Ela o encarou, curiosa, à espera.

– Quando cheguei em casa naquele dia, o dia em que Brian me contou, comecei a pensar que precisava fazer alguma coisa. Alguém tinha de pagar pelo que havia acontecido, mas eu não sabia quem, até que me veio um pensamento. Então peguei a arma do meu pai e, na noite seguinte, saí para procurar o maldito cachorro.

– Você ia matar o cachorro?

Ele deu de ombros.

– Não sabia se teria oportunidade, mas, assim que cheguei de carro, lá estava ele, perseguindo um esquilo pelo quintal.

– E você o matou?

– Não. Cheguei perto o suficiente para atirar, mas, quando ele estava bem na minha mira, comecei a pensar em como aquilo era insano. Sério, eu estava caçando o bicho de estimação de alguém. Só uma pessoa seriamente perturbada faria isso. Então dei meia-volta, entrei no carro e deixei o cachorro em paz.

Ela sorriu.

– Do mesmo jeito que deixou Brian.

– É, do mesmo jeito que deixei Brian – concordou ele.

Ela estendeu a mão para segurar a sua e, depois de alguns instantes, ele permitiu.

– Fico feliz – falou.

– Eu, não. Parte de mim queria ter atirado. Pelo menos assim eu saberia que fiz alguma coisa.

– Você fez alguma coisa.

Miles apertou a mão dela antes de soltá-la.

– Fiz isso por mim, também. E por Jonah. Estava na hora de esquecer essa história. Eu já tinha perdido dois anos da minha vida e não via motivo para prolongar ainda mais essa situação. Percebi que... sei lá... parecia ser a minha única alternativa. O que quer que acontecesse com Brian, Missy não iria voltar.

Ele levou as mãos ao rosto e esfregou os olhos. Ninguém disse nada por algum tempo. As estrelas no céu brilhavam em toda a sua glória e os olhos de Miles foram automaticamente atraídos para a estrela Polar.

– Vou precisar de um tempo – disse ele com voz suave.

Ela assentiu, entendendo que ele agora estava se referindo aos dois.

– Eu sei.

– Não sei dizer quanto vai ser.

Sarah lhe lançou um breve olhar.

– Você quer que eu espere?

Ele precisou de um longo intervalo antes de responder:

– Não posso prometer nada, Sarah. Quero dizer, em relação a nós dois. Não é que eu não a ame mais, porque amo. Passei os últimos dois dias me torturando por causa disso. Você é a melhor coisa que me aconteceu desde que Missy morreu. Caramba, é a única coisa boa que me aconteceu. A Jonah também. Ele perguntou por que você não tem aparecido. Sei que sente sua falta. Mas, por mais que eu queira que isso continue, parte de mim simplesmente não consegue imaginar como. Não dá para esquecer o que aconteceu. E você é irmã dele.

Sarah contraiu os lábios. Não disse nada.

– Não sei se consigo viver com esse fato, mesmo que você não tenha tido nada a ver com a história, porque estar com você significa que, de certa forma, eu também tenho de estar com ele. Ele é da sua família e... eu não estou pronto para isso. Não iria conseguir lidar com esse fato. E não sei se algum dia vou estar pronto.

– A gente poderia se mudar daqui – sugeriu ela. – Tentar recomeçar.

Ele fez que não com a cabeça.

– Por mais longe que eu vá, essa história vai me seguir. Você sabe disso...

Ele se interrompeu, então olhou para ela.

– Eu não sei o que fazer.

Ela deu um sorriso triste.

– Nem eu – admitiu.

– Sinto muito.

– Eu também.

Depois de alguns instantes, Miles chegou mais perto e a envolveu com os braços. Beijou-a bem de leve e depois a abraçou por muito tempo, enterrando o rosto em seus cabelos.

– Eu te amo de verdade, Sarah – sussurrou.

Ela se forçou a ignorar o nó que sentia na garganta e encostou nele, sentindo aquele corpo junto ao seu e imaginando se aquela seria a última vez que ele iria abraçá-la assim.

– Eu também te amo, Miles.

Depois que ele a soltou, Sarah deu um passo para trás, tentando conter as lágrimas. Miles ficou em pé sem se mexer e ela enfiou a mão no bolso buscando a chave do carro. Ouviu-a tilintar quando a puxou. Não conseguiu formar as palavras para se despedir, ciente que dessa vez poderia ser para sempre.

– Vou deixar você voltar lá para dentro com Jonah – falou.

Sob o brilho suave da luz da varanda, pensou ter visto lágrimas nos olhos dele também.

Sarah enxugou as suas.

– Comprei um presente de Natal para Jonah. Tudo bem se eu trouxer para ele?

Miles desviou os olhos.

– Talvez a gente não esteja aqui. Andei pensando em ir para Nags Head na semana que vem. Charlie tem uma casa lá e disse que eu poderia usar. Preciso me afastar um pouco disso tudo, sabe?

Ela balançou a cabeça.

– Vou estar por aqui se quiser me telefonar.

– Está bem – murmurou ele.

Sem promessas, pensou ela.

Deu um passo para trás sentindo-se vazia, desejando poder dizer alguma coisa que mudasse tudo. Com um sorriso tenso, virou-se e andou até o carro, dando o melhor de si para manter o controle. Suas mãos tremiam um pouco ao abrir a porta e ela olhou para trás na direção de Miles. Ele não tinha se mexido; sua boca contraída era uma linha reta.

Ela se sentou ao volante.

Enquanto a observava, Miles teve vontade de chamar seu nome, de lhe pedir para ficar, de lhe dizer que acharia um jeito de fazer seu relacionamento dar certo. Que a amava agora e que a amaria para sempre.

Mas não o fez.

Sarah girou a chave na ignição e o motor ganhou vida. Miles deu alguns passos e o coração dela de repente se encheu de esperança, mas logo percebeu que ele estava andando em direção à porta. Não iria detê-la. Ela engatou a marcha a ré e começou a se afastar.

O rosto dele agora estava nas sombras e foi diminuindo de tamanho à medida que o carro recuava. Ela sentiu as faces ficarem molhadas.

Quando ele abriu a porta, Sarah teve a desoladora consciência de que aquela seria sua última imagem dele. Não poderia ficar em New Bern do jeito que as coisas estavam. Ver Miles pela cidade seria difícil demais. Teria de arrumar outro emprego. Um lugar onde pudesse recomeçar.

Outra vez.

Na estrada, acelerou devagar em meio à escuridão, obrigando-se a não olhar para trás.

Eu vou ficar bem, disse a si mesma. Aconteça o que acontecer, vou sair dessa, assim como já saí antes. Com ou sem Miles, eu vou conseguir.

Não vai, não, gritou de repente uma voz dentro dela.

Sarah então desabou. As lágrimas vieram com força e ela parou no acostamento da estrada. Com o motor ligado e o vapor começando a se condensar nos vidros, chorou como nunca havia chorado antes.

37

– Onde você estava? – quis saber Jonah. – Eu olhei, mas não consegui achar você.

Já fazia meia hora que Sarah tinha ido embora, mas Miles ficara lá fora, na varanda. Havia acabado de entrar em casa quando estacou ao ver Jonah.

– Lá na varanda – respondeu, fazendo um gesto por cima do ombro.

– Fazendo o quê?

– Sarah veio aqui.

O rosto do menino se iluminou.

– Ah, é? Cadê ela?

– Já foi embora. Ela não podia ficar.

– Ah... – fez o menino e ergueu os olhos para o pai. – Tudo bem – falou, sem esconder a decepção. – Só queria mostrar a torre de Lego que eu fiz.

Miles foi até junto dele e se agachou até seus olhos ficarem na mesma altura.

– Pode mostrar para mim.

– Você já viu.

– Eu sei. Mas pode me mostrar de novo.

– Não precisa. Eu queria que a Sarah visse.

– Bom, que pena então. Quem sabe você leva a torre amanhã para a escola e mostra a ela?

Jonah deu de ombros.

– Pode ser.

Miles o estudou com atenção.

– Algum problema, campeão?
– Não.
– Tem certeza?
Jonah demorou um pouco para responder:
– Acho que estou com saudades dela, só isso.
– De quem? Da Sarah?
– É.
– Mas você a vê na escola todo dia.
– Eu sei. Mas não é a mesma coisa.
– De quando ela está aqui, você quer dizer?
O menino assentiu, com um ar perdido.
– Vocês dois brigaram?
– Não.
– Mas não são mais amigos.
– É claro que somos. Ainda somos amigos.
– Então por que ela não vem mais aqui em casa?
Miles limpou a garganta antes de falar:
– Bom, as coisas estão meio complicadas agora. Você vai entender quando for adulto.
– Ah – disse o menino. Pareceu refletir a respeito. – Eu não quero ser adulto – declarou por fim.
– Por que não?
– Porque os adultos sempre dizem que as coisas são complicadas – respondeu Jonah.
– Às vezes são mesmo.
– Você ainda gosta da Sarah?
– Gosto, sim – respondeu Miles.
– E ela gosta de você?
– Acho que sim.
– Então o que tem de tão complicado?
Seus olhos tinham uma expressão de súplica e Miles teve certeza de que Jonah não estava só com saudades de Sarah, mas que a amava também.
– Venha cá – falou, puxando o filho para perto, sem saber mais o que fazer.

Dois dias depois, Charlie chegou de carro em frente à casa de Miles quando ele estava pondo algumas coisas no carro.
– Já está de partida?
Miles se virou.

– Ah, oi, Charlie. Pensei que seria melhor a gente sair um pouco mais cedo. Não quero ficar preso no engarrafamento.

Bateu a porta do carro e se endireitou.

– Obrigado de novo por nos deixar usar a sua casa.

– Disponha. Quer alguma ajuda?

– Não. Já quase acabei.

– Quanto tempo vai ficar lá?

– Não sei. Talvez umas duas semanas, até logo depois do ano-novo. Tem certeza de que está tudo bem?

– Não se preocupe com isso, você tem férias acumuladas suficientes para passar muito tempo lá.

Miles deu de ombros.

– Quem sabe? Talvez eu passe, mesmo.

Charlie arqueou uma das sobrancelhas.

– Ah, a propósito, vim avisar você de que Harvey não vai abrir a queixa. Parece que Otis disse a ele para esquecer o assunto. Assim sendo, sua suspensão oficialmente acabou e você vai poder retomar o trabalho quando voltar.

– Que bom.

Jonah irrompeu pela porta da casa e os dois se viraram na direção do menino. Ele lançou um "oi" para Charlie, deu meia-volta e tornou a correr para dentro, como se tivesse esquecido alguma coisa.

– Sarah vai passar alguns dias lá com vocês? Ela pode ficar à vontade.

Miles, que ainda estava olhando na direção da porta, virou-se de novo para Charlie.

– Acho que não. A família dela está na cidade e, com o feriado, eu não acho que ela vá conseguir.

– Que pena. Mas você vai vê-la quando voltar, certo?

Miles baixou os olhos e Charlie entendeu o que isso significava.

– As coisas não estão indo bem?

– Sabe como é.

– Não sei muito, não. Faz quarenta anos que eu não namoro. Mas é uma pena.

– Você nem a conhece, Charlie.

– Não preciso conhecer. Quis dizer que é uma pena para você.

Charlie enfiou as mãos nos bolsos.

– Escute, eu não vim aqui bisbilhotar – falou o xerife. – Isso é assunto seu. Na verdade, vim por outro motivo, uma coisa da qual não estou muito certo.

– Ah, é?

– Fiquei pensando naquele seu telefonema, quando você disse que Otis era inocente, sabe, e sugeriu que a gente encerrasse a investigação.

Miles não disse nada e Charlie o encarou de baixo do chapéu com os olhos semicerrados.

– Imagino que você continue convencido disso.

Miles demorou alguns instantes para assentir.

– Ele é inocente.

– Apesar do que Sims e Earl disseram?

– Sim.

– Você não está só dizendo que pode cuidar disso sozinho, está?

– Juro a você que não, Charlie.

O homem mais velho estudou a expressão de Miles e avaliou que ele estava dizendo a verdade.

– Tudo bem – falou.

O xerife alisou a camisa com as mãos como se as estivesse secando, em seguida deu um piparote no chapéu.

– Bom, escute, divirtam-se em Nags Head. Tente pescar um pouco por mim, OK?

Miles sorriu.

– Pode deixar.

Charlie deu alguns passos antes de parar de repente e se virar.

– Ah, espere, tem mais uma coisa.

– O quê?

– Brian Andrews. Ainda não entendi direito por que você o estava levando para a delegacia naquele dia. Quer que eu cuide de alguma coisa enquanto estiver fora? Tem algo que eu deva saber?

– Não – respondeu Miles.

– O que houve? Você nunca me explicou direito.

– Uma espécie de mal-entendido, Charlie.

Miles manteve os olhos pregados na carroceria do carro.

– Foi um engano, só isso – concluiu.

Charlie deu uma risada, surpreso.

– Que engraçado, isso.

– Isso o quê?

– A sua escolha de palavras. Brian disse exatamente a mesma coisa.

– Você conversou com ele?

– Eu tinha de verificar, não é? Ele sofreu um acidente enquanto estava sob a custódia de um dos meus funcionários. Precisava me certificar de que estava bem.

Miles empalideceu.

– Não se preocupe, tomei cuidado para não ter mais ninguém em casa.

Charlie esperou até que Miles registrasse essa informação. Levou a mão ao queixo, esforçando-se para encontrar as palavras certas. Por fim, retomou o que estava dizendo:

– Fiquei pensando nessas duas coisas, sabe, e meu lado investigador teve a sensação de que elas poderiam estar relacionadas.

– Mas não estão – disse Miles depressa.

Charlie balançou a cabeça, muito sério.

– Achei mesmo que você fosse dizer isso, mas, como eu falei, precisava me certificar. Só queria ter certeza. Não há nada que eu deva saber em relação a Brian Andrews, então?

Miles deveria ter imaginado que Charlie fosse juntar as peças.

– Não – respondeu apenas.

– Está certo – disse Charlie. – Então deixe eu lhe dar um conselho.

Miles aguardou.

– Se está me dizendo que terminou, siga seu próprio conselho, OK?

Charlie se certificou de que Miles havia entendido a seriedade em seu tom de voz.

– Como assim? – indagou Miles.

– Se acabou, acabou mesmo. Não deixe essa história estragar o resto da sua vida.

– Não estou entendendo.

Charlie balançou a cabeça e deu um suspiro.

– Está, sim – falou.

Epílogo

O dia está quase amanhecendo e minha história está praticamente no fim. Acredito que chegou a hora de lhe contar o resto.

Tenho 31 anos agora. Há três sou casado com Janice. Nós nos conhecemos em uma padaria. Assim como Sarah, ela é professora, mas dá aulas de inglês no ensino médio. Moramos na Califórnia, onde estudei medicina e fiz minha residência. Hoje sou médico em um pronto-socorro. Faz um ano que terminei meus estudos e, nas últimas três semanas, com a ajuda de muitas outras pessoas, salvei a vida de seis pacientes. Não estou dizendo isso para me vangloriar, estou contando isso porque quero que saiba que fiz o melhor possível para honrar as palavras que Miles me disse no cemitério.

Também mantive minha palavra quanto a não contar para ninguém.

Não foi por mim que Miles me fez prometer segredo, entende? Na época, fiquei convencido de que meu silêncio era para sua própria proteção.

Acredite ou não, deixar que eu fosse embora naquele dia foi um crime. Quando um agente da lei está certo de que alguém cometeu um crime, tem o dever de entregar essa pessoa. Embora nossas infrações nem de longe sejam equivalentes, a legislação é clara quanto a elas, e Miles infringiu as regras.

Pelo menos foi assim que pensei na época. Depois de anos de reflexão, porém, percebi que estava errado. Hoje sei que ele me pediu segredo por causa de Jonah.

Se todo mundo tivesse sabido que o motorista do carro era eu, os moradores da cidade teriam feito fofocas sobre o assunto para todo o sempre. Quando se referissem a Jonah, a história faria parte de sua descrição: "Aconteceu uma coisa horrível com ele", as pessoas diriam. Ele teria sido obrigado a crescer ouvindo essas palavras. Como algo desse tipo iria afetar uma criança? Ninguém sabe. Eu não sei, Miles não sabia. Mas ele não quis correr o risco.

Tampouco eu quero corrê-lo agora. Quando terminar, pretendo queimar estas páginas na lareira. Só precisava pôr tudo para fora.

Mas é difícil até hoje, para todos nós. Falo com minha irmã ao telefone raramente, em geral em horários estranhos, e quase nunca a visito. Uso a distância como desculpa - ela mora do outro lado do país -, mas ambos sabemos o verdadeiro motivo que me leva a ficar longe. No entanto, ela às vezes vem me visitar. E sempre sozinha.

Quanto ao que aconteceu com Miles e Sarah, tenho certeza de que você já adivinhou...

Foi na véspera de Natal, seis dias depois de Miles e Sarah se despedirem na varanda. A essa altura, Sarah tinha finalmente aceitado, com relutância, o fato de que estava tudo acabado. Não tivera notícias de Miles, tampouco esperava ter.

Mas naquela noite, ao chegar em casa de uma visita aos pais, ela desceu do carro, ergueu os olhos em direção ao seu apartamento... e congelou. Não conseguiu acreditar no que via. Fechou os olhos e então tornou a abri-los devagar, torcendo e rezando para que aquilo fosse verdade.

E era.

Sarah não conseguiu conter um sorriso.

Como pequeninas estrelas, duas velas tremeluziam no peitoril de sua janela.

E Miles e Jonah a esperavam lá dentro.

CONHEÇA OUTROS TÍTULOS DO AUTOR

UMA LONGA JORNADA

Aos 91 anos, com problemas de saúde e sozinho no mundo, Ira Levinson sofre um terrível acidente de carro. Enquanto luta para se manter consciente, a imagem de Ruth, sua amada esposa que morreu há nove anos, surge diante dele. Ira se agarra a isso e relembra diversos momentos de sua longa vida em comum.

Perto dali, Sophia Danko, uma jovem estudante de história da arte, vai a um rodeio. Lá, é assediada pelo ex-namorado e acaba sendo salva por Luke Collins, o caubói que acabou de vencer a competição.

Aos poucos, Sophia começa a descobrir um novo mundo e percebe que Luke talvez tenha o poder de reescrever o futuro que ela havia planejado. Isso se o terrível segredo que ele guarda não puser tudo a perder.

Ira e Ruth. Luke e Sophia. Dois casais de gerações diferentes que o destino cuidará de unir, mostrando que, para além do desespero, da dificuldade e da morte, a força do amor sempre nos guia nesta longa jornada que é a vida.

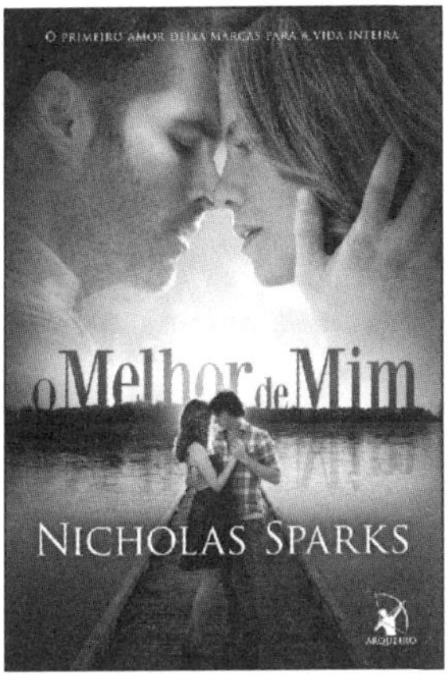

O MELHOR DE MIM

Na primavera de 1984, os estudantes Amanda Collier e Dawson Cole se apaixonaram perdidamente. Embora vivessem em mundos muito diferentes, o amor que sentiam um pelo outro parecia forte o bastante para desafiar todas as convenções de Oriental, a pequena cidade em que moravam.

Nascido em uma família de criminosos, o solitário Dawson acreditava que seu sentimento por Amanda lhe daria a força necessária para fugir do destino sombrio que parecia traçado para ele. Ela, uma garota bonita e de família tradicional, que sonhava entrar para uma universidade de renome, via nele um porto seguro para toda a sua paixão e seu espírito livre. Infelizmente, quando o verão do último ano de escola chegou ao fim, a realidade os separou de maneira cruel e implacável.

Vinte e cinco anos depois, eles estão de volta a Oriental para o velório de Tuck Hostetler, o homem que um dia abrigou Dawson, acobertou o namoro do casal e acabou se tornando o melhor amigo dos dois.

Seguindo as instruções de cartas deixadas por Tuck, o casal se verá diante de sentimentos que há décadas sufocava. Após tanto tempo longe, Amanda e Dawson irão perceber que não tiveram a vida que esperavam e que nunca conseguiram esquecer o primeiro amor. Um único fim de semana juntos e talvez seus destinos mudem para sempre.

Num romance envolvente, Nicholas Sparks mostra toda a sua habilidade de contador de histórias e reafirma que o amor é a força mais poderosa do Universo – e que, quando duas pessoas se amam, nem a distância nem o tempo podem separá-las.

O GUARDIÃO

Quarenta dias após a morte de seu marido, Julie Barenson recebe uma encomenda deixada por ele. Dentro da caixa, encontra um filhote de cachorro dinamarquês e um bilhete no qual Jim promete que sempre cuidará dela.

Quatro anos mais tarde, Julie já não pode depender apenas da companhia do fiel Singer, o filhotinho que se tornou um cachorro enorme e estabanado.

Depois de tanto sofrimento, ela enfim está pronta para voltar a amar, mas seus primeiros encontros não são nada promissores. Até que surge Richard Franklin, um belo e sofisticado engenheiro que a trata como uma rainha.

Julie está animada como havia muito tempo não se sentia, mas, por alguma razão, não consegue compartilhar isso com Mike Harris, seu melhor amigo. Ele, por sua vez, é incapaz de esconder o ciúme que sente dela.

Quando percebe que seu desconforto diante de Mike é causado por um sentimento mais forte que amizade, Julie se vê dividida entre esses dois homens. Ela tem que tomar uma decisão. Só não pode imaginar que, em vez de lhe trazer felicidade, essa escolha colocará sua vida em perigo.

O guardião contém tudo o que os leitores esperam de um romance de Nicholas Sparks, mas desta vez ele se reinventa e acrescenta um novo ingrediente à trama: páginas e mais páginas de muito suspense.

O CASAMENTO

O advogado Wilson Lewis é casado com Jane há quase três décadas. Os dois já criaram três filhos e têm uma vida confortável e sem grandes sobressaltos na bucólica cidade de New Bern, na Carolina do Norte.

Porém, quando esquece seu aniversário de 29 anos de casamento, Wilson ameaça a aparente estabilidade da relação. Esse descuido é apenas a gota d'água em uma longa lista de decepções que sua negligência e falta de romantismo já causaram à esposa.

Com medo de que Jane não o ame mais e esteja pensando em deixá-lo, Wilson decide se aconselhar com o sogro, Noah, e mergulha de cabeça em um ambicioso projeto de um ano para reacender a chama de seu relacionamento.

Quando esses 12 meses estão quase no fim, sua filha Anna anuncia que vai se casar dali a duas semanas, exatamente no dia do aniversário de 30 anos de matrimônio dos pais. Agora que a hora da verdade está chegando, o evento se torna a oportunidade perfeita para Wilson descobrir se valeu a pena todo o seu esforço para que ele e Jane voltem a ser felizes.

À Primeira Vista

Jeremy Marsh tinha três certezas: jamais se mudaria de Nova York, não se apaixonaria novamente e nunca teria filhos.

Mas agora ele está prestes a se casar com Lexie Darnell e aguarda a chegada da primeira filha, enquanto conduz a reforma de sua nova casa na pequena cidade de Boone Creek, na Carolina do Norte.

Em meio a tantas mudanças, Jeremy luta para reencontrar o equilíbrio pessoal e profissional ao lado da mulher que o fez mudar todos os seus planos. Quando tudo parece estar entrando nos eixos, Jeremy recebe um misterioso e-mail que dá início a uma série de acontecimentos que irão testar a força dessa paixão.

Atormentado pela ideia de estar sendo traído, vivendo uma crise criativa que o impede de trabalhar e angustiado com a gestação complicada de Lexie, ele não poderia imaginar que o pior – e o melhor – ainda estava por vir.

À primeira vista captura toda a incerteza, a tensão e a angústia da vida desse jovem casal, mas também retrata o romantismo, o companheirismo, a descoberta e o amadurecimento que só o verdadeiro amor pode proporcionar.

CONHEÇA OUTROS TÍTULOS DA EDITORA ARQUEIRO

ÁLBUM DE CASAMENTO

Nora Roberts

Quando crianças, as amigas Parker, Emma, Laurel e Mac adoravam fazer casamentos de mentirinha no jardim. E elas pensavam em todos os detalhes. Depois de anos dessa brincadeira, não é de surpreender que tenham fundado a Votos, uma empresa de organização de casamentos bem-sucedida.

Mas, apesar de planejar e tornar real o dia perfeito para tantos casais, nenhuma delas teve no amor a mesma sorte que tem nos negócios. Até agora.

Com várias capas de revistas de noivas no currículo, a fotógrafa Mac é especialista em captar os momentos de pura felicidade, mesmo que nunca os tenha experimentado em sua vida.

Por causa da separação dos pais e de seu difícil relacionamento com eles, Mac não leva muita fé no amor. Por isso não entende o frio na barriga que sente ao reencontrar Carter Maguire, um colega de escola com o qual nunca falara direito.

Carter definitivamente não é o seu tipo. Professor de inglês apaixonado pelo que faz, ele cita Shakespeare e usa paletó de tweed. Por causa de uma antiga quedinha por Mac, fica atrapalhado na frente dela, sem saber bem como agir e o que falar. E mesmo assim ela não consegue resistir ao seu charme.

Agora Carter está disposto a ganhar o coração de Mac e convencê-la de que ela é capaz de criar suas próprias lembranças felizes.

Julieta

Anne Fortier

Julie Jacobs é uma moça reservada e solitária. Ainda criança, perdeu os pais num acidente de carro e foi criada por sua tia-avó Rose. Julie sempre teve problemas de relacionamento com Janice, sua irmã gêmea, e a pessoa de quem se sentia mais próxima era Umberto, o fiel mordomo de Rose.

É ele que vai ao seu encontro para dar a notícia da morte da tia e lhe entrega uma carta revelando seu verdadeiro nome: Giulietta Tolomei. A carta diz também que, antes de morrer, sua mãe descobrira um antigo tesouro de família e algo muito valioso ainda está escondido em Siena.

Julie viaja para lá a fim de recuperar a herança, porém, encontra apenas objetos aparentemente sem valor. Ela também conhece algumas pessoas adoráveis, com exceção de Alessandro, de quem desgosta de cara. Lendo um velho diário que encontrou, ela descobre que os Tolomei, tem uma antiga inimizade com os Salimbeni e que essa rixa provocara uma tragédia que atravessou os séculos – a história de *Romeu e Julieta*, consagrada por Shakespeare.

Quanto mais fundo ela mergulha na história de seus ancestrais, maiores são os riscos que a cercam. Pouco a pouco Julie, ou Giulietta, vai perceber que, nessa cidade, passado e presente parecem indissociáveis. E que nem sempre se pode ter certeza de quem é ou não confiável.

CONHEÇA OUTROS TÍTULOS DA EDITORA ARQUEIRO

Queda de gigantes, *Inverno do mundo* e *Eternidade por um fio*, de Ken Follett

Não conte a ninguém, *Desaparecido para sempre*, *Confie em mim*, *Cilada*, *Fique comigo* e *Seis anos depois*, de Harlan Coben

A cabana e *A travessia*, de William P. Young

A farsa, *A vingança* e *A traição*, de Christopher Reich

Água para elefantes, de Sara Gruen

Inferno, *O símbolo perdido*, *O código Da Vinci*, *Anjos e demônios*, *Ponto de impacto* e *Fortaleza digital*, de Dan Brown

Uma longa jornada, *O melhor de mim*, *O guardião*, *Uma curva na estrada*, *O casamento*, *À primeira vista* e *O resgate*, de Nicholas Sparks

Julieta, de Anne Fortier

O guardião de memórias, de Kim Edwards

O guia do mochileiro das galáxias; *O restaurante no fim do universo*; *A vida, o universo e tudo mais*; *Até mais, e obrigado pelos peixes!*, *Praticamente inofensiva* e *O salmão da dúvida*, de Douglas Adams

O nome do vento e *O temor do sábio*, de Patrick Rothfuss

A passagem e *Os Doze*, de Justin Cronin

A revolta de Atlas e *A nascente*, de Ayn Rand

A conspiração franciscana, de John Sack

INFORMAÇÕES SOBRE A ARQUEIRO

Para saber mais sobre os títulos e autores
da EDITORA ARQUEIRO,
visite o site www.editoraarqueiro.com.br
e curta as nossas redes sociais.
Além de informações sobre os próximos lançamentos,
você terá acesso a conteúdos exclusivos e poderá participar
de promoções e sorteios.

www.editoraarqueiro.com.br

facebook.com/editora.arqueiro

twitter.com/editoraarqueiro

instagram.com/editoraarqueiro

skoob.com.br/editoraarqueiro

Se quiser receber informações por e-mail,
basta se cadastrar diretamente no nosso site
ou enviar uma mensagem para
atendimento@editoraarqueiro.com.br

Editora Arqueiro
Rua Funchal, 538 – conjuntos 52 e 54 – Vila Olímpia
04551-060 – São Paulo – SP
Tel.: (11) 3868-4492 – Fax: (11) 3862-5818
E-mail: atendimento@editoraarqueiro.com.br